强国梦

中国核盾牌

李植举 ◎著

中国原子能出版社

图书在版编目（CIP）数据

中国核盾牌 / 李植举著 .—北京：中国原子能出版社，2019.5（2019.12 重印）

（核铸强国梦系列丛书）

ISBN 978-7-5022-9808-1

Ⅰ.①中…　Ⅱ.①李…　Ⅲ.①纪实文学–中国–当代
Ⅳ.①I25

中国版本图书馆 CIP 数据核字（2019）第 097267 号

中国核盾牌

出版发行	中国原子能出版社（北京市海淀区阜成路 43 号　100048）
责任编辑	蒋焱兰
装帧设计	谢定莹
责任校对	宋　巍
责任印制	潘玉玲
印　　刷	河北文盛印刷有限公司
经　　销	全国新华书店
开　　本	787 mm × 1092 mm　1/16
印　　张	36.5
字　　数	350 千字
版　　次	2019 年 5 月第 1 版　2019 年 12 月第 2 次印刷
书　　号	ISBN 978-7-5022-9808-1　　定　价　72.00 元

传播科技　传承文化
中 国 原 子 能 出 版 社

网址：http://www.aep.com.cn
E-mail:atomep123@126.com
发行电话：010-68452845

序

中国人民研制原子弹和氢弹的伟大成就，是影响新中国乃至世界发展进程的重大历史事件。在这一事件中，产生了伟大的精神。《中国核盾牌》是描写这一重大历史事件的长篇作品，是一部弘扬民族力量、民族精神的激情和诗情凝铸而成的好著作。

作者李植举，福建南安人。北京大学毕业后，满怀豪情地投入到核技术研究的战斗行列。历任研究所的科研组长、学术委员会委员，是一位严谨勤奋、责任心很强的科学工作者。获得多项重大科技成果奖，是国务院授予政府特殊津贴的技术专家。他几十年如一日，无怨无悔地跟随着老科学家奋斗在大西北，转战于大西南，足迹遍布高原草地、戈壁沙滩、深山峡谷。参与谱写了一曲曲高亢豪迈的时代赞歌。

作者以流畅的文笔、真实朴素的语言，讴歌研制“两弹”的科学家、工程师、干部、工人和解放军战士，在中央专委的直接领导下，齐心协力，披荆斩棘，不屈不挠，充分发挥中国人民的智慧、坚韧和勤奋，用最快的速度，最省的财力，最少的试验，将最好的成果展现在世人面前；所构筑的举世瞩目的国威，更为我国经济建设和社会发展创造了宝贵的和平时空。

一曲曲颂歌永远在人们心中荡漾，一项项科技成果闪烁着万丈光芒，科学家们为人民共和国的安全和发展立下伟大的功勋！

作者是实践者，是见证人，和描写对象之间息息相通，感同身受。本作品是作者心扉的流露、心灵的展现、心血的结晶；赞美的诗歌，是一段未了的情，是一股不息的风！作者把史料、科技、情思融合在文学之中，细腻入微地刻画人物性格，纤毫毕现地展示人物心灵。加之灵活自如的时空处理，多姿多彩的抒情镌刻，以及极富哲理和启示意义的议论分析，更使作品具有催人泪下的情感震撼力。

人民在创造历史，科学谱写着史诗。本书让人们看到一幕波澜壮阔、气壮山河的科学创举，让人们品味到科学家鲜为人知的种种美德，褒扬科学家“以身许国”的爱国主义精神；也令人体味到一缕缕感情笃深、缠绵悱恻的人间温馨！

这是一部大长中国人民志、大长中华民族魂的颂歌！

这是一部凝集着、表达着中国科学家和所有参与“两弹”研制者大无畏的拼搏精神，展现出中华民族自立、自豪、自强不息的伟大气概的壮丽史诗！

本书读后，更加激励人们向新的科技高峰攀登，更加激励人们敬业奉献；给人们为中华民族的伟大复兴、国家的繁荣昌盛以奋发的力量。

特鞠诚推荐给广大读者。

吴东南、陈汉水

前　言

精神不会凝固，无论它诞生于何时何地，它都会从此超越时空获得不灭不改的永恒生命。在新中国成立后的光辉历程中，“两弹一星”的研制成功，极大地鼓舞了中国人民的志气，振奋了中华民族的精神。人们将永远记住那火红的战斗岁月，永远热爱那光荣的历史足迹，永远珍惜那新的宝贵的精神财富。

人们不会忘记，1964 年的秋天，罗布泊的孔雀河畔，一声迅雷震海天——我国第一颗原子弹爆炸成功。从此打破大国的核讹诈和核垄断。紧接着一枚装有核弹头的地地导弹飞行爆炸成功，第一颗氢弹试验成功……声声春雷惊醒西方大国，他们终于发现东方这个不可忽视也不能不承认的潜力巨大的伟大国家。

就在这之后不久，斯诺来华，基辛格来访。尼克松来了，“上海公报”发表了。中美建交、中日建交，中华人民共和国恢复在联合国的合法席位，帝国主义孤立中国的阴谋彻底破产。

历史忠实地应验了毛泽东主席的论断："在今天的世界上，我们要不受人家欺负，就不能没有这个东西。"

人们也不会忘记，1999年，世界风云再起。正当煽动反华情绪，破坏中美关系的《考克斯报告》登场之时，我国又庄严宣告：早在80年代，中国就已经掌握中子弹的设计技术和核武器小型化技术。

这一个个振奋人心的事件，一句句扬眉吐气的言辞，是挺立起来的中华民族发出的掷地有声的宣言，是中国人民志气和智慧攥紧的铁拳。

但是人们却很少知道，参加"两弹"研制的科技工作者和广大干部、工人、解放军指战员，特别是许多在国内外已有杰出成就的科学家，他们在北风呼啸、亘古荒凉的长城脚下，在海拔三千、高原缺氧的茫茫草原，在一望无际、飞沙走石的沙漠戈壁，在山峦起伏、人烟稀少的深山峡谷，饱尝酷暑寒冬、餐风饮露和饥餐砂砾饭、渴饮苦水浆的艰辛。克服了各种难以想象的艰难险阻，经受住了生命极限的考验。在我国物质技术基础还十分薄弱的条件下，艰苦跋涉，运用有限的科研和试验手段，依靠科学、顽强拼搏、发愤图强、锐意创新，攻破一个个技术难关，攀登一个个科学高峰。他们不求索取，只有奉献，默默无闻，殚精竭虑。为了祖国和人民的利益，为了铸造中华人民共和国的核盾牌，为了怒放的中华民族的精神花朵，他们用心血、汗水乃至生命，描绘了一幅宏伟壮丽的历史画卷，谱写了一曲高亢豪迈的时代赞歌。他们所从事的是中华民族为之自豪和神圣的伟大事业。

江泽民同志在表彰为研制“两弹一星”做出突出贡献的科技专家大会上指出，伟大的事业，产生伟大的精神。在为“两弹一星”事业进行的奋斗中，广大研制工作者培育和发扬了一种崇高的精神——热爱祖国、无私奉献，自力更生、艰苦奋斗，大力协同、勇于登攀的“两弹一星”精神。他强调“两弹一星”精神，是爱国主义、集体主义、社会主义精神和科学精神的活生生的体现，是中国人民在20世纪为中华民族创造的新的宝贵精神财富。我们要继续发扬这一伟大精神，使之成为全国各族人民在现代化建设道路上奋勇开拓的巨大推进力量。

美籍华人、诺贝尔奖获得者杨振宁教授也真诚指出，当年中国在十分困难的情况下，咬紧牙关、自力更生，“两弹一星”搞成功，很了不起。这种精神，现在还在传承，十分可贵。今后中国进一步改革开放，发展科学技术的各方面条件会逐步改善，但这种奋斗自强的精神还应当保持并发扬。

为了弘扬“两弹一星”精神，作者仅就所见所闻的一幅幅动人心弦的真实画面，一曲曲磨砺人生开创事业的华彩乐章，奉献给广大读者。

笔下的篇章，不能不赞颂我们的领袖、元帅和将军，但更多的篇幅是讴歌我们的科学家、工程技术人员、干部、工人和解放军战士。透过一个个小小的故事片断，把“两弹人”以坚定的步伐，披荆斩棘，奋力拼搏，沿着光辉而充满艰险的风雨征程，走出一串串闪闪发光的脚印，显现在读者面前。这里有为事业献身的感人事迹，有英雄人物和先进群体建树的功勋，更不乏无名英雄默默耕耘的硕果。这当中既有波澜壮阔气吞山河的科学创举，也有感情深笃缠绵悱恻的人间真情。

在人们的想象中，“两弹人”的脑子里只有 0、1、2、3 的阿拉伯数字，A、B、C、D 的外语单词，或原子、裂变、聚变之类的科学术语。殊不知，他们绝不是不食人间烟火的呆头呆脑的书呆子。他们同样是兴趣广泛的普通人，而且心灵更美更高洁。笔下的将军，不但是戎马挥刀的战将，也是挥毫泼墨的书法家、诗人；笔下的科学家，不但学识渊博，而且精通诗赋。不信，先请品味一下荣获“两弹一星功勋奖章”的陈能宽院士那熠熠生辉、韵味无穷的诗句：

清平乐

记我国首次原子弹试验成功

东方巨响，大漠天苍朗。
云似蘑菇腾地长，人伴春雷鼓掌。
欢呼成果崔巍，称扬举国雄飞。
纸虎而今去矣，神州日月增辉。

七　绝

中子弹原理试验成功

东风报喜北山场，戈壁玉成合金钢。
巧夺锦囊藏浩气，天机不负苦心郎。

请再品味一首时任解放军副总参谋长、第一颗原子弹试验现场总指挥张爱萍上将的诗句。其笔锋之豪放，有撼山震岳之势，名将之风度跃然纸上。当那向着苍天骄傲地呼啸着、奔腾着、滚滚翻卷的蘑菇云映入上将眼帘，他便情不自禁地一挥而就一首不雕不琢、一字一珠的气势雄浑、笼盖宇宙的诗篇：

清平乐

我国第一颗原子弹爆炸成功

东风起舞，壮志千军鼓。
苦斗百年今复主，矢志英雄伏虎。
霞光喷射云空，腾起万丈长龙。
春雷震惊寰宇，人间天上欢隆。

1964 年 10 月 16 日

戈壁滩　罗布泊

亲爱的读者，您也许和杨振宁教授与其孩童时的好友“两弹元勋”邓稼先 1970 年见面时的急切心情一样，很想知晓一点点“秘密”：“谁是中国的奥本海默？谁是中国氢弹之父？”“中国从原子弹到氢弹，仅用两年多的时间。是用什么方法超过美、苏、英、法的速度，而且跑到法国人前面？”还有，在“两弹”研制中，中国人不仅夺得速度上的冠军，而且科研费用仅为美国的 4%，试验次数也仅为美国 4%，却获得了与美国同一档次的设计能力。这就是说，美国做了 1 000 多次核试验，中国只做 40 多次就掌握先进的核弹头技术。中国人为什么能创造这一伟大奇迹？

所有这些“秘密”和谜底，都隐藏在本书的字里行间。

目 录

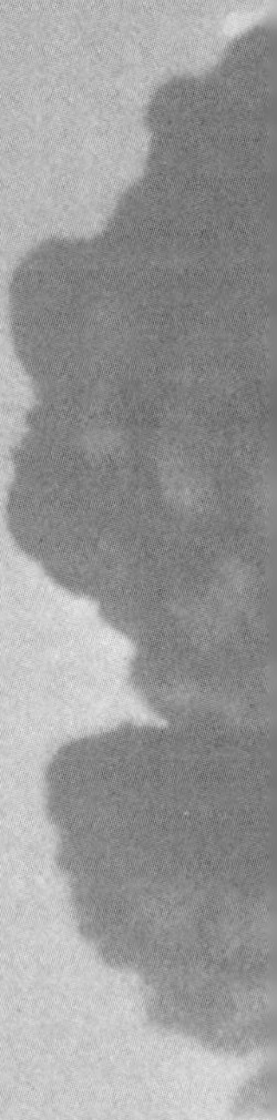

第一篇 披肝沥胆激春雷

古老神秘的罗布泊，人流攒动。倚天长剑般的百米铁塔，势若刺破苍穹。

1964年10月16日下午3时。

“……5，4，3，2，1，起爆！”随着主控站“零时”的报出，一道强光闪过，一颗又圆又大的火球轰鸣着、怒吼着。以排山倒海之势、雷霆万钧之力，吸起数百米高的沙尘。迅疾托起的滚滚翻腾的蘑菇状烟云，向着苍天骄傲地呼啸着、奔腾着、翻卷着……铁塔熔融成铁水柔软地塌下，一座雄威无比的永恒“丰碑”立起来了。

这震撼世界的春雷向人们宣告：中国人自己研究、设计、制造的第一颗原子弹爆炸成功了！

这是中华民族智慧的结晶，是中国人民才华的非凡展现。

中国有了原子弹，突破了核垄断和核讹诈俱乐部的铁墙。亚洲和世界和平得到更有力的保障。中华民族精神为之大振。

一位海外华人记者豪情满怀、情感充盈地写道：“在海外的中国人眼中，那菌状爆炸是怒放的中华民族的精神花朵；那从报纸、广播传出的新闻，是用彩笔写在万里云天上的万金家书。”

中国人为什么要有自己的核武器？罗布泊的第一朵蘑菇云是怎样升起的？

1. 政治家的雄才大略

1949 年 10 月 1 日，伟大的中华人民共和国像一轮红日，在世界的东方升起。新中国的诞生给中华民族带来翻天覆地的变化，改变了世界政治格局。

腰鼓声声，秧歌阵阵。祖国大地洒满和平的阳光，长城内外到处莺歌燕舞，长江南北处处是欢乐的海洋，人民沉浸在幸福、祥和之中。

久经战乱的中国人民，多么希望有个和平安定的环境，多么希望世界各民族平等待我，多么希望有更多的国家早日和我建立友好邦交。

但是以美国为首的西方大国一直不承认中华人民共和国，迟迟不和我们建立外交关系。他们政治上孤立我们，经济上对我们封锁、禁运。一些追随或看着美国眼色行事的国家也在观望彷徨。我们开放无门。美国还依仗它经济、军事的强大实力，挥舞着核大棒，在全世界耀武扬威。

人们记忆犹新，1950年美国发动的侵朝战火越过“三八线”，燃烧到鸭绿江畔，企图把我们年轻的人民共和国扼杀于摇篮之中。中国人民志愿军跨过鸭绿江抗美援朝，把敌人赶过“三八线”。此时，披上“联合国军总司令”外衣的美国败军之将麦克阿瑟申请发动核战争。要求把30到40颗原子弹投向中国军队和中国东北。并在击败中国军队之后，在鸭绿江一侧的中国境内，放置一道放射性钴的地带。“以防止中国共产党再度进入朝鲜。”一片危言耸听的霸权言辞咄咄逼人。如果不是苏联当时已经拥有原子弹，以及国际国内舆论的压力，美国也许会为所欲为。

1958年，台湾海峡危机之际，美国继1951年向我国挥舞核大棒之后，又有人再次扬言要对我国“使用原子武器”。

核武器成为衡量一个国家实力的重要标志。

深谋远虑的毛泽东主席，从保卫祖国安全、维护世界和平的战略高度，以伟大政治家的豪迈气魄庄重指出：“我们不但要有更多的飞机和大炮，还要有原子弹。在今天的世界上，我们要不受人家欺负，就不能没有这个东西！”

中国，作为一个年轻的主权国家，要生存、要发展，就必须要有强大的国防，要有自己的核武器。别无选择！

1954年，当毛泽东主席喜闻我国发现铀矿资源时，高兴地说：“我们有丰富的矿物资源，现在已经知道有铀矿。

我们国家也要发展原子能。”

1955 年 1 月 15 日，毛泽东主持召开中共中央书记处扩大会议。出席会议的有刘少奇、周恩来、邓小平、彭真、薄一波等。会议专门研究发展原子能问题。

“今天，我们这些人当小学生，请你们来上课……”毛泽东主席风趣地对李四光、钱三强说。

著名地质学家李四光、核物理学家钱三强和地质部副部长刘杰汇报了我国核科学研究人员、设备和铀矿地质资源情况，核反应堆、原子弹的原理和发展核技术所需要的条件等。大家都很有兴趣。毛泽东时而插话询问，时而点头称好。听完汇报，毛泽东兴致勃勃地让科学家操作表演。

钱三强把仪器的电源接上，拨动开关，指示灯亮着红光。当李四光把铀矿石放近仪器时，指示灯闪着绿光。

“嘎嘎嘎……”盖革计数器探测到铀矿石，发出响声。毛主席和大家都高兴地笑了。

毛主席情绪正在兴头上，目光突然从盖革计数器和铀矿石转投向钱三强。

“原子核是由中子和质子组成的吗？”毛主席问钱三强。

“是，是这样的，主席。”

“那么，质子、中子又是由什么组成的呢？”毛主席又问。

“这个问题正在探索中。根据现在研究的成果，质子、中子是构成原子核的基本粒子。”钱三强认真地答道。

“所谓基本粒子，就是最小的，不可再分的。”钱三强接着说，“这是现在科学技术水平的认识。”

毛泽东引用“一尺之棰，日取其半，万世不竭”的话阐明：“从哲学的观点看，物质是无限可分的。质子、中子、电子也应该是可分的哟！”毛主席自信地微笑着说：“一分为二，对立统一嘛！……你们不信，反正我信。”

毛主席转向桌子上拿出一支香烟点燃着，站了起来，用浓重的湖南口音向到会的人高兴地说：“解放以来，我们训练了一些人，科学研究也有一定的基础，创造了一定的条件。过去几年其他事情很多，还来不及抓这件事。这件事总要抓。现在到时候了，该抓了。只要排上日程，认真抓一下，一定可以搞起来。”

汇报结束时，毛主席拉着刘杰的手说：“这是关系国家命运的大事，要好好干！”

多么语重心长，多么高瞻远瞩呀！虽然我国的物质技术基础还十分薄弱。但是面对帝国主义的核讹诈，发展原子能事业已刻不容缓。

毛泽东充满自信的话语，使在座的人深切感受到沉甸甸的使命感。

毛泽东环视着大家，最后把信任的目光又落到钱三强身上，“苏联政府已经来信，愿意给我们积极的协助。这很好，我们要尽快把反应堆、加速器建造起来。”毛泽东抽了一口香烟，接着说：“现在有苏联对我们援助，我们一定要搞好！”毛泽东又强调一句：“我们自己干，也一定能干好！只要有人，又有资源，什么奇迹都可以创造出来！”

会后，毛主席和到会人员一起吃饭。一生极少沾酒的毛泽东端起一杯红葡萄酒，他举杯祝酒：“为我国原子能事业的发展干杯！”并痛快地喝下这杯酒。

中南海的运筹谋划，像一记马鞭清脆地响起。原子能事业这匹骏马将以昂扬的姿态奔赴征程。

为了培养原子能事业所需要的大批有才干的大学生，1955 年年初，由教育部负责、中国科学院协助，筹建了北京大学物理研究室和清华大学工程物理系。在参加全国统一招生之前，先从全国理工科大学选拔学完基础课的高年级学生，到北大、清华学习核专业。1958 年正式招收新生。北京大学正式设立原子能系。很快，我国就有自己培养的核专业大学生了。

此外，经国务院批准，由蒋南翔和钱三强负责，在苏联和东欧的中国留学生中挑选与核事业相近专业的学生改学核科学和核工程技术专业。钱三强还率领几十名科技人员组成实习团，分两批赴苏联学习核反应堆、加速器原理，学习核仪器制造和使用。

培养核技术专家的人才工程悄然启动。

一批批英气勃勃的青年学生从祖国四面八方走来，来到清华园，来到北京大学的546大楼。胡济民教授、虞福春教授等许许多多“教书名匠”，为培养核科学莘莘学子，含辛茹苦、默默耕耘，忘我地奉献毕生的智慧和心血。

有核材料，又有核专家。毛泽东已经胸有成竹。“搞一点原子弹、氢弹、洲际导弹，我看有十年工夫完全可能。”毛泽东在1958年中央军委一次扩大会议上充满信心地说。

遵照毛主席的指示，二机部领导随即着手集结科技人才，并设立核武器研究所——第二机械工业部第九研究所。我国原子弹和氢弹的研究设计机构应运而生。

1958年5月中央批准221核武器研制基地的选址报告。

毛主席的雄才大略，鼓舞着“两弹人”群情激动，热情奔涌，斩关夺隘，所向披靡。

但是，在50年代末，年轻的中华人民共和国，物质技术基础还十分薄弱。特别是由于自然灾害，使国民经济遇到暂时困难。此时，盘踞在台湾的蒋介石集团叫嚣反攻大陆；

美国“第七舰队”在我国沿海海域耀武扬威，有时甚至窜到台湾海峡游弋。苏联“老大哥”因为中国共产党人反对他运用一切手段直至武力来维护他们自己的指挥棒的权威，也乘机逼债。中苏关系公开破裂。

1957 年 10 月 15 日，聂荣臻副总理率中国政府代表团在莫斯科苏联国防部大楼和苏联政府签订《国防新技术协定》。苏联将向中国提供原子弹的模型和生产技术资料，以及一个型号的氢加强型的原子弹有关技术资料，还约定在中国能够生产制造氢弹的核元素以后，将考虑提供制造氢弹的技术资料，等等，并派遣专家来华援助。就在我国核武器事业已经上马并且发展到关键时刻，“老大哥”却背信弃义，撕毁协议。并以 1959 年 6 月 22 日苏联与美国等西方国家进行部分禁止核试验条约谈判和赫鲁晓夫与艾森豪威尔在戴维营会谈为理由，致函我国政府，拒绝提供核技术援助。10 月 1 日，在天安门城楼观礼的赫鲁晓夫突然对毛泽东说：“关于生产原子弹问题，我们是不是把专家撤回去？”毛泽东很从容地回答：“我们可以自己试试，这对我们也是个锻炼！如果技术上能帮助一点更好。能不能帮助那是你们考虑决定的事了。”随后，苏联又于 1960 年 1 月 16 日，照会中国政府，决定自 1960 年 7 月 28 日到 9 月 1 日，撤走在华全部 1 390 名苏联专家。到 8 月 23 日，在二机部系统的 233 名苏联专家已一个不留地全部撤回。苏联专家还带回全部技术资料，一小片分离铀-235用的气体扩散机过滤膜片掉在地上，他们也用吸铁石吸起来带走，生怕我们拿来仿制。他们企图遏制我国核技术工业的发展。赫鲁晓夫更是厚颜无耻地诬蔑我们“三个人穿一条裤子，还想搞原子弹”。

我们年轻的共和国面临严峻的考验，刚迈开步子的核武器事业面临更大困难。

我们真的就此止步不前吗？不！“我们自己干，也一定能干好。”毛泽东早在1955年就已寄予中国科学家厚望。中国人民不怕压，不信邪。决心勒紧腰带、咬紧牙关，卧薪尝胆、奋发图强、艰苦奋斗、自力更生发展核武器。凭中国科学家的聪明才智和全国人民的大力支持，在党中央的统一领导下，尽快研制出中国人自己的原子弹来。

1960年7月，在北戴河召开的中央工作会议上，毛泽东主席再次大声疾呼：“要下决心搞尖端技术。赫鲁晓夫不给我们尖端技术，极好！如果给了，这个账是很难还的。”

“自己动手，从头摸起，准备用八年时间，拿出自己的原子弹。”中共中央发出攻关的动员令。

这时，核武器研制队伍已得到充实和配套。为了响应毛主席的战斗号令，从组织上保证研制工作的顺利进行，1960年10月，研究所第一次调整机构，成立了理论物理、爆轰物理、中子物理、放射化学、金属物理、自动控制、弹体弹道等研究室和一个加工车间。其中，中子物理和放射化学研究室是以原子能所为基地，在钱三强和何泽慧夫妇的指导下顺利地开展工作。

雄狮猛醒，华夏震怒了。中国加紧了核武器的研制步伐。

1962 年 11 月 3 日，毛泽东主席在二机部上报的争取在两年后研制出原子弹的报告上批示：

“很好，照办。要大力协同做好这件工作。”

为了集中统一领导核武器研制这一项综合性很强的大科学工程，中央成立了以周恩来为首，包括聂荣臻等的 15 人专门委员会，负责组织和领导“两弹一星”的研制工作。

1962 年 12 月 4 日，在西花厅举行由周总理主持的中央专委会，审议和批准了二机部提出的研制原子弹的两年规划。

二机部部长刘杰，副部长、原子能所所长钱三强等同志，汇报了原子能工业生产的建设情况和研制原子弹的两年规划，九所副所长朱光亚作了补充。会议从上午开到下午。周总理请大家吃午饭。在会议厅背后的小餐厅里，摆了两张大圆桌，每桌都是一大盆肉丸子熬白菜和豆腐，四周摆几小碟咸菜和烧饼。周总理及其他中央领导和科学家们同桌就餐。总理一边吃饭一边接待一个又一个领导同志的工作汇报。席间，余秋里同志讲："这种大盆菜是总理倡导的国务院的传统饭菜。"周总理朗朗笑语道："这种大盆菜，既有营养，又很方便嘛！"会上，周总理作了重要指示，他强调说："二机部的工作必须有高度的政治思想性，高度的科学计划性，高度的组织纪律性。"最后他讲了四点、十六个字——实事求是，循序而进，坚持不懈，戒骄戒躁。

在周恩来和中央专委的领导下，围绕我国第一颗原子弹的攻关项目，党政军民，各行各业，有关部委，有关地区，都为核事业大开"绿灯"。先后有中国科学院、冶金部、化工部、机械部、航空部、电子部等26个部委（院）,20个省、市、自治区，包括900多家工厂、科研机构、大专院校，开始了一场全国范围的大会战。

2. 土城墙下卧虎藏龙

——中国核武器的圣地

漫漫的攻坚路从这里开始。

首都北京的北郊，有一片种植高粱玉米和蔬菜的广袤土地。长满杂草和灌木、记载着忽必烈时代中华民族辉煌的元都土城墙，就像一条沉睡 700 多年的苍龙寂然无声地横卧在这片土地上。古老的护城河，已成为似断似流的小水沟。但积水的地方还潺潺地淌着涓涓细流。青蛙、蝌蚪和小鱼怡然自得地在水中游动，显得非常静谧。

在这座土城墙和护城河南面的一块平地上，耸起一座灰色的四层大楼和两幢红色砖墙小楼。这高耸的建筑，在今天不足为奇。可是在当时，与四邻疏落低矮的农舍，却形成了强烈的反差。

这里正在勾画一幅我国国防史上鲜为人知的雄伟画卷。这里是寻找打开原子弹秘密“金钥匙”的发源地。

1958 年，第二机械工业部第九研究所，在这里诞生了。李觉任所长。李觉在大学读书时，因抗日战争爆发而投笔从戎，是位文武双全的将军。

从此，一批立志报效祖国、在建国初期从海外归来的莘莘学子，卓有成就、国内外享有盛名的科学家和一批批风华正茂、血气方刚的大学生，纷纷踏进铸造中国核盾牌的第九研究所大门。

最先踏进核武器研究所大门的科学家是被誉为“娃娃博士”的青年理论物理学家邓稼先。

1950 年邓稼先从美国印第安纳州的普渡大学获得博士

学位后的第九天，便登上威尔逊总统号客轮。几经周折，终于心花怒放地回到祖国的怀抱。他回国后的第一件事就是到天安门广场瞻仰猎猎飘扬的五星红旗。他在科学院做出卓著的成绩，周恩来总理夸他是青年物理学家。

1958 年 8 月的一天，钱三强把这位“娃娃博士”叫到办公室。亲切地说：

“小邓，国家要放个大炮仗，调你去做这件工作。怎么样？”说完钱三强又严肃地说：“这可是光荣的任务啊！”

“大炮仗？”邓稼先心里咯噔一下，猜想到这项半是哑谜半是幽默的工作是什么，明白这是要搞原子弹。他那炽热的眼神凝视着钱三强，又立即转开，并轻声地说：

“这……让我搞原子弹。我能行吗？”

这个青少年时代在帝国主义铁蹄下过着流亡学习生活，矢志科学救国、科学强国的“娃娃博士”，早就期待这一天的到来。但当光荣和艰巨的历史重担压在自己肩膀上时，却有些心慌和胆怯。

“能，你一定能干好！你的身后有祖国和人民。”钱三强信任的目光打消了邓稼先的顾虑。“这是祖国对你的信任和重托，这事关系国家的安危。你能干好！”

“那我听从组织的安排！”邓稼先站起身来说：“我会全身心地投入、努力……”

日后，就是这位心慌、胆怯的“娃娃博士”最先投身原子弹研究行列的青年物理学家邓稼先，带领一群大学生顽强地投入原子弹的理论设计工作。1963 年，当他在第一颗原子弹的理论方案这一具有历史意义的科学文献上签下神圣的名字，突破原子弹的冷实验正在青海金银滩大草原上如火如荼地大会战时，聂荣臻元帅随即传达中央专委的命令，命令邓稼先率精兵转向氢弹理论设计。1967 年我国第一颗数百万吨 TNT 当量的氢弹试验成功的时候，升腾万里的紫烟还在试验场区上空飘荡，大漠深处来回反射持续不断的“轰、轰——”声响还在耳边震动，邓稼先已在默默地想着下一步棋了：武器化，小型化。他领导下的理论队伍探索出一条非常有创新思想的新路子，使我国核武器小型化和中子弹的设计技术走出大迷宫。1972 年他挑上九院院长的重担以后，更是理论设计、结构设计，实验研究、核部件加工、冷实验、热试验，事事处处身先士卒，他把自己的心血、智慧、汗水和生命的全部毫不保留地倾注给核武器研制事业，为铸造人民中国核盾牌留下一句最后遗言：死而无憾。他是祖国和人民的好儿子，他当之无愧为中国的“两弹元勋”。

曾作为翻译人员参加过举世闻名的板门店谈判——朝鲜停战谈判的核物理学家朱光亚，1949 年在密执安大学研究生院学习和工作，先后发表了两篇核射线“符合测量方法”方面的有独到见地的论文，获得博士学位。时年25岁。

新中国的诞生，给中华民族带来了翻天覆地的变化，也振奋了海外游子一颗颗怦怦跳动的中国心。1950年3月18日，朱光亚等52名留学生在纽约《留美学生通讯》第三卷第8期上发表《致全美中国留学生的一封公开信》，信中文字雄浑激扬：“从现在起，四万万五千万的农民、工人、知识分子、企业家，将在反封建、反官僚资本、反帝国主义的旗帜下，团结一心，合力建设一个新兴的中国，一个自由民主的中国，一个以工人、农民也就是人民大众的幸福为前提的新中国。——这个建设新中国的责任是要我们分担的。同学们，祖国在召唤我们了，我们还犹豫什么？彷徨什么？我们该回去了。”“回去吧，让我们回去吧，把我们的血汗洒在祖国的土地上灌溉出灿烂的花朵……”

就在这一年的春天，新中国成立后的第一个春天，身在异国他乡，心系中华热土的朱光亚，历尽周折，终于回到朝思暮想的祖国。回国后，先在北京大学受聘为副教授，朝鲜停战后在东北人民大学任教授，后又调任北京大学，和来自浙江大学的胡济民教授、北京大学虞福春教授、复旦大学卢鹤绂教授等负责筹建北京大学近代物理研究室，开设原子核物理和放射化学两个专业。走上讲坛，肩负起培养共和国第一代原子能专业人才的历史重任。

在艰辛的创业初期，李觉所长需要一位具有大科学、大工程思想，又具有领导组织才干的科学家当副手。钱三强推荐朱光亚任九所副所长。

当钱三强通知朱光亚调任九所协助李觉将军全面负责核武器研究的科技工作时，一幕往事随即浮上脑际：在朝鲜停战谈判期间，美方为了恐吓我国，想从谈判桌上捞到战场上想得而得不到的东西，公开叫嚣“如果谈判解决不了问题，美国将考虑使用所有武器，包括原子武器。”身为核物理学家，朱光亚是多么希望新中国拥有自己的核盾牌，以维护国家的独立和世界和平啊！从此他以科学家的态度和战略家的眼光对“两弹”研制过程中选题、步骤、方法、主攻方向、成果评价、梯队配备等工作，做出了一个个科学的决策，为我国核武器事业的发展运筹帷幄，把全部心血献给国防尖端事业。

2004 年 12 月，为表彰朱光亚对我国科技事业特别是原子能科技事业发展做出的杰出贡献，国际小行星中心和国际小行星命名委员会批准将我国国家天文台发现的国际编号为 10388 号的小行星正式命名为“朱光亚星”。

就在 1959 年苏联撕毁协议并于 1960 年撤走在华的全部

专家前夕，有人说："没有外国人帮助，中国人 20 年也造不出原子弹来。"

然而也有一位苏联专家，在惜别之前，怀着深深的依恋之情，对刘杰部长说：

"没关系，我们走了，你们有王淦昌。"

刘杰部长心里十分清楚：我们不仅有王淦昌，我们还有其他专家和年轻的科技人员。

1961 年 4 月 3 日，一份盖有二机部红色公章的通知郑重地送到著名核物理学家王淦昌手里。刘部长即日约见他。

"刘部长是很忙的，他这么急于要见我，会有什么事？"在进城的汽车上，王淦昌思绪万千！

"一定有重要事情。"

来到刘部长办公室，著名科学家、二机部副部长兼原子能所的所长钱三强早已等候在那里，一种亲切感在王淦昌心底油然而生。

"王教授，今天请您来，想让您做另一件重要的事情：请您参加领导原子弹的研制工作。"部长开门见山。深邃的目光闪烁着诚挚的光芒，那话语、那神色充满了期望和信赖。

随后，刘部长传达了中央关于研制核武器的决定，并充满自信地说："有人要卡我们，说我们离开他们的援助，10

年、20年也休想造出原子弹，因此，我们要争口气。”

王淦昌怔怔地听着，他掂量出部长话语的分量，深知中央决定的意义。此时此刻，好像有千钧重担压到肩上。有什么比国家的信赖、人民的重托更令人兴奋呢?

半晌，他迸出这样一句话：

“我愿以身许国！”

这是一个饱受外敌侵略目睹过祖国山河破碎的老科学家从心底里发出的忠贞不渝的最强音。

国家对王淦昌要求：“绝对保密，要长期隐姓埋名。”

“可以，我做得到。”

有关部门叮嘱：“需要断绝一切海外关系。停止一切学术交流。”

“行，行。”

回答是那样斩钉截铁、毫无私念。

就这样，这位早在20世纪40年代就以中微子的存在和关于介子的衰变等科学成就闻名国内外、1959年又石破天惊地发现反西格玛负超子的卓越成就、如果继续在原来的科研领域冲刺有可能叩开诺贝尔奖大门的著名核物理学家王淦昌，在领受研制原子弹任务后，抱着“以身许国”的坚定态度，放弃了潜心于基本粒子的神秘王国和向着微观世界纵横驰骋的研究方向，隐姓埋名、默默无闻地奉献自己的一生。

和王淦昌同时来到第九研究所的还有著名理论物理学家彭桓武。

1938 年，23 岁的彭桓武考取了理论物理留英官费生。当时，正是欧洲现代物理学突飞猛进的黄金时代，对继爱因斯坦相对论之后的又一理论基石——量子力学有巨大贡献的薛定谔、海森堡、狄拉克、玻恩等科学巨匠竞相发出夺目的科学光彩。周培源把自己的得意门生交给了好友，曾指导过“原子反应堆之父”费米、“原子弹之父”奥本海默的科学大师马克斯·玻恩。从此，彭桓武成为理论物理大师、量子力学创始人之一、诺贝尔奖金获得者马克斯·玻恩的第一位中国弟子。风华正茂的彭桓武勇敢地闯进了神秘莫测的微观世界。这位聪慧、勤奋的中国学子在异国他乡，在科学竞技场上显示出中国人的进取精神和创造力，成为国际同行刮目相看的科学新星。1940 年，他以固体理论方面的杰出论文，获得了物理学的哲学博士学位。

身为中华热血男儿，彭桓武归心似箭，渴望回到战火纷飞的祖国，用自己掌握的现代科学报效祖国，但因世界大战爆发，回国之路被法西斯封锁了，一时无法成行。无可奈何，1941 年，他受聘爱尔兰都柏林高等研究院，师从于著名物理学家、波动力学创始人、诺贝尔奖获得者薛定谔教授，从事量子力学的研究。他与合作者海特勒、汉密特两位学者合作进行介子理论方面的研究，他们以介子的 HHP 理论而闻名于国际物理界。

1943 年，彭桓武在爱丁堡大学做研究员，和导师玻恩进行理论物理方面的研究，并于 1945 年以《量子场论的发散困难及辐射反作用的严格论述》这篇论文又获得爱丁堡大学的科学博士学位。

1947 年，他前往爱尔兰共和国首都，任都柏林高等研究院教授。

由于出色的工作成就和令人瞩目的学术地位，彭桓武被誉为“在英国获得两个博士学位，第一个在英国取得物理学教授职称并于 1948 年回国后仍当选为爱尔兰皇家科学院院士的中国人”。彭桓武成为科技界少有的传奇人物。

磨穿铁砚成大儒。在异国他乡潜心攻读的彭桓武，以锲而不舍的精神和超人的智慧，在固体物理、介子物理和量子场论方面都取得了出色的成就，获得了英国人艳羡的名利地位。但这位黑头发黄皮肤的中国青年，却不图名利，而是心系祖国。在巴黎一个学术会议上，他和校友钱三强巧遇，两位志同道合的校友相互倾吐要用科学知识报效祖国的决心：

“让祖国借助原子时代的科学技术强盛起来！”

1947 年，彭桓武放弃令英国人羡慕的社会地位和丰厚的工资待遇，回到了日夜思念的祖国。

回到祖国，彭桓武把未来寄托在中国共产党身上。他不顾国民党的利诱、劝说和“关注”，决定冲破黎明前的黑暗，奔向光明灿烂的解放区。1949年5月，经严济慈教授的协助，从云南取道香港经天津抵达北平。他心花怒放地步入百花盛开的母校清华大学。从此，他的人生坐标出现了全新的支撑点，人生的价值放射出七彩的光芒。

一天，同学、好友钱三强跑到清华园，兴致勃勃地告诉彭桓武：“好消息！好消息！新中国准备成立中国科学院！为了推动和发展我国的近代物理科学事业，我向周恩来和郭沫若建议成立一个近代物理所！”

“太好了，这回该咱们大干一场了！”彭桓武兴奋地大声嚷了起来。

1949年11月1日，中国科学院成立。1950年5月19日，近代物理所成立，彭桓武如鱼得水，在人民当家作主的天地间自由地工作，感到莫大的安慰和快乐。为发展新中国原子能事业作出了杰出的历史贡献。

每当有人问起为什么回国时，彭桓武经常是微笑着：“回国是不需要理由的；不回国却是需要理由的！作为一个中国人，有什么理由不回国，并为她的复兴贡献自己的力量呢？我有责任用所学之长，建设她，使祖国富强。”

为了加强中国原子弹的科研实力和领导力量，彭桓武来到核武器研究所，领导并参加原子弹、氢弹的原理突破和战略核武器的理论研究设计工作，作出杰出的贡献。

和王淦昌同时来到九所的还有著名的力学专家郭永怀。

1941 年，郭永怀在加拿大多伦多大学，仅用半年时间就完成了硕士研究生学业，并以《可压缩黏性流体在直管中的流动》论文获硕士学位后，告别了导师辛格教授，来到美国加州理工学院师从国际航空大师冯·卡门教授。他以坚韧不拔的精神攻克了 40 年代航空科技迫切需要解决的世界难题——“声障”，完成了《跨声速流动的不连续性》这篇航空技术具有划时代意义的学术论文，从而扫清了航空工业发展道路上的障碍，并且获得了博士学位。

学友钱学森很有感触地说：“郭永怀做博士论文找了一个谁也不想沾边的课题。但是他孜孜不倦地干，终于得到出人意料、令人惊喜的结果。”

1946 年郭永怀又和好友钱学森共同提出了临界马赫数的概念。为了建造好这一航空史上的又一里程碑，他以执着的追求和坚毅的信念，在枯燥浩繁的理论计算中，施展出他在数学领域的天赋，运用并发展奇异摄动法的一种数学方法，首次将彭加勒开创变形坐标同普朗特边界层理论融为一体，解决了平板前缘的奇异性。这是郭永怀对国际航空科技事业的又一杰出贡献。

1955 年 8 月，周恩来总理在日内瓦会议上对美国当局禁止中国留学生和科技人员出境的无理做法进行了有理、有利、有节的斗争。在国际舆论的压力下，美国政府无可奈何地取消禁令。喜讯传来，郭永怀心花怒放，恨不得一步跨越太平洋，回到朝思暮想的祖国。

由于郭永怀在航空科技事业的非凡业绩，使他一次又一次地名扬四海。为了阻拦郭永怀回国，美国当局黔驴技穷地以“摸底”的方式对郭永怀进行威胁、利诱。郭永怀在“摸底”表上义正词严地写道：

“中国是我的祖国，我想走的时候就要走！”

见到郭永怀的“摸底”表，美方更是恼羞成怒，以莫须有罪名拘留郭永怀的爱人李佩，并经常传讯郭永怀。国民党方面也派郭永怀的旧友前来游说，劝请郭永怀赴台。但郭永怀不为威胁所束，也不为名利所动。冲破重重威胁和利诱，1956 年 8 月底，时刻准备着的郭永怀夫妇，为防止美国当局找茬儿，一把火烧掉了一本没有完成的书稿，携带独女郭芹离开美国，登上了盼望已久的回归航船。

船上，他遇到十几位要好的中国学者，有时竟彻夜长谈。兴奋愉快的心情很快打发了三个星期的海上时光。当有的好友为他放弃闪光的荣誉和舒适的生活环境而惋惜时，他却无怨无悔地回答：

“那毕竟是在别人的国土上。青山遮不住，毕竟东流去。中华儿女，终究要回到祖国的怀抱。”

当有的好友惋惜他的才华会因国内条件差而无用武之地时，他却满怀自信地说：

“我在美国十几年，看够了洋人的白眼。但始终为自己是炎黄子孙而自豪。我坚信有五千年文明史的中华民族，其振兴只是个时间问题。”他沉思了片刻又接着说，“我们在国外学有所成的中华儿女，回到祖国母亲的身边，不是正好可以让她更快地繁荣昌盛吗？”

那是一个难忘的时刻，远离祖国和亲人16年之久的游子，踏上新中国的土地还不到一个月，就来到灯火辉煌的怀仁堂，这里聚集着一批中华科技界的英才，他们同党和国家领导人共商中华民族科技发展的百年大计。比郭永怀早一年回来的钱学森向周恩来总理介绍郭永怀，总理高兴地握住郭永怀那双颤动的手亲切地说：“你回来得正是时候。有时间先到各地走走看看，有什么要求和想法我们可以一起讨论嘛！”

郭永怀激动得一时不知说什么才好，许久，才轻声慢语地说了一句话：“我想的是尽快投入工作，工作……”

为了加快核武器的发展步伐，钱三强问钱学森：“谁是承担核武器爆炸力学和总体设计最合适的领导人？”钱学森教授回忆说：“我毫不迟疑地推荐郭永怀同志。”

就这样，中国科学院“581”领导小组1001卫星和运载火箭总体设计院院长郭永怀也来到核武器研究所。在我国原子弹、氢弹的研制工作中领导和组织了爆轰力学、高压物态方程、空气动力学、飞行力学、结构力学和武器环境实验科学等研究工作，作出了杰出的贡献。1968年12月5日凌晨6时左右，在北京机场飞机降落失事起火的那一刹那，郭永怀以火一般的爱国心，科学家特有的冷静和机智，和警卫员一起，用血肉之躯在熊熊烈火和重要文件之间构筑起一道烧不透的墙，把一份热核导弹试验的文件完整地保留下来。为纪念郭永怀夫妇的伟大精神，2018年7月国际天文学联合会小行星中心将2007年10月9日由紫金山天文台发现的两颗编号为212796和编号为212797的小行星命名为“郭永怀星”和“李佩星”。

王淦昌、彭桓武、郭永怀这三位赫赫有名的科学家，都在同一时间内投入到“秘密历程”中，形成了中国核武器研究初期的三大支柱，指挥协调、解决核武器研制过程中的众多技术难题，把核武器的实验研究、理论研究和总体结构设计等工作推向一个新的阶段。

这三位著名的物理学家，同时到达中国的“洛斯阿拉莫斯”。“娃娃博士”邓稼先喜笑颜开、风趣地比喻说：“这三位大科学家，是核武器研究所的三尊大菩萨，我自己是他们身边的一个童子。”

为了加强核武器的研究力量，中央还批准从中国科学院和全国范围的有关部门、地区选调了105名科学研究和工程技术专家到核武器研究所工作。李觉将军高兴极了！他幽默地说：“太好了，我们又来了一百零八将。”

这105名科学家中，有金属物理学家陈能宽教授。

1947年年初，陈能宽和妻子裴明丽通过官费留学考试。陈能宽同时被科罗拉多大学、华盛顿大学和耶鲁大学录取。夫妻俩安顿好仅三个月大的女儿，于8月启程赴美。客轮在波浪汹涌的太平洋上缓缓航行，他和妻子常常长时间站在船舷旁，愣愣地望着大海，望向东方。思绪也和翻腾的海浪一样难以平静。

到了美国，陈能宽挑选耶鲁大学，成为冶金工程系的研究生。他以中国人特有的刻苦精神和创造力，潜心学业，1948年以《铜铬合金中 Widmanstatten 结构》学术论文获硕士学位。1950年又以《铝单晶体范性形变与再结晶的结构研究》获博士学位。该论文发表在美国的《金属学报》上，引起同行专家的极大关注。

1950年夏，陈能宽来到霍普金斯大学，从事金属物理和物理冶金的科研和教学工作。在这里，这个正直豪爽的黄皮肤、黑头发的中国学者又赢得了白人的信赖和称赞，并在变形带形成的严格条件、铝单晶体滑移带形成的动态过程和铝单晶体的范性形变等方面成果突出，受到学术界的好评和极度关注。

在美期间，陈能宽的确感受到美国强大的经济实力和先进发达的科学技术，特别是舒适的工作环境和优裕的生活条件，而且凭着自己的才华和贡献拥有了房子和汽车，似乎已是立足和扎根的坚实基础。但是他们刚刚踏上美国国土的那一幕情景，却给他留下了永远抹不掉的记忆：

那一年，陈能宽和妻子告别祖国，满怀着希冀和幻想，踏上求学异国的征程，航船来到洛杉矶，陈能宽扶着客轮栏杆，望着越来越近的自由女神像，眼里噙满了泪花。海港，海关大楼，热情的海关警察，彬彬有礼的海关小姐……陈能宽偕妻子和其他人一样正在办理入境手续。突然间：

“NO！ NO！ NO！”

看到黄皮肤的中国人，原先风度翩翩的美国警察忽然大摇其头，摊摊手，脸上失去了微笑，蛮横地命令：

“请按手印！”

“为什么？他们都是签字的呀！”

“可你们是‘他们’吗？”

“为什么不？”

“为什么不？你难道不知道吗？”

“不是人人平等吗？”

“平等是有条件的。二等公民，这已经是对你们特别优待了”！

侮辱、戏谑。陈能宽明白了：一个没有独立主权国家的公民，尽管“特别优待”，也只能是“二等公民”！

陈能宽对妻子说：“为了国家的独立和富强，等翅膀硬了，我们便飞回去！”

学术上的成就、舒适的工作环境，优裕的生活条件，房子、汽车和温馨的家，这一切并没有使他嫌贫爱富，更不能让他忘记一个炎黄子孙的责任。新中国的诞生更使他归心似箭，只因朝鲜战争爆发后，美国国内反共势力十分猖狂，美国政府对中国留学人员回国设置了重重障碍，使陈能宽有国难归。

月圆月缺，秋去冬来。1955年的冬天，机会来了。陈能宽又激起了祖国曾在他心灵上烙下的印记，激起了他曾向祖国许下的诺言。

“回去，我们不能做无本之木！”

陈能宽对妻子，也对孩子说。这决定竟使他激动得心旌震颤。经过一番波折，11 月 25 日，陈能宽毅然放弃了房子、汽车和名誉地位，携全家从旧金山登上威尔逊总统号客轮，踏上了回归祖国的航程。客轮经檀香山、日本、菲律宾、香港等地，于 12 月 16 日抵达深圳。望着高高飘扬的五星红旗，他激动得热泪夺眶而出："祖国！您的儿女回来了！"

在冰雪消融的 1956 年春天来临时，陈能宽骑着自行车来到中国科学院应用物理研究所工作。在开展单晶体力学性质的研究中，他首先帮助太原钢铁公司建立硅钢片的检验基地，同时开展硅钢片的加工织构与再结晶织构的研究，并在铁硅合金中获得了立方织构的形成。

1959 年，陈能宽和中国科学院沈阳金属所有关专家提出"建立晶体缺陷和金属键统一的金属强度理论"的学术思想。1960 年 3 月，他前往苏联考察金属强度研究。5 月回国后调往中科院沈阳金属所工作。

正当陈能宽准备在新的工作岗位打开新局面时候，长城古烽火台的 17 号工地突然响起了"隆隆"的爆炸声。中央组织部一份特别调令，把他调回北京。

迎接陈能宽的是李觉将军。

"你们是不是调错人了？我是搞金属物理的，搞过金属单晶体，但是向来没有搞过原子弹呀！"陈能宽很当真地对李觉说。

李觉将军笑了：“调你来没错。我们中国人谁也没有搞过原子弹，就只好照毛主席说的，在战争中学习战争，在工作中学习。当然这个东西该怎样个搞法，这个还是得动点脑筋哦！”

就这样，这位年轻、精悍、精力充沛、两眼炯炯有神、严肃中略显微笑、举止言谈透着儒雅气度和修养的年轻科学家，加入到了中国原子弹的研制行列，踏上了一条陌生又艰险的荆棘之途，日后成为核武器研究院的高温高压流体力学和爆轰物理实验的主将。

固体物理学家程开甲，也是中组部特别调令请进核武器研究所的。

浙江大学毕业以后，留校担任助教的程开甲，有幸遇上英国著名科学家李约瑟教授来浙大讲学和考察，经竺可桢校长、理学院院长胡刚复和王淦昌教授的推荐，1945 年，在李约瑟先生的帮助下，程开甲获得了英国文化委员会的奖学金。第二年秋，他只身来到爱丁堡大学，成为国际著名科学家玻恩教授的一名研究生，研究固体物理。在这里程开甲认识了玻恩的学生海森堡、玻尔、包里、薛定谔和索马菲尔得等大物理学家。由于许多国际著名科学家都是玻恩教授的好友，使得爱丁堡大学物理系充满浓郁的学术气氛。程开甲回忆说："在这里，我学到了物理学的许多先进知识。不同学术观点、长时间针锋相对的争论，对我们启迪太大了。"

在玻恩教授的指导下，程开甲主要从事固体物理学前沿的超导电性理论研究，提出了超导的双带模型，发表过5篇论文。

然而，生活在具有绅士风度的英国，程开甲却觉得很压抑。他一辈子也忘不了道貌岸然的白人对他的嘲笑、歧视：

一次，在海边游泳时，一个英国佬毫不掩饰地说："我最不喜欢这种奶油面孔（黄种人），把水都弄脏了。"

这件事对他的心灵震动很大。

不久，又因所谓原子弹有关机密资料流失，英国当局曾认为程开甲是共产党的间谍，并派特务跟踪监视。这倒使他想起：为什么帝国主义一听共产党便草木皆兵，吓得要死。此时的中国，正经历着一场翻天覆地的历史性变革，解放战争的红旗不断向南飘扬。国内好友的一封封来信宣传共产党能救中国。程开甲对祖国抱有热切的希望！

多少朝霞，多少暮色，斗转参横总有时。1949年学业有成的程开甲获博士学位，并很快被一家英国皇家化学工业研究所聘为研究员。

1949年10月1日，新中国诞生了。程开甲激动不已，再也不能平静了："回归祖国，这是我的必然选择。"50年代的第一个盛夏，被英国人戏为“没有国籍”的程开甲，终于踏上了祖国的热土。站在码头上，远望白浪滔滔的大海，觉得昔日那种寄人篱下的感觉一扫而光，他情不自禁地脱口而出：“祖国，母亲！您的儿子回到您的怀抱里了！”回到杭州，他没有回家，便直奔母校——浙江大学。见到亲人，幸福的感觉如春光沐浴，程开甲的眼眶里湿盈盈的。

回国后，程开甲曾在浙江大学和南京大学执教。1960年，中央一声令下，他先到九所参加原子弹研究工作，不久又奉命到核试验基地组建核试验技术研究所，为我国第一颗原子弹爆炸做技术准备，以后被任命为基地副司令。他全家也于1969年从风光旖旎、秀美迷人的江南搬到黄沙滚滚、亘古荒凉的马兰，至1985年秋一直生活在新疆罗布泊的大戈壁滩。从1964年到1984年的20年里他参与组织、协调了塔上、地下、空投、箭载的核试验达30余次，成为中国当之无愧的“核司令”。

当这位憨厚朴实的“核司令”回忆往事时深情地说：“如果我不回国，肯定不会有这么幸福，因为我现在所做的工作都是和祖国紧紧联系在一起。”

1961年请命从杜布纳联合原子核研究所回国参加原子弹理论设计的青年理论物理学家周光召，同其他科学家一样，他的事迹鲜为人知。直至1980年春，广州召开分子物理国际会议，他才首次公开露面。时任中国科学院副院长钱三强把他介绍给海外科学家时说：“他是中国杰出的科学家之一。”

在几十年的科海探索中，周光召硕果累累，先后发表了100多篇在国际上颇有影响的学术论文，被10个国家和地区的科学院聘为外籍院士。

1952年，周光召由清华大学转入北京大学研究院，师从彭桓武教授从事核物理研究。1954年毕业后留北大任教。

1957年，学校决定推荐他到苏联莫斯科的杜布纳联合原子核研究所工作。那时有12个社会主义国家的核科学家聚集在这里。周光召告别了妻子和不满周岁的女儿，带着对祖国的无限眷恋之情跨出了国门，来到令人瞩目的杜布纳联合原子核研究所。并且成为早期相继来所的王淦昌教授和胡宁教授的得力助手。

异国他乡的莫斯科郊外，地处奥卡河畔，原始森林里散发出来的空气特别清香，这里的文化生活更是多姿多彩。而且苏联还有法定的每年一度的休假。新的天地，新的文化，对每个中国学者都具有强烈的吸引力。但中国学者不仅自愿放弃休假，而且把晚上的时间以及星期天，都用在学习和工作中。周光召心中暗暗发誓：作为中国人，在这里一定要为祖国争光！他和同伴们的宿舍里的灯光，每天晚上都要亮到 12 点以后。白天，当公式和数据把头脑搅乱时，静静地望着幽静的森林，清澈的奥卡河，会沉淀学者们的思绪，潮湿而清新的微风令其精神振奋、头脑清爽。夜晚，进入梦乡时，仍然思考着课题，甚至突然惊喜地醒来，起身写下梦中的妙计、公式和数据。

自古雄才多磨砺。不畏艰辛的周光召在科学的天地中迎来了春华，又盼来了秋实。当他回首望去，身后已是一片金黄。相继问世的科学论文，使周光召像一颗闪光的新星，升起在国际物理学界，特别是他的《关于相对论粒子的反应》一文，首次用螺旋态来描述基本粒子，连同他相关的姐妹篇，为该领域的创新奠定了基石。几年中他先后完成了粒子物理、量子场论、凝聚态物理、统计物理等数十篇在国际上引起强烈反响的学术论文。他还是国际公认的赝矢量流部分守恒理论的奠基人之一……难怪李政道教授说“在我们同行中，他也是超群的”。

1959 年夏天，中苏关系的列车进入雷区，黑云滚滚，电闪雷鸣，身为学者、中共党员的周光召嗅觉敏锐地预感到形势的变化，开始思考未来的工作，时刻听从祖国的召唤。

这年秋天，核物理学家钱三强突然出现在周光召他们中间。“因为我们不妥协，不退让，拒绝拿主权做交易，人家就要卡我们的脖子，撕毁协议，停止援助，撤走专家。我们只能独立自主发展核科技，并掌握核盾牌。”钱三强的一席话，使中国学者心潮起伏，热血沸腾。

“中央决定，要靠我们自己的力量建立起中国的核科技和工业体系。”钱三强望着沉默、愤怒的中国学子，自信地对大家说。

“我们的心与祖国息息相通。我愿随时听从祖国的召唤。”周光召发自内心地说道。

“我们愿随时听从祖国的召唤！”中国青年科学家发出共同的心声。

载着钱三强的黑色“伏尔加”已消失在森林的尽头，但周光召仍呆愣愣地望着，他的心早已飞回祖国。

夜晚，周光召辗转反侧，难以入睡。中华民族的骨气，激情荡漾的中国心，使周光召懂得此时此刻一个中国知识分子的历史责任。“国家兴亡，匹夫有责”的古训在他耳边响起。索性，他翻身起床，推开窗户。清风拂面而来，令其浮想联翩。祖国、北京，历历在目……

第二天，周光召和同伴们不约而同地提起如何回国报效祖国的方案。民族的尊严，祖国的召唤，让一颗颗中国学子的心紧紧地连在一起。

很快，由周光召执笔的一封请缨书信，带着中国学者的心，寄往北京。

“我们作为新中国培养的科学家，愿意放弃自己多年的研究工作，改行从事国家急需要专业。我们随时听从祖国的召唤。”信中的字里行间，包含着儿女们对祖国母亲的挚爱之情。

1961 年年初，第一颗原子弹的理论设计工作进入到关键时刻，为了加强力量，钱三强又开始新一轮的点将工作。被点将的周光召踏上了回国的列车，开始迎接人生的重大转折和挑战。

周光召回到北京，4 岁的女儿因为陌生还不肯叫“爸爸”的时候，他便匆匆走上工作岗位。但是他不是回北京大学搞原来的理论物理，而是来到核武器研究所理论部，加入到光荣而神秘的事业之中。钱三强、王淦昌、邓稼先，还有导师彭桓武，在这里拥抱了周光召。

1962 年 10 月，经中央专委批准，又增调张兴钤教授、方正知教授、钱晋教授等 126 名科研工程技术人员加入到核武器研制行列。

还有……

更多的是到全国各高等学校挑选的意气风发的优秀大学生，或带着中央组织部介绍信，从各重点高校、科研单位和重点企业抽调来的技术业务骨干。成百上千的优秀中华儿女云集二机部第九研究所。

他们当中最杰出的代表是于敏。他50年代初从北京大学毕业后，从未出国留学，而是“土生土长”地成为我国乃至世界一流的理论物理学家。也因为这样，人们亲切地称他为“国产专家一号”。在原子核理论研究的巅峰时期，他毅然服从国家需要，改变专业方向，开始从事氢弹理论的探索研究工作。

知识分子在专业选择上是非常慎重的，为改变专业付出的牺牲是痛苦的。但是，于敏深知新工作的重要意义。“核武器是一种保障国家安全的手段。作为一个年轻的大国——中国不能没有自己的核力量，否则就不能有真正的独立。我自幼对民族所受欺压有切肤之痛，为了祖国的安全，我愿意为国家和民族的事业献出自己的一切。”

沉甸甸的使命感，朴素诚挚的爱国心，是他，也是数千年轻科技人员、所有“两弹人”的精神动力。

这里——土城墙下，人杰地灵，我国研制核武器的圣地；

这里——土城墙下，卧虎藏龙，鸾翔凤集，荟萃着并在继续荟萃为打造中华民族核盾牌的精兵良将、能工巧匠、才华横溢的“智多星”。

就是这支宏大的科技队伍，他们和中国的蘑菇云结下了割不断的情丝，他们在我国科学技术极为落后、工业体系尚未建立的大地上勇敢地承担起铸造共和国核盾牌的艰巨任务，开辟中华民族文明史上空前创举。“祖国的需要就是我们的专业”“哪里需要就在哪里安家”，他们义无反顾、几十年如一日地战斗在实验室、车间、试验场，无怨无悔地长年生活、工作在高原、戈壁、沙漠和深山。他们所向披靡地攻克一个个科学高峰，突破一个个技术难关，创造了世界科技史上的伟大奇迹。他们不仅为我国实现科学技术跨越式发展创造了宝贵的经验，所构筑的举世瞩目的国威更为我国经济建设和社会发展创造了和平时空。

3. 我辈当自强

要有原子弹，必须获取并提炼高纯度的核材料。必须有运行速度快、容量大的电子计算机，必须有超高速驱动核装料的爆轰系统……

由于原子爆炸是靠炸药来引发的。要解开原子弹之谜，最先行的是高能炸药爆轰实验。

朱光亚等科学家带领一群年轻的科技人员着手爆轰实验的准备工作。

“我们既没有高能炸药，也没有高压雷管。测试仪器也几乎是一无所有！”年轻科技人员眼睁睁地望着朱光亚。

“是的，目前我们国内还没有生产高能炸药。国内也只有工业电雷管，发火电压很低，瞬发时间很长，和起爆原子弹的高能炸药所需要的雷管差距还很大。”前不久从某炸药工厂调来的老刘接着说。

“高能炸药爆轰驱动下的物体运动速度很大，每秒数千米以上。我们要研究其运动规律，要观察运动图像，要有先进的测量仪器！”陈能宽眉头一皱，若有所思地说。

“我正考虑着，如此高速运动的物体，可采用每秒数万转以上的高速转镜照相机，或高频脉冲示波器。”航空力学专家郭永怀很快想起在国外研究工作采用过的仪器设备。

“观察高速运动的物理图像，高能流脉冲X-光机是必备的仪器。”核物理学家王淦昌想起脉冲X-光机可以获得直观图像的优点。

你一言，我一语，虽不是计出万全，可也平平实实。

但是，所有这些，新中国还很少很少，多数还是空白。

年轻的科技人员都没有学过爆轰物理，多数人没有看见过高能炸药，不懂得高压雷管……创业初期他们多么希望苏联专家能够给大家引引路，开导开导。为此，大家抓紧攻读俄语，白天组织上课，早晚背诵单词，整个核武器研究所到处是朗朗的读书声。但是苏联专家滴水不漏，还经常乱点鸳鸯谱。

1959年夏天，苏联派来一位爆炸力学专家，这位专家性格孤僻，有高血压，爱发脾气。谈及技术问题爱绕圈子，从不直接回答问题，更没有涉及爆轰实验方面的技术问题。

有一天，老刘来到专家办公室，认真地请教专家："我们准备到外单位调一些科技人员，准备将来作为搞爆轰实验的技术骨干。您认为到哪些单位？调什么专业的？"

专家听完后，故作翻阅书本，好久还不吭声。老刘又重复问了一句，专家才开口："到矿山，采石场……纺织机械的也可以。"

一口气讲了十几种单位，二十多种专业。但是只字未提搞爆轰实验是属于爆轰物理学科的。

又有一天研究所请苏联专家讲座"高能炸药和爆轰实验"，指望专家能传授一点爆轰物理和爆轰实验方法的科学知识。

好大的会议室里座无虚席地挤满年轻的科技人员。苏联专家连篇累牍地讲了矿山和采石场的工业爆炸所用的炸药和雷管，以及如何安装炸药、怎样插雷管。再就是喋喋不休地讲些炸药如何不安全。还讲了一个女工穿高跟鞋进入炸药车间的"故事"：

"前不久，苏联有一个生产炸药的工厂，一位女工违反安全规则，进入炸药车间前没换鞋，结果鞋底踩着地面上的药粒，引起药粒爆炸，把女工的高跟鞋炸掉了。”引起全场哄堂大笑。

一直到讲座结束，苏联专家只字不提“高能炸药”，更不可能讲及高能炸药的化学成分、爆速、爆压，如何进行爆轰实验，用什么仪器观察、测试等。使听讲座的年轻科技人员大失所望。

苏联专家保密森严，很难从他们嘴里获得核武器研制中哪怕是启发性、科普性的信息。李觉所长形象地称他们是“只会拜佛，不会念经的‘哑巴和尚’”。

1959 年秋，核武器研究所派一部分科技人员到抚顺一家工厂学习，该厂主要是生产一般工业电雷管。科技人员白天下车间跟班学习、操作，晚上休息时间查阅参考书。他们叫“海底摸针”。

1960 年年初的一个星期天，小牛查阅到一本参考书上有雷管简图，高兴地嚷了起来：

“我查到一种有别于工业雷管的结构简图，还注明发火电压。”

同伴们高兴地围了过去。老刘见了此图，高兴地说：

“这种发火电压高的雷管，瞬发时间会比较短，爆炸力会比较大，值得我们深入研究。”

说完，小牛和老刘都认真地把简图描了下来，把附图说明也一字不落地抄录下来。

回到北京，科技人员把参考书上画下来的高压雷管结构简图恭恭敬敬地送到苏联专家手中，询问这种雷管的结构原理，指望专家能够给予点拨。

专家看了又看，先是恍然大悟似地，很快转为神态紧张，面色苍白。久久哑口不语，再后来，竟然大发脾气，将简图往地上一扔，厉声训斥：

“你们问这干什么？”

一时弄得大家莫名其妙，又惊又恐，心想：“什么事惹了专家？或哪句话问错了？”

这件让人想不明白的事，引起大家极大注意，大家急忙向朱光亚作详细汇报。朱光亚听完汇报，思虑片刻后，微笑着说：

“今天你们提出的问题，很可能涉及他们的核心机密，专家才会表现异常。”

年轻的中国学者心里更加有底了！大家满怀信心，热烈讨论，分析研究。随后，大家又四处奔忙，找来各种金属材料、炸药和导线，自己动手制作实验件。反反复复改变数十种设计方案，进行过数百次实验，终于提出了高压雷管的设计方案。

小牛画好雷管设计图，写好设计方案，经邓稼先审阅后，马不停蹄地到北方三所协同攻关。

1961年春暖花开时，小牛和同伴们高高兴兴地带回中国人自己研制的瞬发时间微秒级的高压雷管。在17号工地用高速转镜照相机进行高能炸药起爆实验。结果表明，发火可靠，稳定性好。

以后，经过工艺定型、专家鉴定，这批高压雷管完全符合起爆原子弹高能炸药的技术要求。

“这一成果的取得，可以说苏联专家‘发火’无意中帮了我们的‘忙’。”朱光亚风趣地说。接着朱光亚的话，李觉将军侃侃而谈：“这一件事告诉我们，我辈当自强。”

“这一件事已经说明，我辈能自强。”郭英会带着浓重的广东口音和声道。

4. 难以忘怀的17号

——奏响研制核武器的第一乐章

人们大概不会相信，“两弹人”第一次爆轰实验是在不折不扣白手起家的原始条件下进行的！

从北京城往西北方向，沿着崎岖山路逶迤而行，翻过群峰起舞、前簇后拥的八达岭，来到燕山山脉的长城脚下的山谷中。那巨蟒般的长城横亘于崇山峻岭之中，欲断又连，绵延盘陀。那一座座烽火台高高地矗立于高山之巅，明明灭灭的战火烽烟，扑朔迷离的史书残卷，如今还傲然地向世人昭示着2 000年前古人征战的威武雄姿。西北面的荒漠上，黄色的沙丘像一座座小山，变幻无常，构成一片十分癫狂的沙漠。风平沙静之日，北国荒原也有其独特的动人景色。尤其有了东北面的官厅水库，更让人赏心悦目。那壮丽宁静、碧蓝无边的水面像一面刻意造型的大镜，镶嵌在这黄色的大地中间，与那遥远的山峦、茫茫的天际相连，为这峰峦起伏的荒野，平添了一派生机，蔚为壮观。可惜远水解不了近渴，科技人员每天要到十多里外的杏花沟去拉水，而且也远不能改变这荒漠的恶劣气候。一旦狂风大作，就会扬起迷蒙的黄沙。一夜疾风，沙丘就会把小公路淹没。人们只能望着山峦走。狂风掀起军用帐篷，在人们的被子上积满厚厚的沙土。冬季，寒风刺骨；夏季，烈日炎炎，可有时转眼间就下起很大的冰雹，翻脸真快，名副其实的“天变一时”。永远不会被遗忘的还有这里的傍晚：落霞如火，夕阳似血，泼红这无垠的沙丘。血与火沐浴着古老的山谷于朦胧的烟霭里跃然攒动。

山谷东南的山坡上，孤零零地支着几顶工程兵的帐篷。

帐篷不远处的一小块平地上，筑起一座不显眼的碉堡。这就是中国核武器实验研究史上具有开篇意义的“17号”。这是借用工程兵试验场的一角而建立起来的爆轰实验场。

在一间向工程兵借用的会议室里，用土砖砌成的U字形通铺，没有桌子，也没有椅子或板凳，整个房间的照明只靠一盏挂在屋顶的60瓦灯泡。每晚有40多人挤在这不到30平方米的瓦房里。由于屋顶瓦片盖得不严密，下大雨时，还有好几处会往床铺上滴水。大家在这里睡“通铺”，挤得翻身都困难。夜里的鼻鼾声、咳嗽声、梦呓声和屋外狂风呼啸声交织在一起，令人难以安眠。但这房间却是群英会、献计献策、切磋科技的殿堂。每天晚上，睡觉之前，大家你一言我一语。有时早上一起床，又会有人晚上彻夜难眠地想出一个个好计谋。许多令人叹为观止的绝妙方案，就是在这比乡间旅店还嘈杂的环境中诞生出来的。

1960年10月，从白城子靶场调来了一台苏式CΦP型“高速转镜扫描相机”，大家高兴得如鱼得水，欢蹦乱跳。但是如何计算出“转镜相机”讯号发生器的度数，以控制信号记录在适当的位置上，如何解决爆轰实验测试中相机“重复曝光”问题，……很多技术问题急需解决。科学技术人员一边安装调试，一边研究讨论。晚上，吃过晚饭，在这矮矮的瓦房里，大家不需领导组织，你想一个办法，我提一个方案，他作进一步补充，热闹非凡。

小吴说："采用爆轰自毁反光镜是一种有效办法。"

小谈讲："在系统中置入粉末爆炸快门也是切断光路的一种好办法。"

……

就在这间房子里，一夜之间，单是解决"重复曝光"问题，就提出好几种行之有效、切实可行的技术方案。

又有一天，为了解决"高速转镜摄像机"同时记录相交任意角度的两条瞬时爆轰波形的难题，从长春光机所调来的年轻技术专家小吴和伙伴们在通铺上切磋琢磨了好几个小时，已到入门处，但是就是找不到"钥匙"。小吴躺在通铺上辗转反侧至午夜三点多钟，终于"门"自动打开了：想出了"三镜转向机构"。此时，他猛然从床上翻起到隔壁"办公室"的小房间里，静静地，一笔一画地设计出"三镜转向机构"的草图。当他放下画笔，望着手上的手表时，已是第二天上午八点钟了。

一穷二白的科技人员们，面临的困难太多了。

设备方面，困难重重，怎样制造炸药？没有"熔药炉"，他们焊接一个双层结构的铝壶，外层通以蒸汽，里面熔化炸药。用手拿木棍搅拌。没有高压蒸汽，用到新街口一家旧货店买来的开水炉，经过维修、改装后代替。没有金属模具，就用牛皮纸卷折代替浇注炸药的模具。有时把厨房的搪瓷盆等用具也用上。大家经常谈起：炸药装配车间“三件宝”：胶纸、胶布、万能胶，爆轰实验少不了。有人开玩笑说：炸药装配车间就像战地伤兵医院。

测试仪器，最初用的是欧洲人最古老的道特里斯法，即铅板刻印法测量爆速。后来好不容易才找到一台苏制 OK-17 型示波器。

有了脉冲示波器，科学家组织科技人员解决记录问题。爆轰过程获得的瞬时信息，如何传递给示波器记录？这当中有物理学问题，也有电子学问题。

“爆轰产物和爆轰作用下的物质表面呈电离状态。”小张从物理角度切入。

“有了，我有办法。”小蒙在纸上画呀画，画出一种铜箔传感器。

可是传感器的信息，怎样形成电脉冲被示波器记录呢？小蒙在小瓦房的通铺床上一夜不能入睡，已是下半夜一点多钟，他索性从床上爬起来，蹑手蹑脚地来到隔壁小房间里，翻起电子学杂志，计算出形成极短脉冲波形的电阻、电容的数值大小，设计出把电离传感器送来的电压变化转换为零点零几微秒的电脉冲网络板。

年轻人火热的心，闪烁着一心扑在事业上的美丽光环。

就凭这样的条件，中国人于1960年4月21日打响了第一发“争气炮”——曾被美国人称作“逗龙尾巴”游戏的爆轰实验。两弹人终于奏响了中国核武器研究事业的爆轰实验第一乐章。

现在看来，这第一发“争气炮”有点太粗陋了。但是它必定是“零”的突破，为我国核武器的研制，开展爆轰物理实验迈出了第一步。

别看这粗陋的实验条件，可当初的创业者却是无比的珍爱。

就在第一发“争气炮”后不久，一天夜里，狂风大作，紧接着就是一场罕见的大雨。山洪暴发，工地上洪水泛滥。架在河滩上浇注炸药用的帐篷、锅炉、熔药锅等熔药器械全部被洪水冲得无影无踪。一早起来，见此情景，大家急得跺脚捶胸，女同志更是急得哭起来。郭英会副局长虽然也和大家一样，心急如焚，却诙谐地说：“简直是大水冲走了龙王庙。这也好，将来有人写历史，是难得的好材料呢！”

“龙王庙”被冲走了，大家并不气馁。人们卷起了袖子，一切从新开始。

没过多久，新的浇注工房完工了……

随着实验不断开展，条件逐渐得到改善。高速转镜照相机和高频脉冲示波器为测试分析爆轰运动规律提供较先进的仪器设备。但炸药部件的研制完全靠大家的智慧和双手。

冬天来了，17 号这个地方，寒风刺骨，炸药工房里更是阴森森的，非常冷，工作人员又不能穿皮鞋进工房，害怕把沙子带进工房，要把皮鞋脱掉，光着袜底儿进到工房里加工和装配。有一次王淦昌进来了，他也和大家一样，把鞋脱掉，他一脚踏进工房，就惊叹地说："哎呀，这里边太冷了！你们长时间在这里穿着袜子工作怎么受得了呀？"事后，王淦昌通知行政领导，特地加工一批布棉鞋。从此，大家再不冻脚了。

人们在雾气腾腾的房间里，吸闻那熔药炉蒸发的雾气腾腾和车床切削加工飞出的炸药粉末的怪味儿。久而久之，人们好像忘掉难闻的药味，也忘掉炸药的毒性和危险。白天、黑夜，日复一日地研制爆轰实验所需要的各种类型的炸药。而且越是雾气腾腾的时候，越需要尽快搅拌，才能使炸药部件的密度均匀。

以往习惯穿白大褂，趿着拖鞋在清静的实验室工作的王淦昌、朱光亚、陈能宽等科学家也和大家一样，经常穿着蓝布袄、粗布鞋，在帐篷里和年轻科技人员研究、讨论如何改进炸药加工工艺，有时还拿起木棒搅，拿起铜刀刮、铜锯锯。

"王老师，我们刮炸药的时候您不要进来，有危险！"

年轻大学生劝道。

“我能行，年轻的时候，很多实验设备也都是我们自己动手做出来的。”王淦昌继续一刀一刀地刮削炸药。接着一边刮一边说：

“当然，操作火工品，安全第一。浇注炸药时，不能有任何杂质，特别是砂子和重金属。刮呀，磨呀，一定要用清水边浇边刮，水也不能有杂质和砂粒。一定要小心谨慎，万万不可粗心大意。不能因为任务紧而冒风险！”

老科学家不惧艰险的大无畏精神极大鼓舞年轻科技人员。老科学家诚挚的教诲铭刻在年轻科技人员的心中。

工地上没有浴室，水又缺，洗澡时只能打盆水擦擦身子。只有一套工作服，遇到阴雨天，洗了不易干，经常穿到脏兮兮的也没法洗。当时困难时期每人每年只有6尺布票，内衣又旧又少，而且整天都在和炸药打交道，内衣连同被褥全都被炸药粉染成红色、黄色的“大花布”。一个口罩，一副手套，也是戴了又戴，洗了又洗。一季度才能换一次，该换时已是又破又黑。科技人员打趣地对管理人员说：“收回这些破手套、黑口罩，将来可作展品用！”

今天，在电视屏幕前遥控炸药部件加工的年轻人，他们是不会想到，创业者是冒着生命危险为第一颗原子弹研制一件件炸药，它们浸透了创业者披星戴月的辛苦和殚精竭虑的血汗。

实验研究人员还要经受寒风、顶着烈日，在荒凉的沙丘上进行爆轰实验。有步骤地开展高压起爆雷管、起爆药、传爆药和各种不同组分的主炸药以及不同结构尺寸、形状的炸药元件的装配工艺和性能的研究和探索。

“隆隆”的爆炸声在山谷中轰鸣。震撼着巍峨的群山和荒芜的沙丘。在一年多的时间里，研究、设计、制作了数十种不同类型的炸药部件或组合部件。大大小小进行了一千多次爆轰实验。研制出用一只雷管起爆炸药的散心爆轰波，经过组合装药的科学设计，可以转变为直径 100mm 和直径 200mm 的平面爆轰波——“平面波发生器”。研制出多种特殊用途的炸药元部件。通过反复研究、实验、测试，高压起爆雷管的瞬发时间已可满足零点几微秒级的技术要求，其结构、尺寸也已通过鉴定和生产定型。起爆药和传爆药也都通过鉴定和生产定型。它们既可满足一般爆轰物理实验的技术要求，同时，也是我国第一颗原子弹所采用的部分起爆、传爆炸药部件的规格型号。

在王淦昌和陈能宽的指导下，年轻的科技人员阅读了很多有关的国外文献资料。他们在充分消化国外学者的见解的基础上，群策群力，锐意创新。想了很多好办法，出了串串金点子。在炸药浇注工艺组分配比，添加剂改性……做了一系列的实验研究，取得了卓有成效的结果。在产品质量理化分析、测试检验、无损探伤等方面也全面开展工作，充实了大量设备，也锻炼了一批科技人才，为制作、加工我国第一颗原子弹所需要的主炸药奠定了坚实的物质和技术基础。

爆轰驱动下材料的高压物态方程参数是核武器理论计算很重要的材料参数，怎样测准实验数据则是一个很大难题。

白天，大家在17号实验场地做实验，夜晚就在17号的瓦房里分析实验结果。已是三更半夜时，老经和老叶在琢磨光探板快门机理，老林和老马在推敲示波器读出的数据。他们时而争论得脸红脖子粗，一旦取得一致意见又爽朗地大笑起来；时而静静地翻书、计算，潜心求索。他们似乎忘记了白天的劳累和深夜的疲竭。

几多耕耘，几多收获。两年多的风霜雪雨，科学家有挑灯夜战攻克难关的甘甜，也有夜深人静默默分析实验失败的苦涩，但他们的心血和汗水浇灌的嫩苗，终于结出让人心醉的硕果。一组组动高压物态方程参数，为原子弹理论设计所需的多种材料的物态参数提供可靠的实验数据。

在荒漠的17号将近三年的峥嵘岁月，创业者们一路披荆斩棘，不畏艰险，勇攀高峰。王淦昌、陈能宽等老一辈科学家和年轻的科技人员一起，装炸药、插雷管、堆沙丘、扯电线、接电源，一起检查高速转镜照相机和高频脉冲示波器，共同分析实验测试的一个个来之不易的光学数据和电学网络数据。

由于自然灾害，加上苏联逼债，国家还处于暂时困难时期。不但工作条件艰苦，生活条件也极差。1960 年正是国家经济极端困难时期，粮、油、蔬菜、副食供应非常紧张，每人每月粮食实际定量 28 斤、3 两油、半斤肉。一天有十多小时工作时间，大家总感觉到，吃饭前肚子很饿，吃了三两米饭或一个半馒头以后，肚子还是感到空空的。饭菜热量供应严重不足，加上超负荷的辛苦劳动，连老科学家王淦昌也全身水肿。有一次，工地挖电缆沟，由于天寒地冻，镐头往下刨，使的劲不够时还要往上跳，劳动量非常大，大家都消耗了很大的体力。中午吃饭时，行政领导宣布，今天吃饭不收粮票，大家可以敞开肚皮吃一顿。结果，多数同志吃了一斤以上，个别饭量大的吃上两三斤。郭英会副局长逗笑地说："大家都破了纪录，放了卫星。"

在艰苦的岁月里，大家白天忙于工作，晚上回到宿舍，睡觉前多数谈论工作，有时也讲讲什么菜好吃，什么食品味道鲜，大家互相逗乐，进行"精神会餐"，但毕竟工作太累，时过片刻，几十个人一起睡在大通铺的房间里，就响起一阵阵鼻鼾声、梦话声，还有咬牙和狂叫声。入睡晚的只好自个"欣赏"这种让人心烦的"嘈杂交响曲"。

十月的一个星期天，是一个晴朗的天，天空像清水一样澄清，微微的和风吹着，更让人感到特别舒适清新。这天又没有安排加班，小林和小张等几个年轻科技人员，早起洗完衣服，吃过早饭，带着铁锹准备到农民收获过的地里去刨土豆。涉足山野后，又巡行到田间，北国的秋天确有一般独特景色：被风刮红了的高粱穗好似一队队“红领巾”，玉米棒子的红缨虽然已经干巴却还是通红通红，向日葵摇头微笑着望向太阳起处的红色天涯，山洼里的一片柿子树红得像一片火焰似的……多么可爱的北国秋色啊！

来到农民已经收成的土豆地里，大家就开始刨土找土豆。

“啊！好运气，我第一锹就刨到一个大土豆。”女科技人员小张高兴地喊了起来。

“那是土地爷对女大学生的鼓励！”小林逗笑地答了一句。接着说：“刨到第一个土豆的不一定会刨得最多。谁刨的土豆多可能还得看谁的力气大！”

“那就等着瞧吧！”小张有点不高兴的样子。

大家你一锹我一锹，刨了将近两个小时。运气还不错，总共的战果足足有 5 斤土豆。

大家高高兴兴往回走。回来路上，绕过农场果园，见到地上掉了几个沙果，小张顺手捡了起来，放在小林装土豆的布兜里。

“哎呀！大家吃了算，还带回去？”小林说。

“不行！不行！带回去。我们组每人可分一个呢！让他们分享我们的胜利果实吧！”小张反对道。小林只好表示同意：“那也好，让他们惊喜我们还有额外收获！”

回到营地，小张高兴地嚷嚷今天上午的收获。正好被一位行政领导听见。未经仔细询问，就来一顿批评，还带有讽刺和挖苦，说什么生活不检点，违反群众纪律，……弄得几个年轻人很难受，小张更是伤心地大哭一场。

“你去果园调查一下才来训我们也不迟吧！”小林肚子里也有气地顶了一句。

后来，这位领导拿着年轻人捡回来的沙果，亲自去果园向农民做调查。农民看了看沙果后说：“这些沙果确实是树上掉下来的，我们一看就明白。”一个老农指着沙果说：“你看，这几个沙果有虫眼！那几个沙果……”老农抽了一口烟接着说：“年轻人路过果园时我正在巡视呢！他们是一群可爱的年轻人！”

这位领导返回营地途中，心里又后悔，又高兴。后悔的是，不应当没有调查研究就瞎批评、乱训人；高兴的是我们的年轻人确实是不拿群众一针一线的好同志，是可以信赖、大有希望的一代。回到营地，他含着热泪作了自我批评，向年轻人当面赔了礼！小张也因为领导勇于自我批评感动得眼眶充满泪花。

在那生活极度困难的岁月里，有的同志原先饭量比较大，一下子变成每月 28 斤定量，确实有时饿得很难受，偷偷地捡些伙房外边垃圾堆里的烂菜叶，捡捡洗洗煮着吃充饥，时有发生；排队买饭时，指着蒸笼里要挑个大一点的馒头，也偶有出现。但是群众的东西，周围老百姓的东西，大家一点不敢动。就是玉米地里的“甜秆”——不会抽玉米穗的玉米秆，有甜味。按乡村规矩，只要你发现有，可以拔下来当小甘蔗吃。大家也从来不敢动一根。做到泾渭分明，严守群众纪律。

虽然吃不饱饭，多数人患了水肿病，体力明显下降。但是人们的心中却燃烧着熊熊的青春之火。就如当时二机部部长宋任穷经常教育和鼓励大家的一样，“我宋任穷就是人穷，可是志不穷。你们现在是‘贫农’，慢慢就会变成‘中农’‘富农’。”工作虽然紧张，但大家有一个坚定的信念：困难是暂时的，我们一定能够克服。我国核事业一定要上去，原子弹一定能搞出来。

王淦昌、陈能宽、郭永怀、程开甲、苏跃光、方正知、钱晋等科学家也和年轻的大学生一起艰辛劳作，一起忍饥挨饿，一起奔忙于飞沙走石的荒野，一起吃着工程兵食堂送去的一人一份的低热量的饭菜。所有这些，在今天看来似乎不可思议。但他们为了崇高事业的执着追求与拼搏奉献是毕生难忘和永远珍爱的。

5. 九次运算现端倪

——扣开原子弹理论设计的神秘大门

这里荟萃着一群学识渊博、思维敏捷的年轻人。他们在原子弹理论的海洋里遨游。

和在古老而荒凉的17号进行爆轰实验研究基本上同时进行的，是青年理论物理学家、“娃娃博士”邓稼先带领着一批大学生在古老而已生机盎然的土城墙下的灰楼里顽强地投入原子弹的理论设计工作。

1959年6月，苏联政府撕毁向我国提供原子弹技术援助的《国防新技术协定》并随后撤走所有在华的全部技术专家。面对困难万千重，中国人作何反应？中国科学家有何打算？“现在只有靠我们自己了！”邓稼先语重心长、字字千钧地对年轻的大学生们说。

邓稼先带着这群刚出大学校门的年轻人，从最基本理论学起。他深入细致地讲授了H·E柯钦所著的“理论流体力学”和库拉特的“超声速流与冲击波”，使核技术专业毕业的大学生和其他专业毕业的大学生填补这部分的理论空白，使他们建立了连续介质力学及波的概念，掌握流体动力学方程及冲击波守恒关系式、冲击波理论和爆轰波理论以及冲击波与物质相互作用、冲击波作用下物质的性质与状态和运动规律等知识。

1960 年 4 月，原子弹的理论设计工作正式开始。但是，当时仅有的是手摇计算机，有时还用起古老的拨珠子算盘。

“老邓，用这样的计算工具进行原子弹理论设计，将来会不会被人家笑掉大牙！”一位年轻的大学生打趣地说。后来，邓稼先当了理论部的主任、九院的院长。但是同志们还是用亲切的“老邓”称呼这位气度儒雅、长者风范的“两弹元勋”。

“牛奶会有的，面包也会有的，电子计算机也会有的！”邓稼先“哈哈”一笑后言近旨远地答道。

我国研制原子弹的年代，不仅技术基础十分落后，而且正处在国家经济十分困难、内外交困最艰难的时期。那时北京市成年人的定量是粮食 28 斤、3 两油、半斤肉。日夜连轴转进行原子弹理论设计的科技人员也不例外。每到夜深时，年轻的科技人员经常和邓稼先既开玩笑又似认真地说：“老邓，老邓，饥肠辘辘，何能潜心求索！？”邓稼先照样回答：“牛奶会有的，面包也会有的，大鱼大肉也会有的！”

一位心地善良的女同志眼眶红红的，她心想："一米八高的彪形大汉邓稼先，何尝不是饥肠辘辘？只是忍饥挨饿一个劲地往前奔罢了。"

有一天晚上，干到深夜，有一个同志多买了一个火烧准备第二天早上吃，他刚从抽屉拿出来，大家便一哄而上乱抢吃了起来。邓稼先闻到面香味，忍了好久，咽着口水说："你们吃，也给我留一小块吧！"坐在他旁边的一位女同志从抽屉里拿出半个窝窝头递给邓稼先说："老邓，这是我今天晚饭省下的，你吃下吧！"邓稼先接过那半个窝窝头，掰成两半，"好，我们各吃一半。"

这一年的"三八"妇女节，中午下班前，邓稼先说："今天是三八妇女节，下午女同志放假半天，中午食堂特地给女同志加餐。"一听说要给女同志加餐，有的男同志吞起口水。有一个忍不住地感叹道："唉！今天我要是女同志就幸福了！"邓稼先一听，又看了看一个个或消瘦或水肿的脸孔，伤心得说不出话来。下班时，他对大家说："男子汉们，走！中午我请客。"办公室里顿时一片欢呼。到了城里，邓稼先花了十元钱，众人在饭馆里高高兴兴地猛吃一顿。

在图书资料和技术条件都十分困难的条件下，邓稼先顽强地投入原子弹的理论设计工作。他深深懂得，理论设计是研制原子弹的"龙头"。龙要腾飞，非驾驭"龙头"不可。

重任在肩，容不得丝毫敷衍。他一边工作，一边读书、备课，给年轻科研人员和新来的大学生讲课。有时备课到凌晨4点多钟，就在办公室睡两小时，天亮继续工作。

邓稼先的妻子许鹿希是位很有名气的医生，她的工作也很忙。还是小学生的女儿，却已承担了做饭买菜等的全部家务劳动。放学回家，就把煤炉火打开，煮些面条充饥。邓稼先经常很迟才回家，他也弄不明白为什么孩子特别喜欢吃面糊糊？昨天是面糊糊，今天还是面糊糊。

有一天中午，研究工作正好告一段落。一个年轻科技人员说："老邓，中午到你家吃饭。"邓稼先只好按时下班。回到家里，看到女儿正在伏案写作业。邓稼先走到炉灶边，掀开锅盖一看，才恍然大悟。"哈哈！我的女儿煮面条有新招。原来女儿是冷水、面条、菜叶子一次性下锅。怪不得顿顿都是面糊糊。"

这位青年人风趣地说："好办法，好办法！严格计算表明，这种菜、水、面同时下锅的面条煮法，最节省做饭时间，最有利于增加学习时间。""老邓，你的女儿一定和你一样，是个未来的大科学家。"逗得大家哈哈大笑。

在那不分昼夜的日子里，邓稼先和大学生们把全副身心倾注在工作上。他们一天到晚都在琢磨着原子弹的一个个理论难题。连吃饭、走路时都在想。常常想啊想啊！走路也忘了注意前方。撞到大树、掉进水沟是常常发生的事。邓稼先就两次掉入水沟。后面跟上来的同志开玩笑地说：“老邓抓到一条大鱼了。”他们边看书，边研究，边计算。把爆轰力学、冲击波和物质相互作用等的规律，核反应，中子输运……一系列和原子弹理论设计有关的重要概念搞得非常清楚，把基础打得扎扎实实。即便是一个细小的疑点，也不曾放过。

在彭桓武的建议下，核武器理论攻关者在每个星期一的上午都要召开专题讨论会。在科研上，卓有成就的科学大师和初出茅庐的科技新星聚在一起，对一个个难题，一个个谜底，进行集体攻关，分析矛盾，各抒己见，联合“会诊”。每当这时，彼此之间没有师生、年龄、资历的差别，只有客观、求是的精神。而彭桓武和邓稼先又都善于在广泛学术民主的基础上，以深刻的理论物理洞察力，集合与升华在科学与民主的气氛中碰撞而产生闪亮的思想之花，指出需要进一步探索的关键问题和途径。彭桓武还凭他宏阔而厚实的理论功底经常给年轻学者指点迷津或破译谜底。

后来曾经担任九院院长的胡思得经常讲：“彭公不仅理论渊博，他还有一套非常好的思维方法。在错综复杂的理论问题面前，我们年轻科技工作者经常会束手无策。这时彭公会静下心来，抓住问题的主要因素，暂时舍去次要因素。主次矛盾逐层剥离，先粗估出主要因素，再逐次扩展，扩大战果。用这种粗估方法及时为我们年轻科技人员指路导航。”

多年来，彭桓武养成了夜晚散步的习惯。每当晚饭过后，他就一边思考一边踢着路上的石子散步。一天傍晚，他思索着白天青年学者提出原子弹理论设计中的一个尚未解开的谜。在大门口不停地踱来踱去。正将破译之时，两位新来的保卫人员看见这位“行踪可疑的”陌生老头，硬是将他“请到”保卫科。

“快，快，快给我一张纸。”彭桓武恐怕相互间对话过程会把思绪搞乱，把“谜底”丢失，刚进保卫科，就先把这个“闪光点”记录下来，弄得两个保卫人员一时丈二和尚摸不到头脑。而彭桓武记下“谜底”之后则如梦初醒地问：“你们找我有什么急事？”……

稍后，保卫人员开始盘问。结果没带工作证的彭桓武只好给钱三强打电话求援。急忙赶来的钱所长笑吟吟地把他“领”了出来。

两人走出保卫科，彭桓武高兴地对钱三强说：“太好了，解了一个谜！”

“解了一个谜？”这下子倒把钱三强搞懵了！

邓稼先带领的这群大学生经过将近半年的日日夜夜，终于找到了打开原子弹理论设计的这扇大门的若隐若现的金钥匙。但是这大门里是不是真有宝贝？我们这一计算结果十分可靠吗？大家还有疑虑。

当时，我们还没有大型电子计算机。为了把这一个关键性计算结果弄个水落石出，邓稼先带领十几个年轻人，用特征线计算方法，四台手摇计算机，一天三班倒，日夜连轴转，他们从早晨到夜晚，从天黑到天明，从月缺到月圆，从夏到秋，从秋到冬，计算稿纸一麻袋一麻袋地堆满了房间。邓稼先和年轻的大学生平等地进行学术交流，反复讨论计算结果，查找各种疑点和漏洞。计算—列表画曲线图—总结—讨论；改变“步长”，再计算—列表画曲线图—总结—讨论；……反反复复，改变“步长”，调整参数，共进行九次，历时半年时间。确认计算结果正确无疑，才放下心来。这就是原子弹研究初期广为称道的“九次运算”。

在集体攻关的紧要关头，彭桓武的得意门生、被李政道称赞“在我们同行中，他也是超群的”青年理论物理学家周光召，也加入到原子弹理论设计行列。真是如蛟龙得水。他以深厚的物理功底，用最大功原理，反复计算、论证“九次运算”结果的正确性，并从中澄清了一些认识不够深刻的问题，进一步摸清原子弹内爆压紧过程的物理规律，从理论上对压紧过程的流体力学现象有了透彻的理解。这在原子弹理论设计工作中是个突破。

周光召高兴地奔向邓稼先办公室。“我从物理概念的角度，从炸药能量利用率切入，求出炸药所做的最大功，从理论上证明了你们用特征线方法所做的九次运算结果是正确的。”周光召擦着额上的汗珠，兴奋地说。

另外一群青年大学生，他们在数学家周毓麟、秦元勋、李德元等人的带领下，分别对数学方法、计算程序和核材料被压紧到超临界状态后的能量释放过程等问题进行探索研究和总体计算……很快他们研究出新的有效数学方法和计算程序，并经过中国科学院计算所104电子计算机的计算，其结果和特征线方法计算结果吻合。

谜底解开了，难关攻破了。理性的思想碰撞出科学的火花，中国科学家终于叩开原子弹理论设计这扇神秘的大门。

从1960年4月理论设计正式开始，不到一年时间，就把我国第一颗原子弹原理的“轮廓”勾画出来。“龙头”启动了，龙要腾飞了。轮廓勾画出来了，虽然要成为原子弹理论模型还有大量理论设计工作在后头，但它极大地鼓舞“两弹人”，带动了结构设计、实验研究、机械部件加工、炸药部件加工、电子同步装置、各种参数测试技术、仪器仪表……各项工作的计划安排和开展。

理论计算和实验研究双管齐下，我国第一颗原子弹研制工作龙骧虎视地驶入快车道。

6. 勒马扬鞭闯难关

原子弹的初步理论方案勾画出来以后，更多的工作排在“两弹人”面前。爆轰实验研究更是进入到刺刀见红、短兵相接的断杀阶段。

王淦昌把爆轰实验的技术骨干召集起来，开门见山地说：“理论方案是理想化方案。组成原子弹的各个部件的形状、结构、状态及其相互连接是很复杂的。理论计算不可能考虑周全。一个可以成功爆炸的原子弹必须经过实验，对理论设计和供工厂加工、装配的结构设计进行测试、观察、检验。并提供实验数据，作为理论设计和结构设计的实验依据，再进行修改和补充。实验—设计，再实验—再设计。多次反复，最后确定原子弹的理论设计和结构设计的最后方案，并绘制可供加工、装配和总装的图纸和文字资料。这里边需要进行一系列爆轰实验研究，这项任务艰险又光荣，我们一定要一项项地抓紧完成。”

王淦昌接着说：“我国第一颗原子弹是选择内爆压紧型裂变方案，而且是聚合爆轰聚变中子源。这是一个具有独到创新的先进方案。它的优点是核材料利用率高，比较轻巧、机动、安全，对创新设计和小型化有无限发展潜力。但技术难度很大。要求设计达到最佳状态。爆炸时，如果设计不满足最佳状态，或者由于加工、装配和其他技术条件不满足设计要求，就可能演化为类似于反应堆超临界的核事故，甚至只是炸药化学爆炸。这些都是绝对不允许的。”

实验工作千头万绪，需要解决的问题很多！

“要实现接近于理想的炸药内爆压紧裂变反应，首先要提供一种球面起爆系统。这个系统能够将仅有若干个高压雷管的点起爆产生发散的爆轰波，演变为向心聚合的内聚曲面爆轰波。他们拼合、组装后，能够最后形成包络整个主炸药外表面的内聚球面波。”王淦昌比划着手势继续说，“这是爆轰实验研究必须闯过的第一难关。这种能够将点爆炸的散心波变成内聚球面波的引发系统，类似于光学中的聚焦透镜，所以我们把它叫做‘聚焦元件’。”

王淦昌、陈能宽等科学家和年轻科技人员想出很多方案，都是真知灼见，各有千秋。大家边实验、边讨论。经过一段时间实验研究，大家集中对王淦昌的 D 方案和陈能宽的 W 方案两个比较可行的方案反复对比、论证。最后决定选用陈能宽提出的 W 方案作为主攻方向。

陈能宽是位精通诗赋、思维敏捷，富于触景生情、触景生智的科学家。他和大家一样，上班时想，走路也想，吃饭的时候也在想。有一天晚上，朋友请他在一家餐馆吃饭。吃着吃着，陈能宽停住筷子，眯着眼凝视一件光彩夺目的餐具遐思。朋友唤了一声："能宽，吃啊！"陈能宽似答非答地应了一声："好，好，好！"继续他的遐想。原来，那既普通又特殊的餐具映入他的脑际，激起他灵感的浪花，萌生出W方案。

W方案的优点是轻巧，结构设计有利于武器化。但设计非常复杂，它是轴对称二维不定常流动模型。当时的计算工具是根本无法胜任的。

在陈能宽的带领下，大家迎难而上、知难而进。陈能宽以顽强的毅力和超人的智慧，经过几天几夜苦战，设计出"坐标1号"。按此数据和参数进行加工、组装。实验结果表明此方案可行。此后，他又和另一位青年科技人员设计出"坐标2号"和"坐标3号"。他们通过设计—实验—改进，再设计—实验……反复多次地进行着。在实践中不断修改参数，综合各种模型，归纳、总结出一套符合第一颗原子弹"聚焦元件"设计和计算方法。以后又进行了一系列的拼合实验。最后于1963年定型，作为我国第一颗原子弹采用的"聚焦元件"的正式产品。

爆轰波作用下的压紧过程是一种冲击波和物质相互作用过程。围绕如何捕捉爆轰作用下压紧过程瞬息万变的科学信息，观测出理论设计所需提供的实验数据，科学家就在17号这低矮的瓦房里搭起科学殿堂，开了一个个生动活泼的“神仙会”。

“冲击波是一种非线性波，它携带着巨大的能量，高速地传入被作用物质的内部，压紧那里的原子和分子，改变它们的能量状态，使被作用物质的物理性质和化学性质发生急骤变化，并展现出千姿万态的流体力学运动图像。”经福谦慢条斯理地叙说。

“由于原子弹各部件结构形状、组分等非常复杂，导致运动图像千变万化，运动参数的时空变化如堕五里雾中，辨别难度极大。”郭永怀接着说。

“理论计算和实验现象还揭示存在流体界面不稳定性。”邓稼先如许说。

“相变和层裂也将会出现。”金属物理学家陈能宽言简意赅地指出。

王淦昌手中拿着外文资料，比划着说：“国外公开发行的资料还连篇累牍地介绍泰勒不稳定性的严重危害。我们也不可不防！”

……

要把困扰原子弹设计中的问题彻底解决，单从理论上、概念上吃透还远远不够，必须进行各种各样的爆轰实验，精细地观察运动图像，测量出准确的实验数据。

邓稼先眼睛集中地注视着陈能宽，平实地说：

“看来，一些关键数据没有大型计算机，难以进行三维计算，要靠你的实验提供。”

“这些问题实验可以解决，但不能全靠实验，要理论和实验相结合。”陈能宽自信地回答。

经过深入分析和讨论，陈能宽把爆轰实验装置设计概括出两个必须面对的难题：

其一，原子弹是含有放射性材料铀或钚为主体的，如果爆轰实验采用带有核材料的装置，那简直是不可思议，也是不切实际的。

其二，爆轰实验是一种巨大破坏作用的力学过程，太大药量的爆炸装置，实验时产生的冲击波、爆炸飞散物将会对测试系统造成种种破坏，还会产生电磁干扰、挡住光路……

“这是一项十分复杂、十分艰巨的研究任务，既要投石问路，更需锐意创新。”王淦昌鼓励大家说。

在重重技术难关面前，虽无坦途，却有捷径。年轻的科技人员在陈能宽、经福谦等专家的带领下斩关夺隘攻难关。大家废寝忘食地学习、思索，召开一次又一次的学术讨论会。经常为了把一个问题进一步搞清楚，一直讨论到下半夜二点多钟。第二天一大早大家照样提前到办公室清洁卫生，迎接新的一天的到来。经福谦还给年轻科技人员讲量纲分析等基础知识。

通过对各种材料的静力学参数，高温高压状态下动力学性质和状态的分析、计算、比较、归纳，陈能宽和经福谦不约而同地提出：

选用各种不同相应的材料、尺寸，巧妙地应用力学相似原理，进行科学的物理模拟。再对实验数据和观察到的物理图像进行技术处理、推理、分析和论证。得出供理论设计和结构设计修改和选用的实验参数。最后，再通过实验验证。

技术路线确定以后，年轻科技人员马不停蹄地进行各种各样的实验装置的设计、加工和组装。

60 年代初期，我们国家的物质技术条件还很薄弱。零部件加工，材料采购都是很不容易的事。小张是南方姑娘，她机智敏捷，还富有女同志特有的细腻和耐心。她主动担当起器材管理和生活管理，饭票、菜票她也管。她实验工作细心机敏，生活管理周到热情。休息的时候，陈能宽问她：

“一个名牌大学的女学生，还让你多担负一份平凡琐碎的工作。厌不厌？”

小张嫣然一笑：“不厌，不厌。平凡人适合做平凡的事。但我会把它当做不平凡的工作尽最大努力做好。让大家高兴，让领导放心。”

蕴含哲理的朴素话语让陈能宽打心里高兴和赞赏。他心想：这正是我们事业永远兴旺发达的潜在力量。

爆轰实验装置和必备的器材设备都拿到手了。科技人员再次前往荒漠地 17 号。这一次，一去就是两个月。为了抢时间，早得数据，他们不管是星期天还是节假日，除了晚上睡觉，洗洗衣服，其余时间都是工作。白天做实验，晚上测量实验底片的数据，及时做到“颗粒还家”。

小林因为任务缠身，已三次推迟婚期。这次未婚妻来北京出差一个星期。领导和同志们都劝他提前一天回来和未婚妻见见面，也好当面叙说推迟婚期的缘由。但他坚持不肯，“人手这么少，还是让她多等一天吧！”等他和大家一起回到宿舍时，在他床上放着一件他的未婚妻亲手编织的毛线衣，还有一张纸条上写着：

“下午 7 点 27 分的火车。”

小林见到纸条，赶紧直奔北京站。可是当他到达站台，只见车门已经关闭，火车即将启动。未婚妻那亲昵的脸孔，充满智慧和柔情的眼睛恰似秋水明月，深远、情意缠绵地望着他兴冲冲地向她奔来。但站台上那红色的警戒线就像天上的银河，牛郎织女只能隔河相望。站台的工作人员不允许他靠近车厢，他（她）只能把手和脖子都伸得长长的来表达深挚的人间真情。

回到阔别两个月的土城墙下的家，科技人员便夜以继日地测量、计算、作曲线图、分析他们含辛茹苦好不容易才取得的实验结果。

在繁忙的工作中，科技人员也从未忘记学习和“充电”。王淦昌像给大学生授课一样，给大家讲授“实验结果处理和误差分析”。并结合实验结果，旁征博引地传授分析问题的科学方法。

“好极了，好极了！实验结果比意料的还好。”王淦昌听完陈能宽和经福谦所作的实验总结和分析报告后，高兴得从座位上站了起来，连声叫好。

由于选择的技术路线和实验设计思想、方法，不但非常有效，而且实验结果可以初步总结出一套行之有效的物理模拟方法，并获得一部分很有用的校正系数。这样，不仅节省大量经费，而且为后继工作赢得了很多时间，对我国第一颗原子弹的研制工作有巨大的推动作用。

压紧、被压缩的核材料的表面积与装料量比值下降，使裂变材料由次临界系统迅速转变为超临界系统。还必须适时提供足够引起链式反应的中子，在系统处于超临界最大值的最佳状态的瞬息之间轰开原子核，就如同点着一根火柴，让堆放好的柴火垛燃起熊熊大火一样，使之释放出巨大的核裂变链式反应的裂变能，造成惊天动地的核爆炸，这种在最佳时刻轰击核材料的中子称之为点火中子。

某些外国人曾说，中国人想造原子弹，他们知道如何把它点着？这种鄙薄中国人的话，使一位中国元帅怒拍桌子："就是众人拾柴，也要把中国原子弹烧着烧响！"

气话归气话，点着原子弹的重任自然落在核物理学家王淦昌身上。一次在广州会议上，王淦昌遇见陈毅元帅。元帅作握拳状，猛然张开手势问："你们那个东西什么时候响？一年？两年？三年呢？"当时王淦昌只笑着摇摇头。又有一次，在广东从化温泉疗养期间，陈毅元帅还是照样，"你们这个东西"，陈老总用手比划着，攥成的拳头又急剧放开说，"什么时候造出来呀？"王淦昌还是笑，但是心中有数了，"快了，还有一年多就能造出来。"元帅很高兴，"等那个玩意响了，我这个外交部长腰杆就更硬了。"元帅那亲切、饱含希望的话语，更使王淦昌心急火燎。

情感的潮汐，冲撞心灵的堤坝，凝成一团最沉思的云。为了早日突破研制点火中子的难关，王淦昌离开荒漠地 17 号，驱车来到远离京城的房山县。一下汽车，便急巴巴地钻出物理所院墙的侧门，走上荒坡小道，迈进王方定领导的点火中子研究小组的秘密工棚。

王淦昌弯腰钻进门去，在闷热的陋室中与青年学者进行技术探讨，帮助他们解决研制工作中出现的一个个技术难题。

“王院长，人们难以想象，我们这个简陋的、原始社会般、被郊野成团蚊蚋袭扰的泥墙茅棚，竟是研制‘核火柴’的科学殿堂。您老曾在三个世界科学中心工作过的著名物理学家却很看重这个中国的小工棚。真是让我们百思不解！”年轻的科技人员打趣地问起王淦昌。

年轻科技人员天真烂漫的问话，激起王淦昌一幕幕往事涌上心头：

忘不了帝国主义铁蹄下的青少年时代流离失所的求学生活。

忘不了在浙大任教时，饱尝艰危、狼狈和辛劳的浙大西迁路。他们从杭州迁到天目山的禅源寺，到建德的林场、孔庙和天主教堂，到江西泰和、吉安，到广西的宜山；后来日军在广西北海登陆后，又迁到贵州遵义城以东 75 公里处的湄潭。一路跋涉之艰辛，膳宿之粗劣是不言而喻，庙堂当教室，没有桌子，没有椅子，学生站着听课，肩膀上用绳子斜挂一块木板用来记笔记，晚上点着柏油灯趴在床上做习题。更可恨的是日军狂轰滥炸，单是 1939 年 2 月 5 日这一天，就有 18 架敌机以浙大为目标，投下 118 枚燃烧弹和爆烈弹。顿时一片火海，“礼堂”、教室、宿舍、厨房、办公室及大部分草屋被炸毁烧光。

更忘不了 1950 年，新中国刚刚建立不久，美国发动侵朝战争的战火燃烧到鸭绿江畔，企图掐死我们年轻的中华人民共和国。美国不仅在战场上使用了细菌武器，而且军政要员还不断威胁说，要动用核武器，1952 年，受国家之命，王淦昌携带探测器，跨过鸭绿江，在“隆隆”的炮火声中，冒着枪林弹雨，仔细地探测美国军队是否在战场上投掷了放射性物质。

王淦昌凝望着年轻幼稚的科技人员，关爱地说：

“小家伙，有什么不好理解的？道理很简单。只是因为你们年轻，只懂得一些中国的今天，不了解中国的昨天。你们读过历史，100 多年来列强侵略的历史在我们这一代人结下太深的国防情结！帝国主义列强践踏中华民族的血淋淋教训，给中国人留下太多的痛苦回忆啊！若不想让那样的历史重演，就不能不强大我们的国防，必须掌握具有巨大威胁力的核武器，而且越早越好。因为没有人会等你填饱了肚子、等你富强起来以后再来打你们。这是历史一次又一次的教训。现在一个是核大国在搞核讹诈和核垄断，再一个是我们国家现在还穷。因此，我们必须卧薪尝胆，奋发图强。”王淦昌开头有点激动，转而又平和地说，“搞我们这一行的，要准备吃一辈子苦。17 号那里是风沙弥漫、亘古荒凉，将来要到青海草原，那里海拔 3 000 多米，高原缺氧，条件更艰苦呢！但是为了民族振兴，国家强盛，我们都要有献身精神。”

科学家语重心长，献爱甘损己，只为人间情的高尚情操，使年轻科技人员觉得一阵温暖，宛如热血，一瞬间浇遍全身。

当饥饿的大地已咬掉一半夕阳时，西方的天空还燃烧着一片橘红色的晚霞。王淦昌又驱车前往长城脚下的爆轰物理实验场，车轮在飞速旋转着，王淦昌思绪万千，他还是在想“核火柴”：中国古人最早发明钻木取火，后来洋人发明洋火，最初小木条头蘸上的是磷或硫的化合物。现在我们国家生产的安全火柴，火柴头用三硫化二锑、重铬酸钾等制成。火柴头只有在涂有红磷的火柴盒的摩擦面上摩擦才能发火，所以叫做安全火柴。我们的点火中子系统应当是既机动又可靠的“安全核火柴”，只有在最佳的临界状态那一瞬间，才提供轰击原子核足够的点火中子。

“司机，请往回开！”王淦昌又回到房山县王方定研制点火中子系统的泥墙茅棚里，和年轻学者们再次研究改进引起原子弹初始核裂变的核火柴系统问题。

大地已经把偌大的夕阳吞没了，夜幕降临了，月亮悄悄地升起，挂在淡淡的云层后面。他忍住饥饿，驱车在此起彼伏的重峦叠嶂的山路间，来到 17 号，利用晚上时间和爆轰实验人员研究会聚波的实验改进技术问题。

功到自然成。经过2 000余次实验，王方定研究小组终于攻下了“核火柴”的难关。据说毛泽东主席在倾听科学家描述精心杰作的原子弹“核火柴”系统时，笑微微地在掌心比划着，很幽默地说：“啊呀哟，燧人氏钻木取火，就已比上帝伟大了。你们哟，更加伟大。伟大的中国人！”

王淦昌就是一位苦斗在科学前沿阵地上，走得倔强而执着的伟大的中国人的杰出代表。

在王淦昌、彭桓武、郭永怀、陈能宽、邓稼先等科学家的带领下，集成了空前的科技创新伟力。经过精确的理论计算，精密巧妙的结构设计，精雕细镂的加工制作，一系列周到细致的爆轰实验，又给“核火柴”锁定了良好的外界条件。一种既机动又可靠的“安全核火柴”——点火中子系统研制成功了。

王淦昌高兴地说：“我们能够利用高能炸药爆轰波的化学能，成功地实现爆轰波人工热核聚变，在裂变材料被压得最紧的瞬间提供点火中子，这是凝集广大科技人员的理想、智慧和团结于一体的结晶。这一技术在当今世界堪称是最先进的，是中国人的杰作。这一成功，不仅可以实现在系统处于最大超临界状态的瞬息之间轰击原子弹核裂变的链式反应，而且也为下一步可以比较快地实现氢弹的热核聚变稳操胜券写下了伏笔！”

35 年以后，即 1999 年，世界风云再起，美国众议院炮制了煽动反华情绪、破坏中美关系的《考克斯报告》闹剧，危言耸听地攻击中国“偷窃”美国所有最先进的热核弹头机密情报，包括 W–88、W–87、W–78、W–76、W–70、W–62、W–56 等七种热核弹头。并声称“中国在 70 年代末，从劳伦斯－利佛莫尔国家实验室‘窃取’了美国核弹头 W–70（增强辐射弹，又名中子弹）的设计机密，于是才在 1988 年试验了它的中子弹。”面对这种毫无根据的恶意中伤以及对中国人民和中国科学家的极大诬蔑，我国政府严厉批驳了炮制者危言耸听的谎言；我国著名核科学家理直气壮、豪情满怀地说：“美国《考克斯报告》的炮制者太小看中国人民和中国科学家的创造能力了。他们那些不折不扣的谎言，只能说是精心炮制但手法拙劣的骗局。他们为什么不会想一想，既然中国科学家早在原子弹研制初期已经能够实现‘爆轰波引发热核聚变’激发出高能中子，那么中国科学家继原子弹、氢弹的研制成功之后，经过不太长时间的努力，就先后掌握中子弹设计技术和核武器小型化技术，是顺理成章、水到渠成的事情。”

在其他各条战线，也是捷报频传。

研究所副所长、著名力学专家郭永怀和设计部主任龙文光等技术专家带领一批年轻的设计人员，对原子弹装置结构的总体设计进行反复研究。

外表看似静若止冰，内心却涌动着激情和睿智的郭永怀，语重心长地对年轻设计人员说：

“要把数以千计的零部件组装成一个威力巨大的原子弹谈何容易？还要考虑武器化的需要，所有结构件都要求又轻又薄又有高的强度和良好的弹性，要求加工、组装的产品部件只能有百分之几毫米的尺寸公差。……车间能做到吗？工艺能实现吗？在图纸设计时，必须做到精雕细琢啊！”

老科学家的谆谆教诲，年轻设计人员镂骨铭心。他们夜以继日地伏案设计、绘图、描图、晒图……

然而两道极难的难题弄得年轻的设计人员抓耳挠腮，焦急万分：在里层，如何能使和邻近毫无牵连的部件坐落稳固；在外层怎样让一个个孤立部件稳妥可靠地各就各位并且“亲密友善”，这一里一外的两个难题已经困扰年轻科技人员好多天了。

郭永怀走进来了，年轻的设计人员小史赶忙走近郭老：“我们现在正处于‘内外交困’的艰难时期，请郭老帮我们解困吧！”

郭永怀从培养、造就一代年轻设计人员的角度出发，经常给大家讲授拓扑学，传授工程设计。郭永怀坐在年轻人中间，又讲了很多生动有趣的仿真设计，启发大家。郭老问："为什么蛛丝细网的蜘蛛网竟能经受得起狂风暴雨？蜜蜂筑的蜂巢不仅其造型匠心独具，从材料科学和结构力学上讲，我们也不能不赞叹蜜蜂的'科学创举'！还有……"郭老讲得生动形象，富有情趣，年轻设计人员个个听得很入神。

有老科学家的谆谆教导和极有针对性的启迪开导，终将撞击出年轻设计人员的智慧火花，他们豁然开朗……

当一箱箱设计图纸、一捆捆熏晒的蓝图被加工出一件件结构科学、镂月裁云的原子弹元部件时，年轻设计人员终于恍然大悟，老科学家为什么一再强调大家要学好拓扑学，学会仿真设计，学习蜘蛛结网、蜜蜂筑窝的匠心独具。越想越觉得意味深长，确实回味无穷！

研制同步系统的实验室里，多少个夜晚都一直是灯火通明，科技人员通宵达旦地进行攻关。他们把成千个电子元器件组装在一起，无数次地焊接、调试，焊了又拆，拆了又焊。设计、焊接、组装、调试……一次又一次地修改设计方案，一次又一次地改变元件参数，一次又一次地焊接线路，一次又一次地组装、调试……他们走过弯路，有过挫折，但百折不回！

一天深夜，王淦昌等科学家从办公楼出来，走下台阶，仰望实验楼上，好几个房间灯光闪亮。疲于奔命一天一夜的科学家们又精神振奋起来。

“走，到实验室看看去！”王淦昌霎时间又兴致勃勃的样子。

他们走上楼去，来到实验室门口，敲门一看，“喔，这么晚了，你们还不回去休息！”王淦昌惊讶地问了一句。

科技人员没有直言回答，倒是反问了一句：“王老师，这么晚了，你们还没有休息！”

王淦昌也顾不得认真回答，因为他心中有数，大家都在兴头上，想赶也赶不走。只是站在实验室里静静地看着一群年轻科技人员围着密密层层的导线、电缆，眼花缭乱的电子管、电阻、电容和电感，细心地操作，有的则是全神贯注地瞪着示波器荧光屏上那一上一下，一明一暗，不停地闪烁着的绿色波形。

他们正在披星戴月、风雨兼程地研制被誉为原子弹的神经中枢的电子同步装置和测控系统。

在当时还是电子管、分立元件的技术条件下，一个用数百上千个电子元件组装起来的系统，实现同步控制时间差比一千万分之一秒还要小的技术要求也是很难很难的，技术人员熬过数不清的不眠之夜，经过设计、实验，反反复复数千次的实验测试，最后才满足原子弹高标准的技术要求。做到说爆就爆、准确可靠，百发百中，不差微毫。

核材料是原子弹的主体部件。为了获取铀和钚核燃料，以及继原子弹后氢弹的聚变燃料，1958 年中央批准九院二二一厂选址的同时，也批准了 3 个铀矿和 4 个核材料研制厂的选址方案。它们是湖南郴县铀矿（七一一矿），湖南衡山大浦铀矿（七一二矿），江西上饶铀矿（七一三矿）；湖南衡阳铀水冶厂（二七二厂），内蒙古包头核燃料元件厂（二〇二厂），甘肃兰州铀浓缩厂（五〇四厂）和甘肃酒泉原子能联合企业（四〇四厂）。

在矿山中，在冶炼厂，在车间里，在反应堆旁，在分离工厂……不畏艰险、日夜奋战的科学家、工程技术人员和工人师傅，他们在采掘，在冶炼，在提纯，在加工……他们不分白昼和黑夜地拼命干，为的是生产出满足制造原子弹所需要的核材料。

在核材料研制、生产战线上，有着许多动人的事迹。他们中间，有领导研制同位素分离的尖端技术——甲种分离膜，解决我国提取铀-235 技术难题的吴自良院士。有隐姓埋名一辈子的女核科学家王承书院士，她于 1949 年和丈夫张文裕放弃国外优裕的工作和生活条件，冲破种种阻力回到祖国，在原子能院从事的受控热核聚变和等离子体研究已有重大成就的 1961 年，为加快我国第一颗原子弹试验的进程，年近五旬的她，放下原先的专业，远离北京，到达大西北的五〇四厂，从事铀的气体扩散工作，她是填补中国同位素分离研究空白的伟大开创者，为我国原子弹的核心部件铀的提纯作出了卓越的贡献。还有学识渊博、学贯中西的化工、核能专家姜圣阶院士，他是著名的核化学家，他把全部心血都倾注在核材料的研制、生产和加工上，长年累月工作在大西北。家中妻子病重无人照顾，请来一个保姆，不料，过不多久，这个保姆又病得不能动弹，又请来第二个保姆，让她护理妻子和第一个保姆，这就是一个家中养了三个老太婆的感人故事。部里为了照顾他的家庭困难，把他调往北京部机关，分管一个局的工作。但他仍是对核材料加工这一心事放心不下，基本上常年驻守在荒漠戈壁的嘉峪关长城脚下的四〇四厂核材料加工基地。还有几万铀矿工人，他们在矿井温度有时高达 45 ～ 50℃的矿井下，有的工人脱去衣服，全身赤条条地和那些铀矿石零距离地亲密接触，他们中有人后来得了癌症和矽肺，有人为了我国的核事业献出年轻的生命，单在郴州市苏仙区的一座核工业系统的烈士陵园，就长眠着 74 位第一批为开采铀矿捐躯的勇士。在祖国强大的功勋章上，有他们的一份。

原子弹研制是一个庞大的系统工程，为了这棵中国人民遮风挡雨的参天大树，为了这一维护国家主权和安全的战略基石，在党中央、中央专委统一领导和协调下，全国上下万弩齐发，真正做到大力协同做好一件工作。

7. 会集大草原，鏖战金银滩

第一颗原子弹的攻坚战就在这里展开。

从青海省西宁火车站，顺着探求黄河源头的路线继续西行，陡度越来越大，在巴燕路段，两个蒸汽机车火车头，一前一后，硬把列车绕了整整 360°——一个旋进大圆圈，又拉又推地旋驶到青海湖畔的海晏县的三角城。下了火车，再向西北方向行进，便来到平均海拔 3 200 米的海北藏族自治州。这里高原缺氧，风沙很大，气候变化无常，六月天里还经常飞扬着雪花，下着大冰雹。茫茫草原，人烟稀少。但是这里空气明净清澈又幽雅清香，蓝天衬着绿茵茵的大草原，在太阳光下，一块块柔软飘扬的云彩投向蜿蜒无边又平展的翠绿草地上的云影，就像风平浪静的海洋浮现出许多缓缓移动的小岛屿，也像宽阔的绿缎绣上了朵朵淡色的缓缓颤动的暗花。还有那庄严地拍着翅膀在草原上空盘旋的鹰，它投在平展草地的身影，就像在海面上行驶的快艇，往返于小岛屿之间，或像在绿缎上穿过朵朵暗花的梭子一样。那防风御寒的四方形土围墙和星星点点的圆形尖顶小帐篷就是藏族牧民的家园。牧民们骑在马上挥动马鞭赶着成群又肥又壮的牛羊，穿戴着大红大绿、两鬓插着珠子花的藏民姑娘在草地上纵情歌唱。远处的草地上偶尔也可看到黄羊、野兔、狐狸和旱獭时而出没于草丛……这就是牧民们心中无比珍爱的金银滩，青海省最富饶的大草原。

一部由著名导演凌子风执导，拍摄于1957年的电影《金银滩》，正是描写这金银滩上所发生的农奴翻身得解放的故事。这部主题和内容都值得称道的好电影，却在上影仅仅半年，就被一道“停止放映”的通知，在全国停止播放。禁映的谜团随带影片拷贝一起被尘封在库房深处。其实，禁映的原因是李觉将军的一个电话引起的。李觉将军原是西藏军区副司令员，他很熟悉青海这个地方，现在又是九所所长。选址的同志刚到张掖，突然接到李觉的电话：“你们也到青海的金银滩看看。”没想到，看到这一望无际的绿茵上开满花朵的大草原，苏联专家大加赞赏说：“好地方，好地方！在中国再也找不到比这里更好的基地厂址了。”听到苏联专家的赞赏，青海省政府带路的同志和声道：“难怪当年王洛宾曾经在这里汲取了灵感，创作了那首广为传唱的抒情歌曲《在那遥远的地方》。”听到“灵感”二字，苏联专家更加来劲道：“艺术创作要有灵感，科学创作也要有灵感呀！好，将来会有众多科学家从这芳香的大草原汲取更多的灵感。”就这样，金银滩方圆一千多平方公里的土地变成军事禁区。一个警卫团，八个哨所，还有一个骑兵连，日夜守卫这块金银滩。自然，这个神秘的地方也不能在电影银幕上宣扬了。

也许是“金银”二字的地名和中国的核事业有缘。两年前，勘探人员在金银寨找到了比金银贵重无数倍的丰富的铀矿藏；两年后金银滩独特地理位置和极适合于研制核武器所必须进行的各种多门类、多学科科学试验的优越自然条件，注定它的命运将和中国核武器事业紧密相连。

为了迎接第一颗原子弹攻坚战大部队的到来，1958 年，时任二机部部长宋任穷，点将让时任九所所长的李觉将军负责筹建核武器研究基地，这就是后来的二二一基地。这个铁铮铮的山东大汉生性乐观豁达，原是西藏军区副司令员，奉命调二机部工作时，时年 43 岁，正是血气方刚有所作为的年华。他对接受这一任务的回答既爽快、又坚决。“服从命令是军人的天职，干！”而后才风趣地说，“这副担子可不轻呀！当了半辈子兵，打了近 20 年仗，居然干起尖端科技来。可不简单！”是呀，这时的核研究基地，还只是一片茫茫草原，没有房子，没有电灯，没有自来水，没有公路，没有铁路……在这一片古老的草地上，要建起高楼，要有水厂，要有电厂，要有公路，要通火车……要变成研制原子弹的现代化科研基地。万事开头难呀！“干，不会可以从干中学！”想到这么大的困难，李将军反而斩钉截铁地重复他的决心和胆略。

是年8月，李觉将军带领20多人和3顶帐篷，进驻金银滩，开始二二一核武器研制基地的艰苦创业。

李将军自从肩负核武器研制行政负责人的重担后，坚持每周利用周末的半天时间请技术人员给他上课，除了出差等特殊情况无法实行以外，即使是轰轰烈烈的“文化大革命”，也从不间断。他利用向科学家、技术人员学习的机会，既学了专业知识，又交了朋友。他的军人气质鲜明、水平高、有风度、待人宽厚。他同朱光亚、王淦昌、彭桓武、郭永怀等几位老专家相处得很好。经常在一块儿商讨技术上的关键点，促膝谈心，无话不说。他同年轻的大学生也非常亲近。有一次，一位年轻科技人员问起他是怎样把拐杖甩掉的，他兴致勃勃地讲起“我那个腰椎骨质增生呀，动手术刮除，听说还会再长；做理疗，每周要两个半天上医务所，我哪有这么多时间呀！我自己选择积极的保护性锻炼疗法，每天早上五点起床，打扫卫生，洗洗漱漱，然后锻炼，不知不觉地好了！”

这位将军，非常关心知识分子的生活。核武器研究初期，正赶上三年困难时期，不少同志因食品供应不足，工作任务繁重，得了水肿病。李觉和当时的领导吴际霖、郭英会等人，想了许多办法，在上级的关怀下，从东北调进了一批黄豆，从部队调进一批黄鱼。后来经周恩来总理批准，每年给二二一基地调拨花生米。考虑到多数科技人员来自南方，吃惯了大米，粮食供应有20%大米。另外每人每月有2斤猪肉和2斤冻鱼。基地还组织调来一批批水果、蔬菜，让很多来自南方和城市的科技人员更加安心工作。

到了1962年年底，第一颗原子弹的爆轰实验已取得很大进展，理论设计和结构设计也已接近定音。原子弹的大型爆轰实验已是迫在眉睫。北京郊外长城脚下的17号已经不能满足大型爆轰研究和实验技术发展的要求。不仅需要较大的实验场地和碉堡，还要更新各种仪器设备。

茫茫的青海大草原，在李觉任总指挥的“先遣部队”和建工部、交通部、工程兵、铁道部、水电部、邮电部等13个单位，数万名精兵强将的艰苦努力下，克服了重重困难，建造了用于进行爆轰实验的很厚水泥墙外加很厚钢板的大型碉堡和试验场地，可满足大型高速转镜照相机、光、电、X-光、核参数等多种测试技术要求的爆轰实验场608、614工号建起来了。大型发电厂、水厂也建起来了。专线铁路通到厂区，公路纵横交错……居住的、办公的和实验的大楼一幢幢盖起来了。一座座工厂、车间布置完成，仪器、设备也大多数安放就位，等待大批科技人员调试。雄伟壮观、气势恢宏的现代化国防科研生产基地建设起来了。

高原的“原子城”，白天，车水马龙；夜晚，灯火辉煌。古老的大草原，旧貌换新颜。

一场原子弹攻坚战的号角就要吹响了！

1963 年 3 月，在一个春光明媚的晴朗天，西进攻坚的创业者们会集在当时的北京铁道部干校礼堂。他们当中有著名的科学家，更多的是年轻的科技人员。身经百战又擅长挥毫泼墨和赋诗作词的中国人民解放军副总参谋长张爱萍上将走上讲台，作了一个激动人心的动员报告。他精辟地讲了进军大草原的意义、工作和生活条件后，引用古诗赞美大草原“天苍苍、野茫茫，风吹草低见牛羊”的优美诗句。紧接着，他把古人描写大西北征战的苍凉诗句一改为激昂奋发的战斗进行曲，大声朗诵：“时代不同了，‘春风已度玉门关’，西出阳关有故人。”号召青年们愉快地奔赴大西北核武器实验基地，承担打造中华民族核盾牌的历史重任。

豪迈的语言、崇高的理想、远大的抱负，在热血青年们的胸膛汹涌激荡。

但是，他们毕竟是血肉之躯，有思想、有感情。为了光辉的事业，他们可以舍弃普通人应当拥有的一切，经受创业之苦，攻关之艰。但是，他们还有很多亲属，有父母、兄弟，有的已有妻子、儿女。更多的是有女朋友和还没有对象的单身汉。他们还要克服亲属感情上的缠绵，忍受因为到青海高原女朋友提出“吹灯”的痛苦。也有一些青年担心到那遥远的地方没有姑娘，对象难找……

动员大会之后，王淦昌在下边与青年们娓娓而谈，“应该到草原去呀，年轻人应该到艰苦的地方干一番事业。我在年轻的时候跑了许多地方。1954 年在云南落雪山的高山宇宙线实验站工作也是海拔 3 200 米。我们这些搞核武器的人，需要把全部身心投入到工作中去。必要时，就需要作出牺牲。”这是科学家的心声，他的脉搏紧紧地随着国家命运的大动脉跳动，同时，又牵动着一颗颗年轻人的心。

小冉是毕业于浙江大学的女学生，对王淦昌的谆谆教诲倍感亲切。听了动员以后，她决定把男朋友也调来，一齐奔赴大西北，共同承担打造中华民族核盾牌的历史重任。她打了报告给党支部，人事部门很快调来小冉的男朋友的档案。第二天，伍书记把小冉找到办公室，开门见山地说：“小冉，组织上不同意调你的男朋友，而且要求你和他断绝恋爱关系，因为他有海外关系。你可以给他再写一封信表明态度，但是以后就再不要联系了。”

断绝恋爱关系，这对小冉简直是晴天霹雳。她和男朋友家是邻居，从小学、中学到大学都是同读一所学校，经常是相约而去，相伴回归。而且小冉的父母早把这个英俊潇洒、学业优秀的青年当成是百里挑一的未来女婿。“断绝关系，就连爸妈也经受不了这么大的刺激呀！”小冉自言自语道。但是老科学家“为了打造中华民族核盾牌”“必要时，就需要做出牺牲”的心声，在小冉的胸膛汹涌激荡。她彻夜难眠，第二天一大早，她忍痛割爱，毅然给男朋友写信：“我们从现在起中断恋爱关系，为什么？我也说不清。不过，我会永远想着你的，永远，永远！”男朋友收到来信，感到莫名其妙，伤心至极。“为什么这样？为什么会这样呀！”“我有什么不对吗？”男朋友回信也很简短：“如果不能和你结合，我将终身不娶。”他心如刀割地发了誓。

正是小冉已和我国核事业结下了割不断的情怀，她的脉搏已经紧紧地随着国家命运的大动脉跳动，她才会做出这种惊世动人的决断，忍痛割爱，奔赴大西北的雪山、草原。在共同战斗的大集体里，曾有一个个年轻大学生日思夜盼能和小冉结成伴侣，但一个个都被拒绝了。她无怨无悔全身心地扑在工作上。每次回家探亲，小冉也从爸妈那里了解一些男朋友的情况，妈妈常叨叨：“小冉呀，人家一年又一年地一直在苦等你啊！”但是“再不要联系了”这道无形“令牌”阻隔了他们十多年，一直到1978年，一对盼星星盼月亮的青梅竹马终于喜结良缘。这年他们都已是38周岁。

陈能宽也常和年轻人促膝谈心。他知道一位青年大学生因为要西奔草原，女朋友坚决要和他分手，就亲切地做他的思想工作。这位大学生忍痛割爱、义无反顾地奔赴征程。他还给一位青年写了一首动人心弦的诗：“八百年前陆放翁，一心但欲九州同；华章夜读心头暖，万里西行意气浓。”日后这位青年珍藏着这首珍贵的勉励他的诗，还陆续写了一组题为“少年行”的诗回赠，抒发为国争光的愉悦心情。其中一年后写的一首回赠诗云：“伏波铁马金银滩，定远金边扶玉关。捧日羌藩学圣绩，辞京一岁谱新篇。”

当时研究所的行政领导吴际霖、郭英会等同志也非常关心爱护年轻的科技人员。一位在我国核事业发展中成长起来的光学专家，在回忆往事时深情地说：“在我人生的旅途上经历过许多大事件。随着岁月流逝，一些看来很值得纪念的事，却在记忆的屏幕上模糊了。唯有三十几年前的一件事，久久萦绕在我的心头。每当忆起，总使我心潮起伏，好像刚刚发生在昨天。”他忆起当时奉命奔赴青海草原，整装待发时的一幕动人的画面：

就在动身的前一天夜里，突然刮起了猛烈的西北风，树枝“嘎嘎”作响，令人不寒而栗。尚未入冬，但第一次寒流提前袭来，一夜之间就从深秋跨进寒冬。

清晨，大家冒着刺骨的寒风，集合等待上车。因为这位青年的棉衣已随行李托运走了，身上只穿一件薄薄的毛衣，冻得浑身打战。这时，党委书记吴际霖等领导同志来为大家送行，他们亲切地祝大家一路平安，并和大家一一握手告别。

当吴际霖来到这位青年面前握着他的手时，顺手摸了摸他的胳膊，“怎么穿得这么单薄？”吴书记关切地问。“都随行李托运了。”这位青年轻声地应了一声。吴书记顺手脱下自己身上穿的棉衣，像对待自己的孩子一样披在这位青年身上。然后亲切和蔼地对他说：“你穿上走吧。天很冷，别冻坏了。”

这位青年讲：“刹那间，我不知该说什么才好，竟连一句推辞或感谢的话也没有说出来。只感到一股暖流沁入全身，心里一阵发热，眼里的泪水夺眶而出。”在场的同志们看到此情此景，也都被感动了。

就这样，这位未来的光学专家，穿着这件充满深情的棉衣踏上奔向大西北高原的征程。

看似冰冷的原子弹，内里却饱含着这样一份份情、一片片爱。

1963年秋，九所完成西进搬迁。大批科技人员从北京搬迁到青海高原的金银滩。来自全国各地的大学生也纷纷到来。他们带着对我国核技术最纯真、最强烈的爱西奔而来。

有一位北京大学的学子，在毕业分配时，给组织上递交申请：要到大西北谱写新时代的“青春之歌”。老师逗笑地问他：“听说你只有99斤，不怕西北大风把你吹跑？”“不会的。伟大的事业有巨大的吸引力嘛！”这位大学生微笑着回答。“女朋友没有意见吗？”老师又问。“不会的。她也是共产党员了，我们都有共同的理想和志向。”老师为学校培养一批批有理想、矢志报效祖国的毕业生打心里高兴。

为了对外联系，二二一基地在西宁设有一个招待所和办事处。新来的大学生，都要经过西宁办事处再次审查，符合条件者开具入厂证。由于二二一基地厂区住房有的还在建筑当中，满足不了大批大学生的住房，只好暂住西宁。西宁小楼招待所住满大学生，西宁杨家庄供家属住的临时平房也住满大学生，西宁宾馆的客房除留几套应付临时来客外也几乎全被大学生住满了。他们待命向二二一实验基地进发。

“所长，一下子来这么多人，住房紧缺怎么办？”管理后勤的负责人来找李觉。

“把我的办公桌、行李都搬到帐篷。”李觉回答说。

“动员机关和处以上干部将办公室和宿舍都倒出来。给科技人员用，给新来的大学生住”。

“帐篷不够，再到部队借一些”。

李觉将军以身作则的果断行为，使科技人员大为钦佩。

王淦昌、陈能宽这些科学家们也聚集到草原来。

年过56岁的王淦昌，怀着崇高的宿愿，谎称“去西安工作”，与妻子、儿女告别。

妻子吴月琴，温柔、贤惠而豁达，对他体贴入微。几十年如一日，一直勤勤恳恳地细心照料着王淦昌的衣食住行。这是一位集中国妇女传统美德于一身的典型贤妻良母。

“西安那地方很热吧？不知有没有蚊子？”妻子打点着行囊，关切地问。

王淦昌似乎没有听见这两句亲切的家乡话，他没有想过，也没有回答“热不热”“有没有蚊子”的问题。心里想的只有国家的重托，周恩来总理的嘱咐：

“中国要在八年内研制出原子弹来。”“我们这个事业，是国家和人民利益之所在，是全民族利益之所在。”

陈能宽是率领第一批爆轰试验人员转迁到青海核试验基地的技术总负责人。在海拔3 000多米的高寒缺氧的高原进行爆轰实验，艰辛和危险可想而知。临行前，他想对妻子说，但几次都欲言又止。

一天，陈能宽对爱人喃喃地说：“你看过《昆仑山上一棵草》这部电影吗？如果有一天我也到那遥远的雪山和草原……”

“你不说，我也知道你要出远门。这几天你欲言又止的样子早让我看出来了。”妻子裴明丽很平静地说：“我能拖你的后腿吗？注意自己的身体就是啦！”

陈能宽一走就是好长好长时间，妻子和儿女们除了知道一个个变换的信箱和号码外，其他一无所知。几年中，家人既不知道他身处何方，也不知道他在干什么。

“敢于从事危险事业，这是一个核武器研制者起码的素质。”中国当时的物质技术基础还十分薄弱，现代化水平很低，土法上马，手工操作……也许隐含着更多的危险。这一点陈能宽懂得，而且深知。但陈能宽更加懂得：“新中国虽然政治上站起来了。但军事上受人欺侮，经济上被人封锁，外交上不被某些大国承认，甚至有人以核讹诈威胁我们。形势是异常严峻的。为了自立于世界民族之林，我们被迫研制原子弹。”这就是“明知山有虎，偏向虎山行”，这就是100多年来外掳侵略的历史，给中国人民心中结下永远抹不掉的忧患意识，但也激起自立于世界民族之林的民族自豪感、自尊心、自信心以及由此而生的科学态度和负责精神。

陈能宽在给妻子的信中说：“如果我有什么不幸，你要想开，要保重，当年我们抛弃洋房、轿车，带着儿女们回国，正是为了干一番事业，让祖国富强。今天为了打造保护国家的护栏，必须掌握具有威慑力的战略武器。这是很光荣的，也是责无旁贷。”他用诗的语句劝勉妻子：“不辞沉默铸金甲，甘献年华逐紫烟。”

科学家和大学生们同住一幢楼，同吃一样的饭。陈能宽从美国带回来的压力锅如今成为“宝锅”。因为高原气压低，开水只有 80 多度。食堂的馒头是发黏的，大米稀饭的米粒是长翅膀的，唯有压力锅煮熟的稀饭香喷喷的。

有一个星期天上午，小林和小张从食堂买饭回宿舍。小张边走边说：“该死的馒头、米饭，这么难吃！”

“你有意见，要向炊事班提，对馒头、米饭提意见又有什么作用？”小林逗笑地回答。

“你看，馒头黏糊糊的，是当糨糊的材料，米饭的米粒还长着翅膀呢！你喜欢吃这东西？”

“噢，不怪它们，这里高原气压低吗！我们喝的开水是 80 多度，不是 100 度。这样的温度，能把馒头、米饭煮熟吗？”和小林、小张并排着走的陈能宽插话接着说：“我有一个从美国带回来的压力锅煮稀饭保证你又熟又香。你们可以拿出来用。”从此以后遇到星期天或有的同志身体不舒服，吃不下没能煮熟的稀饭，就用陈能宽的压力锅煮上一锅稀饭，或慰问病号，或大家品尝品尝清香的大米粥。

在行政领导的感召下，在科学家的带领下，年轻的大学生们似乎把对亲人的惦念也都忘记了，把生活上的困难和高原缺氧的不适应也淡忘了。大家全力以赴投入紧张的工作中。

经中央专委批准又增调一批技术骨干也陆续到达草原。理论研究和数学研究的大部分人员留在北京，但胡思得等直接参加第一颗原子弹理论设计的一部分人员也来到草原，深入到生产、实验第一线。

各个方面的人员都纷至沓来，理论设计、结构设计，爆轰实验，机械加工，炸药生产，还有电厂、水厂，医院、交通、邮电通信、商业服务……大家在被铁丝网围起来，有警卫站岗、骑兵巡逻的封闭“小社会”里安营扎寨、秣马厉兵。由于苏联 1959 年 6 月撕毁协定、撤走专家而取代号为“596”的我国第一颗原子弹（争气弹）的研制工作进入了全面总攻阶段。

这时的核武器研究所，已由原来的第二机械工业部第九研究所改为第九研究院。王淦昌、彭桓武、郭永怀等科学家由原来的九所副所长被任命为九院副院长，陈能宽也任命为副院长。其他行政领导也相应做了新的任命。原来只有两个部，即理论部和实验部，也发展成为理论部、实验部、设计部、第一生产部和第二生产部等五个部。各个部都有专家分管把关。其他还有配套的供电、供水、邮电通信、百货粮油食杂等商业服务和铁路、公路交通运输……一个五脏齐全的社会实体。

原子弹是一个多学科、牵涉千军万马、庞大而复杂的系统工程。它牵动了全国很多部委、很多省市、数百家单位的精兵强将和优势力量。毛主席一再强调，“要大力协同，做好这件工作”，并多次亲自主持会议，缜密部署。成立以周恩来同志为主任的专门委员会，经过周密研究，制定一系列重大方针、政策、原则和措施。在党中央统一领导下，全国一盘棋，集中攻关，表现了社会主义中国攻克尖端科技难关的伟大创造力量。周总理则一再叮咛，要“严肃认真，周到细致，稳妥可靠，万无一失”。这十六个字成为大家研制原子弹的工作原则。二二一厂厂长吴际霖一再强调：“我们就是加工一个螺丝钉，剪一根导线，都要和保证打响‘596’联系在一起。”

如果说在北京土城墙脚下和 17 号工地，九院人悄悄地拉开了核武器研制工作的序幕。那么，现在，在一望无垠广袤的大草原这个大舞台上，将上演一场威武壮观的大戏。

这个阶段的工作是真刀真枪，刺刀见红。第一颗原子弹的聚焦元件要最后调试定型，内爆压紧的动力学过程的力学参数、物理图像、流体力学不稳定性等问题……如果说在 17 号的爆轰实验是“逗龙尾巴”游戏，那么，现在真的要把龙舞起来了。要进行一系列大型的爆轰物理实验，测试成百上千个数据。而理论部和设计部要根据实验数据反复修改设计方案。第一生产部和第二生产部则要加工生产各种形状怪异的机械零件和炸药部件。起爆雷管要反复检测、挑选。电子同步装置的时间同步和发火的可靠性更要做到万无一失。

总攻阶段，倒计时的时间表，成百个操作规程、技安守则和一套套“点线检查”制度，是大家制定出来的，也是大家都必须遵守的。

千年沉睡的金银滩，一时辉煌非常。科技人员和技术工人不分昼夜地拼命干，夜色下的金银滩更是一片灿烂。人们似乎忘记了疲倦，更忘记了这里 3 200 米的高寒缺氧。每个人的心中，都燃烧着熊熊的青春之火。共同的责任和理想，共同的追求和信念，激励着大家心往一处想，劲往一处使。为了第一颗原子弹，大家白天进行爆轰实验，夜间细心地判读、整理和分析数据、钻研业务书刊。每天清早，还争着提前到办公室打扫卫生或为新的一天上实验场地做实验而准备。

在新的一系列实验中，一对相互制约的矛盾终于暴露出来了。

“老经，为什么图形这么平整？看不出 BC 效应的太大影响！这么好的实验结果，反而使人心里不踏实。”小林拿着测试结果绘画出来的图形问道。

“一方面看出我们采用的措施有效果，但是……”老经回答以后继续思索着。

“但是，我担心，爆轰波挠射的能量叠加可能会掩盖真实的实验结果！”陈能宽插话说。

老叶从座位上站了起来说：“陈副院长的意见很值得注意，我们设计的实验装置，注意力在防止 BC 效应，但引来了爆轰波挠射问题！我们要有新的构思。”

在陈能宽和经福谦的指导下，经过反复论证，一种新型的防护结构——“XB 构件”防护系统诞生了。

接着又进行了 5B-2 和 5B-3 的实验，结果如何?

“不，我还不满意。因为只有开启的显示，闭合的特征并不很清晰。”陈能宽提出更高的质量要求：“还要进一步从形成信号的机理上吃透，采取新的措施。”

“那就把这一任务交给小张和小弘。”老叶和老经商量着说。

“我想可以，他们两位物理基础都很好，让他们试着吧！”老经赞同老叶的意见。

小张和小弘经过一番物理参数的周密计算和爆轰实验验证，找到了聚合爆轰作用下内部压力、温度很高，物质流速度很大这一特点，巧妙地设计了改善闭合特征的结构系统。

在现场装配信号源系统时，王淦昌、陈能宽都亲临现场指导，终于取得了 5B–4 和 6B–2 理想的实验结果。王淦昌和陈能宽拿起一张张清晰完美的实验结果的图形，爱不释手地端详了好久，异口同声地说："太好了，太好了。"

在王淦昌、陈能宽的领导下，成功地做了代号为 5B 和 6B 的系列实验。采用多种先进的测试技术，测得丰富的实验数据，准确地提供理论模型设计中尚需考虑致稳因素的影响度量，搞清楚美国学者在文献资料中担心的泰勒不稳定性问题，并得到我们自己新的认识和更深化的结论。为理论模型设计和结构图纸设计提供优化的最佳设计方案的实验依据和一系列物理参数。

由于 295B 和 296B 系列实验取得令人满意的实验结果，对压紧型的内爆规律已有足够的认识，使得可能绕过原定计划中的 5C 和 6C 系列实验（5D 和 6D 已于先前论证可以不做），直接跳到更下一步的 5E 和 6E 系列实验。这对加速我国第一颗原子弹研制进程有着重大意义。

1963 年 11 月 20 日，进行了代号为 295E 的模拟爆轰实验，这是一次对理论设计和一系列试验结果进行综合性检验的关键试验。这次试验，无论是理论设计还是结构设计，无论是加工制作还是测试技术，都有大的创新，对组织大型爆轰试验也是一次综合练兵。

在试验准备的各个环节，大家都严格进行“点线检查”。

“24–1 组合件插接稳妥了没有？”

“记录信号工作准备好了吗？”

“输出幅度的工作准备好了吗？”

“电源都接通了没有？”

……

王淦昌一一再次提醒大家。

试验的预备警报已经拉响了，参试人员也已各就各位。突然，王淦昌又有什么不放心，带着几个技术人员，实验队长也带着起爆总开关的钥匙，一齐再度进入“爆室”……

“王院长他们回来了。”试验警报再次拉响，现场进入紧张沉静状态中。

陈能宽镇静自若地坐在休息室里等待结果。

王淦昌则着急地站在测试房的门口处，目不转睛地注视着年轻科技人员全神贯注地操作测量仪器。

实验队长发出准备命令，所有仪器打开电源。各操作岗位按“点线检查”的顺序有条不紊地进行检查和操作。

“一切正常。”所有指示灯一闪一闪地发出点点红色光辉。

实验队长把钥匙交给起爆操作员。

“加高压。”

“……4，3，2，1，起爆！”

胡仁宇报告测试仪器记录到的信号很理想，数据也和理论预计的很接近。

“好极了！好极了！”王淦昌连声叫好。

陈能宽满面笑容地接过试验测试数据，认真地看了又看。

大家都忘了劳累，沉浸在首战初捷的喜悦之中。

陈能宽把实验队长陈常宜、测试总负责人胡仁宇叫到王淦昌跟前，讨论下一步的工作。

全尺寸模拟的大型爆轰试验进入紧张的准备工作。为了加工大量零部件和更多的测试仪器设备，核心部件的加工制造车间里，一天三班倒，星期天也不休息，夜以继日地加工制作。由于结构复杂，设备条件不够完善，发生了切屑燃烧事故。王淦昌、陈能宽以及吴际霖等行政领导立即赶到现场。大家认真地查找事故原因，还成立了安全小组，专门组织力量，在进一步试验和深入分析的基础上制定安全守则，采取有效的安全措施。大家从成功和失败中学到很多知识。

为了迎接新的任务，金银滩到处是一片繁忙景象。很多科技人员和工人师傅，经常是送走了一个落日黄昏，又迎来了一个拂晓黎明。他们似乎忘记了疲倦。

两封巧合的电报同时到达。一封是小郑的爱人今天启程从南方奉调来草原，希望小郑到西宁火车站去接她。他们结婚的第二天，小郑就赶忙回单位接受新任务了，按情理，应当去接她才对。而另一封电报是大连一个工厂的一个加工件技术上有疑难。图纸的技术要求是小郑敲定的，只有小郑去解决才合适。两难之下，小郑毫不犹豫地选择后者。“以任务为重！”小郑斩钉截铁地说。说着马上去开一张介绍信，打点行装，准备出发。临走时，掏出他爱人的一张照片交给老张，“拜托你，帮我到西宁接她。记得开一张入厂证明。”说罢执行任务去了。

五月的金银滩，春意盎然。副总参谋长张爱萍、二机部副部长刘西尧等领导亲临第一线视察、指挥工作，带来党中央和全国人民的关怀和支持，极大地鼓舞了科研人员的斗志。

614 爆轰实验场碉堡那百米沙垫的尽头，盖起了竹席和胶合板结构的爆室。爆室正中竖起装置支架。296E 试验装置将安放在支架上方。试验人员紧张地进行各项准备工作。拉电缆、布导线……

从总厂生活区向西远远望去，人星点点，车辆行行。就像喜庆的日子，不分昼夜，川流不息。

1964 年 6 月 5 日夜晚，李觉亲自乘车开路。吊车、产品车、仪器车……各种车辆排成一行，浩浩荡荡地向614进发。人们忘记了寒冷，忘记了连日来不休息地苦战的疲倦，静静地思考着各自岗位工作。大家都有一颗火热的心，期望着这次试验的圆满成功。

第二天，1964年6月6日，我国第一颗原子弹正式试验之前的关键试验，就在青海草原二二一厂的614爆轰实验场进行。这是全尺寸模拟的大型爆轰试验。除核装料用物理模拟材料之外，其他部件和引爆控制系统等全部用了第一颗原子弹爆炸时所用的材料、结构和系统。所以张爱萍将军称它为“原子弹冷试验”，有别于原子弹爆炸的“热试验”。这次试验成功，从技术上讲，我国第一颗原子弹爆炸试验成功就十拿九稳了。

我国第一颗原子弹不仅技术上是先进的，而且采用这种设计方法和通过平面模拟实验，测准一系列参数，再进行5B、6B、5E、6E的系列模拟试验的技术路线，可以给国家节省很多物力、财力，并赢得了时间，大大加快研制进度。这不仅完全符合我们的国情，也是我国科学家非凡才华和惊人创新能力的结晶。

296E实验装置稳稳地放在支架正中间。在试验装置一些特殊部位布列着测试探针，周围的大部分空间都布满了测试探头。引线、电缆很多，但却井然有序。电子同步系统立于试验装置正上方，似有争奇斗艳，但却增加试验装置的几分多彩多姿。

王淦昌、陈能宽以及实验部主任都一再强调，这次试验，要比 5E 做得更好，做到“一次成功，多方收获”“把这一次试验作为 596 国家试验的总预演”。

“尽最大努力拿到最多的实验数据，该拿到的，能够拿到的，一定千方百计拿到。”这是参试人员的决心，也为此付出了最大努力。

王淦昌和陈能宽还一再叮咛大家，进一步动脑筋，想问题，找隐患，除障碍。

在这正式试验的前几天，操作人员已经按照操作规程、点线检查项目，进行多次操作练兵。做到准确、熟练地操作仪器设备。

正式试验的一切工作已经就绪。拉响预备警报，拨动电源开关，预热仪器。陈能宽把操作人员和测试项目的负责人找到一起。大家作简短的汇报后，确认万无一失。陈能宽发布命令，测试操作人员各就各位。“呜……”的警报声响十分钟以后，陈能宽把钥匙交给主控制台负责人。所有测试仪器都显示出良好的正常的准备讯号。

“加高压，起爆！”

“轰……”的一声巨响，震撼草原。远离试验场区的总厂办公、居住区也可听到震耳的爆炸声。明亮的火球之后，烟云升空。

“成功了！成功了！”这次试验很理想，非常鼓舞人心。

当胡仁宇、唐孝威拿着测试底片来到会议室，兴奋地向大家报告：“测试信号很理想，所有照相底片都取得很好的讯号，试验圆满成功。”全场响起了热烈的掌声。

张爱萍将军欣然挥毫赋诗：

第一颗原子弹冷试验成功

祁连雪峰耸入云，草原儿女多奇能；
炼丹修道沥肝胆，应时而出惊世闻。

1964年6月6日
青海草原

这是我国第一颗原子弹在核爆炸之前一次理论计算和结构设计全面检测并与各起爆系统全面连接的综合试验和全系统演习。

王淦昌比当年在杜布纳联合研究所发现反西格玛负超子还兴奋，比抱上了一个大金娃娃还高兴。他暗自判断：离第一颗原子弹正式爆炸成功的日子不远了。

中华儿女正用自己的心血和汗水，辛勤地锻造“民族的神剑”，一颗美丽而神奇的“比一千个太阳还亮”的“争气弹”正在祖国大西北的腹地孕育着，很快，就要腾空出世了。

8. 罗布泊的春雷震海天

我国第一颗原子弹取了“596”这个争气的代号。经过精雕细镂的理论计算和结构设计，经过数百成千次爆轰的、力学的、电气的和次临界的实验，千锤百炼、反复修改和检验，并在生产、加工装配过程中攻克一个个技术难关，又经过6月6日296E大型综合性爆轰实验，现在已经是瓜熟蒂落。“两弹人”正厉兵秣马，所向披靡。

1964年4月，在周恩来总理亲自主持召开的第八次中央专委会议上决定：

“596”采取“塔爆”形式。于9月10日前做好试验前的一切准备工作。要求做到“保响，保测，保安全，一次成功”。

任务迫在眉睫。第一生产部和第二生产部夜以继日地加班加点。511车间由于铸造任务特别忙，春节过后已是半年多没有节假日，日日夜夜奋斗在炉旁。多数车间主任一个连着一个的不眠之夜地连轴转。李觉、朱光亚、吴际霖等领导经常亲临现场，这对科技人员和工人的鼓舞很大。理论部、实验部和设计部的科技人员在总结前段工作的基础上，进一步深挖细找，找问题，查漏洞。并深入到生产车间和工人师傅、车间技术人员一起商讨核部件生产、组装过程中遇到的许许多多意想不到的问题。大家是那么协调，那么默契。因为大家都肩负民族的使命，都有一个共同的心愿。那就是必须做到周恩来总理要求的“严肃认真，周到细致，稳妥可靠，万无一失”。

按倒计时的日程表，9 月 1 日开始，第一颗原子弹开始进行紧张而有序地试装配。

在总厂西北的金银滩的一角，坐落着占地面积为 1 000 多平方米的二分厂的 207 总装车间。四周是高高的数米厚的土围墙。全副武装的解放军战士严密把守着。进入车间必须出示保卫部签发的有效日期短暂的证件。这里汇集着一批敢于攻克特殊工艺难题的技术人员和吃苦耐劳、心灵手巧、充满献身精神的技术工人。他们不畏艰险，为爆轰物理实验、原子弹系列模拟实验提供一批又一批高质量的爆轰组合件和大型实验装置。现在，他们更是全神贯注地为我国第一颗原子弹的炸药组合件日夜地操劳着，并将进行原子弹绝大部分部件试总装。这是件艰险而光荣的任务。车间东面墙上贴有“安全第一，质量第一”的醒目标语。车间技安员随时提醒可能引发的不安全因素。党政领导和科学家们常到这里来指导工作。理论部、设计部和实验部的科技人员也日夜在这里和车间技术人员一起磋商装配过程中出现的这样或那样的问题。

这是非常关键的技术工作。陈能宽副院长经常在这里现场指导。一遇到新问题，立即和车间的技术人员、工人以及理论部、实验部、设计部的科技人员一起商量、讨论、计算、分析致稳因素的大小，提出解决问题的办法。

深夜，一种紧迫感、责任感强烈地袭扰着王淦昌，他怎么也睡不着。一幕幕寄托重任的情景在他脑海中闪耀着。在广东从化温泉疗养期间，和陈毅元帅散步时的谈话以及三个元帅一起宴请他与夫人的情景再次浮现眼前：

“你们这个东西，”陈老总用手比划着，攥成的拳头又急剧放开说，“什么时候造出来呀？等那个玩意响了，我这个个外交部长就好当了！我盼望着你们快点把它造出来呀！”

朱老总、聂老总也叮咛：“赫鲁晓夫不给我们原子弹，我们要自力更生。”“我们把希望寄托在自己科学家身上。”

当时，王淦昌虽然嘴上说：“快了，还有一年多就能造出来。”心里却在火上浇油。人在疗养院，脑海里却是一个个需要解决和攻坚的难题。

现在已是计日程功，真的“快了”。他猛然下床来。边穿衣服边把警卫员小任叫醒，驱车朝207总装车间驶去。

深夜，群星灿烂。静谧的大草原，仍是到处灯火辉煌。

大马路左侧的热电厂，耸立的烟囱冒着袅袅腾腾的烟雾。马路右侧远处的第一生产部，传来一阵阵机器和马达的“隆隆”声……

到达厂门口，门卫例行检查后，直驱207车间。陈能宽和车间主任惊讶地问道：“王院长，你怎么也来呀？”“我睡不着呀！”王淦昌只做简单的回答。

在车间主任和其他技术人员的陪同下，他仔细地察看装配工作的进展情况。称赞工人师傅们不怕苦，不怕累，连续奋战的工作精神。然后聚精会神地守候在总装车间。

看着老科学家深夜来到车间，长时间、专注地站在装配台旁，亲眼看着工人师傅进行产品部件的装配工作，工人们都十分感动。工作劲头更大了。同时也都十分关心他的身体健康。

“王院长，你回去休息吧。”陈能宽副院长亲切地动员他。

“王院长，回去吧。我们保证把工作做好。”人们一而再、再而三地动员王淦昌回宿舍休息。

“没事，没事。”“我来看看，向你们学习！”

工人师傅熟练又认真的操作，吸引着王淦昌睁大眼睛盯着装配台。

陈能宽和车间主任了解老院长的脾气。在这个时候，任何人也不可能动员他回去。车间主任找来一张行军床和一条军用毯子，放在装配车间东南角。

在陈能宽的劝说下，王淦昌才靠在床上，继续看大家装配。一直到清晨三点多，当班的装配件才装配完毕。警卫员小任擦了擦疲惫的眼睛，驱车把老院长送回宿舍。洗漱后，仅仅躺了两个多小时，他又神采奕奕地来到车间。

“年纪这么大的老科学家，还不顾个人安危，经常来车间关心我们，太感动我们了！”工人们议论着。

有一天，听说张爱萍上将和分管九院工作的刘西尧副部长要来车间，车间党支部宣传委员在车间门口立了一块黑板，上面写了“欣闻首长来车间，群情振奋喜开颜”。两位领导早已在听取陈能宽汇报工作时被工人们的干劲深深感动了。他们来到车间门口，看到这两句醒目的欢迎词，顿时诗兴大发，每人在后面各续一句：“一丝不苟加油干。”“一声春雷震九天。”成为一首豪情满怀的七言诗。随后书法家张爱萍将军又用龙飞凤舞的草书将全诗重新写在黑板的空白处。进到车间，两位首长亲切地向大家问候，并一一询问每位同志的姓名，使大家感到格外亲切。

张爱萍幽婉地对大家说：“我们要像保护婴儿一样保护产品。婴儿刚出世，娇嫩得很哩！千万要小心。”这意味深长的话语，久久在人们的耳边回旋。

工人师傅们不分白天或夜晚连续奋战了三天三夜。安全、高质量地完成第一颗原子弹炸药组合件装配和核装置的试总装任务。而两位首长一同续诗、亲切的关怀和幽婉的话语早已在研究院科技人员和职工家属中传为佳话。

经过两个月的日日夜夜，第一颗原子弹爆炸试验的各部件和各系统开始装箱待发。参试人员摩拳擦掌等待着向核试验基地进军。

九月的金银滩，秋高气爽，百花飘香。年轻的科技人员，既能无休止的工作，也学会利用短暂的休息时间，走出实验室，走出车间，走出碉堡和实验场，到广阔的大草原吸吮芳香馥郁的自然气息。

这是一个晴朗的星期天。经过几个月的连续奋战，组长老陈宣布，今天一个也不允许加班。十几位年轻科技人员，背着行军水壶和大学生书包，涉过一条小河，向着远处的草地奔去，来到一处藏民同胞放牧时作为羊群避风的坏旧土围墙。土围墙的四周，地上长着圆如乒乓球的白蘑菇。

“这里有一大窝白蘑菇，快来采呀！”大家称她为小居里的女青年小张高兴地大喊一声。几位女科技人员赶紧围了过去。不到半个小时，每个人的书包里都装满了又圆又大的白蘑菇。

虽然已是秋天，但因离太阳比较近，高原中午的太阳也是火辣辣的。大家坐在草高足足半米的金黄色的草地上。有的喝水，有的用优美的歌和诗赞赏这美丽的大草原。

情感充盈的大刘朗诵起他那视野广阔、文采多姿的诗句：

“青海红日照雪山，高原远顾故乡难。

风沙百涉穿铁履，不取核关终不还。”

“天苍苍，野茫茫。

但有美丽的大姑娘。”

大本则以浪漫的诗句引起众人大笑。

“老尚，再来个‘了字歌’好吗？”大刘鼓动起老尚来。

“好，我来。今天我还加了新词呢！”老尚高兴地应诺了！

“两年前，青梅竹马的女友告吹了！

国家个人哪份重？不用你问我明白了。

北征 17 号，西征转战大草原，模拟试验成功了。

一年又一年，今年 30 了！

感谢老同学，对象又找到了。

打了报告整一月，现在批准了。

好事喜事接踵来，糖果买来了。”

大家“哦……”的一声大笑，又是鼓掌，又是抢糖果，就如一群天真烂漫追逐嬉闹的少年。

原子弹搞出来了，但是进行核试验却要冒着遭受核大国核打击的巨大风险。中央专委制定了两种方案：一种是发展核技术暂不试验；第二种方案是不怕威胁尽早试验。中央领导同志中两种意见争论很激烈。毛泽东主席最后一锤定音："爆！"他以豪迈的气派说："既然是吓人的，就要早响。"

但是我们在核武器试验场准备核试验一开始，就被核大国的卫星发现了。为了防备核大国对我们核打击的风险，我各核基地在1964年的9、10两个月里随时处于战备状态，不时进行防空演习。经常是在夜间一听到防空警报，大家紧急地进防空洞、钻防空壕，战备气氛非比寻常。

9月16日，在中南海西花厅，中央专委召开第九次会议。这是我国第一颗原子弹正式试验前一次极其重要的会议。会议开了两天，会上，张爱萍和刘西尧分别报告了试验场区和原子弹装置的各项工作的进展情况。由于千头万绪，事情很多，会议的第二天开得很晚。大家就在开会的西花厅吃了一顿便饭，和往常一样，饭桌中间放了一盆大锅菜，还是粉条、白菜、豆腐，再有点肉片，主食是米饭和馒头。吃完饭，工作人员讲："今天还是总理请客，但是每人要交3两粮票。没带粮票的以后补交，或让司机送来。"

会后，九院朱光亚、吴际霖和党委书记刁筠寿立即返回二二一厂，指挥对正式试验的原子弹部件的质量、包装、装车、运输等工作进行仔细检查和落实。

张爱萍和刘西尧返回罗布泊试验区第一天的晚饭后，张爱萍在他住的帐篷门上写了一个好大的“响”字。在向参试人员传达中央专委第九次会议精神之前，上将还是和往常一样，问一问周围一些同志的名字，当一个年轻人讲“我叫贺成功”时，张爱萍喜出望外似地拍了拍贺成功的肩膀说：“好啊！你这个名字取得好啊，成功，一定会成功。还要庆贺的。”

总参军事交通部部长再次亲自商请铁道部安排落实运输第一颗原子弹的一级特殊专列的具体事宜。实际上，早在8月份，铁道部已进行历时一个星期的产品模拟运输训练，就是说，首先运输了一专列是原子弹“假设产品”。

秋天，无论在什么地方，总是好的季节。可是这年北国的秋，却特别地来得早，来得清，来得静。第一颗原子弹正式产品596-1和备用产品596-2，从二二一厂的编组站徐徐启动，除了铁轮有节奏地辗轧两道乌黑发亮的铁轨发出铿锵的声响外，没鸣汽笛，没有鲜花，也没有欢送的人群。因为一切行动都得保密，无关人员一概不让知道。根据周总理的指示，这趟专列定为一级特殊专列。列车严格按照列车启动之前已编制的运行规程运行，对途经站点的交接程序、编队、安全、保密，都有严格的要求。沿途和到站后都按照国家最高元首级警卫。铁路沿线检查列车的铁锤一律换成铜锤，以防万一产生火花。机车用的煤粉都要筛子过滤，防止从煤矿带出来的雷管、炸药等爆炸物。专列经过的地区，所有车辆都要让路，高压线路暂停供电。专列到达终点站，新疆军区派了三层警卫，内层 30 米设一个岗。保卫部正、副部长夜间亲自查岗，自治区公安厅长夜间亲自守车。

原子弹的核心部件由公安部局级领导高仑亲自押运，后来继邓稼先担任院长的九院胡仁宇负责技术安全监测，用经过保温改装的伊尔 –14 运输机专机运送。

10 月 4 日，两枚原子弹的全部部件运输工作圆满完成。正式试验用的 596–1 全部运至试验基地 701 装配工房。作为备份的 596–2 和专列先是在乌鲁木齐待命，后来又拉到外地掩蔽起来。

9 月下旬，戎装待发的九院作业队，乘坐专列到达新疆大河沿车站。再转乘基地汽车团的汽车，在一望无际的戈壁滩的沙石路上列队前进。这时的公路是解放军战士稍有挖填的沙石路，由于车来车往，公路已被震成标准的“搓板路”。汽车即使速度不快，也是上下颠簸。稍微快点，便是颠来倒去，有的头撞顶篷，有的翻肠倒肚。整整两天的颠簸，终于到达第九作业队营地。

7月初提前出发的先遣队员把大家领进帐篷。开水，洗脸水，早已准备好了。虽然都是戈壁底下的苦水，但也都是清幽幽的。

夜幕降临，大家在帐篷里歇着。眼看个个精神困倦。先遣队员小李给大家讲起孔雀河的洗澡趣事：

茫茫戈壁，水贵如油。几十万平方公里的大沙漠只有一条快要干涸的小小孔雀河。河水很小，水又很浅，没法施展游泳技能。但年轻小伙子脱光衣服在小河里打闹、蹦跳，却是十分乐趣，中午太阳很热，小河水可以带走身上的臭汗和热量。只是上了河岸，白碱挂满全身，成为地道的“白人”。有人讲，这是“孔雀公主”造的孽，叫你们这些傻小子再不敢来撒野。大家听了哈哈大笑。两天汽车颠簸的疲乏消除了一大半。

从全国各地前来参试的兄弟单位5千多名参试人员也先后进场，千军万马汇聚于古老神秘的罗布泊，他们都身着绿军装。唯独第九作业队清一色穿黑色皮衣或深蓝色工作服。大家自称为一群“黑猩猩”。

车来人往，一片繁忙。沉睡千年的罗布泊突然变得充满活力和芳香。

第九作业队的第一项任务，也是最主要的任务是第一颗原子弹在试验现场进行最后的装配。第二项任务是和21所共同测试原子弹爆炸后的核参数和取样放化分析。

中国第一颗原子弹从研制到试验的全过程，都非常注意保守机密，每个工作人员都有专用的保密包和保密箱。图纸资料和工作本甚至草稿用的纸张，都要编号，装入保密包，并有保密员随时检查、领导定期抽查。下班之前，密封好送交保密室。为了防止万一在保密电话或保密传真电报在传递过程中被窃听等意外发生，在口头表达或书面文件中，还采用了一系列的密码或代码用语，例如第一颗原子弹叫 596，一系列大型爆轰试验分别以代号称之，核装置所用的各种材料也分别称为 ×× 号材料等。

首次核试验，罗布泊场区向北京报告情况用的“密语”是张爱萍上将 9 月从北京返回罗布泊之前由首次核试验北京联合办公室——177 办公室已经编好的。“密语对照表”中规定：正式爆炸试验的原子弹密语为“老邱”，原子弹总装配的密语为“穿衣”。有关领导也都有相应的代号，如基地的几个司令员都姓张，他们分别称为 1 号张、2 号张……

负责给“老邱”“穿衣”的是蔡抱真领导下的 12 名心灵手巧、胆大心细、富有献身精神的技术人员和工人。虽然他们在二二一厂已经试装配，但是蔡抱真还是不敢有丝毫大意，大家一进场区，就组织技术人员和工人反反复复“预演”和练习。

飞机运输的核心部件一到达，蔡抱真就组织开箱检查，当真在一件光洁得发亮的部件看出一个小压坑，蔡抱真没经检测就急忙向领导报告。这下子，不得了呀！“是谁碰的？谁碰了我们的原子弹？”大家开会呀，检查呀！可是，谁也没有碰。第三天，坐火车的检验员来了，他把质量报告单打开一看，“是有记录，原来就有一个小坑，但是是在质量合格范围内，而且这件是备品。”这下才把紧张气氛缓和下来。

正式装配开始了，整个过程真的是有条不紊，做到“严肃认真，周到细致，稳妥可靠，万无一失”。特别是“投篮”这一关键的操作过程，几乎所有技术专家都亲临现场，整个过程，除了可以听到“起吊”“投入”等清脆的口令外，全场肃静到极处，每个人的心跳也似乎是静止似的，生怕过程中会发生什么意外，往常经常念叨“要小心点、要注意安全、要保证质量”的王淦昌老教授也憋着气暂停呼吸的样子，目不转睛地注视着。

王淦昌、陈能宽、彭桓武、郭永怀、李觉、吴际霖、郭英会等科学家和院领导亲临试验现场。

王淦昌的学生、21 所所长程开甲负责组织领导核爆炸的核反应参数和冲击波强度等力学参数的测试工作。

一对鸳鸯在这神秘的孔雀河畔幸福相见。

小陈和小弥都是毕业于同一所大学的原子核物理专业。

小陈毕业分配的报到证是西北核技术研究所，就是新疆马兰的21所。小弥的报到证是青海国营第二机械实验场，就是九院青海草原的二二一厂。由于都是机密单位，他们通信不多，更不谈论工作。相互之间谁都不知道对方研究工作的内容。这次他们终于知道了。

他们的研究工作都是测量核爆炸近区的r–射线强度和能谱。虽然不在同一测试房，但是共用同一个触发信号。在铺设电缆时，为了连接触发电缆，小陈提着仪器、工具和连接电缆进入触发信号电缆末端的半地下碉堡。

“小弥，你在这里？！”小陈惊喜地问。

小弥高兴得一时没话答应。她那聪慧和充满爱意的眼睛直视着充满活力、满腔炽热之情的小陈。

还是小陈勇敢地扑上前去，一对鸳鸯的柔情蜜意在这神秘的孔雀河畔没有扭捏掩饰，袒露得如此真诚，令这神秘的“孔雀公主”也有几分陶醉。

各军、兵种和国家各部委的有关单位，则以铁塔为中心，在不同距离处，呈中心辐射状地摆放有数百项效应试验机械和动物。如飞机、大炮、装甲车、铁路、桥梁、战时工事、民用建筑，也有猴子、兔子、老鼠和狗等各种动物。还有各种测试仪器、设备。有的是直接摆放在沙地上，即暴露效应物；有的则是放在掩体中或在障碍物后面。大千世界，十分壮观。它们也在这戈壁滩上戎装待命，静候着第一颗原子弹巨响的降临，见证震撼寰宇的蘑菇云。

我国首次核试验是在周总理亲自领导下进行的。中央专委成员聂荣臻元帅亲临现场直接领导这次试验。张爱萍副总参谋长任试验总指挥，二机部刘西尧副部长任副总指挥。国防科委副秘书长张振寰、核试验基地司令员张蕴钰都在现场参与组织领导工作。二机部部长刘杰坐镇北京，专门负责前后方联系，直接向周总理随时报告试验现场工作进展情况。

10 月 14 日傍晚，试验指挥部接到经毛主席批准的中央专委的命令，试验装置进行就位。

参试人员像爱护自己的婴儿一样，小心翼翼地将原子弹从半地下车间的装配台上，稳稳地吊入吊篮中，然后顺着小铁轨运到百米多高的铁塔下方，再用卷扬机徐徐地运到铁塔上端的爆室里。

在铁塔下面，仰望塔顶，一百多米高的铁塔，就像一把倚天长剑，在大漠荒原高高耸立着。那雄姿，那气势，仿佛刺破茫茫苍穹。张爱萍上将诗兴骤起，写下三首“十六字令”：

十六字令（三首）

塔架

一

塔，
立地顶天披彩霞。
沉戈壁，
从此放光华。

二

塔，
暴雨狂风任凭它
金刚体，
挺立战黄沙。

三

塔，
百炼千锤聚精华。
冲天塔，
喜报飞天涯。

晚上 9 时 20 分，我国自己研制、设计和制造的第一颗原子弹，牢牢地固定在铁塔顶部爆室的正当中。核装置的顶上是原子弹的神经中枢，电子同步装置连着整齐有序的传输电缆，就像一顶富丽堂皇的桂冠。

10 月 15 日，坐镇北京，专门负责后方联系的刘杰部长冒雨来到核武器研究所理论部。

“核装置已经在铁塔顶部爆室就位，现场工作全部正常，但周总理还有不放心，要求我们再估算一下试验成功的概率，并要求书面报告。”见到周光召，刘杰开门见山道。

“是，刘部长，我们立即计算。”周光召领令后自信地说。

周光召和两位数学家埋头思索、计算。表针一分一秒地摆动，周光召和战友们在争分夺秒地工作着。一串串、一行行的数据，在他们眼前闪烁。

“我们再算一遍！”周光召望着计算出来的结果，按捺着兴奋的心情对伙伴说。

“我们再审核一遍！”周光召深知数据的分量和影响。

复核的结果完全正确。三位科学家微笑地相视着。

周光召拿起钢笔，又看了看自己伙伴，然后在计算报告上写道：“经计算，我国第一颗原子弹爆炸试验的失败概率小于万分之一。”

第九作业队在铁塔上的爆室里的最后一道工序是插接

24-1 组合件。这是原子弹神经中枢和原子弹肌体的连接件。每一操作的质量都与成败攸关。部件又很娇嫩，工作要十分认真、仔细。

插接 24-1 组合件的小队长是“打炮司令”陈常宜。他胆大心细，非常成功地参与组织多次大型爆轰试验而受到领导赞扬。他是九院带着中组部介绍信硬从北京地质学院把他调来的。来九院之前，他是北京地质学院的讲师。他家中有妻子、小孩，还有一个年老的岳母。他的妻子是广东人，身体很不好，为了核事业，陈常宜为大家舍小家。只能利用每次回家探亲时多操持家务，以献爱心。每次回家，往楼上搬蜂窝煤也算是一件重要的事。有一次，竟被隔壁楼梯的老大娘误认为他是一个“运煤工”。老大娘说，四处找不到运煤的工人，恳求陈常宜帮她搬几百块煤。陈常宜看到老大娘的难处，只好答应，又义务帮老大娘搬了 300 块蜂窝煤。陈常宜工作很卖力，生活又很俭朴。买了半斤排骨，吃了排骨上的肉以后，还要再熬一次汤。他身体又比较瘦，同志们叫他“老排骨”。听他讲起搬煤的故事，同志们伤心地说：“差点把你的老排骨压断了。”

按原先的工作程序，插接 24-1 组合件的时间已到。但当接插 24-1 组合件的技术人员到达塔顶爆室时，大漠刮起大风，塔身大幅摇摆。为了安全，指挥部不得不下令暂停作业，只留少数人在塔顶监护。“打炮司令”陈常宜和几位年轻人，饿着肚子，又饥又渴。不顾危险地任凭风沙翻滚，摇晃欲坠，与原子弹在一起，在塔上随着怒吼的狂风飘摇晃动。

高高的铁塔，牵动着千万颗心。千万双眼睛在急切地注视着塔上的动静。指挥部各级领导和王淦昌、陈能宽等科学家更是十分焦急。

“塔上的同志一定又饥又渴！怎么办？”王淦昌在帐篷里坐立不安地说。

“我上去，我训练过爬塔。我给他们送些开水和面包。”站在帐篷门口注视着铁塔顶上的王师傅说。

铁塔随着狂风飘摇，卷扬机、吊篮已不能使用。承担建造铁塔的技术总队王师傅自告奋勇，请命爬塔送饭送水。他不顾生命危险、冒着十二级大风，带着开水和面包顺着铁塔侧面的平行排列的一根根铁杆，摇摇晃晃地往上爬。当王师傅进入爆室时，塔上的同志们惊喜地围过来，大家小心谨慎地把王师傅拥抱起来。激动的心情无法形容！

狂风过后，指挥部又发出作业令。技术人员开始插接24-1组合件。

一切操作完毕之后，为了确保“万无一失”，又按点线检查程序再次进行自查，互查，小组检查，领导检查。

57岁的王淦昌和陈能宽等科学家，张蕴钰、李觉将军等领导干部，坐上吊篮，登上摇摇晃晃的高塔，陈能宽负责对核装置的关键连接部位逐项进行认真仔细的检查，验收。

一切都很满意。陈能宽命令陈常宜进行最后一项操作——接好电源线。

陈能宽细心地察看后点头说“好！”

王淦昌似乎还有什么不放心的样子，一再提示大家：

“再想一想，还有没有考虑不周到的问题？”

“一定要做到万无一失。”……

各个项目的负责人都胸有成竹，一一签字。

最后一批从塔顶爆室下来的是李觉和张蕴钰等三位领导。张蕴钰将军是带着主控台钥匙陪大家的，因为九院有一条规定：最后一道工序一定要带启动台的钥匙，否则就严重违反安全规则。而主控站规定是不允许把钥匙带出启动室的。双方争执不下。张蕴钰走过去向张爱萍请求说：“让我带上钥匙，陪他们上去吧！”张爱萍点点头答应了。张蕴钰从张震寰手里接过钥匙，陪陈常宜他们一直到作业完毕。他们下到塔底，走出吊篮，李觉将军望了望挂在塔上的毛主席像，认真地嘱咐卷扬机手说：“请把毛主席像降下来，否则就是政治事故呀！”接着实验部副主任方正知合上小砖房内的电闸。这时从塔上原子弹到主控站之间的起爆电缆已经全部接通。但在主控站还有两把开启的钥匙，一把是主控站启动钥匙，一把是九院的高压起爆钥匙，它们分别在张蕴钰和李觉的口袋里。张蕴钰摸了摸衬衣口袋里的那把钥匙说："我们离开铁塔吧！"两部吉普车相继朝主控站方向驶去。

张蕴钰坐最后一辆汽车。走出 200 米左右，他又对司机说："停一下。"张司令员又走下汽车，向着铁塔方向望去，依依惜别的样子再看铁塔最后一眼。

现在，基地首长和科学家们在指挥所等候着。"零时"没有操作岗位的同志集中在距铁塔 30 公里的白云岗。

无垠的戈壁好像格外平静。大家都在等待着……

中国现代国防科技史上璀璨的一页即将揭开。

最后撤离的一辆吉普车穿过坦克、飞机、大炮……和种种作为核爆炸效应物的长长通道，驶向距铁塔 20 多公里的核试验主控制站。

从车上下来的是张蕴钰、李觉和陈能宽，这次核试验主项目的主要负责人。

张蕴钰把起爆控制柜的钥匙交给张震寰。

李觉将高压起爆钥匙交给正在指挥撤退的刘西尧。刘西尧好像还有什么不放心的样子，再次检查了地下指挥所，才把钥匙交给起爆操作负责人。

九院的主要技术领导都撤到主控站，集中在走廊顶头的 6 个瞭望孔的观察室内，大家的心情既兴奋又紧张。在场的好几位领导都在问邓稼先："有把握没有？""估计结果如何？"邓稼先光是笑，不回答，只是一个劲地吸烟。后来，问得实在躲不过去了，就挤出一句话："反正能想到的问题全想到了。"

16 日 13 时 30 分，刘杰与张爱萍通了电话。张爱萍说："一切正常，最后撤离的人员已于 12 时 56 分撤离到指挥所，情况比预计要好。"

14 时 30 分，张爱萍和刘西尧等人来到距铁塔 30 公里的白云岗观察所，张爱萍用保密电话直接向周恩来总理作了简要报告："已经完成试验前各项工作，一切正常。"周恩来批准按时起爆。

铁门无声地关上。

白云岗的喇叭高声喊着："请大家戴上防护眼镜，请大家戴上防护眼镜。"

观看的人员真是千姿百态，胆子大的同志，眼睛瞪得大大的，目不转睛地朝向铁塔方向，生怕关键时刻眨了眼；胆子小的同志，既怕眼睛受到光辐射，又怕被强冲击波冲击，还怕趴在地上会被地震波震动心脏。他们戴上透光率万分之一的防护眼镜，还不放心，双眼紧闭，背向爆心，趴在地上，两腿分开，两只胳膊抱在胸前，嘴微张开，做了一个"核防御"的标准动作。

主控室里，"嘀嗒，嘀嗒……"开始计数。

在场的科学家们，在倒数阿拉伯数字的震撼下，突然间紧张到极点，他们几乎都是毫无表情地听着报数。

“……5，4，3，2，1，起爆。”一道炽热的比一千个太阳还亮的强光闪过，荒漠上什么也看不见。瞬间的寂静过后，便是惊天动地的巨响。浩瀚的戈壁滩，先是一团耀眼美丽的大火球，翻滚着各种各样的颜色，五光十色，越来越大，把大约有6公里直径的山沟都填满了，然后向上翻腾，腾起烈焰翻滚的蘑菇云。

一时间所有在场的人都毫无反应，他们许多人张着嘴先后从惊愕中醒过来，多数人是看到蘑菇状火球升腾到很高的时候才突然欢呼雀跃。

“成功了！”

“成功了！”

“啊……成功了！”

白云岗数百名观测现场的参试人员激动万分，异常兴奋地欢呼着，跳跃着。有的抱成一团在松软的戈壁滩沙窝里打滚。用两只脚乱蹬着沉睡千年戈壁滩的沙石。也许是这个时刻，一切常规的鼓掌和欢呼都无法宣泄出他们胸中兴奋的激情，只有在满地石头的戈壁滩上打滚，才能获得激情的燃烧。这也许就是他们多年的辛劳、煎熬和所付出的一切才能得到超级的回报。更多的饱尝艰辛和险阻的人们情不自禁地流下潸潸的热泪。

这是创业者们欢乐的泪、幸福的泪！是奉献者们光荣的泪、骄傲的泪！

这是中华民族洗去百年耻辱，甩掉“东亚病夫”帽子，重新崛起的喜悦的泪！

这是人世间最崇高、最神圣、最美好的精神享受！

就在观看原子弹爆炸的时时刻刻，张爱萍手里一直拿着电话，等候来自北京的问话。周总理也从电话里听到了“9，8，7，6，5，4，3，2，1，起爆”的声音。稍过片刻，电话里传来周总理的问话：“成功没有？”张爱萍不敢做绝对肯定的回答，就说：“看到那么大一个火球，我看是成功了。”转过身来，问了问身边的几位九院科学家：“你们看成功了没有？”几个专家异口同声地说：“可以报告成功了。”王淦昌接着说：“你看，现在蘑菇云开始形成了。”张爱萍又拿起电话报告总理：“总理呀，成功了。开始形成蘑菇云了。”

当那向着苍天骄傲地呼啸着、奔腾着的滚滚翻卷的蘑菇云映入张爱萍上将眼帘，他便情不自禁地一挥而就一首不雕不琢、一字一珠的气象雄浑、笼盖宇宙的诗篇：

清平乐

——我国第一颗原子弹爆炸成功

东风起舞，壮志千军鼓。
苦斗百年今复主，矢志英雄伏虎。
霞光喷射云空，腾起万丈长龙。
春雷震惊寰宇，人间天上欢隆。

1964 年 10 月 16 日
戈壁滩　罗布泊

此时此刻，伟大战略家毛主席却是那么沉着、严谨：“是不是真的核爆炸？要继续查清楚。最好让外国人先报道，我们再发表。”

“我看到核爆炸火球了。技术人员从烟云高度、发光时间、辐射强度、火球的体积等各方面综合分析，认为我们确实成功地实现了核爆炸。”张爱萍又一次向周总理报告。

周总理在电话中兴奋地说：“我代表党中央、毛主席向你们致以热烈的祝贺。”稍后，周总理又说：“原子弹爆炸非同一般，现在我们已经成功，还有没有问题，要再检查核实一下，这是毛主席的指示。”……“现在蘑菇云已经上升到一万多公尺了，探测人员看到铁塔上半部已熔化成铁水，下半部也像面条一样全部坍塌了，又根据多项取样分析，证实确实是核爆炸，而且很理想，很成功。”张爱萍再次向周总理报告。当一份我国第一颗原子弹爆炸试验成功的正式报告送到毛主席手中，他同意周恩来提前向世界宣告。

周总理兴致勃勃来到人民大会堂，3 千多名大型音乐舞蹈史诗《东方红》的演职员，高兴地等着周总理接见。谁也没有料到，总理首先说的是这样一句话：“今天下午 3 时，我国在西部地区爆炸了一颗原子弹，成功地进行了一次核试验。”

这一震惊世界的消息刚说到这里，大家先是一阵惊喜，接着便是狂热地欢呼、使劲地跳跃。

“大家可以欢呼，可以鼓掌，但不要把地板跳塌了。”周总理风趣地对 3 千多名演职员说。

《人民日报》“号外”是当天发出的。北京街头人群如潮般抢阅“号外”。中央人民广播电台 10 月 16 日 22 点的晚间新闻节目中，连续几次播送了“新闻公报”“中华人民共和国政府声明”和“中共中央、国务院热烈祝贺首次核试验的巨大胜利的贺电”。《新闻公报》指出：“中国核试验成功，是中国人民加强国防、保卫祖国的重大成就，也是中国人民对保卫世界和平事业的重大贡献。”举国欢腾，人们奔走相告，中华民族的精神为之大振。港澳同胞及海外侨胞扬眉吐气。美籍华人赵浩生教授在国外报纸上撰文写道："在海外的中国人眼中，那菌状爆炸是怒放的中华民族的精神花朵；那从报纸广播传出的新闻，是用彩笔写在万里云天上的万金家书。"香港《新晚报》以"石破天惊是此声"为标题，高度评价中国的核爆炸成功，说"这是几千年来中国人最值得自豪的一天之一""'1964年10月16日'这几个字应该用金字记载在中国的历史上"。新加坡《阵线报》则强调"中国核爆炸是改变世界形势的壮举"。法国总统蓬皮杜（当时是总理）说："中国第一颗原子弹爆炸改变了世界的形势和中国的地位。"……

中国第一颗原子弹爆炸的云尘一天天地飘过日本，飘到太平洋北部上空，飘到加拿大和美国上空……烟尘向东一程一程地飘过去，中华人民共和国的国威随着烟云一圈圈地扩散、飘溢，震惊着她的四邻及其他远处的国家、地区，直至整个世界。

当时，在国威的较量上，核武器是镇国之宝，有了它，对于一个国家，尤其是对于一个泱泱大国来说，会直接影响到军事、政治、经济、文化、内政和外交。有了它，就有一种隐伏的巨大力量。

寓居美国的李宗仁先生向采访他的记者说："西方人终于将我们视为一个智慧的民族。"他就是由此下定回国的决心。

一位在西欧开饭馆的华侨讲了这样一段传奇的经历：此前，邻居经常将垃圾扫到他的门前，以示对中国人的轻蔑；中国爆炸原子弹的消息传来以后，他的门前再没有人推来垃圾了。警察也向他道贺说："您有这样的祖国，以后不会有人再找您的麻烦了！"

1964年10月16日，中国成功地爆炸了第一颗原子弹。这是创业者终生难以忘怀的日子，也是中国人民永远值得骄傲的日子。神秘莫测的罗布泊里，古老文明的丝绸之路上，又传出一则芳香馥郁、妙趣横生的"传说"。

金银滩和罗布泊一样，人们沉浸在欢庆和喜悦之中。大家欢欣鼓舞，奔走相告。"我们成功了，596成功了。"但是，他们既没有放鞭炮，也没有开庆功会，更没有说出"原子弹"三个字。"两弹人"从一个胜利走向一个新的胜利的征程中，似乎找不到歇脚点。科技人员既要抓紧时间总结第一颗原子弹的科研成果，千百份科研总结报告，千万张设计图纸，数千份技术资料……必须做到丰产丰收，颗粒归仓；又要预防核大国的突然袭击，破坏我们的研究基地，残害我们的科研力量。领导紧急决定，撤退一部分重点科技人员和核心科研资料，远离金银滩。一夜之间，一辆辆汽车载满科技人员和核心资料进山沟，以防万一。

至于当年的美苏核大国为什么没有对我国“动外科手术”，也许是因为他们企图蛮横实属“天理难容”。

中国人民研制原子弹，是在极其险恶的国际环境下进行的。早在1962—1963年间，我们曾获悉肯尼迪将用可能的手段破坏我国兰州核燃料扩散工厂。得此信息后，在我国经济还很困难的条件下，仍然下大决心，勒紧腰带，又在西南隐蔽的山沟里建造了第二个核燃料扩散厂，以防肯尼迪狗急跳墙。后来肯尼迪被刺死，就再没有得到要对我国采取直接破坏的消息。

1964年9月，在我国核试验迫在眉睫之际，又发生了美国与苏联准备对中国采取联合行动的问题，他们声称要“动外科手术”似的从根本上消灭中国研制原子弹的能力。在此之前，1963年美国的艾夫里卜·哈里曼去莫斯科时，美国总统指示他，“你去诱导赫鲁晓夫说出他的愿望”。幸好，赫鲁晓夫低估了中国科学家的能力。据哈里曼报告，当时赫鲁晓夫低估了中国在最近将会成为令人生畏的核威慑力量的前景，他认为中国单靠自己搞不出原子弹来。到了1964年9月15日，美国卫星探出我国核试验场地实况时，美国国务卿腊斯克等曾经再次讨论对策，并与苏联驻美大使多勃雷宁就“动外科手术”一事进行极其秘密的探讨，想把中国的核武器基地从地球上整个儿摧毁掉。国与国之间的竞争是无情的，外国对中国要爆炸原子弹的关注似乎并不亚于我们自己。但是，又是那么巧合，1964 年 10 月 15 日，即我国第一颗原子弹爆炸试验的前一天，苏联最高领导人赫鲁晓夫下台了。也许在此之前，他已经自身难保，顾不上给中国人“动外科手术”了！

“两弹人”的伟大成功并没有想得到哪怕是微薄的个人“奖赏”。他们只记得奉献，不知道索取。他们以迎接新的、更艰巨的任务的实际行动欢庆 596 试验成功。

2923 任务下达了。

596L 任务下达了。

548 任务下达了。

……

而且，为了保守国家机密，所有科技人员，从不言及“原子弹”。科研生产第一线的科技人员也从不书写“原子弹”，包括党政领导和科学家。大家把“原子弹”这三个字作为禁区，言词里只有产品和代号。

“两弹人”自豪和心甘情愿做“大漠苦泉”：

“从大漠中流出，又在大漠中消失，
终也不息，却只留下一坑苦涩。
不求名人赞美，也不招揽游客，
默默流入草丛，为荒漠增添一片绿色。”

这就是陈能宽副院长诗句里表达的“不辞沉默铸坚甲，甘献年华逐紫烟”的献身精神。

至于中国第一颗原子弹爆炸成功的前一天，正巧苏联赫鲁晓夫灰溜溜下台。这个曾诬蔑断言中国人“三个人穿一条裤子，搞不成原子弹”的苏联领导人为什么这个时候下台？可能是一种历史的巧合。

中国第一颗原子弹爆炸成功之后，西方军事情报部门预言：“至少要过几年时间，中国才能使自己的核武器适应飞机的使用。”美国总统约翰逊得知中国爆炸了一颗原子弹的消息以后，在声明中说：“中国的原子弹只是一个粗糙拙劣的装置。”10月18日晚他在全国电视演讲中还说：“中国的原子弹并不使我们惊奇，从单个的一次核试验到有效核武器系统，要经过一条漫长的道路……”

美国国防部长麦克纳马拉也有眼无珠地说：“中国虽然有原子弹，但在5年之内不会有运载工具。”并且推断，至少要10年之后才能掌握导弹核武器。

外国军事预言家和约翰逊们的话灵验吗？人们拭目以待。

从塔爆的原子弹，到空投核航弹和运载火箭投掷的核导弹，这当中还有一段路程要走。要考虑飞行过载的环境因素和控制系统的技术问题；要进行核装置新的设计、结构上的重大改进和环境恶劣条件下的致稳因素的理论论证；要进行大量爆轰和力学的实验验证。

一系列新任务下达了。

理论计算、实验验证，结构设计。三方力量汇聚在一起，马不停蹄地日夜兼程。

为了能综合检验原子弹在飞行过程中的真实状态，科学家提出采用全射程、全威力、正常弹道、低空爆炸进行“原子弹-导弹”结合试验，这样，既可以达到试验目的，又符合实战情况。专家们对试验的可行性、可靠性及其安全问题也进行了认真分析，并制定了应急对策，如设置了“自毁装置”和保险开关等，做到万无一失。但是这种试验方案则意味着“原子弹-导弹”结合试验将在中国自己的国土上进行。这种用导弹运载核弹头在本国国土上空试验，在世界核武器试验史上是从来没有过的，连美国也没敢在它的国土上进行这种试验。因此，对这种试验方案有的同志很不放心。

为此，周总理在人民大会堂新疆厅召开中央专委第15次会议，他开门见山地说：“今天会议主要讨论国防科委关于‘两弹’（这里指原子弹和导弹）结合试验的报告”。

周恩来的话音刚落，有人就问：“是真试还是假试？”

周总理立即严肃地回答：“当然是真试。”

经过科学、民主的分析讨论，与会同志认为导弹核武器进行实弹发射试验是建立在审慎和科学的基础上的。

在会上，周总理还说："的确，进行这样的试验，我也总是不放心，怕掉下来。七机部要保证不掉下来；二机部要保证万一掉下来也不会核爆炸。核心问题是导弹按预定轨道飞行，并在预定弹着点正常爆炸。"

导弹运载核弹头，要求既小型化，又威力大，还要经受住弹头载入环境的考验。于是还安排一次原子弹飞机空投爆炸试验，以验证原子弹在动态下的技术性能。

1965 年 5 月 14 日，航空兵 36 师师长率领航员，驾驶大型轰炸机，在马兰机场起飞，经 3 次靶区，确定 34.8 度的投掷角，于 9 时 59 分 10 秒接通电源，打开弹舱，将乳白色的原子弹掷向靶标。

飞机由于突然减去重量，机身猛地向上一冲，一溜烟远远飞去。一晃间，一道耀眼的强光闪过，飞机远远的后下方一片火海，黑里带红的蘑菇云腾空而上。

"成功了！"

"又一次成功了！"

这一声巨响，向世人宣告，中国有了可用于实战的核武器。

仰望那腾空万里的蘑菇云，听见那春雷般的轰隆声，张爱萍将军心潮澎湃、情不自禁地再次诗兴大发，挥毫泼墨：

春雷颂

——第二次原子弹爆炸成功

瀚海晴空，玉龙乘东风。
万朵红霞灿苍穹，春雷再显神通，
热风漫卷乌云，三军竞展奇能。
英雄喜添新翼，任我天下飞腾。

1965年5月14日
戈壁滩

经过这次成功地试验原子弹空投爆炸，周总理对我国进行“原子弹-导弹”结合试验更有把握了，并于1966年6月30日来到位于戈壁滩上的导弹发射基地，亲自指导和观看导弹发射试验。发射试验圆满成功。在庆功会上，周总理高兴地指挥参试人员唱起《东方红》歌曲。

1966年10月19日，周总理在人民大会堂召集各参试单位主管负责人和科学家开会。周总理激动地说：“赫鲁晓夫不是说，中国10年内搞不出原子弹吗？可我们只用了4年就搞出来了。这是争气弹啊！核爆炸成功后，又有人说，我们有弹无枪，无非是说，我们光有原子弹，没有运载工具。我们要用导弹把原子弹打出去，用行动来回答挑战！”

10 月 24 日，毛主席在听取聂荣臻元帅和钱学森有关导弹试验的汇报后，高兴地赞赏科学家的创新精神，又十分严肃地指出，一定要认真、充分地做好准备，要从坏处着想，不要打无准备之仗，做到在预定弹着点正常爆炸，万一在飞行过程中发生意外，确保弹体及时炸毁，又不会发生核爆炸。就在这一天，毛主席、周总理批准“原子弹－导弹”结合的发射试验。

10 月 25 日，聂荣臻元帅亲临发射场主持发射试验。

10 月 26 日，导弹核武器安全转运到发射基地，发射中队负责核弹头和导弹的对接，他们在弹头与弹体的狭小缝隙之间，准确无误地完成了上百个操作动作，把原子弹和导弹对接在一起。

10 月 27 日凌晨，东方欲晓，微风轻拂，万里晴空，乳白色的导弹竖立在发射台上，控制室里，操作手们全神贯注地注视着各种仪表的工作状态。刹那间，只见两颗绿色信号弹划破晨空，“点火！”随着指挥员命令下达，操作手迅速准确地按下发射电钮，顷刻间，巨响隆隆，大地颤抖，火光冲天，核导弹像一条飞腾的巨龙，向着千里之外的浩瀚戈壁滩深处飞去。一阵欢呼之后又突然静到极处，人们期待着……很快，电话里传来靶区的喜讯：“靶区报告，靶区报告，核弹精确命中弹着点，成功实现核爆炸。”

我国又成功地进行导弹核武器的试验。导弹在预定的靶区和高度实现了核爆炸。

从第一颗原子弹装置爆炸试验成功，到研制成由飞机运载、投掷的核航弹空投试验成功，我国只用 7 个月的时间。到制成核弹头，与导弹结合发射飞行核试验，也只用两年时间。就实现了我国原子弹研制“三级跳”计划，真是令世界大开眼界，刮目相看。

如果把第一颗塔爆原子弹比作是妈妈抱在怀里的婴儿。那么，现在婴儿已经长大了，长高了。运载火箭发射的核导弹，已成长为能够守门看户、捉贼擒盗、保卫和平家园不受外敌侵犯的钢铁勇士。

毛主席高兴地说：“谁说我们中国人搞不成导弹核武器？现在不是搞出来了吗！”

第二篇 解悟氢弹之谜

面对着帝国主义对我们国家安全和主权的直接威胁。在世界上还存在着核讹诈、核垄断的时候，中国人民别无选择，只能进行自卫。中国必须研制和发展威力更大的核武器。中国有决心也有能力研制出爆炸威力百万吨 TNT 当量的氢弹。

1967 年 6 月 17 日，东方又是一声巨响。中国人赶在法国人前面，成为世界上第四个拥有氢弹的军事强国。

世界科技界和军事界为之震惊。西方科学家评论说："中国闪电般的进步，是神话般的，不可思议。"

氢弹，在核武器的王国，被极其严密地封锁着。它既神奇，又深奥莫测。当今世界上，能够叩开氢弹"神秘之门"，揭开氢弹原理头纱的国家，也屈指可数。

中国人是怎样解悟氢弹之谜的?

1. 莘莘学子练内功

60 年代初，在加紧原子弹研制步伐的同时，刘杰部长提出，由于核武器研究所忙于原子弹攻关，由原子能所组织力量先行一步，进行氢弹理论探索。

原子能研究所被世人誉为中国核工业的“老母鸡”，它不仅开创了我国原子能科技事业的先河，还为祖国的核工业输送了万余名各类专业技术人才，其中包括50余名中国科学院和中国工程院院士，是我国原子能科学技术的人才宝库。为了动员一支科技力量进行氢弹的理论探索，刘杰部长的思维兴奋点便聚焦到原子能所。

“三强同志，为了尽可能缩短从原子弹到氢弹的时间，现在就着手组织力量进行氢弹理论的预先研究。你看如何？”一天，刘部长直截了当地征询钱三强的意见。

“刘部长，您的想法很好。”钱三强从氢弹的特点进一步补充道：“原子弹是重核裂变，氢弹是轻核聚变，两者各有自己的原理和规律，确实需要探索，宜早不宜迟。”

“原子能所在核理论方面还有没有力量？”刘部长关切地问道。

“有，还有一些精兵强将。”钱三强自豪地说。

“那好，就这么定了！这件工作由你直接领导。”刘部长当机立断。

1960年11月7日，中国氢弹理论研究工作，在原子能所秘密启动，成立“轻核理论组”或“乙项任务”，归口由钱三强的夫人何泽慧主持的中子物理研究室管理。

轻核理论组由黄祖洽任组长。刚成立时，这个组只有黄祖洽、蔡少辉、萨本豪、刘宪辉等同志。不久，擅长粒子物理的何祚庥也加入进来，参与业务领导。以后又陆续增加人员。

氢弹理论研究是一件不同寻常的科学探索和科研攻关任务，选好学术带头人至关重要。钱三强再三权衡，先后选定黄祖洽和于敏为“轻核理论组”的正副组长。黄、于两人是清华和北大的高材生，但若论资排辈，如此重大的科研任务远轮不到他们。有战略眼光的钱三强，深知这项任务需要的是什么样的人才。他坚信千里马是在原野驰骋中锻炼出来的。而且，此时的黄祖洽已经在核武器研究所兼职，再任组长，可在两边沟通情况，起到桥梁作用。“可是于敏是位钟爱基础研究的科学家，让他转向核武器研究，他会同意吗？”钱三强和何泽慧在思忖着。

1961 年年初的一天，已经和黄祖洽开始从事氢弹理论探索的何祚庥来到钱三强家，对钱三强和何泽慧说：“现在是下决心调于敏从事氢弹理论研究的时候了。别人难当此任。”何祚庥的建议，促进钱三强下了调于敏到轻核理论组工作这步棋的决心。

有一天，钱三强把于敏找到原子能所的所长办公室。

钱三强向于敏交代：“你和黄祖洽、何祚庥一起从事氢弹理论研究。”

钱三强所长这一句话，改变了于敏一生的研究方向。使他从迷恋基本粒子，转到和核武器结下割不断情怀的氢弹研究。但于敏却风趣地说：“这也许是命运早就注定的，否则当时为什么会从北大工学院电机专业转到北大物理系呢？”

于敏，50年代初期毕业于北京大学。

还在中学时代，他因数理化文史地门门成绩名列榜首而闻名全校。老师和同学们都知道他家境贫寒，毕业时纷纷要解囊相助，支援他继续上大学。他的一位同学的父亲、天津启新洋灰公司协理看中了这个人才，执意出钱供他到北京大学工学院读电机专业，条件是毕业后回到他的公司工作。但是于敏对物理更感兴趣。两年后，他领到了奖学金，便转到北京大学物理系就读。于敏时常提及此事，感激这位同学一家对他的帮助。

在大学里，于敏又因成绩超群而成为全校的“明星”。一次代数考试，这是他的选修课。一位数学专业的学生得了60分，全年级其余的都不及格，唯独于敏得了100分。老师和同学们都大为惊讶。

在专业课的讨论中，只要于敏一发言，全场顿时鸦雀无声。他的观点常常使同学们茅塞顿开，有时教授们也感到耳目一新。

于敏从北大毕业以后，在原子能所潜心钻研基本粒子物理，在短短的10年之内，他的20多篇颇有见地的论文相继问世。他和合作者提出的原子核结构可以用玻色子近似的假设来逼近的思想与在世界核理论方面颇有威望的日本物理学家有马朗人的学术思想非常相似。钱三强为此十分高兴地说："于敏填补了我国原子核理论的空白！"

就在原子核理论研究领域处于英姿勃发的美好时刻，要改行，要转到核武器研究。改行，割爱！对知识分子来说，改变专业方向付出的牺牲是痛苦的。但是于敏更清楚这次改行的意义。为了国家和民族的最高利益，他二话没说，投入新的探索。

于敏深知，氢弹是综合性很强的研究工作。聚变裂变、超临界、中子物理、等离子物理、爆炸物理、计算数学、辐射流体力学……都是需要尽快掌握的知识。

上班时钻研、推导；在家里早读、晚看、夜思。一天连着一天，晚上连着白天。

一间住房，要容纳上有老母、下有儿女的五口之家。于敏只好把桌子让给儿女写作业，自己在床上摆开攻读的战场。一堆堆书，一叠叠纸，坐在小板凳上读呀写呀。睡觉的时间到了，于敏的战场又从床上转移到走廊。走廊的灯挂得太高、光线太弱，他就站着看书。妻子一次又一次喊他该休息了，他一次又一次地说，把这一页看完。邻居见他深夜还站着看书，问他还不休息？他笑着说，这本书写得很有趣！

贤惠的妻子担心他过度劳累，伤了身体，约他抽个星期天去公园换脑筋。他一周推过一周，后来只好去了。孩子们在公园里玩得很高兴，可他脑子里还是想着一个个物理概念、核反应方程……总是“掉队”。过一会，大家走远了，他干脆找个幽静的亭阁坐下来，把随身带的书拿出来入迷地看。一家人到了公园出口处，等了好久，于敏还没有来，孩子们急忙从原路跑回去找爸爸。孩子们已站在他面前了，他还不以为然，两只眼睛瞪着书本，只管聚精会神地看他的书。

来到公园大门口，妻子“生气”地说：“下回你不要来了，免得我们到处找！”

于敏开始是高兴地回答：“那好，那好。”后来又“反悔”说：“出来也不错，公园里的空气很好，读书效率也很高。开卷有益，开卷有益啊！”

妻子望了丈夫一眼，忍住了笑，并不搭腔。

又有一次逛公园。这回妻子想出了好办法，让孩子拉着于敏的手，再不让他掉队坐下来看书了。可是走呀走呀，他突然想起一个问题，急忙从口袋里拿出书本，边走边看书。

不小心被一个嬉闹的小男孩绊倒了。于敏的孩子责怪那个嬉闹的小男孩，那小男孩的父母也赶快前来赔礼，说是在公共场所没有带好小孩。可于敏却赶快承认是自己不对，不该边走边看书，“是我的错，不怪小孩，你们走吧！”

“这人真用功，逛公园还带着书，边走边看书。准是一个书呆子！”那小男孩的妈妈讲。

“乱讲！你张开眼睛看一看，他那么宽容，那么彬彬有礼，逛公园还带着书看，肯定是一个大智若愚的大学问家。”那小男孩的爸爸继续说，“有一本小册子，写的是美国制造第一颗原子弹的大科学家，有不少是犹太人，都是一些‘怪人’。头发像乱草，一边摆弄各种古怪的仪器，一边吃吃傻笑，坐下来读书写字可以好几个小时不见移动。你看，他那开始谢顶的头，是不是也有点与众不同？还有，他那眉宇之间有一股英气，准是一个气度不凡、胸中大有丘壑之人。”

那孩子的妈妈突然醒悟的样子：“说不定他就是一个研究尖端技术的大科学家！”她一手拉着孩子的手，一手指向于敏的身影，“看你，刚才绊倒的是一个大科学家！”

于敏经过无数个日日夜夜的攻读、钻研、思索，攻克了大量解悟氢弹之谜的理论问题。终于站到科学巨人的肩膀上，博采众长，成为氢弹理论领域的一颗科学之星。

于敏和他的同事们如饥似渴地攻读氢弹理论，孜孜不倦地深入探寻，就像拓荒者一样在氢弹理论这块神秘莫测的处女地上不畏艰辛、默默无闻地勤劳耕耘！

于敏回忆他在原子能所轻核理论组4个年头的日日夜夜，情不自禁地说："我们异乎寻常地完成了大量的基础研究课题，其中包括氢弹理论设计的原理、材料和构形，写下了适用于氢弹机理的全部方程式……"

"在轻核理论组共同奋斗的四个春秋中，我和何祚庥的科研思路基本一样，工作作风相辅相成，相互促进，受益匪浅，令人难忘。"于敏特别珍爱和何祚庥共事的那难忘的岁月。

和开展轻核理论研究工作的同时，高瞻远瞩的钱三强在原子能所还安排了另一项和氢弹研制密切相关的研究课题：轻核反应。何泽慧率领30多名科技人员在轻核反应研究工作中打下了坚实的基础。正当1965年我国氢弹理论设计的关键时刻，发现美、苏两个国家公布的轻核反应截面数据的数值相差很大，在扑朔迷离的情况下，他们在正常情况下需要两三年才能完成的工作量仅用4个月便胜利告捷，交出一套氢弹理论设计急需的轻核反应的可靠数据，为研究氢弹的技术途径的选择起了重要的作用，为我国研制氢弹争取了宝贵的时间。

2. 集结精兵良将

1963 年 9 月，邓稼先在第一颗原子弹的理论方案上签下神圣的名字，突破原子弹的试验工作正在青海高原的金银滩上如火如荼地大会战，聂荣臻元帅随即传达中央专委的命令：命令邓稼先率精兵良将，转向氢弹理论研究。并取 63 年 9 月的缩写“639”作为我国第一颗氢弹的代号。

1964 年 1 月，我国第一颗原子弹还在青海高原鏖战攻坚，中央专委根据氢弹理论研究工作的进展情况，进一步向二机部提出具体要求：今年原子弹爆炸成功之后，在国家“三五”计划期间解决氢弹的有无问题。

1964 年 10 月 16 日我国第一颗原子弹试验成功以后，中央更加抓紧氢弹的突破。

1964 年 11 月 2 日，在研究今后的核试验时，周总理问刘杰什么时候研制出氢弹？刘杰答：“大概还得三五年。”总理讲：“五年是不是太慢了。”

1965 年 1 月 7 日下午，刘杰在二机部党委会上传达毛主席的指示：“如果有氢弹、导弹，仗可能就打不起来，和平就更有把握。原子弹要有，搞起来也不会多，吓吓人，壮壮胆。”毛主席又说：“还要三年才搞成氢弹太慢了。”

1965 年 1 月 13 日，毛主席在听取国家计委关于经济建设长远规划设想的汇报时再次指出：“敌人有的，我们要有；敌人没有的，我们也要有。原子弹要有，氢弹也要快。管他什么国，管他什么弹，原子弹、氢弹，我们都要超过。”

周总理在我国第一颗原子弹爆炸试验成功之后，也提出氢弹研制能否加快一些，并要求二机部就核武器发展做出全面规划，把氢弹的理论研究工作放在首位。

党中央对掌握氢弹的要求如此紧迫，二机部领导的心情是很焦虑的。

遵照党和国家指示精神，二机部立即研究制定了加速我国核武器发展的规划，并于1965年2月，向国家呈报了《关于加快发展核武器问题的报告》。提出一方面要抓紧原子弹武器化工作，装备部队；另一方面要尽快突破氢弹技术，向战略核武器的高级阶段发展。

接到二机部的报告后，周恩来亲自主持召开中央专委会，审议了二机部的报告，并明确要求：“通过 1965—1967 年的几次核试验，尽快完成原子弹的武器化工作，并力争于 1968 年进行首次氢弹试验。”

在李觉、朱光亚、王淦昌、彭桓武、郭永怀等正副院长的领导下，着手制定突破氢弹的理论研究计划，并决定抓紧集结队伍，形成理论攻坚力量。

刘杰想到，必须把原子能所和九院两部分研究力量统一起来，把两股绳拧成一股绳，集中力量，形成拳头，集智攻关。刘西尧和钱三强也有同样的想法。

继黄祖洽之后，1965 年 1 月，于敏又率领原子能所轻核理论组的 31 位科技人员携带着预先探索研究的所有成果和资料从原子能所来到九院理论部，在主战场汇合，和邓稼先及几位副主任领导下的科技队伍会师。黄祖洽和于敏被任命为理论部副主任。这意味着中国人在秘密地集结精兵良将，加快叩开氢弹神秘之门的步伐。

在理论部主任邓稼先和几位副主任的统一安排下，周光召、于敏等科学家带领数百名科技人员对氢弹原理进行多路探索。同时在计算数学方面也进行了广泛深入的研究。

第一颗原子弹爆炸试验成功，对“两弹人”来说，也像原子弹爆炸一样，激起了突破氢弹的巨大力量。广大科技人员情绪高昂，跃跃欲试。土城墙下的九院理论部，展开了如火如荼的突破氢弹原理的理论攻坚战。

氢弹，既神奇又深奥，但在中国科学家面前，并非望而却步。邓稼先、周光召、黄祖洽、于敏等几位理论部正副主任，纷纷走上讲台，又是讲课，又是专题报告。一个接着一个，内容新颖独特。在科学家的带动下，一个“百花齐放”“百家争鸣”的学术气氛勃然生成。

你提出一个新的方案，我提出一个新的设想。你的方案主要难点是什么？我的方案创新点是什么……不分科学家或年轻科技人员，大家平起平坐地研究探索、切磋琢磨。正确与错误、成功与失败交织在一起。彭桓武、邓稼先和大家一起不断地总结，不断地去粗取精，去伪存真，由表及里，不断做出新的决策，不断进行新的探索，学术思想极为活跃。科学的民主，激发起大家的聪明才智，推进了氢弹研究的进程。

每天晚上，理论部的科研大楼都是灯火辉煌，灿如白昼。党政领导一再动员规劝，人们才回宿舍休息。但是后来又发现，宿舍里一盏盏灯又亮了起来，而且久久不熄。原来大家从办公室转战到家里，更多的是在小厨房，于敏则多次干脆在楼道的灰暗的灯光下站着看书、思索。

3. 百日奋战 旗开得胜

成功总是青睐那些心怀梦想并且为之不懈奋斗的人。

为了解悟氢弹之谜，于敏从原子弹爆炸开始，尝试分解氢弹爆炸动作的物理过程的几个阶段，各个阶段既相互区别又相互联系，每一阶段均由前一阶段提供条件，环环相扣，互为因果。而各个阶段都显示出标志性的物理现象，这些物理现象又是由相互矛盾的物理因素决定的。在这基础上，于敏进一步琢磨构成氢弹的具体结构和点燃热核材料的机理。日复一日，于敏对氢弹已有极其明晰而深入的“物理直观”，他定性粗估了氢弹点火问题，并很快给出氢弹爆炸过程的辐射流体力学方程、中子输运方程、热核反应方程——一个庞大的方程组。

1960 年 11 月原子能所“轻核理论组”开始氢弹的理论探索，1963 年 3 月九院理论部也开始投入精兵良将进行氢弹的理论研究，并于 1965 年 1 月两股力量集中到九院理论部，形成合力。将近 5 年艰辛探索、顽强不屈的理论攻关，为突破氢弹的理论设计奠定了牢固的理论基础，在彭桓武、邓稼先等科学家的精心筹划下，理论部开始组织力量，兵分几路，进行氢弹理论设计的攻坚战。

当时北京只有一台每秒运算一万次的 104 电子计算机，而上海嘉定华东计算所有一台当时国内速度最快的每秒运算五万次的 J-501 电子计算机。

1965 年 9 月 27 日，在 13 室主任孙和生和于敏的带领下，50 多名科技人员携带自己的被褥、洗漱用具等生活用品和计算软件、科研笔记本等资料，乘火车到上海，28 日到达上海嘉定华东计算所，他们住在计算所里铺有稻草垫的双层铁床的办公室。他们的任务是进行加强型原子弹的优化设计，尽可能通过热核材料的加强，达到提高原子弹威力的目的。

也许是无巧不成书，两个巧合的因素：一个是吴翔带领的“蒙特卡洛”小组已在23日（比于敏团队早五天）到达华东计算所，他们的任务和于敏的攻关团队一样，都是为了突破氢弹；另一个是被称为“发现新大陆”的小浪花的“歪打正着”。两个巧合，成就了于敏团队由优化设计“加强型”原子弹的目标任务，一跃突破理论设计出原理和构型堪称为世界最先进的氢弹理论模型。

安顿完后，在于敏的具体指导下，全体科技人员全力以赴，志在必得。他们按照在北京预定的任务，对加强型原子弹的优化设计，一丝连一丝、一环扣一环地开展工作。物理组的同志进一步审查整套计算程序，计算数学，程序员、穿孔员则要把一整串一整串方程组，一系列物理参数，一组组初始数据和边界条件，都要编制成计算机能够识别的符号——再在输入纸带上打出一个个计算机能够识别的小孔。

J–501计算机那震耳欲聋的噪声，令人头晕眼花，一条条长龙似的打印纸带闪闪跳动，像泉水一样喷涌而出，长长的纸带上的无数小孔令人眼花缭乱，但是它们却是一个又一个新的设想在闪现。只是每提出一个设想都要编出数十数百条程序，精确计算出在许许多多空间位置在每瞬间内的复杂的物理变化过程。因此，每一瞬间变化的物理量不是几十个、几百个数据，而是千千万万个数据。

秋去冬来，一箱箱打印满数字的纸带记载着他们攀登高峰的一个个足迹，记载着无数有价值的科学数据。

0、1、2……9，就是这10个枯燥无味的数字，颠来倒去排列着，组成各种不同的数据，蕴藏着丰富多彩的物理量，密密麻麻，令人眼花缭乱。科技人员要把一个个数据整理，排序，做成一个个数表，一条条曲线，耐心细致地分析。经常一坐下来就是4个小时才起来一次。还经常忘了下班和吃饭。就这样夜以继日不休止地和这些0、1、2、3……打交道。

小伍的家在无锡，距离嘉定也只有百来公里，家里老祖母已经80多岁，经常惦念他，可是他到这里已有两个多月，却一次也没有回家过。家里一再来信，说是老祖母病得厉害，让他回去看一看。同志们也多次劝他回去，他却因为工作放不下，一拖再拖。直到后来，家里发来电报，说是祖母病重，已经口水不入，也不能言语了。小伍才含着眼泪离开嘉定，回无锡去看祖母。

梅花香自苦寒来。经过一番拼搏，终于有了喜人的收获。他们在大量的系统计算的基础上，对计算结果由表面现象到物理实质的规律分析，终于发现了热核材料燃烧过程中一些重要特征与释放能量的关系，从中摸清了造成自持热核聚变反应条件的关键因素，为以后设计点燃氢弹的路子打下坚实的基础。但是受制于“加强型”的缺陷，计算出来的爆炸威力总是达不到 100 万吨 TNT 当量的期望值。大家处于迷惘中！

就在这时，国庆节后的一天，比于敏他们早五天来到华东计算所的“蒙特卡洛”小组采用“蒙特卡洛”统计模拟方法（美国曼哈顿计划在核武器研制中的一种非常重要的数值计算方法）的计算人员刚进入机房时，就听到 13 室的同志特别高兴地说：“计算得到一个意想不到的威力高达 300 万吨 TNT 当量的新结果。”开始大家非常兴奋，他们喜冲冲地称之为“发现新大陆”；但是经过分析查找原因时，才发现这次“兴奋”、这次“发现新大陆”，竟是一个“错误”——负责计算模型数据准备的一个年轻人把一个密度参数填错了。但这个“错误”却给大家一个“歪打正着”的意外提醒：可能是要设计爆炸威力百万吨级的氢弹应该走提高轻核材料密度这条路？！随后于敏通过对大量计算结果的分析、比较，对自持热核聚变反应条件的由此及彼、由表及里的分析，特别是分析了决定“氚－中子”循环次数的物理量，终于发现和原子弹爆炸一样，氢弹装料中热核材料的高密度对于维持热核聚变反应最为关键。

但是要压缩轻核材料达到这么高的密度，单靠炸药能量是达不到的。在这之前大家也曾指望原子弹爆炸后就能够给聚变材料创造自持燃烧所需要的高温、高密度条件，但计算结果并非如此。

于敏和大家经过冷静分析，认识到“加强型”原子弹模型提供压缩热核材料的能量主要是炸药能，远不可能对热核材料高度压缩；只有直接利用比炸药能大数万倍的原子弹爆炸能才能对热核材料压缩到极高密度。但是原子弹爆炸释放多种能量，有起好作用的，也有起破坏作用的，各种能量是在零点零几微秒瞬间释放的，而且各自的占比是在急剧地转换和变化的，如何驾驭，怎样才能牵住牛鼻子，可是个大难题。

于敏和同事们经过几天几夜的苦苦思索，从原子弹爆炸释放的多种能量中，找到一种可以有办法控制和驾驭、而且瞬间占比大的一种能量，然后想出一个可以最有效利用这种能量的精巧结构。让原子弹爆炸释放的巨大能量中的这种形式的能量通过特种机制瞬间作用在期待被压缩的氘化锂及其他核燃料构成的氢弹主体上。

11 月初，于敏在学术报告厅向科技人员介绍这一新的设想，大家听后极为兴奋，群情激昂。

会后，室主任孙和生把蔡少辉、彭清泉两位副主任找到一起，和于敏共同研究决定：加强型原子弹优化设计是上级下达的任务，必须抓紧完成；同时，抽调物理组几位研究人员和蔡少辉一起，配合于敏开展突破氢弹新原理的理论研究。

为此，决定在完成加强型原子弹优化设计任务的同时，开辟另外一条新战线，探索突破氢弹的理论设计途径。消息传到北京，理论部又派 12 研究室的研究人员前来支援。年轻人，火热的心，大家利用掌握热核材料燃烧的内因和外因的大量探索、分析，多方面计算，反复讨论，终于找到一些能够有效利用原子弹的巨大能量、又可能控制原子弹的破坏因素的几种设想。

于敏抓住苗头不离手，带领大家继续紧追猛击。物理的和数学的科技人员紧密配合，进一步设计几个初级能量点燃热核聚变的模型进行数值模拟。又是多少个白天连着黑夜，黑夜连着白天。又是一箱箱打满阿拉伯数字的纸带，又是要整天坐下来阅读这些枯燥无味的纸带数据。

小陆是来自名牌大学的高材生，他刚来没几天，就和大家来嘉定。在大学里他攻读量子电动力学，脑子里装满了量子、能阶、算符、波函数等一系列量子力学概念和薛定谔方程。看到这一箱箱眼花缭乱的纸带，感到有点头疼。一有空就拿出量子力学，推导公式，静静地演绎或演算。曾有一次，找到于敏，恳求地说："老于，让我回北京所里搞资料调研，搞基础理论好吗？"

于敏把小陆叫到办公室，亲切地劝他："你刚出校门不久，还不太懂得什么叫科学研究。""理论固然重要，但是只有通过实践，和我们要解决的实际问题相结合，理论才能枝粗叶茂，才能结出丰硕的果实。”于敏耐心地开导他，用真心温暖他，用真诚去感化他。“你再坚持10天半个月好吗？”

这些密密麻麻、令人眼花缭乱的圆孔输入计算机后，变成枯燥无味的数字。映入人们眼里，有的只是影影绰绰，但是，在于敏的眼里，沁入于敏的大脑，却如一首首诗，一幅幅画。这些看来是杂乱无章的数字，却蕴含着一连串物理运动的客观规律。于敏经常一看就是几个小时。边看、边写、边画，成千上万的数字，在他脑海里变成密度、温度、速度、压力、流线、中子……令人陶醉的数据。于敏把这些数据中最令人兴奋的几组，有的列成一个个数表，有的画成一条条、一簇簇曲线，进行分析、处理、归纳、综合。

于敏把年轻科技人员召集起来，在黑板上写着画着。几十个年轻人睁大眼睛看着、想着。做事雷厉风行、干脆利落、反应敏捷的小伍刚从无锡回来，他神情忧郁、眼里还泛着泪花却大声嚷道：“好，好，大家加油干吧！”

坐在后排的小陆也和大家一样，脸上露出微笑。于敏也看出他恣意欣赏着计算结果的愉快神情。

于敏深邃而敏锐的洞察力和高度的科学概括才能使年轻的科技人员肃然起敬，也激发了年轻人的心灵火花。

这支年轻科技队伍，创新意识越来越强，胆子也越来越大，他们跳出原来的圈圈思考问题，在科学与民主的气氛中碰撞，闪耀出新鲜的思维火花，萌生出一个个妙趣横生的新的设想和新的构型，于敏在集思广益的基础上，经过归纳、总结、升华，终于实现质的飞跃，进入崭新的境界，设计出一个从原理到构型的结构非常巧妙、点燃氢弹的原子弹爆炸能量利用率非常高的创新型氢弹理论模型。

于敏笑声朗朗地说："是的，这些1、2、3、4……的阿拉伯数字，现在已变成一篇沁人心脾的好诗文！"

过后，小陆对于敏说："我不走了。"他高高兴兴地向于敏表态，一定在这里和大家好好干。

于敏语重心长地对小陆讲："我们要有很多的理论家，我们理论部就是搞理论的嘛！但是我们要做能解决实际科研问题的理论家，而不是要做足不出户、目不窥园、一味死啃书本的书呆子。"

为了进一步证实氢弹新原理采用的特殊构型是有充分理论根据的，于敏找了当时也在华东计算所出差的"蒙特卡罗"小组的组长吴翔，请他帮忙用"蒙特卡罗"方法计算这种构型引爆氢弹的可行性。吴翔和全组研究人员日夜兼程，只用一个多星期的时间就完成需要1～2个月才能完成的这一问题的计算程序的编程。最后的计算结果证实了用原子弹爆炸的特种能量引爆氢弹主体的具体方案是切实可行的。

接着，于敏又提出一组新的参数让科技人员对高效率的创新型氢弹模型再次进行数值模拟。足智多谋的于敏，这回已有十有八九的把握。他动员年轻科技人员要特别严谨、细致，做到不出任何差错。他还强调一句："每一个人都要确保经手的工作不出错。"

大家既雷厉风行，又谨慎细心地开展工作。

真是天遂人愿，这回计算机也特别帮忙，没出一点故障，全套程序一次就通过，计算结果很快就出来。

这回于敏点名让敏捷聪慧又细腻耐心的小文整理数据、制作数表和绘制曲线图。

"啊，我们终于牵住了牛鼻子了！"看到小文整理出来的计算数据、数表和曲线图，于敏比前两次所取得的计算结果更加高兴。

这是什么诀窍？奥妙在哪里？大家感到迷惑。

于敏点将整理数据的青年科技人员小文："小文，你讲讲看。"

小文紧张得脸上沁出细小的汗珠，走上讲台，眼睛张得大大的，先是"啊，要我讲！"尔后深深地吸了一口气，心态上似乎变得成熟、稳健和轻松。她沉着冷静毫不怯场，落落大方侃侃而谈。这时，她那双大眼睛中充满智慧，犹如一头机灵的小鹿，更加动人也更加惹人怜爱。

于敏面带笑容，满意地赞赏一句：“讲得不错，阐述得清晰、准确，抓到了问题的实质和关键。”

领导的赞扬倒使小文满脸通红，眼睛里泛出高兴的泪花。

接着，于敏系统地讲解这一创新型氢弹模型整个过程的物理图像。一条条原理，一个个方程，一步步推论，一个个结论，是那么顺理成章。将整个反应前后的物理过程，用新颖独特的观点，阐述得淋漓尽致。把深奥的科学道理，讲得让人听起来又是那么浅显明了。

规律一旦被人们所认识，看来神秘莫测的东西，却是那么直观清晰。然而，这其间花费了于敏和同事们多少辛劳，真是难以计算！

于敏很有感触地说：“是的，我们这一氢弹模型是较高效率驱动热核材料聚变燃烧的途径。但还不是最高，还有潜力！”他眼睛扫视了一下，又说：“对我们而言，成功固然重要，但追求这一成功的过程更是一种浓缩艰辛和喜悦的体验，一种带咸带涩却回味无穷甘甜的滋味。成功是一时的，追求是永久的！”

为了保密，于敏用隐语打电话告诉邓稼先：“老邓，我们几个人上山打猎，好高兴地逮到了一只肥肥胖胖的小松鼠。”

邓稼先听出这是一个氢弹理论设计有了新的突破的好消息：“你们美美地吃一顿野味？”

“不，要留着做标本。我们发现它的体形结构很特殊，需要进一步解剖研究。”于敏的隐语暗指氢弹理论设计虽然有所突破，但要实现的技术难度很大，还有很多难关必须解决。

上海嘉定的喜讯传来，邓稼先抑制不住内心的喜悦，第二天就乘飞机到达上海。

又是长时间的讨论和推敲。邓稼先看到一套套数据，一簇簇曲线，都是那么完善。但他还是提出了好多疑点，于敏和参加计算的科技人员都一一解答，整个过程和结果确实无懈可击。

邓稼先对这新颖独特的氢弹模型心里有说不出的高兴，他粗声高调，带有爽朗笑声大加赞赏和鼓励之后，掏出中华牌香烟，让小伍分发，大家你一支我一支地品尝起来。当香烟送到于敏跟前时，小伍讲：“老于你抽一支高兴高兴！”

于敏爽朗地笑道：“可惜，没有那个口福呀！”说着转向小文：“小文也不会抽烟！”

邓稼先也朝小文那里望了一望，沉思片刻，“那，那我请客！”

“喔，老邓请客，老邓请客！”欢声笑语，就像一曲大协作的赞歌，洗去人们整整 100 个日夜的疲劳。

兴奋之中，于敏触景生情，引用诸葛亮《后出师表》的句子脱口而出：“臣受命之日，寝不安席，食不甘味。”

邓稼先则爽朗笑道："今天晚上我们就好好乐一乐，轻松一下，以利再战。回北京以后我们还要请更多的同志参加论证，年底之前交出第一颗氢弹的理论方案！"

"臣鞠躬尽瘁，死而后已。"于敏还是引用《后出师表》的名句，表达了为我国核武器事业献身的豪情壮志。

回到北京，邓稼先、周光召组织理论部的专家们对前期理论设计的几个氢弹模型反复讨论、推敲、论证。会上，于敏详细汇报了在上海的工作进展和氢弹新原理的设想方案；吴翔作了氢弹引爆方案的论证报告。邓稼先组织理论部领导和专家进行反复讨论和推敲，大家补充了一些非常好的改进意见。并于1965年年底，把理论部设计的几个氢弹理论方案拿到二二一核武器研制实验基地供九院领导和专家们集体决断。

4. 因难见巧，绝处逢生

——一举攻破三重关

人声鼎沸，厉兵秣马。金银滩又沸腾了。人们全力以赴投入氢弹的研制工作。

氢弹的理论设计突破了，但它毕竟还只是一个理想化的模型。必须对其关键设计进行试验检验，从中发现问题，进行修改，反复多次，才能使理论方案逐步完善，把理想化模型变成实际可行的氢弹。

技术上能办到吗？加工条件是否具备？实验测试条件能否齐备？试验中会出现怎么样问题……在理论设计人员脑海中，还打上很多问号！

为了尽快发现问题，1965年年底，彭桓武副院长带领邓稼先、周光召、于敏、黄祖洽等理论部正副主任和一部分理论部科研人员一起，奔赴青海草原。在宽敞明亮的二二一基地科技图书馆的学术报告厅搭起“戏台”。理论部主任和科学家们轮流登台，介绍一个个氢弹理论模型，个个都是真知灼见，新颖独特，都闪耀着劈啪作响的思想火花。

周光召因为高原反应，又正是严寒的冬天，大草原的早晚气温冷至零下30多摄氏度，他患了重感冒，每次上讲台时，都挂着一个大口罩在胸前，带病给院领导和技术骨干讲解氢弹的原理和各种可能实现的途径。既有高深的物理概念，新鲜的物理词汇和繁杂的数学公式，又有浅显的说明和解释。科学家们讲解一个个理论模型的具体结构尺寸、原理、物理过程等，讲得既透彻又生动，把大家领进了氢弹王国的神秘世界里。于敏则深入浅出地报告了他们理论设计了一个数百万吨TNT当量的构型新颖的氢弹模型。他还风趣地说："我们终于牵住了牛鼻子。"……

就在氢弹理论模型论证会期间，吴际霖在二二一核研制基地主持召开氢弹研制工作计划会议，讨论了 1966 年至 1967 年氢弹研制生产规划。会上大家从理论部提供的几个氢弹理论方案中挑选两个。正在二二一基地抓社会主义教育运动的二机部副部长刘西尧在会上指出："根据多数科学家的意见，突破氢弹，两手准备，并以于敏主持的新构型的理论方案为主。"

邓稼先说："对，这样进可攻，退可守。"

刘西尧补充说："退可守，是为了进可攻。"

会上并同意理论部提出关于氢弹试验分两步走的试验方案：

第一步，氢弹原理试验；

第二步，完成百万吨级 TNT 当量威力的氢弹理论设计，力争 1968 年以前，实现国家首次氢弹试验。并且在氢弹原理试验之前，进行一次含有热核材料的核试验，目的是测量氢弹理论设计所需要的氢弹爆炸时热核材料的聚变反应参数。

中央专委很快批准了这一规划，并且决定，为了能够更加准确地测量更多试验数据，氢弹原理试验采用"塔爆"。

计划敲定了。邓稼先忐忑不安，于敏也只有七八分把握。

"这个理论方案能实现吗？"理论设计的科学家们仍有几分担心！

主抓实验工作的王淦昌和陈能宽承担了巨大的精神压力。

因为选择的这一氢弹模型，设计思想是很先进的，裂变能的利用率很高，热核材料聚变燃烧也很理想。但是系统很复杂，理论设计过程中不可能考虑周全，需要通过实验检验、修正，需要检测的参数也很多，技术上要求很高，实现难度很大。

为了能够尽快暴露理论模型中可能存在的问题，把可能出现和需要实验的问题归纳为三大项。由实验部 002 室、021 室和 023 室分别承担三大研究课题。任务一下达，各个研究室都全力以赴，加班加点，白天干、晚上干、星期天继续加班，开展实验部件的设计，加工和实验。

理论部、设计部的科技人员也深入到实验工作的第一线。

023 室黄主任为了早日拿出实验数据，每次到实验场地，他都非去不可。由于当时交通条件比较差，有大轿车就是最幸运了，更多的是乘坐大篷车。黄主任患有高度近视，接连几次下车时，都摔了个大跟斗，有一次竟把一副眼镜给摔破了，幸好没有刺破眼珠，但是黄主任着急地讲："我变成瞎子了。"以后每次要下车时，年轻科技人员都把他搀扶下车。

一次又一次地试验，一次又一次地修改部件的材料和结构尺寸，一个难以超越的矛盾终于暴露了！

院办公大楼大会议室里，所有和这次氢弹研制有关的科研组组长以上的科技骨干都早早地聚集在这里。

王淦昌、彭桓武、郭永怀、陈能宽等正副院长，还有理论部正副主任邓稼先、周光召、于敏，实验部正副主任张兴钤、方正知，设计部主任龙文光等，几乎所有部主任都参加了。还有有关的科研室主任，科研组中的组长。好几十人的大型科技报告讨论会，人们有时也叫“神仙会”。

会议由院科技处主持。

黄主任报告了一个多月来X方案的实验进展情况：最初选定的实验方案，以后一次又一次修改的实验方案，最后的实验结果……一一在黑板上曝光。

如此令人发愁的实验结果，着着实实牵动了科学家以及在座的所有人的心！

“已经采取多种措施，仍见不到有好的苗头。而且几乎……已经智尽能索，怎么办？”说完，一筹莫展的黄主任，黯然望了望大家后，离开黑板、走下讲台。

“问题还未能解决，怎么办？”大家着急地议论起来。

“这个技术关键没能攻破，就不可能有效地实现热核材料聚变燃烧。”王淦昌忧郁的神情流露出他对这一技术关键的极大担心！

邓稼先站了起来又坐了下去，嘴里只是“这，这，这……”他那神情，让人一看就知道他心中着急至极。

会场暂时很寂静，大家都在沉思。

在这“回天乏术”的紧要时刻，突然间，一个中等身材的年轻人向坐在他前排的实验部方正知主任轻声地说：“方主任，我有一个想法！”“那你快上去讲讲。”方主任鼓励他。他站了起来走向黑板前面。可能是因为第一次在这么多的科学家面前发表科学见解，而且是一个大学毕业才两年多一点的小字辈，在这么多大科学家和大理论家面前讲“局部修改氢弹理论方案”，他有点紧张，也有点胆怯。开始时有点张口结舌。但他经过片刻整理思绪以后，便有条不紊地讲下去。整个会场一时之间静到极处！

刹那间，茅塞顿开。

当他走近王淦昌院长时，“好极了，好极了！”王淦昌轻轻地微笑着。“他叫什么名字？”王淦昌摆着手势问了坐在他身边的实验部方正知主任。这是王淦昌的美德。他每到一个单位，都会把他第一次见面的科技人员的名字记在本子上。而且下次再见面，可以不假思索地叫出他的名字。

他就是大学毕业时，主动提出申请要求到大西北谱写新时代《青春之歌》的年轻学子小弘。由于他把对祖国、对事业深深的爱和孜孜不倦的求索精神紧密地结合起来，来到九院，就全身心地投入。在第一次参加新大学生基础知识和技术安全条例考试时，就出众不凡，是唯一一个得了100分的人。工作中时时刻刻以老一辈科技人员对事业执着追求的精神和对科学严谨求实的作风为楷模，如饥似渴地充实和完善自己。在第一颗原子弹研制的实验工作中，在导弹核武器的系列试验中，他的工作都有出色的表现。1965年上半年组织机构调整时，他成为全院最年轻的科研组组长。

这次氢弹攻关，他们科研组的任务是提供初级点火中子。根据历次596和548的三次聚心爆轰激发聚变出中子实验的结果分析，这一个氢弹理论模型要提供初级点火中子是很难很难的，而且黄主任他们在X方案的一轮又一轮的实验中，一次又一次地“挖防城沟”“筑护城墙”的所谓“改进”措施，更加大了提供初级点火中子的难度。经过多少个日日夜夜的苦思，他深入分析了这一氢弹理论模型的结构特点，利用爆轰波理论、冲击波理论和辐射波理论，透彻地分析，终于找到突破难关的巧办法——局部修改理论方案。

“这是一个很好的方案，只把理论方案的局部作巧妙改动，就有可能把X方案的辐射保护技术关键突破。而且因它诱发的爆轰聚焦的初级点火中子和流体界面问题两个不利因素也迎刃而解了。简直是一石三鸟，一举三得！”科学家们高兴地议论开来。

原来，小弘是一改故辙，彻底甩开黄主任他们在X方案中采用“筑防护墙”“挖护城河”搞“城防工事”的被动“作战”方案；而是在“城市”的要塞处改为驻扎一支攻击力很强而且机动性很好的“特种部队”。这支部队能够保证“主动出击”和有“外敌来犯”时战无不胜；在执行“运输军火”任务时能够快如闪光。这样的方案，不但可以有效地保存我方的防御力量，有利于集中兵力攻城夺隘，也可保证我方战略反攻的“主攻部队”可以畅通无阻，还有利于左右翼协同作战。

“是啊，真是因难见巧，绝处逢生。这个技术方案太好了！”邓稼先乐呵呵地说。

会后，又是一个快节奏的理论、实验的攻关浪潮。

于敏带领理论部的科研人员，精心策划，根据这次“神仙会”上小弘提出的方案，对理论设计做了小小的改动，仅用一周时间，就把小改动后的理论方案拿出来。

实验部 023 室和 002 室的科技人员，抓紧小改动后的理论方案进行实验装置的参数计算和实验设计。

实验部的科技人员给出实验装置的材料、尺寸，绘画出样品草图后，设计部的设计人员一天之内就绘制出加工图纸。生产车间则两天之内就拿出实验样品。如此快的节奏，如同 400 米接力赛跑时互传接力棒一样，图纸还未到车间，工件已经上夹具了。

小改动后的理论方案技术上能实现吗？实验结果又会怎么样？邓稼先和周光召心里还不是很有数。

担心，在情理之中。因为这是一个全新的先进设计构型，技术难度太大了！

和年轻科技人员在实验场上摸爬滚打多年的陈能宽副院长好像胸有成竹的样子。他对这群思维敏捷的年轻科技人员充满信心，他相信大家会设计出新颖独特的实验装置来。

乐在苦中行。002 室那妙趣横生的梅花状实验装置，也许美术大师也难有这么巧夺天工的高见，难怪人们常说，科学也是一种美学，搞科学也是一种美的享受。

而这妙趣横生结构复杂的实验装置的设计参数，竟是一位走出校门不到半年的女大学生小晏在老同志的指导下具体计算出来的。从查阅文献资料、材料参数设计到在电动计算机上敲出一个个数据，都是她的心血和智慧的结晶。

实验的科技人员争分夺秒地安装、调试……

早春的青海高原，早晚还是零下 30 多摄氏度。但是为了尽快取得实验结果，他们似乎忘记了严寒，忘记了劳累，穿上老羊皮大衣或笨重的大棉衣，早出晚归，披星戴月地在实验场地奔忙。

023 室的实验结果出来了，黄主任高兴地呵呵笑了。这是他好久以来第一次露出的笑脸。

邓稼先和周光召看到清晰的实验照片上那让人盼望已久的理想中的影像，如同梦中一样，高兴得喜出望外。

“这是今天实验的照片？”邓稼先对于这喜从天降的实验结果，简直不敢相信的样子！“太好了，太好了！”

周光召也连连点头表示赞赏！

来到002室，光学的电子学的测试底片还在暗室里冲洗。

“显影了，还在定影。”暗室里传出小于的声音。

“不着急，不着急，要保证底片的质量！”邓稼先赶快回话说。

“小于干活麻利又细致，她绝不会因为大家着急她就心慌的。她是听定时闹钟的声音行事的！”室主任又回应了一句。

“咯”的一声，暗室的门打开了！

“漂水时间还不够，让你们先看看结果，请不要手摸胶面。”小于把带水的底片交给室主任。

陈主任看了一眼后递给小弘：“你看，不错也！”

“非常理想，和理想值相比较，不超过0.02微秒。”小弘高兴地说。

小弘的话音一出，邓稼先和周光召高兴极了。他们也急着要看看底片。“好，太好了！”邓稼先和周光召几乎异口同声。

周光召转过身来对着理论部的科技人员说：“很不简单

啊！实验部的同志在这么短的时间里，把这么复杂的实验装置设计出来，得出这么成功、这么理想的数据。足以说明他们计算实验参数的能力很强，水平很高啊！理论部的同志要好好向他们学习。”

这么高的评价。这话出自理论部主任、理论物理学家之口，实在不容易啊！

一个月前还感到学习理论物理的来搞物理实验课题会无用武之地的女大学生小晏抿着嘴浅笑着。这位来自多姿多彩的大城市、外表文静却胸怀大志的女大学生第一次体味到“成功”二字，第一次感受到实验工作中大有展露才华的广阔天地。从此，她心中暗暗勾画出在科学实验中争一流的蓝图。美丽的光环在远方闪耀，吸引着她勇往直前。

5. 群情激昂大会战

王淦昌和陈能宽得知小改动后的实验取得满意的结果，高兴得激动不已。

“看来大家担心的三大难题有望一举得到解决。”陈能宽满怀信心地认为。

“不够，还要做很多工作！”王淦昌接着说。

“那当然，大小实验至少也要做100次。”陈能宽补充道，“但是疑团已经解开，驱散疑云。只是时日问题，这是肯定的；技术难度之大，不亚于理论设计，也是肯定的。”

院领导从理论、实验、设计三结合协同攻关中尝到了美好的滋味。

在1968年以前要拿出氢弹，时间紧啊！从原子弹到氢弹，美、苏、英三国都用了4年以上的时间。我们只给了3年！要赶在法国人前面，行吗？能吗？

三结合、协同攻关，群情激昂正当时。应该乘风破浪，组织精兵良将大会战。刘西尧副部长亲自坐镇，把002室、021室、023室及理论部、设计部的一部分精兵强将集中起来，组成实验部“新2室”。

刘西尧亲自到“新2室”进行动员，亲自参加新2室党支部委员会扩大会，参加讨论实验计划安排和领导分工。为了让技术骨干能专心攻关，刘西尧建议把1963年以前（含1963年）毕业的大学生通通退出团支部委员会。

“小弘，你这个年轻的党支部委员过问一下就行了。你也不要分心，主要精力是搞技术攻关，当好你的科研组组长。”刘西尧管得很具体，很仔细。

“好吧，我去组织团员开会，重新改选团支部委员。”小弘雷厉风行地执行刘西尧的意见。

青海草原又奏起一曲磨砺人生、开创新业的华彩乐章。两弹人在风雨兼程的日夜奔波中拉开了攻克氢弹技术难关的帷幕。

理论模型的疑团解开了，但疑云还没有驱散，拦路虎还没有驯服。几乎所有技术问题全靠实验解决。但是如此新颖复杂的构型，技术上实现的难度很大，特别是为了检测到不同空间位置和特定时间间隔的运动图像、物理参数和流体运动状态，需要有新的测试技术和仪器设备，但是我们当时物质技术基础还很薄弱，我们的技术储备太少了。

怎么办？回答是肯定的，知难而进，迎难而上。

王淦昌、陈能宽深入到实验部新2室，和广大科技人员一起，对需要解决的重大技术问题进行分析，深入剖析，反复推敲。最后决定在新2室党支部和室主任统一领导下，按技术攻关课题，分成4个科研组。既能各自为战，又要大力协同。

按直观思维，氢弹是靠原子弹引爆的。应当是有核裂变能量释放的核试验，才能对氢弹考核和检验。才能弄清楚原子弹爆炸后怎样点燃氢弹的？但是从我们国情出发，我们不可能像西方国家那样，花费那么大的人力、物力和财力进行频繁的核试验；而且我们也坚信，中国人民，中国的科学家完全有能力凭自己的聪明和智慧，在有限的物质技术条件下，走出一条新路子。正像周恩来总理要求的那样，我们必须要“选好试验路线”。

科学家和广大科技人员苦苦思索，广泛调研。对各种材料在高温高压状态下的不同物性进行分析研究、计算、对比。依靠科学，大胆创新，找到了一条立足于不用核材料的冷试验解决问题的新路子。并且对于必要的数量极少的几次核试验，要千方百计提高成功率，取得更多试验数据，尽可能地减少核试验次数。

在王淦昌、陈能宽等科学家的指导下，实验部张主任、方副主任和新 2 室的领导制定出氢弹原理性试验之前的全部实验计划和实施方案。

实验的科技人员编制一套套实验方案，计算出一套套实验参数，提出一份份实验装置的设计任务书。

结构设计的设计人员伏案绘制加工图纸。机械部件、火工部件、电器部件……制图、审图、描图、晒图，一环扣一环，数百张图纸几天时间又赶了出来。

图纸下到车间，工人师傅们不分白天黑夜，一天 24 小时加班干。

实验测试人员潜心于测试技术的研究，高速扫描、分幅摄影、脉冲 X-光、光谱分析、电磁波反射、爆炸开关……原先储备的，新近创新的，都踊跃上阵，真是百花齐放，五彩缤纷。

上班时间，科技人员早到晚归，经常忙得忘记已经是吃饭的时间，到伙房买饭时，伙房已经关门。饭菜即使有剩，也是冷冰冰的，只好买点剩饭剩菜，冲点开水，填填肚子。久而久之，感动了老炊事员，他们每次把剩馒头放几个在蒸笼里，让忘记了下班的科技人员能够吃上个热馒头。

夜幕笼罩着大草原，万籁俱寂。新2室办公楼的灯光显得格外耀眼，科技人员在探讨实验方案，在计算实验参数，在测量分析实验数据，在伏案绘图描图……夜深人静，人们早已进入梦乡，唯独新2室的办公楼里，有时为了某一技术问题，还在争论得眼红脖子粗，他们似乎忘记了疲劳和困倦。有好几次是指导员睡了一觉，醒来以后来动员他们回去休息的。

实验场地距离办公生活区有20公里，每天一大早，人们可以看到实验人员身穿大棉衣，肩扛实验支架，手拿实验样品和测试仪器，早早来到上车地点。坐上大篷车奔赴实验场地。

学习理论物理的女大学生小晏，组里给她的任务是根据某一科学理论，从实验获得的数据中分析、归纳、整理、抽象出一套半实验半理论公式。这是一项难度很大的创新工作。她可以在办公室多看些资料，多做理论准备。但是她把这些工作放在晚上做。白天和大家一样，穿上厚厚的棉大衣，在实验场地来回奔忙，拉电缆、抬装置、挖沙堆……样样跟着干，不但毫不示弱，而且是那么雷厉风行，干脆利落，人们从她的成长看出了这位气质高雅、月貌花容的年轻科技人员，已被岁月琢磨得更加灿亮，更加惹人喜欢。

这是一次系列大试验，实验装置结构复杂，在实验支架上方，稳稳地安放好实验装置，再上方是电子同步系统，装置下方放置镀铝反射玻璃镜，高速转镜照相机将从它获得物体运动的重要信息，装置四周布满电子测试的电子线路板和探测器及其接线。实验当天严格按事先安排的程序进行操作。当实验人员拿到操作程序表时，好多同志都在嘀咕："老蒙为什么要用 3 个小时？"……

操作按部就班、有条不紊地进行着。轮到老蒙的操作程序时，大家终于明白了，这次试验，为了确保万无一失，老蒙负责的电子测试系统，从仪器确定、电路设计、电子线路板制作、电子元件焊接到现场接线，都是他一个人包到底。他事先准备了 100 块绝缘胶布小块块，围着实验装置周围，或蹲在实验装置底下，一个线头一个线头地拧接，并且一个线头一个线头地用小胶布块捆扎得紧紧的，然后按事先设计的对号卡再一个个对号，检查接线两侧的编号是否一致。爆室里温度控制在 25 摄氏度正负 1 摄氏度范围内，虽然温度不高，但四周用三合板围得密不透气，老蒙用了整整 3 小时，最后手头还剩两块小胶布。98 个测试点准确无误。当老蒙直起腰时，实验队长和技安员才发现老蒙汗流浃背，连工作服也湿透了。由于连续3个小时弯腰和下蹲，立起身时，天昏地转似的差点摔倒，早有预料的技安员拉了他一把，扶着他慢慢地走出爆室。

功夫不负有心人，这次实验很成功。老蒙负责的电测系统也取得很理想的结果，而且一个信号都没有丢失。

陈能宽副院长看到这样好的实验结果和如此理想的实验数据，连声赞许。当谈及老蒙苦干了3小时累得汗流浃背时，陈能宽伸出关爱的手搭在老蒙肩上，和蔼可亲地说：

"老蒙也算是电学测试的一个元老，他经手的事，没有会出错的。信号一个不丢已不是新鲜事！"他说着又加了一句："这种精神和作风要发扬，要传、帮、带。干我们这一行的，接错一个线头都是大问题，万万疏忽不得。要让每个人特别是新来的同志把这种思想作风沁入心底。"

又是一次可以取得多项实验数据的综合实验。这次实验不仅实验装置新颖独特，而且测试项目繁多。光路、电路、导线、电缆、光导纤维……把整个实验装置包围得层层叠叠。从上午到下午，一个程序接着一个程序进行操作准备。连续干了9个小时。下午5点钟，各项操作完毕，进行耐压试验，高压升不上去！各方面查找原因，经过将近一个小时的细细查找，终于发现是一个新的测试项目有故障。

怎么办？

撤回实验装置，这么多接线、这么多部件要花两个小时以上，而且在拆撤过程中容易把线头、探头系统损坏。

不排故障，去掉这个故障点，也是一种没有办法的办法。但是实验结果将丢失这组数据，这是年轻科技人员最心疼的事。因为大家早有一个高标准严要求的自我准则：不让一个该得到的数据从自己的手里滑过去，不让任何过失出现在自己手里。

因为他们认为，这不仅仅是科学作风，也是岗位责任。

新测试技术负责同志心急火燎，镇定自若的科研组长小弘则是想方设法稳住情绪。让有关科技人员耐心细致地查故障，其他的科技人员只能忍着饥饿在休息室里等候着！

夜幕降临，7 点、8 点、9 点……一直到半夜 1 点多钟，才把故障排除。做了耐压试验，一切状态都很正常。小弘再次把大家召集在一起，一是让大家再考虑一下，还有没有隐患，再是让大家提提精神。因为大家又饥饿又困惫，要振作一下精神，然后各就各位，进行正式实验。“轰……”一声巨响，时钟已是半夜 2 点整。

虽然大家又饿又累，困乏不堪，但大家心里一高兴，反而精神振奋，又笑又闹。因为故障排除了，圆满地取得实验数据了！

回到宿舍，已是凌晨3点多钟。大家各自回到宿舍，轻手轻脚地洗洗脸就在床上一躺。这时只知道困倦，至于肚子是饱是饿已经没感觉了！

第二天上午，大家照常早早就来到办公室，快言快语的小苏说了一句："昨天晚上政治学习时，你们未能参加，副指导员说是'将在外君令有所不受'。"听了以后，小钟感到有点委曲，"我们应当和他评评理。"

"可能是因为心里着急信口说出的诙谐话。"小弘有意把气氛缓和下来。

"不会的，不会的，那是一句引人发笑诙谐有趣的话语。"正醉心于书本的小晏心灵洁白无瑕、思维方式独特，抬起头来泰然一笑，接着说："有的也是盛誉，不会是嘲讽，我们那圆满的实验结果谁不打心里高兴啊！"

站在办公室门口的副指导听到这位不懈追求、充满激情、富于生活情趣的女青年那种对生活宠辱不惊的恬淡心态的议论，犹如光彩夺目的宝石走进他的心田，闪耀着光芒。

副指导员原先以为大家连续苦战整整20个小时，饥饿加劳累，疲惫不堪，应当美美地睡一个上午觉。想不到早早已经来到办公室，有的在测量照相底片，有的在整理分析电子学测试数据……一个个都没有休息。感激和赞誉的话语一句连着一句："昨天同志们忍饥挨冻，20个小时没有休息，群策群力，把故障排除，取得圆满的实验数据，是高度革命热情和严肃科学态度的生动体现。”

铁肩柔情化干戈！科技人员眼见领导的宽容、信任、理解和珍重，就像是一家人一样那么温馨和睦。大家心里想，昨天晚上的话肯定是开玩笑，更不会记在心里。

实验工作能够进展得那么顺利，关键的一条是大家协作得很好。

人们常说，习武的不传绝招，行医者不揭秘方，可是“两弹人”却不同。理论的、实验的、设计的，大家在一起工作，是那么协调，有那么大的亲和力。在生活上大家相互关心，在学术问题上，无论是理论见地、方案思路、还是技术上的技巧和诀窍，大家总是和盘托出，没有一丝一毫保留，无不尽显“义绝千古”之英雄本色。

在为了共同事业的日日夜夜，有了广泛接触和交流情感空间，男女长久相处，和谐洽悦、互相欣赏，也萌生了爱的种子。有两对原来不在一个部的青年大学生，在大会战中结成友谊，产生了爱情。

有一位过来人还总结了两对恋人的共同特点：“他们的爱是埋在心灵深处，并不表现在双唇之间，因此，没有让旁人发现。”

是的，他们的爱情来自友谊。他们是用自己的情感，自己的学识去感染对方、充实对方，使之变得更优秀、更完美，自己也更充实、更成熟。因此，双方的思想、性格流露得最自然，彼此的了解最真切、最客观。在一起工作的岁月里孕育出来一种默契，最终两颗心共同撞出爱的火花，是多么富有诗意而又多么温馨浪漫！是多么浑然质朴而又深邃与甜蜜！有情人和大自然是那么和谐，和事业又是那么同步。使人情不自禁地想起，是春天盛开的鲜花，结下秋天胜利的硕果；而夏天同饮甜蜜的清泉，点燃了冬天爱情的炉火。正如瑞典一个作家所说的，爱为一切力量中最强而又最柔的力量，是万物所来自的出处和生机蓬勃的根源。

大会战的新2室的科技人员专心致志地攻克氢弹的时候，“文化大革命”的烈火已经点燃大江南北、长城内外，大家不能闭门不问天下事。他们只好在有别人写好的“大批判”大字报上签个名，表示支持和参加了这场史无前例的“文化大革命”。

诸多的技术问题，一个个进行攻关。几个试验场地，每天计划都排得满满的。一个个凝聚科技人员的智慧和心血的新方案、新技术，如雨后春笋般破土而出，令人耳目一新，能使出的招数都使出来。仅仅半年多的时间，取得了成千上万个实验数据，作出数百张实验数表和曲线图，归纳出一个个半经验半理论公式，提供了一系列可靠的实验参数。氢弹之谜就如浮出海面的冰山越来越清晰了！

最后攻坚的时候到了。王淦昌、陈能宽和实验部的领导经过半年多来实验取得的成果进行分析、研究，决定把多个实验方案变成“一大一小”的两个方案。犹如两只有力的拳头一大一小，但都攥得紧紧的，合力攻坚。

实验一次紧接一次地频繁进行，经过竭尽全力的一番拼搏，系统复杂，牵动千军万马的“大”方案突破了，关隘重重的“小”方案的技术屏障也越过了。终于雪尽马蹄轻，一切必须经过爆轰实验提供的数据都提供出来了。

突破氢弹原理的曙光就在前面。

王淦昌、陈能宽、彭桓武、郭永怀、邓稼先、于敏等众多的科学家认真分析一组组实验数据，确认已有九分把握，但已做了十二分努力。最后决定报请中央专委，争取年底进行氢弹原理实验。

设计部和实验部的主任都在核试验产品的图纸上签字，数百张图纸发到工厂、车间。

图纸就是命令，院科研生产计划处在下达加工任务时，件件都是“急”字当头。

十一月的青海草原，早已雪花飘扬、地冻天寒。但“文化大革命”的大字报贴满办公楼门前、电影院广场。戴有红袖章的“红卫兵”“战斗队”组成的游行队伍四处搞宣传喊口号。寒冬的大草原显得轰轰烈烈人声鼎沸。但工厂里、车间里秩序井然。在老师傅带领下，不管你是那个造反派，一进车间都是一个派，那就是急任务之所急的促进派。工人师傅披星戴月、加班加点，件件产品都达到优质，经得起检验人员的反复检验，个别只是合格的产品还要求返回补加工。

老天也有关照不周的时候。在这关键时刻，加工 H02 号部件的赵师傅由于冬天转冷，又长期劳累，胃病突然加重。医生要求他好好住院挂吊针输液，住院手续已经办好。但想起这个部件尺寸形状很特殊，加工精度又要求很高，年轻工人还未曾加工过。想着想着，一转身往车间跑。

青年工人正在细细琢磨当中，一会儿看着图纸，一会儿比划比划工件，一会儿又挠挠头皮，“能够加工出来吗？”正在忧虑之中，赵师傅一手按着肚子，一手拿着老花眼镜蹒跚地走进车间。小字辈看到老师傅走来，便肃然起敬，厂长和车间主任迎上前去。

“赵师傅，您的身体！”

“我放心不下啊！只有一个备件，万一加工不合格……”老师傅心里明白，这是一个关键部件，上千个零部件组成的实验装置，不能因为这个部件质量得不到保证而导致试验失灵啊！也不能因为这个部件加工不出来而影响试验进度啊！

赵师傅让徒弟帮忙把工件拿到车床装上夹具，又反复检查了夹紧情况，装好刀具对准好尺寸刻盘，又反复比划了几次，才启动电闸。

车床“隆隆”转动起来，赵师傅脸上的汗珠一滴一滴地顺着脸颊往下掉，他的眼睛紧紧瞪着工件和刻度盘上标志的进刀量。此时，他把胃部的疼痛全部抛在九霄云外。此情此景，厂长和车间主任都非常感动。

赵师傅硬顶了 1 小时 40 分钟。

关闭电闸，徒弟小心谨慎地取下产品。老师傅接过手来，仔细地端详一翻，才交给车间检验员。

检验员检验结果，H02 号部件完全符合图纸要求，属优质产品。

老师傅太累了！车间主任和徒弟把他扶上汽车，送到医院继续治疗。

6. 氢弹的曙光

1966 年隆冬，这是一个极不平凡的季节。一趟趟火车专列把人们从四面八方汇集到大漠荒原。九院的专列火车从厂区编组站发出，在海晏车站转个 90 度角，便向着东南方向开去。到了兰州又调头向着西北方向奔驰。九院的专列按照军列编号，有特定的专列时刻表，沿途很少停车，但有的小站特意停了数个小时，让车上的同志非常着急。几次停靠在车站，都可以看到进行大串联的红卫兵围到车厢旁边。为了不让红卫兵进入车厢，到站之前都会把窗户关得紧紧的，以防红卫兵从车窗爬上车来。这时，大家终于明白白天在小站停了几个小时，大概是为了防止和“小将”们发生摩擦，因为有的车站，“小将”们甚至敢配合车站强行拦车。夜晚却几乎不停地往前开。

一个东方的天边刚刚发白的早晨，火车专列顺利地到达吐鲁番。下车以后，改乘汽车。一辆辆“解放牌”大卡车排成一字长蛇阵，奔驰在坎坷不平的“搓板路”上，翻过连绵起伏的天山山脉，驰向博斯腾湖岸边。

经过一整天的汽车颠簸，天将发黑时分，夜色里，隔着车窗向外眺望，月光下见到的荒漠感到比白天更加荒凉，沙丘一个接着一个。除此之外，没有任何生机，更无生命。汽车继续向前奔驰，突然间，好像不那么颠簸了，汽车平稳多了。转向车窗往外看，映入人们眼帘的是一排排粗壮的白杨、梨树，虽然冬季叶落，却像一道白色屏障，路上还有稀疏的行人。难道是“幻景”？或许困倦出现梦中的“幻影”？

不。汽车来到一处荒漠中的小城——马兰。

这小城就在博斯腾湖湖畔，它就是核试验基地司令部所在地，也是工程兵团、汽车团、技术总队等的营地。附近还有农垦师。

汽车进入小城区，竟有宽阔、笔直、整洁的街道，沿街有汉族、维吾尔族的民房、商店，有基地司令部的小楼、办公大楼和设备完善的部队招待所，还有百货大楼和电影院。夜间灯火辉煌，人来人往，有汉族、维吾尔族，还有穿着整齐的草绿色军装的解放军指战员，他们在街上闲荡……

这些情景，向参试的科技人员昭示，滚滚的黄沙、稀落的骆驼草，不再是沙漠戈壁的唯一标志，在沙丘的怀抱中，竟有这别致、幽雅的“不夜城”。

科技人员住进宽敞、明亮、舒适的招待所。服务员都是解放军战士。个个热情细致、服务周到。洗洗漱漱，吃过晚饭，大家三五成群地在这小城的街道上悠闲散步。虽然大家脑子里尽是技术问题，并无太多的闲情逸致，但空气中散发出的馥郁芳香，沁人心脾，驱散了一天汽车上的疲惫。

睡觉之前，九院领导一个宿舍挨一个宿舍地看望大家，最后一句叮咛都是“早点睡觉，明天还要赶路”。

第二天一大早，大家还在梦乡，解放军战士就把大家呼唤起来，急急忙忙洗脸漱口，吃过早饭，告别马兰小城，又是整整一天在汽车上颠簸。

“小晏，今天适应一些？”小弘问道。

“今天好一些。不过今天早上我只喝两口米汤，要吐也吐不出什么东西的！总不至于连肠带肚也倒出来吧！”女科技人员风趣地回答道。

“不过今天中午到兵站你得吃点东西，否则太饿了也会难受的。”小弘劝道。

“对了，要是胖大嫂来了就好了，这倒是减肥的好机会！”小晏开玩笑地想起组里“胖字一号”的杜大姐。

由于担心大家受不了颠簸，今天车队速度放慢，到达罗布泊营地，天已漆黑。不过透过帐篷映出的灯光，便知道这里早已聚集了很多参试人员，有工程兵，建造铁塔的技术总队、汽车团，还有很多参加核试验测试和核爆炸效应试验的各军兵种和国家各部委的有关单位。因为我们国家进行核试验次数是很有限的，“塔爆”的试验就更少了，也许这是最后一次呢！他们都非常重视这一难得的机会。他们把坦克、飞机、大炮还有铁路、桥梁、建筑物……，各自按预先确定的地点放置好，或已经早早建造好。一些猴子、兔子、鸡、鹅、狗等动物也早早在待命，等候试验当天各就各位。

隆冬的罗布泊，冰天雪地，寒风刺骨，气候条件十分恶劣。参试人员每天大清早起床，冒着 -40℃的严寒从野营帐篷群出发；“一二一”地跑步，跑出 2 公里处停放直升机的地方，日复一日地早练。每天晚饭后的第一项任务是背诵“老三篇”，科技人员很快就把“为人民服务”背下来了。可是部队转业来的指导员老颜摇头晃脑地，“我们这个队伍，完全是……完全是……完全是为着解放人民的。是……是……是彻底地为人民的利益……的利益，工作的……”

别看他背得断断续续的，可等科技人员到工作场所去的时候，指导员可就“下定决心，不怕牺牲”，一遍，二遍……反复练，反复背，终于把“老三篇”背得滚瓜烂熟。

铁塔距临时营房十几公里，产品组装车间就设在铁塔附近，测试碉堡则在较远的地方，每天有汽车团的汽车接送人员。虽然大家都不知道“零时”定在哪一天，但一到基地大家就进入紧张的工作状态，每天早出晚归，进行试验前的各项准备工作，或调试仪器，或装配试验部件。每个人的岗位都很明确，大家都争分夺秒地把工作往前赶。

工作间隙，八一电影制片厂的同志们发现装配车间有透明有机玻璃，想起制作毛主席像章的好办法。他们把有机玻璃加工成型，再用心地用牙膏挤在毡布上磨光，然后把彩色毛主席头像的电影胶片镶嵌在有机玻璃中间，成为很具特色的毛主席像章。

从北京坐飞机到来的理论部主任周光召，看到年轻科技人员佩戴的有机玻璃做的毛主席像章格外耀眼，便取下在飞机上发给的铝制毛主席像章和小弘对换。双方都非常高兴，因为当时青海大草原还没有毛主席像章，小弘算是得到了第一枚毛主席像章，而周光召这枚身着军装挥手的毛主席像章也是罗布泊的“制造厂”首批制造的，精致奇特。这也许是“文化大革命”期间第一对交换毛主席像章的两个人——一个是著名理论物理学家，一个是年轻的科技人员。

一个难得的休息日，天公又特别作美，风和日丽。一个作业小队的科技人员集体外出，到波涛起伏般的戈壁滩逛遊。

“哦，这里有一株骆驼刺。”女青年小晏高兴地叫起来。

“大惊小怪的，那里不是有很多吗？”小戈好强地说了一句，便撒腿往长着骆驼刺的方向跑去。

大家在广漠的沙滩上又是摘骆驼刺，又是拾五颜六色、奇形怪状的小石子，还有五棱六角的石英砂……大家兴致勃勃。正在兴头处，小晏突然站着发愣！

“怎么啦？”小弘问道。

“小戈呢？”小晏惊讶地叫了起来。

大家眼睛张得大大的，四面眺望。可是广袤的戈壁，广大宽阔。近处一目了然，没见小戈人影，准是跑远了！

“我们快点找呀！”小晏急了。她又强调一句，“但是不能走散呀！一定要集体行动。”

在一望无际的戈壁滩，大家牵肠挂肚地找了足足两个小时，仍旧见不到踪影，小晏急得都哭出来了：“都怪我摘骆驼刺。”

“我们还是赶快回去报告，请汽车团开车出来帮我们找。”小弘做出果断的决定。

等大家回到营地，发现小戈坐在行军床上也在着急至极：“已经快两点了，他们为什么都还没有回来？”

正在这时，大家异口同声：“你让我们找得好紧张呀！”

“你知道我们心里有多着急呀？”小晏又问了一句，“你是怎么样回来的？”

“我发现那边有好多骆驼刺，就急匆匆往那里奔，看似近，实是远，我快走慢走，走了好一会，一到那里，就蹲下身子拼命摘，谁知等我站起来时，却没有看到你们的身影。我急着往回跑，可是茫茫的戈壁滩，又没有参照点，也许是因为我跑错了方向，越跑越远，或许是你们走远了。我东跑跑，西跑跑，仍是没能看到你们，真是如坠五里雾中，我心急极了！”小戈讲得让人心惊。

“后来呢？”

“后来嘛！我急中生智，我想有汽车压过的沙丘一定是通向参试人员的营地或测试场所，一定会有汽车来往，我就寻找有汽车压过的沙丘，沿着汽车压过的“路”慢慢走动，这时，我心里平静多了。真巧，不一会就来了一辆吉普车，我喜出望外！汽车一到我身前就慢慢地停下。解放军司机热情地招呼我上车。上车后，亲切地问我是哪一个部门的，我说是第九作业队。他便二话没说就把我送回来。”

原来，第一颗原子弹试验时，张爱萍副总参谋长就明确指示，在基地范围内行驶的所有汽车，不论你车上坐的是战士，是元帅或将军，遇到途中有人招手，都要停下来让他上车。不论是部队的或地方的，是官是民，都要把他们送到他们要去的地方。这条规定一直延续下来。

“多亏你脖子上还长了一个会‘急中生智’的脑袋！”曾经急得哭了起来的小晏这时倒笑得最开心。

59 岁的王淦昌和其他科学家们冒着 –40℃的严寒，与青年科技人员一样，住帐篷，喝苦水。帐篷内或铺上一排木床板或放了一张张行军床。虽然烧着煤炉取暖，但是在帐篷的出口处，温度计却赫然显示着 –34℃的低温。人们嘴里呼出的气变成云雾，眉毛、胡须和额前的头发结上白霜。但是老科学家们照样精神矍铄，精力充沛。白天忙碌于装配场所和测试机房的碉堡里，夜晚还到帐篷里与科技人员讨论技术问题，反复磋商重要技术参数的最后敲定。

实验装置装配的技术人员一丝不苟、精心操作。经常是在零点零几毫米之内进行细心调整。就是拧紧一个小螺丝钉，怎么样拧才能均衡对称，使多大劲，拧几圈最合适，技术人员都早在操作卡上注明。工人师傅经过严格训练，操作起来得心应手，做到高质量、保安全。

隆冬的戈壁滩非常干燥，为了防止静电感应引起爆炸的危险，产品装配车间要不时地往地上洒水加湿，保证湿度在90%以上。技安员更是寸步不离地注视着方方面面，随时提醒操作人员防隐患，警示参观人员注意安全。就是科学家、将军或元帅在技安员职责范围内，一概不讲情面，确保安全第一，万无一失。

负责测试的科技人员，反复推敲每一项测试项目，可能出现的实验结果，应当选择多宽的量程？最大幅度会多大？下限又应当定在多大？因为还有很多未知数！有哪些干扰信号会出现？在什么时间出现，采用什么办法来排除干扰？取什么信号作为触发信号最合适、最可靠？反复推敲、计算，从正反两个方面论证，从最好的情况和最坏的情况设置量程，又要拿到精度尽可能高的数据。虽无万全，但有最佳。

力学的、热学的、光学的、核参数的、放化分析的、中子的、γ－射线的、X－射线的、测时间的、测强度的、测能量分布的……测试项目之多，真是千头万绪，让核试验测试的主帅、实验物理学家王淦昌食不甘味，寝不安席。

王淦昌时而和实验部副主任胡仁宇到九院的测试碉堡里巡视检查工作，及时发现问题，随时召开诸葛亮会巧妙有效地解决问题；时而驱车到 21 所的测试碉堡，和他的学生、21 所所长程开甲商讨测试工作中的问题。王淦昌每次的到来，程开甲都满怀激情地迎送。每次的到来，王淦昌都给学生程开甲提出一些非常有意义、有前瞻性的建议，程开甲每每都如获珍宝。

激光是 1960 年由美国 Townes 和 Schwalowe 及当时苏联 Basor 和 Proholov 发现的。他们 4 人都因此先后获得了诺贝尔奖。王淦昌一获得这一科学信息就极为重视，并提出两个重要应用领域：一是用强激光轰击氘冰，并和上海光机所的邓锡铭研究员一起筹划实验，为后来的惯性约束核聚变工作提供了基础；二是提出用于核试验中的测试技术，并建议他的学生程开甲着手考虑。

程开甲本来就是固体物理学家，对激光一下子就入门，更不会辜负老师王淦昌的厚望。

激光，具有高强度，方向性、相干性和单色性极好，也是这次试验的一个重要测试项目。在程开甲的指导下，直接负责这项工作的是一个崭露头角的很年轻的女科技人员小枚，她那眉清目秀的脸上稚气未脱，就担起这一最新技术项目负责人的重担，使人刮目相看。她经常一上铁塔就要操作几个小时。她用女同志特有的细腻和耐心，与同事们一起，转来移去地让爆室外壁那个小小“窗口”，准确地对准来自

20 公里处的激光器发射出来的激光束。

程开甲也来到塔顶的爆室里，看到小小“窗口”的半透明的挡光板上的激光束熠熠生辉，非常正中，只有茶杯口径那么大，高兴极了。

“太好了，太好了！太理想了！”程开甲笑得那么甜蜜，笑得那么心花怒放。

中国科学家真不简单啊！“激光”这一新技术一问世，王淦昌就提出“利用激光实现核聚变”这一将造福于人类的恢宏设想，并立即组织实验开展攻关。而今天，激光的另一项重要应用——核试验测试，又要初试牛刀。

王淦昌、陈能宽和实验部主任方正知、胡仁宇，还经常会同 21 所所长程开甲，召开九院和 21 所测试负责人的联席会。各方负责人认真汇报工作进展情况和存在问题。会上经常仔细地研究相互协调和协作一些重要问题，做到核测试工作分工不分家。

理论部正副主任邓稼先、周光召、于敏等则带着理论部参试人员，一会儿到装配车间，一会儿又来到测试工号，晚上则走进帐篷。他们对装配结果的实际公差，逐一进行现场计算、分析、论证，遇有不够理想，不够满意，立即向院长汇报，或建议重新调整或作修正措施。在科学问题上，他们坚持严字当头，从不让步。

对测试技术，理论部把各测试项目最后选定的时间宽度、脉冲高度、最大量程、下限选择……是否合理，一项项再次进一步粗估核对。为了准确无误地捕捉到所有信号，排除各种可能干扰的因素，经常反复推敲，和测试人员讨论测试参数，调整量程或调整灵敏度。理论和实验默契配合，在查漏补缺、做到万无一失中起了很重要作用。

在距离铁塔200米处的钢筋混凝土结构建筑物，就是戒备森严的总装车间。车间门口有两名持枪的解放军战士日夜站岗。一名庄严地站在车间门口，另一名逐个检查进入车间的出入证，他只认证件不认人，九院领导也好，一般科技人员也好，或者是元帅、将军，都凭证进入。出入证有两种，一种是整个试验工作期间都可进出的，一种是只用一天的。外来参观人员通常是用后者。八一电影制片厂三位同志，有导演、有摄影师，他们在指定时间也可以进入摄影采访。

负责装配的操作人员已经多次特殊训练，并经冷试验进行过实战操作。而且大部分装配件在出厂前已经进行过试装配，并且详细记录在册。但由于实验装置结构很奇特，尺寸要求很精确，公差要求很高，每一细微部分，都要精益求精，严格按图纸进行组装，每一项都要求达到图纸设计要求。因此，大家都做到慎之又慎，不敢有丝毫疏忽。王淦昌和陈能宽经常到现场细心察看。

“为什么停止装配？”操作员小蒋感到莫名其妙。

“等陈副院长来以后再操作。”总装技术总负责老季回答道。

因为下一项操作是核心部件就位，非等陈能宽副院长到达不可。陈副院长是主管实验装置的，他早有交代，装此部件时他要亲眼察看。

老季的话音刚落，“嘀……”一辆小吉普车到达车间门口，从车上下来的就是陈能宽和王淦昌，郭英会副院长也同车到达。

“陈副院长，我们马上就装配102号部件！”

“进行吧！”陈能宽果断地回答。

三位正副院长看到操作人员轻车熟路地进行总装，心里暗自欢喜，脸上露出笑意。但王淦昌还是反复叮咛大家：“不容有任何疏忽大意。”

这次总装的技术负责人老季是一位遇事沉着、富有才干的工程师，他指挥技术工人井井有条地进行操作，为了保证质量又确保安全，他除了根据图纸制作总装技术细则以外，还制作一套产品装配的点线检查责任卡，并配有操作“口令”，确保万无一失。整个装配过程，既轻松活泼，但却非常紧张有序，周到严细。

核装置总装完毕，总装技术负责人老季认真地检查，核对一张张装配过程的点线检查记录卡，完全无误，才一一签字，以示负责。

三位领导走出总装车间门口时，主管行政的郭英会副院长情不自禁地赞誉陈能宽严谨的工作作风，并别有风趣地说了一句：

“陈副院长对关键的操作，不是要耳闻，而是要目睹。”郭英会那浓重的广东口音又加了一句：“这就叫过细，就叫第一手资料，这也是我们行政领导应当仿效的。”

陈能宽语气深沉地应答着：“领导的重托铭记在心，岂敢掉以轻心！这样心里更踏实啊！”简短的话语，隐藏着他对祖国对事业深沉而沸腾的血和爱。

上百台测试仪器经过几次联试，工作状态都很正常。王淦昌、陈能宽、程开甲、胡仁宇联合讨论、决定，全部仪器进入锁定状态，未经请示，不得再改变参数和工作状态。

氢弹原理试验已经万事俱备，等待中央专委的命令。

1966 年 12 月 27 日，指挥部命令核装置就位。

装有试验装置的吊篮顺着小铁轨缓慢地推到铁塔下方。和起吊系统连接牢靠后，小金举起红、绿色小旗，指挥卷扬机的操作动作。卷扬机把吊篮徐徐往上升起，到达距塔顶爆室下方 1 米处，又指挥卷扬机暂停，然后放慢速度再往上提升。这次负责试验装置吊装和塔上安装的全是年轻科技人员。他们是那么认真、那么细致，整个提升过程非常平稳，未曾发生微小的震动，就像呵护婴儿那么细心地保护核装置。

说起这群年轻的小伙子，为了防止第一颗原子弹试验时，因狂风大作，把塔上的科技人员困了好几个小时的事件再次发生，他们一到基地，就开始练习“爬塔”。100 多米高的铁塔就像一把倚天长剑屹立在一望无际的沙丘中间，显得格外高耸。他们是从 20 米开始训练，接着 30 米、40 米、50 米……一上一下，反复训练，最后爬到 100 多米的塔顶。小金体质较差，分配的任务是在塔下负责指挥，不让训练爬塔，但是他不示弱，每天早上提前到达，偷偷地训练爬塔。后来有一天，其他同志也提前到达。一到塔下方，看到小金已在高高的塔顶，大家大吃一惊。晚上工作小结会上，小队长的意见是：“精神可嘉，但要批评。”理由是小金体质差，曾有昏眩病历史，不允许高空作业，爬塔是违反技安规定的。

小金口服心服，并表示：接受批评，要把本岗位工作做得更好，使试验装置更安全进入爆室。

试验装置进入爆室以后，操作人员细心地从吊篮中把它吊起，然后小心翼翼地放落在支架上，并加以固定。操作完毕，只留下小队长和技安员，其他人员撤离。

下一个工序是安装电子同步系统。

再下一个工序是安装测试探头和各种各样传感器。

五颜六色的导线、电缆和核装置外壳上的各种结构器件、探头、传感器。设计精致的电子同步系统高高在上，一根根电缆就如同神经脉络，伸向试验装置的整个躯体，在防爆灯光照耀下艳丽夺目，犹如百花园里的枝叶藤蔓和一朵朵鲜花。很少有画家能够做出如此赏心悦目的画卷。难怪有很多科学家都认为，在科学发明创造中，美感与创造性活动是密切相关的。在科学家看来，科学创造过程，美就像一股清澈汩汩流淌的泉水那样，昼夜不舍永不停息地浇灌着科学园地，使之永远绿草如茵、繁花吐艳、果实累累，并永远充满着生命的激情与创造的活力。因为科学创造活动首先就是应该用全部精力来研究那些与最美的事物有关的东西。研制氢弹的科学家也把氢弹原理试验装置打扮得像要出嫁的闺女一样灵秀迷人！

技安人员更像园丁爱护花草一样，随时提醒参试人员："要把工具拿好，不要碰击试验装置，也不要碰断引线和电缆。"

负责激光测试项目的女科技人员小枚，再次通过小"窗口"瞄准激光束投射在核装置上的确切方位，并仔细地做了记录。

安装完毕之后，各测试项目、电子同步系统的科技人员再次进行自查、互查，最后领导检查，并一一在记录卡上签字。

最后一道工序是让电子同步系统这一神经中枢的脉络，和整个核装置的神经系统连接起来，这是一项攸关成败的技术性工作，气吞山河的蘑菇云的一朵朵初始火花，就是它们激发起来的。而执行这项任务的竟是九院最年轻的科研组组长小弘带队的几个年轻科技人员。他们整装待发在塔下列队，正准备上塔。郭英会扫视一阵后皱着眉，但没有开腔。

陈能宽副院长心领其意，他凝望着郭英会副院长。

“郭院长，看他们都很年轻？”陈能宽微笑道。

“是啊！他们行吗？”郭英会终于道出心里话。

“他们在爆轰冷试验已多次操作，从548开始，‘打炮司令’陈常宜就退居二线了。”

“喔！我长期在北京，官僚主义了！”郭英会说。

“现在这项操作，他们已是驾轻就熟，你大可放心！”陈能宽再次向郭副院长讲明。

他们把吊篮的小铁门打开，进入吊篮。小金把小红蓝旗一摇，卷扬机徐徐升起……

随后，陈能宽和陈常宜也到塔顶的爆室里。

“起爆钥匙在我手中，现在可以开始操作。”陈能宽手里捏着钥匙面带微笑，轻松而又很正经地说。

操作进行得很顺利。因为这是一批年轻人，作业队留有余量，给安排了4个小时，他们整个操作包括自检、互检，负责人一个一个复检，实际也只用了两个小时。操作完毕在操作点线检查记录卡上大家一一签字。陈能宽一边端详着整个核装置，一边仍在沉思，“已经做到万无一失！”

陈常宜问：“陈副院长，你要不要再检查一下？”

“不用了。小弘，你把电源线接上。”富有才干、遇事沉着的陈能宽命令最后一项操作。

但是陈能宽还是再次观赏了整个爆室的上下左右、四面八方，凝视着这科学与艺术的优美组合。

中国人用智慧和心血研制的氢弹原理试验装置，稳坐在爆室正中，众多的测试探头簇拥着它，五颜六色的电线电缆藤葛般地盘绕着它，蔚为大观。

深邃而有敏锐洞察力的陈能宽深信，现在氢弹原理试验已计出万全。

“大家辛苦了！”陈能宽转向那激光束对准的小“窗口”看了一眼后说：

“好了，我们都下去。”

一道道工序都已经结束，参试人员一批批撤离警戒区。

突然王淦昌提出要到塔上去检查一下。这下子让郭英会副院长感到非常为难。因为他完全明白，王淦昌是重点保护的科学家，周总理早有指示，“文化大革命”千万不要碰到他。因为他年纪大，塔顶风沙大，吊篮上下也有不安全因素。何况整个核装置已安装完毕，电源线都已接上了，已是一触即发状态。万一狂风怒吼或其他不可预测的因素发生，就不好向周总理交代啊！

“年纪大怎么了？我还不满60呢！”王淦昌有点生气的样子。

说得一点也没有错，王老今年59，在作业队里，他年纪最大，但依然风风火火，风采依旧。

后来，陈能宽副院长耐心地向王淦昌汇报了塔上安装的详细情况，陈副院长反复讲：“大家很细心，又反复检查，确已做到周总理要求的十六个字：严肃认真、周到细致、稳妥可靠、万无一失。”这样王淦昌才放心！

大家被王淦昌这种老当益壮，不坠青云之志的精神深深感动！

现在已是新疆时间凌晨4点钟。陈能宽和年轻科技人员一起吃了一碗食堂为他们准备的热面条后，陈能宽环顾四周，又看了看表，考虑到离“零”时还有两个多小时，有充裕的时间，他果断地说：“把吊篮撤了，卷扬机也撤了，为国家节省几万块钱。”

几辆汽车停在装配车间门前，等待大家上车，同时启动一齐列队撤离。有一辆空车走在最后面，预防万一有汽车抛锚。

几辆汽车顺利地撤离警戒区。陈能宽带着起爆钥匙向着指挥部方向驶去。

国务院副总理聂荣臻元帅在现场主持这次核试验，张震寰是试验的现场总指挥。

陈能宽的汇报很简练，王淦昌等其他科学家也不作任何补充。聂帅听后连连点头赞赏，最后下达命令：

“按原计划进行。”

小弘他们乘的吉普车开到观测站。早早已在这里等候观看核试验的参试人员立即攒动起来。快了！激动人心的时刻就将到来！

这时，1966 年 12 月 28 日的上午，新疆时间还是早晨。天高云淡，空气清新，万顷沙丘的戈壁滩如同大海的波涛起伏。东边的地平线上冉冉地升起一轮火红的太阳，参试人员面朝东方，气定神闲地欣赏了这一大自然的美妙景观。

“请戴上防护眼镜，请戴上防护眼镜。”突然间，喇叭里传来指挥部的声音。

“……5，4，3，2，1，起爆！”

瞬间，天空中又升起了一颗美丽多姿的大太阳。两颗太阳一小一大，一颗是宇宙之星，一颗是人造太阳——中国人民智慧之星，同时悬挂在碧空之中，交相辉映。刹那间，“大太阳”迸发出极强的白光。顷刻，变成一朵巨大的黑里透红的蘑菇烟云，翻滚着向湛蓝的天空升腾。蘑菇云下，那巨大的白色烟柱，吸起万米尘土。铁塔熔融成铁水塌下了，又一座永恒的“丰碑”立起来了。

我国成功地进行了氢弹原理试验。

“成功了吗？”那巨响，那烟云，好像还不够帅。一些不很知情的参观人员疑惑着：“不是氢弹吗？……”

“是的。不是氢弹，是氢弹原理试验！氢弹的爆炸威力要比这个大许多许多倍！要是氢弹爆炸，站在这里观看，还不把你烧得皮肤焦黑，震得两脚朝天，脑袋着地。”一位年轻科技人员略带滑稽感地解释说。

“成功了，成功了。和理论预计的当量完全符合。”周光召和于敏从核测试的速报数据推断出来了。

锣鼓喧天的群众队伍向第九作业队的观测站走来。人们欢呼着，雀跃着。许多直接参与理论设计、结构设计和饱尝艰辛和险阻的实验人员、工程技术人员情不自禁地流下潸潸的热泪。

从第一颗原子弹爆炸试验成功，到这次氢弹原理试验成功，我国只用了两年零两个月时间。

聂荣臻元帅抑制不住内心喜悦，紧紧地握住王淦昌的手说：

“王院长，怎么样？”

注视着蘑菇云腾起的地方，面对着那苍茫的大漠和碧蓝的天空，王淦昌双手用力地回握聂老总的手，深长地舒了一口气，轻轻地摇着手说：

“不轻松。”

王淦昌深知，这次试验是非常成功的，是继今年（1966年）5月9日我国成功地进行一次含有热核材料核试验之后的一次重大突破，是氢弹原理的突破，其意义之重大不言而喻。但是正如万里长征，我们刚刚迈出了第一步。往后还有许许多多工作亟待我们去做。我们高兴地看到了氢弹成功的曙光。然而要把偌大的“太阳”真正从地面托起送到高空，还有很多科学技术问题要解决，要有巨大的“聚合力”，还需要组织千军万马大会战。

7. 时不我待

氢弹原理试验升腾的紫烟还未飘出试验场区上空，战友们还来不及回味成功的喜悦，全当量的氢弹研制任务又下来了。

根据聂荣臻指示，参试人员从新疆大戈壁滩迅速组织回到青海大草原，不误时机地为实现首次全威力的氢弹试验合力攻关，全力拼搏。

这时，“文化大革命”已席卷青海草原。二二一厂核基地的大字报铺天盖地。原来的“草原红卫兵”和“红原红卫兵”等多种群众组织已逐步形成名为“草红”和“革联”的两派群众组织的对立态势。

为了攥紧拳头，院领导决定，从氢弹大会战的新2室抽出精兵良将，组成一个新的科研组——新四组。设有三位组长的一支技术尖兵，还有两名设计部的结构设计人员，集实验设计、结构设计和实验测试于一体。下设三个攻关方案小分队，马不停蹄地攻克一个个技术难题。

这时的神州大地，很快时势十分紧急。为了不受“文化大革命”可能带来的派性干扰，组长小弘向全组人员提出“约法三章”：第一，在氢弹试验成功之前，全组人员不参加两派的群众组织；第二，全组人员不以任何名义、任何形式参加大字报和大辩论活动；第三，全组人员不以任何方式表示支持哪一派群众组织。

全组科技人员出自对祖国的忠诚，对事业的热爱，完全同意这个“约法三章”。

为了避免其他群众闲言碎语，说这个科研组“只抓生产，不搞革命”是“逍遥派”。大家集思广益，副组长大望提议由小谭挑选了几十条毛主席关于“抓革命，促生产”的语录，编印成一本取名《抓革命，促生产》——“丛中笑”的油印小册子，人手一册，也在电影院门前大广场散发，以表示响应“文化大革命”伟大号召。

由于氢弹原理试验的结果和理论设计很吻合，这次理论计算进行得非常顺利，很快，理论设计方案就敲定了，核装置的结构设计图纸也很快绘制出来了。

一捆捆蓝图分发到工厂、车间。工厂立即安排24小时三班连轴转地加班加点，没有星期天，春节照常上班，“五一”节也不放假。“氢弹研制的进度不在我们车间晚点”，这是工人们的纯朴又感人的豪言壮语。高难度的作业，合力细心干；危险性的作业，大家争着干。高能炸药在加工过程中随时都有爆炸危险，放射性会造成伤害。这些他们都懂，而且深知。但是，为了氢弹，他们把它置之度外。中国工人，多么高尚的品质啊！

氢弹的理论预计有数百万吨TNT当量的巨大的爆炸威力。只能“空爆”（或者像美国在公海的孤岛爆炸），而且由于威力非常巨大，必须在非常高的高空投弹，飞机还必须迅速飞逃，才不会受到强烈的光辐射、核辐射和强大的冲击波破坏。因此，氢弹爆炸的环境条件很恶劣。核装置的主体以及电子同步系统，还有其他许多连接系统和子系统，在恶劣的环境条件下，将会因过载状态，产生变形、位移甚至损坏，而气压、温度条件的急骤变化，将引起部分没完全密封的电器性能变坏……影响的因素很多。

因此，最后敲定结构图纸之后，经过各种过载实验、振动实验、温度实验，气压实验……测量氢弹爆炸瞬间的实际结构状态是十分必要的。

由此看来，有两个变化因素需要进行爆轰实验：

一是从氢弹原理到氢弹，爆炸威力增大许多许多倍，材料尺寸、结构都将有巨大变化，必须进行爆轰实验，测试诸多参数，检验理论设计的合理性；二是从地面到高空，从静态到加速度很大的过载和振动，从地平面气温，一个大气压到高空的气温、气压等都会发生巨大变化，要分析氢弹即时高度和即时状态下的结构、性能的实际数值，也要进行必要的模拟即时状态的爆轰实验，测试恶劣的环境条件下主要参数的变化大小。还要解决爆轰状态在低气压、高电压条件下可能出现的一些意料不到的新问题等一系列技术难题。

最后，理论设计和图纸设计根据上述实验结果进行图纸修改和下达技术通知书。

实验、理论、设计，一环扣一环，时间抓得很紧很紧。很多矛盾都集中到爆轰实验这边。因为只有经过实验，才是检验设计是否合理的唯一尺度。

大会战的新 2 室的任务集中在新四组 20 位科技人员身上，人数大大缩编，但是兵很精，凝聚力很强。大家不分白天、黑夜拼命干，不分分内分外争着干。为了提高工作效率，他们到实验场地时，经常是中午不回来吃饭连着干，一直干到下午 4 ～ 5 点才下班。小尼是一个多面手，他一个人包揽了 Y 子项目的实验装置设计、实验装置组装、测试工作的仪器操作，一直到洗相，四位一体全包到底。副组长大胡则精通高速转镜照相机和闪光脉冲 X-光机的测试技术。其他科技人员也是个个摩拳擦掌。为了光辉的事业，他们“桃园结义”，成为一个个“智多星”。一天到晚，不休止地拼命干，不畏艰险地抢着干。真正成为数月不闻天外事，全副身心为氢弹。由于大家心往一处想，劲往一处使，既有明确分工，又能团结协作，各个方案都进行得很顺利。然而，一个棘手的技术难题出现了：“YB 部件的响应时间起伏很大。”小尼报告说。

“不要慌！大家动动脑筋，只要查出原因，会有办法的。”小弘镇静、充满自信地说。经过大家集思广益，又经过几个不同气压值的实验检测，终于判明这是由于高电压、低气压引起沿边气体放电效应在作祟。

病因找准了，就好对症下药。

老桂说：“采用真空封装。”

小万说：“因为是高电压，可考虑绝缘密闭。”……

小尼集中大家的意见，采用多重防御措施，又进行了多次实验验证，圆满地解决这个棘手的技术问题。

外边轰轰烈烈的大字报、大辩论，游行、集会“大报告”，他们确实无暇过问。领导看在眼里，多数群众赞许在心里。但也有个别“造反派”的小头目，不时会发出无端的嘲讽。在食堂里排队买饭时，遇到“有的人不参加保卫无产阶级革命路线，但是饭还是要吃，菜还是要吃，鱼和肉也不少买！谁知盘中餐，皆是造反派的血汗呀！”之类的闲言碎语，大家都能泰然地一笑了之。

有一天，小弘路过电影院门口的广场，驻足看了几眼大字报，正遇到一个原先和他很要好的年轻人，现在是“造反派”一方的小头目，她站到小弘身边恶言秽语地说：没有参加“造反派”就是“无头苍蝇”！

面对不被理解的过激言辞，小弘只当没有听见，否则会引起一场“触及灵魂”的围攻。她不理解小弘为什么要向全组提出“约法三章”的良苦用心。她应当懂得小弘他们组里这一群人都是一些最有政治头脑、最有智慧、目标远大、豪情满怀的优秀青年。但是此时此刻，她那派性的眼睛一点也看不清！

小弘离开人群，又以忧郁的神情回头看一看这个刚出大学校门不久的女大学生的背影，脑子里打了一个大问号：“为什么会这个样子？”……

这一群年轻科技人员为事业献身最真、最纯，拥有没有任何杂质的一份份情和爱。他们胸襟坦荡、情感真挚，为了国家和民族的利益，为了毛主席所说的“关系到国家命运”的大事，坚守“约法三章”。

由于“文化大革命”的深入开展，“造反派”夺权已波及大草原，1966 年大会战新成立的新 2 室已处于不能正常工作状态。但是新四组的 20 个人凝聚得像一个人一样，心往一处想，劲往一处使，团结奋斗，也主动争取室领导同志的支持和帮助。

短短的几个月的艰苦拼搏，历经艰辛的跋涉，不畏险阻的苦旅，年轻的科技人员攻克三个课题的重重难关，有些是难以想象的边缘学科和交叉学科的技术难题。也许天有助人之心，他们都按预定计划提前突破，交出一份份满分的答卷。

8. 空投氢弹

“文化大革命”如火如荼，周恩来总理日理万机，但他一刻也没有放松对氢弹研制工作的关心和领导。有他主持的中央专委的运筹帷幄，短短的几个月时间里，攻克了数百万吨 TNT 当量氢弹的理论、实验、设计和加工的重重难关，打了一个个漂亮仗。把这个偌大的“太阳”托上高空已是时候了。

核测试、核试验基地工程建设、携带氢弹高空投弹的轰-6 飞机的改装、飞行人员飞行和投掷的严格训练……千头万绪的工作，都按中央专委的周密安排如期完成了，这是世界氢弹研究史上最快的速度。

试验基地的测试工事里，数百名测试科技人员陆续抵达，上百台测试仪器进行紧张的调试。

参加这次核试验的理论、实验、设计、装配等科技人员和技术工人也已先后进场。

最后进场的科技人员是第九作业队的技术骨干。陈能宽是这次试验技术总负责，也是这次进场的总领队。他们在九院办公大楼会议室里召开了一次出厂前的技术工作汇报会。

对出厂前的各项技术工作进行总结汇报，场外试验处对这批进场事宜做了安排布置，院领导做了指示性讲话。会议是中午 12 点 30 分结束，下午 2 点钟到院办公大楼门口集合，用汽车直接送到兰州机场，再乘飞机飞往核试验基地的马兰开屏机场。

实验部的所有参试人员已陆续进场，小弘参加出厂前汇报会后，也将今天最后一批进场。

当小弘回到家里时，妻子并不在家，环顾一下，只见床上有张纸条，说的是胃出血，医生叫她非住院不可。

温文尔雅的妻子，在一个生机盎然的春天，告别了风光旖旎的东南海滨，来到风沙弥漫的西北高原。进厂的那一天，一下火车，疯狂的风沙，使她眼张不开，腿迈不出。有时进一步退两步，一公里的路走了将近一小时，真是来个下马威！但是，她踏进这一高原的原子城后，耳闻目睹，神秘的保密制度，科学家的进进出出，使她深切地感受到为事业献身的沉甸甸的使命感，决心为了他们从事的事业奉献到生命的终止也情愿心甘。

岁月的流逝，使这位具有南方细腻品位的女青年，融进了北方粗犷刚毅的气质。但是由于气候差异巨大，高原缺氧，吃的尽是半生不熟的米饭和发黏的馒头，夫妻工作都很繁忙，经常加班，晚上下班后，到食堂买个冷馒头，泡开水吃。久而久之得了胃病，但也不敢告诉丈夫，生怕他工作分心。今早发现便血，才去医院看病。

丈夫急忙赶去医院。当他走近妻子的病床，妻子轻声地问："是不是要出差了！"

"是的，今天下午2点。"

"那你赶快回去准备资料和行装。我这里有医生和护士照料，你放心去吧！千万不要为我担心。那是大事！不容有丝毫疏忽，不容有一分一秒分心，千万要记住。"

真情、理解、爱心和对科学、对祖国的无限深情，反使丈夫愧疚和不安，眼眶里快将泛出泪花。

"快，快点回去！"妻子用命令的口气说话。

医院是两个"造反派"激烈争夺的阵地，而且现在医护工作已经不很正常，医生学打针，护士学看病。"妻子的病会怎么样？"小弘带着眷恋和牵挂离开病房，回家准备资料，打点行装，奔向征程去承接光荣的使命。

当天下午，九院的汽车直开兰州机场。第二天上午，飞机从兰州起飞。在河西走廊上空，飞机比较平稳，进入戈壁沙漠，高空气浪翻腾，飞机上下颠簸得很厉害，年轻空姐让大家背诵毛主席语录："下定决心……"，但是还是无法抑制个别同志翻肠倒肚。后来，就降落在酒泉机场休息，吃了午饭，睡了一个小时。下午气流比较平稳，告别了酒泉，直奔马兰开屏机场。

飞机开始盘旋，一个碧蓝碧蓝的湖泊就在下方，大家猜想，马兰机场就在眼前，说话间，飞机已经下降，很快进入跑道。

一下飞机，几辆吉普车早早停在跑道旁边，场外处长迎了上来，向陈副院长简短报告了情况，并招呼大家上车。

汽车来到一处军营，这里不像酒泉机场一望无际、赤红的沙丘起伏。营房四周绿树成荫，葡萄架挂满串串珍珠状的绿色葡萄，西瓜地里带有白色花纹的绿蓝绿蓝小圆西瓜，满园潇洒迷人。听说这西瓜又脆又甜又清香，用手一敲就可裂成几块，吃起来特别方便又爽口。沿途的地里还种有苞米、土豆、白菜和萝卜。现在已是丰收季节，仿佛一片江南秋色。

不，这里可谓北国赛江南。江南的西瓜、葡萄哪有这么甜！原来这里已是博斯腾湖岸边，3 米深处就有涌涌清泉。

一到马兰，各项工作就按倒计时排好的计划进度，紧张而有秩序地进行。

有一天上午，年轻的科技人员正在比划着组装 20-4 号特殊组合件的操作程序，著名的力学专家郭永怀副院长走进帐篷，小心翼翼地拿起 20-4 号组合结构的主体部件，开始了一场别开生面的现场考试。

“这么细长的部件，做过环境实验没有？”

“有。按实际过载条件又加 1 个 g（指重力加速度）做了动态实验。”

“空中转动大于 90 度角会折断吗？”

“不会的！做了数十次实验，百分之百安全可靠，连裂纹也没有出现，也没有发现机械变形。”

“低气压条件下，电器性能怎么样？爆轰参数变化有多大？”

“低气压条件下，电器性能有影响，特别是高电压工作状态，影响很大。但我们已做了多重防患，又进行了反复的实验验证。而爆轰参数的变化量比理论允许范围还小，在 0.01 微秒以内。”小弘准确答道。

年轻科技人员应答如流，给郭副院长留下很好的印象。“文化大革命”战歌阵阵的情况下，年轻科技人员能够做到技术上精益求精，严谨仔细，不留有一丝一毫的疑点，真让他意想不到！他深切地感受到我们从事的光辉事业蕴藏着无可比拟的聚合力和号召力。

总装时间开始了。总装配台安放在半米深的“小方井”里。操作人员严格按照预先制定的装配程序进行，并随时对照“点线检查卡”逐项检查、记录。

陈能宽自始至终都守在总装车间。随时组织理论部、实验部、设计部的科技人员商讨实验装置装配过程发现的新问题，及时处理，及时解决。

核装置总装结束后，技术人员认真核对点线记录卡，并一页页由责任人最后签字，技术总负责人签字。然后，逐一清点工具、量具和剩余的螺钉螺帽。技术人员发现用做固紧在弹壳上某个部件的小螺钉少了一个。是掉在装配井下？还是掉入弹体内某一孔隙？或许准备之时就少了一个？一时难于说清。技术人员和操作工人细心地寻找，仍然没有找到。

“虽然，大家反复论证，螺钉掉入弹体内部的可能性非常小，可能当时准备的是99个，不是100个。但是，如果万一当时准备的是100个，而且万一这一个螺钉是掉入弹体内部，就算这种可能性是万分之一，我们也要严阵以待。因为航弹在空中要经历若干个旋转动作和加载过程，如果螺钉在弹体内部，就将发生相对位移和产生撞击而可能发生意外事故。因此，这个万分之一的隐患，我们也不可掉以轻心。”精深博大且涉猎广泛的陈能宽副院长进行透彻的科学分析后，严肃又认真地指出问题的严重性，并和大家一起采取行之有效的预防万一的具体措施。

后来工人师傅用具有磁性的工具在装配井里扫雷式地找遍整个装配井，却意外地在装配台的支架的侧面上发现这个小螺钉。因为它具有磁性，被装配台的支架的铁物质吸住了，并没有掉到装配井的地面上。

陈副院长心里踏实了。这时，他脸上露出轻松的笑容，并命令把弹壳运进总装车间，把弹头装入航弹的弹壳里，把那好大一块用于取样分析的黄金也装入航弹的尾翼上方。

一切都很稳当。陈副院长舒了一口气，向着大家：“师傅们辛苦了，大家辛苦了！”最真最纯的关切和问候，像春雨湿润每一位参试人员的心。

正式试验的前三天，进行最后一次投弹训练。这一次训练和前几次投掷训练弹不一样，投的是模拟弹，大小、尺寸、重量和氢弹完全一样，并且是所有电子设备等弹头系统和所有测试系统的触发、联动、关闭等的综合预演。这一天是一个晴朗的天气，飞机的投弹动作、电子控制、所有测试仪器联动等都很理想。但降落伞顶部有局部微小裂纹，这又是前几次训练时未曾发现过的。

试验指挥部如实密电向中央专委报告。结论是很成功。

周恩来总理看了报告，先是鼓励，接着是批评。他说，降落伞顶部发现裂纹，看来没有引起你们重视。为什么没有提出补救措施？一个几百万吨 TNT 当量级的氢弹，万一降落伞破裂，没能在预定高度爆炸，而是触地爆炸，不仅敦煌文物会遭毁坏，甚至整个大西北都会受到极大的震动和破坏。

人们由此想起，美国第一颗氢弹“麦克”在太平洋一个珊瑚岛群的一个小岛上爆炸，潜水员潜入海底，发现一条1 000多米长100米宽的深谷，可见地面爆炸近区地表破坏力之大！

周恩来总理还让秘书拿来地图，指点着敦煌，敦煌的居民看见宏大的“大太阳”会怎么样？……

周总理当即做出两个具体指示：

一、立即让南京派专机请主任工程师带上材料和工具对氢弹投掷正式使用的降落伞进行头部加固；

二、试验当天，派毛泽东思想宣传队到敦煌等地向当地居民做宣传，以免看到天空又出现一个宏大的“太阳”发生恐慌。

细微之处，也尽显出这位东方伟人心里每时每刻装着祖国和人民。

周恩来总理的批评和指示，鞭策着基地指挥部领导和全体参试人员，九院作业队立即组织全体参试人员对试验装置的装配工作、电子控制系统、各项测试系统等各项工作进行全面检查，做到不留任何疑点，着着实实、的的确确做到了周恩来总理“严肃认真，周到细致，稳妥可靠，万无一失”的要求。

乘坐专机从南京赶来的主任工程师带了器材和工具，对降落伞全面检查分析后，在正式使用的降落伞头部认真地进行加固，做到万无一失。

一个风和日丽的下午，第九作业队全体参试人员从总装车间门口站起，面朝东方，排成一字形单行队列，等候聂荣臻元帅前来检查和验收。

聂老总身穿绿色军装，神采奕奕步入队列，伸出慈祥的双手，和每一个参试人员一一握手，和蔼可亲地反复两句话：

“你们辛苦了！”

“前几天你们很忙，不敢来影响你们的工作。”

……

尔后，进入总装车间，他那充满爱意和亲情的眼睛凝视着井架上方那气宇轩昂的中国氢弹。像珍爱小宝贝一样轻轻地触摸着这一中华民族智慧的结晶，中国科学家才华非凡的展示。

“同志们辛苦了！向你们学习。中央专委感谢你们，周总理让我来感谢你们！”

聂荣臻元帅那匆匆的脚步、慈祥的双手、情意缠绵的眼睛、温柔敦厚的问候，就像一股温情脉脉的暖流沁入参试人员的心田。

1967 年 6 月 17 日上午 7 时，罗布泊上空进行中国第一颗氢弹空投试验。

广阔的戈壁滩上空，万里无云，碧空如洗，空军徐克江机组驾驶的 72 号轰炸机，从马兰机场起飞，向着罗布泊腹地上空高速飞去。刹那间，抛出一颗爆炸威力巨大的“人造大太阳”。

一道强烈的闪光把大地照得很亮，顿时发出迅雷般的巨响，一个很大很大的火球托起一朵硕大的蘑菇状烟云，闪射着紫色的、殷红色的、橘红色的，夹杂着青蓝色、墨绿色和灰白色的滚滚浓烟，以气吞山河之势，雷霆万钧之力，咆哮着，翻腾着，奋力向上升腾，瞬间又变成一顶巨大无比、五彩斑斓的草帽式光环，气势磅礴地奔向苍穹。

小弘手拿三角板，看了看手表后，对着升腾的蘑菇云，粗略地测量出蘑菇烟云升腾的速度和高度。他轻声地和身旁的小晏议论着：

“估计有 3 百万吨 TNT 当量。”

“成功了，我们成功了！”小晏抑制不住内心的喜悦，情不自禁地流下了欢乐和幸福的潸潸热泪。

中国人自己研制的威力为数百万吨 TNT 当量的氢弹，在世界东方爆炸成功了。

在马兰机场观看的参试人员响起了雷鸣般的欢呼声，人们的脸上个个露出成功的喜悦和笑容。

胸前佩戴毛主席像章的周恩来总理，在电话里听到我国第一颗氢弹爆炸试验成功的特大喜讯时，竟和朝气蓬勃、纯真可爱的少先队员一样，高兴地振臂高呼："毛主席万岁！"

聂荣臻元帅、李觉将军和王淦昌、郭永怀、陈能宽等科学家带着爽朗笑声从指挥所出来，信步走向参试人群，陈能宽手握小弘的手说："很理想！"大家簇拥着聂老总、李将军和科学家。赞誉声、欢笑声和欢呼声交织在一起，编织成一曲成功和欢乐的美妙动听的交响曲。

仰望那比太阳还亮的浩大火球和那向着湛蓝天空翻滚升腾的蘑菇云，聂帅思潮起伏、浮想联翩，深长地问："和美苏核大国比，我们的第一颗氢弹的水平如何？"

科学家们相继回答道：

"美国第一颗氢弹'麦克'（Mike）的体积比一辆载重大汽车还大，就如一座楼房，重达 65 吨，它只能运往太平洋的埃尼威托克珊瑚岛群的一个小岛上爆炸；苏联第一颗氢弹是飞机投掷的，但爆炸威力只有 40 万吨。"

"相比之下，我们第一颗氢弹，其体积和重量都比美国第一颗氢弹的十分之一还小，而爆炸威力又比苏联的第一颗氢弹大近十倍。"

李将军心里乐开花似的，双手抱球状地比划着，立即又张开双臂，爽朗开怀地说："那就是说，中国的第一个人造太阳小而亮呃！”

“李部长的比喻很恰当，从科学原理讲，氢弹爆炸和太阳内部一样，都是氢核的热核聚变。因此把我们的氢弹比做是人造太阳，很贴切，很通俗。和美、苏的第一颗氢弹比，我们的第一颗氢弹，不仅体积、重量小，爆炸威力又很大。真是小而亮！”陈能宽详明地赞赏说。

“所以我说，中国人并不比外国人笨；中国人是很聪明的。我们的原子弹和氢弹的技术都是很先进的。这足以说明我国科学家有伟大的创新精神。我们要有勇气赶上和超过外国人！”王淦昌充满自信地说。

中国人民向世界庄严宣告：中国成功地爆炸了一颗氢弹！

继美、苏、英之后，中国人以世界有核国家中最快的速度，赶在法国人前头，成为第四个拥有氢弹的国家。

西方核大国为之震惊！

从原子弹到氢弹，美国用 7 年零 4 个月，苏联用 4 年，英国用 4 年零 7 个月，继中国之后的法国用 8 年零 6 个月。

中国从原子弹到氢弹原理试验，是 2 年零 2 个月，从原子弹到氢弹试验成功是 2 年零 8 个月。

这是绝无仅有的高速度；

这是中华民族智慧和才华的结晶；

这是中国人民凝聚力的非凡展示；

这是不平凡的2年零8个月！

首先，中国还不富裕。与西方核国家相比，物质技术基础还很薄弱，投入的财力、物力还很少，核试验的次数非常有限。从原子弹到氢弹原理试验，才进行5次；其次，西方国家一直执行孤立我国的政策，千方百计地对我们进行技术封锁，我们全靠中国科学家和广大科技人员的聪明才智和奋力拼搏；再有，这两年多的时间里是在“文化大革命”的嘈杂声中度过的。虽然毛主席一再号召要“抓革命，促生产”，周总理出自于对九院形势的几分担心，日理万机中三次接见两派的群众代表和“派头头”，以中央最高司令部的名义先后发布几份公告，指出九院的事业是中国人民的利益所在，要抓革命，促生产，要搞大联合……但那反反复复的“文攻武卫”，那一场又一场的斗争会、批判会，对科研生产不可能不造成或多或少的负面影响……

但就是在这种情况下，中国人民仍能以惊人的速度走在世界氢弹史的前列。这又为什么？

只因，中国有一个为国家和民族振兴而默默地忘我奉献的英雄群体。在这个群体中，既有老一辈著名的科学家作为中流砥柱；又有学识渊博的一代精英形成中坚力量；更有一批青出于蓝而胜于蓝，甘洒年华逐紫烟的青年科技人员冲锋陷阵。

正如于敏院士回忆氢弹研制过程时说的那样：“我国氢弹研制工作之所以能那么快地赶在法国人的前面，首先是党中央及时做出果断决策；其次，我们在氢弹研制的技术路线上选择了一条适合我国国情的科研路线；另外，我们的科研组织管理工作也做得非常出色；特别要指出的是，我们有一支素质很好的实验技术队伍和测试人员。当时理论设计方案很快确定之后，实验工作立即就跟上去。那时，假如理论设计出来了，而实验和组织管理等工作赶不上去，‘文化大革命’一起来，氢弹就不会那么快。”他还强调指出：“在我国核武器研制工作中，理论和实验工作之间一直配合得很好。理论设计人员和试验、加工、测试人员之间的关系一直是非常融洽的。这是研究院多年来形成的团结协作的优良传统，这是十分可贵的，这是我们这个事业成功之所在。”

在党中央的直接领导下，中央专委运筹谋划，全国大力协同。形成一股战无不胜、攻无不克、无坚不摧、无往不胜的伟大力量。

氢弹试验圆满成功，李部长高兴极了。他答应科技人员的要求：“好，我‘冒着几分风险’，让你们到乌鲁木齐观赏北国新城。”因为听说乌鲁木齐的“文攻武卫”已是刀光剑影。为了做到万无一失，他和新疆军区联系，安排大家住在军区招待所，并叮咛大家上街时要注意安全。

汽车从南向北奔驰，来到黑风口已是傍晚时分，狂飙的黑风又冷又硬，真是名不虚传。到了乌鲁木齐，已是新疆时间晚上 11 点。

军区招待所秩序井然，解放军同志服务热情周到。他们同样叮咛明天上街时要三五成群，逛逛百货商场，少去公共场所、机关和大中专学校。

第二天，大家三五成群地上街逛逛商店。出于好奇，大家又坐上挡风玻璃破损得所剩无几的公共汽车逛游街景。有的大专院校的大楼玻璃破碎欲尽，抬着因武斗的“战友”，高喊“文攻武卫”“讨还血债”的游行队伍擦肩而过，让大家似乎已闻到火药味，听到厮杀声。难怪李将军说，让大家路经乌鲁木齐是“冒着几分风险”！并反复叮咛要注意安全。

相比之下，研制氢弹的这个群体，素质确非一般，他们不仅技术精湛，政治素质也是无与伦比。

参试人员在乌鲁木齐只停留一天，就坐上火车返回青海大草原。

汽笛声一响，火车徐徐开动。小弘的思绪飘到千里之外的青海草原，离家时住在医院的妻子萦绕他的脑际。

“她大概痊愈出院了吧！”

“她一定和我们一样高兴和激动……”

回到家里，正好是一个星期天，心里想妻子一定在家里等候着。可是一到门口，只见大门锁闭，进到房间，妻子并不在家。环顾里里外外，到处积上一层泥沙。

“她还在医院？”小弘猛然一惊。扔下行李，三步并成两步奔向医院。

一进病房，眼见妻子还躺在淡白的病床上，心里一阵忧伤。

“你们回来啦！”外柔内刚的妻子神情内敛，眼神隐忍幽情地问道。

小弘没有张口，他坐到床头边的一只小方凳上，用手轻柔地抚摸妻子的手。

“我从广播和报纸上高兴地知道这次试验很成功。我也估计，你们大概快回来了！但是我不但耽误了自己手头的工作，也不能回家打扫房间，这一个月里，刮了几次大风，可能床上，桌子上都积了一层厚厚的沙尘了！”她柔柔慢慢地往下说。

小弘心里乱乱的，也不知该说什么。只说：

“你现在的主要任务是好好治病，养好身体。”

“一路辛苦了，快去澡堂洗个澡，好好休息一下。我已经好多了，可能过几天就可以出院。这里医生、护士对我很好，你们室的、我们室的领导和同志们也经常来看我，你看，这里还有他们送来的水果呢！”她好像还有很多话要对丈夫说。

“快、快回去，这里你不用管！”

她是那么宽容，那么理解！她那柔情似水的外表却蕴藏着顽强刚毅的气质。他那瘦弱的身躯里，始终燃烧着对事业对亲人铺天盖地的情爱之火。

中国人民从第一次爆轰试验奏响开始算起，只用4年时间，从集结到青海高原原子城大规模开展实验研究算起，只用1年时间，就成功地爆炸第一颗原子弹；此后仅用两年多时间，就成功地进行氢弹试验，成为世界核武器发展史上投入财力、物力最少，发展速度最快的国家。这里就因为有这成千上万对默默无闻、含辛茹苦、为之献身的夫妻。他（她）们也都是血肉之躯，有思想，有感情，但他（她）们更深深懂得，生命的诞生，总是伴随着阵痛。原子弹的诞生，氢弹的诞生，就能没有阵痛吗？出自于对事业的热爱，他（她）们什么都可以宽容，在他（她）们身上尽是纯粹的美和善。他（她）们的眼睛里永远闪烁着无限喜悦的光芒，他（她）们心田里永远充满着欢乐、激情和希望，他（她）们对生活充满憧憬，感到浑身有一种使不完、用不尽的力量。

用于敏的话讲：“不论原子弹还是氢弹，都是一个庞大的系统工程，是千万人的共同事业，是一个国家科技和经济实力的集中表现，是一个国家组织领导能力的表现。每个同志都可以在这系统工程中找到发挥自身作用的部门和岗位。个人的作用是微不足道的。在氢弹的研制过程中，我只是多路多学科研究工作中的学术带头人之一。我能为祖国做点事，一是有颗中国心，二是认真勤奋。”

朱光亚深沉而真挚地说：“核武器的研制工作是全党全国的事，是千万人的事业，绝不是某个人或几个人的事。有的人为此默默无闻一辈子，有的甚至牺牲了自己的生命！”

正是因为许许多多科学家和广大科技人员心中时刻惦记着民族振兴，国家强盛，并为此含辛茹苦，为之献身。我国核武器的研制和发展，才得以步履矫健，速度空前。

中国人民创造了并且还在创造着伟大的人间奇迹！

氢弹试验成功，还不是“两弹人”的最终目标。他们前面的路还很长，而且技术难度更高，任务更艰巨。他们将矢志不移地向更高目标迈进！

第三篇 撩起中子弹的神秘面纱

在20世纪的70年代和80年代，美苏两个超级核大国的核军备竞赛愈演愈烈，部署在世界各战区和地区的数万枚核弹头的阴云笼罩在世界人民头上，也直接威胁我国的安全。中国不得不继续研究发展核武器技术和改善自己的核武器系统，并先后掌握了中子弹设计技术和核武器小型化技术。

核武器的原理是教科书上可查得到的，但是核武器的研制技术是高度保密的，中子弹和小型化技术更不可能例外。掌握中子弹设计技术的诀窍和核武器小型化的参数，更必须靠自己。那么中国科学家是怎样靠敢于攻关探索的自力更生精神，力求知其然且知其所以然，借鉴国外技术基础以求少走弯路，做出举世瞩目、奇迹般的发明创造，而所花的物力和财力比国外又少得很多，科研费用和核试验次数都仅为美国的百分之四，却获得了同一档次的设计能力。这其中的奥妙是什么呢?

1. 阴霾弥漫没能泯灭前进的执着

核武器研究院的上空，并非天天阳光灿烂。

氢弹爆炸试验成功了，“两弹人”并没有歇脚，他们前面的路还很长，技术难度更高、时间要求更急的任务接踵而来。A12、A06、A24、A15……科研任务排得紧紧的。目标很明确，要求很具体：武器化、小型化，还要开辟另一条战线——地下核试验。

虽然“文化大革命”的熊熊烈火已燃遍了青海草原，整个二二一基地的厂里闹哄哄的。大字报、大辩论，“文攻武卫”的狂潮也骤然升级，“草红”“革联”两大派别集结队伍，各占据点，从嘈杂的高音喇叭、拳头、棍棒，发展到刀枪相见，长矛、飞镖，用双杠制作成超级弹弓……流血事件时有发生。但是还有一大批科技人员，他们时刻铭记：“我们这个事业，是国家和人民利益之所在，是全民族利益之所在，是决定国家命运的大事。”他们痴心于科研生产第一线，保证了能够高质量地如期完成任务。

A12 是专为某部队研制的较小尺寸的核装置，由于尺寸变小，技术难度更大了，需要攻克一个个技术难关。时间又急，科技人员没有节假日，没有星期天，一天 24 小时连轴转。大家的床铺就在办公室里，吃饭、睡觉的时间也没有保证，困了就眯一会儿，醒了再继续干。最紧张的时候甚至一连几个晚上挑灯夜战。

日迎朝花开，露送夕阳斜。经过三个多月的连续苦战，

A12 课题组圆满完成了任务。一天，小陈下班回家，心里乐开花似地告诉妻子："我们成功了，A12 试验成功了！"温柔的妻子一张甜甜的笑脸望了望小陈，"太好了，为你们高兴！"妻子的手指尖轻轻地拧了丈夫的胳膊心疼地说："看你都瘦得皮包骨头了！"面对妻子那散发着温暖与关怀的目光，小陈情感的潮汐，冲撞着心灵的堤坝，凝成一片最沉思的云，许久才轻声地抒情："献爱甘损己，只为 A12 响。"简短的话语，充溢着跳动的赤子心和情感积淀的喷涌。

任务本身就很艰巨，在纷乱中就显得难上加难。但任凭武斗的硝烟弥漫，大多数科技人员仍保有执着的事业心，矢志不渝的爱国主义精神。

人们多么希望能够安定下来搞科研生产呀！然而，天有不测风云！突然间，林彪下达一号搬迁命令，九院的二二一实验基地和北京理论部一律要搬进"三线"；就在二二一核武器研究基地准备向 902 地区搬迁之际，林彪反革命集团的爪牙"二赵"（赵登程、赵启民）在二二一核研究基地掀起一波骇人听闻的阴霾恶浪。

在核武器研制过程中，炸药加工车间爆炸并不是第一次，电厂已经运行快 10 年了，输出电缆因老化熔断也是可能发生的，林彪反革命集团蓄意破坏核武器研究基地，未做任何调查研究，就断定 1969 年先后发生的炸药加工车间

229-4号爆炸和电厂输出电缆熔断是反革命破坏事件。又把搬迁装包时，一部分在公开科技期刊上摘记的资料、数据未装入保密包，硬说是反革命盗窃机密事件，拼凑起来名其曰“三大反革命破坏案件”。诬蔑二二一核武器研究基地是一个“烂掉了的单位”，是“资产阶级大染缸”，是“小香港”“小台湾”……

“二赵”派遣重兵入驻，把原先的科研室、车间全部改为连队，科研组改为排或班。指导员、连长全由部队的营级干部担任，实验部、设计部和各分厂的领导都是部队的师级干部。开始大搞所谓的清队破案，掀起一场抓“反革命”，大开杀戒的罪恶活动。一时间，青海草原的上空阴霾密布，二二一核试验基地陷入一片恐怖之中。“叛徒”“特务”“走资派”“反动学术权威”“修正主义分子”等形形色色的帽子先后戴到党政干部、专家学者和工程技术人员头上。无休止的批斗会，血腥的公审大会。冤狱密布、私设公堂、草菅人命、滥杀无辜，大搞逼供信，制造一个又一个血淋淋的冤案假案。一批核武器事业中坚力量的好干部、老专家、年轻的科技人员致死、致残。没有受批斗的同志也人人自危、惊恐万状。就连周总理一再叮咛、国家重点保护的著名老科学家王淦昌，他们也肆无忌惮地敢在“太岁头上动土”。

王淦昌在新疆罗布泊核武器试验基地完成国家第一次地下核试验，到北京向周总理汇报后，马不停蹄地接受了新任务，又风尘仆仆，从北京回到草原。这时的草原，已开过两次“公审大会”，“二赵”已杀了十几名无辜。他匆匆来到科研室。老科学家大吃一惊：

“为什么科研室里只有寥寥几个人？为什么没有一个在看专业书刊？”王淦昌急急巴巴地赶到车间一看：“为什么偌大的车间寂静无人？”王淦昌心急如焚。

晚上，王淦昌来到车间主任宿舍里找车间主任：“为什么不去组织生产？”

“王老啊！您不知道，我已经被夺权了。”车间主任耷拉脑袋低声说。

……原来，不少科技骨干已经被当成叛徒、特务、反动学术权威处于被批斗当中。眼看多年来勤勤恳恳为核武器事业做出重大贡献的科技人员竟成为阶下囚，一个个从早到晚坐在一张小板凳上，一张方凳当“小桌子”，耷拉着脑袋，没完没了地写交代材料。老科学家见到这些嗒然若丧的好同志的此情此景，眼里噙着泪花，百感交集，形神惨怛！

“这是怎么回事？这是怎么回事？”王淦昌对这动荡和纷乱年代的种种怪现象百思不解，他食不甘味，寝不安席，经常一天没有一两米、面吃进肚里，通宵不能入睡，身体虚弱，血压升高。终于有一天夜里上厕所时摔倒在卫生间……

“这才是真正的‘资产阶级反动路线’对知识分子的摧残。”王淦昌激愤了！

在极端困难的情况下，王淦昌不顾个人安危，急巴巴地找到“革委会”领导的军代表：

“我们这个事业，不能停顿！我们停顿下来，与西方国家的距离就会拉大啊！我们拿什么东西来和西方核国家较量呀！你是解放军，这一点比我懂啊！”

王淦昌的话句句合乎情理，打动了军代表。

王淦昌又逐个找没有被“专政”的科技人员大胆出来做工作。

老科学家殷切之情和感人肺腑的言辞，感召了一个个科技人员，很多科技骨干忍辱负重地投入科研生产的第一线。使科研生产又陆续地开展起来。

王淦昌不畏强暴，挺身而出，艰辛地抓科研生产，倒成了“二赵”一块“心病”。“二赵”们黔驴技穷地下了一道“命令”：把王淦昌放到科研室的组里去参加学习，去“触及灵魂”，“让他脱胎换骨”。无奈何，王淦昌每天上午、下午的上班时间分秒不差地从招待所步行到科研室的组里参加大批判、斗私批修，“触及灵魂”。王淦昌一心一意抓科研生产的手脚被束缚了。

楼下 021 室有一项十分紧急的科研任务，题目是给出 A15 某构件在强爆轰波作用的状态下流体“泰勒不稳定性”的判据。由于当时闪光 X-光机能量小，穿透能力达不到要求，只能用高速转镜摄影技术测得数据再进行理论推理，无法获得直观数据。为此王淦昌感到遗憾。而 021 室的同志用所谓“土法上马”做了实验，并据此得出不科学的错误结论：没有泰勒界面不稳定性。由此，“二赵”似乎捞到一根稻草，借题发挥，批判王淦昌是崇洋媚外，是理论脱离实际，是“反动学术权威”，并对王淦昌说：

“土法上马好！”“土法上马打倒了洋人的泰勒不稳定性。”会上还强迫王淦昌表态。

老科学家坚持真理、不畏强暴，理直气壮地说：“真理是有局限性的。你们是在压力很低的条件下做的爆轰实验，在此状态下，材料仅仅是塑性变形，自然观察不到界面不稳定性。但是 A15 某构件在强爆轰作用下压力数百万大气压，温度也很高，构件是流体状态。泰勒界面不稳定性讲的是流体呀！如同油水界面之间呀！不是刚性体或塑性体呀，条件不同呀，不能用低压塑性状态下的实验结果判断高压流体状态下的物理现象呀！泰勒不稳定性是实验中抽象出来，经理论升华的科学理论，不是‘土法’就可以打倒的。我们的任务是研究在我们核装置的特定条件下泰勒不稳定性的发生、发展和变化的过程，从而寻找抑制它或寻找其稳定的平衡点的具体举措。如果你们以假象充当真理，要误大事的，A15核试验失败了怎么办？”

王淦昌丝丝入扣的科学道理，使年轻科技人员领略到科学家风驰电掣、临阵不慌、沉着应战的巨大心灵震撼和感染力。

会议室一片静穆，王淦昌站了起来，推心置腹地沉声道：

“这个问题，国外公开发布的文章有很多报导，有理论，也有很多实验结果，我们自己在前面的好几个课题也都有大量试验数据吗！你们为什么不去调研一下，而只凭简单的实验，‘土法上马’就武断下结论？”王淦昌语重心长地接着说：

“科学研究、科学实验，一定要实事求是。为了能直观测到爆轰过程的物理图像，我们一定要组织力量，把大型闪光X-光机搞出来。现在，我倒更加看准了，九院要抓紧搞大能量X-光机，不研制出大型X-光机，我死不瞑目！”

老科学家忠贞不渝的铿锵话语，句句掷地有声，字字沁人肺腑。

人们既钦佩王老的胆识，又为他捏了一把汗！“二赵”

会不会恼羞成怒？

从此以后，“二赵”竟把王淦昌当成心腹之患，王淦昌的日子更不好过了。不仅他对工作提出的意见不受重视，不被采纳，还成为大批判的“靶子”，常常要坐在小板凳上参加大型批判会，“受教育”。

已是60多岁的老科学家，叫他4个小时一直坐在只有20厘米高的小板凳上确实受不了，而且报告人尽是一些喋喋不休让人刺耳的高调怪论。王淦昌站了起来退出会场，独自在会场门外徘徊。

“王淦昌为什么走了？是不是触到他的痛处坐不住了啊？”在大会上“哇啦哇啦”做大报告的政委讲。

“是坐不住了！可是我没有什么‘痛处’可以触呀！什么学术权威？多一些心系祖国的学术权威没有什么碍事，而是好事。我说大型X-光机没有搞出来我死不瞑目。这是一个中国人的赤子之心。有什么不好呀？连这也要批判，难道要我们的科学停滞不前你们才高兴？一批科学家献身于科学并发展科学，这是一个民族文明进步的特征；否则，世间就是野蛮愚蠢，民族就会衰败。”

老科学家能在淫威下理直气壮委实回肠荡气，让人敬佩不已。

大批判大会结束后，警卫员不知道会议结束的时间，没有来接王淦昌。老科学家独自一个人往回走。一个年轻科技人员紧步跟上，陪同王老返回招待所，见到年轻科技人员走在跟前，老科学家轻声地问：

“小弘，你说我有错吗？我错在哪里？”

“王院长，您没有错，您是国家忠贞不渝的老科学家。我们年轻人没有一个不钦佩您的啊！只是现在是非常时期，您老要沉住气！阵雨过后很快就会天晴的，您千万要保重身体。”百感交集的小弘眼眶里噙着泪花地沉声道。

由于工作的劳累，加上“二赵”的高压政策，王淦昌血压又升高了。

一天下午，他突然晕倒了。当他慢慢苏醒过来，发现自己一个人独自躺在厕所地面上，他非常惊愕。

“这是怎么回事？我怎么躺在这里？”

他感到口腔内一阵隐隐作痛，用舌头一舔，掉下两颗门牙。他恍然大悟，自己在晕倒时，磕在暖气包上了。

当他费力地慢慢站起来，发软的两条腿使他感到好像突然间自己变得苍老了。

惊心动魄的挫折，永远不可能泯灭老科学家前进的执着。思想上的压力，甚至生活上的痛苦，却成为王淦昌对科学追求的兴奋剂。就在那阴霾弥漫的日子里，王淦昌一方面从长计议，心心念念大型闪光机，另一方面他又想出利用像增强器的科学方案；还从另一个领域切入：王淦昌一篇磁场方法测量压缩比的科学论文也新鲜出炉了。几十页光彩熠熠的文字和数十个方程、公式，字里行间闪烁着老科学家对祖国的深情和对真理的执着追求。

王淦昌的披肝沥胆，激励着年轻科技人员勇往直前，就在“二赵”掌控二二一基地的非常时期，二二一基地仍能如期完成各项科研生产任务。

若干年以后，流体力学的泰勒不稳定性问题，在 027、017 的任务中，又一度困扰过邓稼先、陈能宽和于敏……

几年的艰辛，王淦昌的理想变成了现实，九院建成了强流脉冲电子束加速器，老科学家王淦昌非常高兴地说：

“我们终于有了自己研制的大型闪光机！”

接着，又有一台全部采用国产材料和器件、长 25 米、宽 23 米、高 5 米，当时亚洲最大的十兆电子伏强流直线感应加速器通过国家鉴定。其主要技术指标已接近美国同类加速器的先进水平。此设备不仅已成为我国核武器研制工作的关键设备之一，而且在高新技术激光研究和军事应用研究等领域也有重要应用。张爱萍将军非常高兴地挥毫题词：

“闪光——闪光——再闪光！”

老科学家王淦昌再一次笑逐颜开。他格外高兴地说：

“外国人不是上帝！我们中国人不应妄自菲薄，我们要走自己的路，要有创新，中国人要有勇气超过外国人！”

2. 大搬迁

由于“二赵”的干扰，九院的搬迁工作没有按“计划”进行，除了北京理论部按“计划”于1969年冬天搬迁到“三线”902地区以外（但后来又搬回北京），大部分的二二一核研究基地的搬迁工作整整拖了一年。

九院，毕竟是人民的九院，由周恩来兼主任的中央专门委员会直接领导，这个“全中国人民利益之所在，全民族的利益之所在”的伟大事业，周总理不能不经常关心和过问。“二赵”炮制的数以百计的冤假错案和所谓“三大反革命破坏大案”早已不堪一击，他们狰狞可畏的面目早已暴露无遗，他们惯用的伎俩早已用尽，再也使不出什么新的花招来，他们似乎已经感到他们的痴心妄想已成一场春梦。在“二赵”穷途末路之际，1970年冬天，青海草原的二二一核研究基地进行大搬迁，把核武器研究院搬迁到四川分布在好几个县的几个山沟里。

一列列由闷罐车厢编组的，装载着仪器设备、家具和科技人员、职工、家属的专列，从大西北的青海草原发往大西南的902地区。

实验部的搬迁计划安排在第三趟专列。

虽只是初冬，但地处大西北的青海草原已是寒气袭人。人们成群结队背着行李和瓶瓶罐罐，扶老携幼地排成不成行也不成列的蛇形长队，队列当中有科学家、科技人员、干部、工人、家属。也有一些被“专政”或“隔离审查”的男男女女，他们一个个耷拉着脑袋尾随在队列的末尾。车门一打开，大家一股脑儿挤上闷罐车厢。“专政”对象和“隔离审查”的挤在车厢的四个角落里，听说为了防止他们“串通”，在车厢角落放有“方便”用的铁桶，这倒为他们提供了“方便”时的一个方便。

在一个天阴阴、地蒙蒙的早晨，载满实验部全体职工家属的第三趟专列，在两道乌黑的铁轨上喘着粗气缓慢沉重地爬行。列车不仅很慢，而且好像累得疲惫不堪的样子，见站就停，无站也歇，有时不知何故，卧在既没有供水也没有卖吃的深山峡谷之中，一“睡”就是大半天，把车上的人都急坏了，它照样动也不动。听说前二趟专列也患有这个毛病。

由于是闷罐车，没有窗户，只有“车门”拉着铁链，半开着，算是可以透过一道亮光。远离车门的地方白天和黑夜几乎没有差别，大家也没有机会观赏铁道线上的乡村和城市，况且大家都心烦意乱的：“不知到了 902 又将会怎样？”哪有心思去欣赏祖国的大好山河！

也不知道行驶了几个白天和夜晚，在一个天边正好吐白的时候火车终于来到 902 新基地的一个货站。

火车进站后，打开车门，便看到十几辆部队的货车已停妥在站台上。瞬间，这个小站台被疲惫不堪的人群充塞得水泄不通。随着军代表的呼喊声，这些显得目光呆滞的人们，忙着卸车、装车，把仪器、设备首先装上汽车，拉回 902 基地的实验室、车间和爆轰试验场的工号里。汽车来来往往，从上午一直到晚上。

小弘留在火车站卸车、装车，一直到天黑，才坐上最后一辆装满家具的大卡车前往新的家。

汽车在月亮下沿着逶迤的山路颠簸行驶，一会儿沿着奔流的小河沟前进，一会儿爬上陡峭的半山坡，十几辆汽车呈蛇形队列。在闪亮的车灯照耀下，层层翠绿的田野，座座茂密的山峦，簇簇艳丽的野花，丛丛墨绿的修竹，确也充满诗情画意。“二赵”施加的思想压力和一个多星期坐闷罐车厢的拥堵，加上一整天搬搬卸卸的劳累，随着山间吹来凉爽的清风飘扬而去。

汽车开到 202 实验场地工号前面的停车场。车没停稳，小弘一眼就看出坐在草地上等候的妻子和儿子。卸了汽车上的家具，小弘背着急用的行李，妻子领着儿子，前往一座民间瓦房走去。

这房坐落在半山腰的一条山间小道的上方。沿小道左拐，爬上十几个乱石砌成的台阶，就是这座瓦房的大门口，房子背后的山坡上和左右两侧都有茂密的柏树和水青冈，大树底下还有杂乱丛生的杂草和灌木，荆条则更是满山遍野的，随处可见。

分配给小弘的是一间土墙瓦顶大约 10 平方米的房间，吃、睡、炊综合利用，木板床是先遣队同志已铺好的。小弘环视上下和四周，可猜测这房是数十年前建造的，墙壁上的泥土落得大坑小坑的，墙上和屋顶下都被烟熏得黑黑的，60 瓦的电灯发出的光线全被这些“黑体”给吸收，一点也不会反光，因此显得特别暗淡。

小弘的妻子向新邻居打听水的来源，听说用水要到下方 100 米的山沟底下的水沟里去提，天又黑黑的，路也不熟悉，也就顾不上洗漱，也顾不得问孩子吃饱饭了没有，床单一铺，被子一摊，一家人床上一躺，度过第一个山沟夜晚。

安顿下来以后，主要任务是学习，名为学习，实际上还是无休止地“斗私批修”和大批判。三天两天里，连队由军代表担任的指导员或连长会要求每个班、排都要揪出一个

“活靶子”，狠狠地批一通，今天揪张三，明天揪李四，接下去轮到王老五……一个个地“触及灵魂”，“脱胎换骨”！也有一部分人是“政治骨干”，他们是连队里“专案组”的人员，专门审查、批斗“专政”对象和“隔离审查”人员，相对大多数人，他们思想上比较轻松。但是在“专案组”里的人也不一定就是进入了保险箱，三天两天之后，“专政”对象揭发到他时，他就将被隔离审查或成为新的“专政”对象。似乎大家都彼此彼此！人人处于被压制、忧郁、烦恼和痛苦折磨之中。

但让大家的思想感到轻松一点的是，到了902，再没有开公审大会，再没有听到枪声了。只是体力消耗很大，要种菜，要砍柴，最吃力的就是“拉练”。所里只有办公楼和科学实验楼，大部分宿舍楼都正在建造中，已建好的小部分宿舍楼只够所机关人员住用。各连队住的山沟民房是建造爆轰试验场的碉堡时，把山村老百姓搬出去后留下的旧房，距离所办公楼有20多公里。每次所里开大会，都要“拉练”，上午8点开会，清晨5点钟就要起床，打好背包，以急行军速度向所里行进，女同志和老弱病者苦不堪言。艾老师是从长春高校调来的连队里年纪最大的女科技人员，大家都叫她艾老太婆。她虽然没有出国留学，挂不上美国或苏修特务，但因她是中华人民共和国成立前考上北京大学的，难免会有“问题”需要“审查”，把她揪出来以后，为了少受批斗和皮肉之苦，她想起是来自长春高校，和长春某专家挂上钩再“合适”不过了，就“承认”自己是特务，顶头上司是长春某研究所的一个 ××× 专家，好让“领导们”好好去调查这一“无中生有”的事。搬迁到 902 以后，虽然让她回班排学习，但还不知道自己是否会真的变成“女特务”？！由于她年纪大，从小就是读书、教书，后来照顾夫妻关系调来九院，是当时为数不多的女教师。遇到“拉练”她走不动，编制又是在三排，走在队伍末尾。队伍上坡、下坡、过河、转弯，时快时慢。队伍末尾的人很是被动，她更是连跑带跳也赶不上，真是狼狈不堪。

“艾 ××，你到队伍最前面来。”连长说。

“喔！”艾老太婆懵了！心想：我又不是连排班长，队伍前面是连长，一排排长和一排一班班长也在最前面，为什么让我走在前面？

原来，让她走在前面，一来上坡下坡，过河拐弯有主动权，不会那么被动和狼狈；二来可以让大队伍逼着她赶紧走。这算是对她一个特殊“照顾”了！有此“照顾”以后的“拉练”，艾老太婆的苦楚就大大减轻了。

实验部主任方教授也被放在连队受“审查”。他是 1962 年中央专委从北京高校调来的冶金专家。他已从在青海草原的“专政”对象降级为“继续审查”人员。平常的任务是参加班排学习，写检查和揭发材料，随时接受批判斗争，还要负责劈柴供伙房烧饭、炒菜。听说年轻时他是足球运动员，拉练时他可以和大家一样雄赳赳地跟在队伍里面。

终于有一天中午，方教授放大胆量，看伙房买饭的人少了，他走上前去开口：

“再卖给我一份菜可以吗？”虽然开了口，但心里还是怦怦地跳。心想：“会不会说我是受审查对象还想特殊化？”

“当然可以！”卖饭菜的科技人员笑着打了一大勺肉炒鸡蛋倒在他碗里。

从此以后，每天中午，他都在大家饭菜买得差不多了再去多买一份肉炒荤菜。

由于他的劳动强度大，平常食量很少的老教授，这下子倒让他饭量大增。虽然在大会上，大家不得不违心地“气势汹汹”对他“批判斗争”，但是他多年来和广大科技人员摸爬滚打，他那阅历广泛、质朴厚道、热情坦诚，特别是他对年轻科技人员的关爱更是无法让人忘怀。在会外，大家还是亲切称他为方主任，更乐意多卖给他一份好菜，让他身体更加健壮。

随着“气氛”慢慢缓和，小弘知道老科学家王淦昌写了一篇很有分量的磁场法测压缩比的科研方案，便向军代表建议，把这方案交给方主任考虑。方主任得了此方案，如获至宝，高兴得一时说不出话，只是眯缝着双眼连连点头。

这个中央专委点名从北京钢院调进九院工作的老专家，从万古荒漠的 17 号奏响爆轰实验的第一乐章开始，又转战青海大草原的原子弹鏖战和氢弹大会战……无怨无悔近十年，而这场“二赵”大浩劫，他已被“专政”“审查”快两年了，不能和家里的妻子、儿女通信，每个月的工资除了发给他几十元生活费用外，所有剩余工资都由“专案组”专人把它装入一个手提包里。他也不知道除了生活费用之外，还有没有工资。他一次也未曾过问。他的情感早已在岁月的流逝中渐渐平息下来，转化为一种饱经忧患之后的超然与知命。他化悲为喜、苦中作乐、举重若轻、吃得下饭，也强健了身体。这次给他“科研方案”，仍然以平静方式予以回应。但从他眯缝的双眼看出，他好像有很多话语，可是只能听得见他喉口滚动发出干哑的嘘声。他那悲喜交集的滋味溢满心头，已在他的脸容显露无余。他是一个学识渊博、为人宽厚、无怨无悔地参与铸造共和国核盾牌的科学家。

阵雨过后有晴天。

1971 年 9 月 13 日，蒙古温都尔汗的上空一架飞机坠毁，林彪武装政变的阴谋彻底破产。以原公部副部长赵登程和海军赵启民副司令员为首恶的“二赵”——林彪反革命集团伸向九院的黑手一同被砍断。

九院，这块被“二赵”蹂躏两年之久的蕴藏勃发生机的冻土，虽然仍未完全解冻，却已悄蒙绿意，压在广大科技人员身体上和心灵里的沉重和忧郁开始减轻，人们可以自由交谈，纵声歌唱，轻松的感觉如春光沐浴，欣喜之情溢于言表。

多少晨曦，多少暮色，多少忧郁，多少期盼，终于有那么一天，九院的科研生产开始恢复正常。被改成819部队的九院又改回来了——二机部第九研究院，原先的连队编制也同时改为科研室和车间，九院人可以昂首阔步地再为国家效劳，为民族争光。这是幸福和荣耀的象征。

3. 新的突破

核武器小型化是发展核武器技术和改善核武器系统的主攻方向。有了原子弹，有了氢弹，中国核武器小型化技术步履矫健，一步一个脚印地往前推进。

虽然中国科学家不是魔术师，几声口令叫核武器小下来就可以立即小下来。但是1964年10月16日中国第一颗原子弹爆炸试验成功之后，继1965年5月飞机运载的核航弹爆炸试验成功，1966年10月，又成功地进行导弹运载核弹头爆炸，实现我国原子弹研制“三级跳”计划，令世界大开眼界，刮目相看。这个导弹运载的核弹头其体积和重量不足第一颗空投原子弹的三分之一；同样，1967年6月中国第一颗氢弹空投试验成功之后，也是经过两年左右的时间，可以满足某作战部队需要的小个头氢弹也问世了，其体积和重量和第一颗空投氢弹相比，也是小很多很多。

但是中国人绝不会满足已有的成绩，中国科学家、中国核武器事业也绝不能就此止步，因为核大国的数万枚核弹头的阴云还笼罩在世界人民头上。那么，中国人前面的目标是什么？

在J系列的一次核试验之前，日理万机的周恩来总理和历次的核试验一样，亲自听取朱光亚等科学家的汇报。科学家把核装置图纸摊开在会议室的地板上，朱光亚蹲下指点着图纸向周总理讲述这次试验的新原理、新结构。周总理全神贯注地听着，突然转过身招呼身边的工作人员，“快，快去找一把小板凳让小朱坐下来慢慢讲。”朱光亚听了“小朱”二字，轻轻地说了一句：“还叫我小朱，我都……”周总理听后朗朗笑道：“喔，时间过得真快呀，板门店的朝鲜停战谈判已过去20年了……可是我也变老了。在我跟前，你永远是小朱呗。”周总理接着风趣地若有所思地说：“事物也并非越大越好吗！你们这次的核装置不是又比上一次的小了许多么？而且将来还要研制出更巧更小的呢。”

“小，还要更小。不仅需要也有可能。”这是彭桓武、王淦昌和陈能宽的共识。

“现在看来，我们的理论设计思想，要有新的突破。”邓稼先和周光召、于敏在一起集思广益。

“必须抛弃陈旧观念，用崭新的思维方式、构思和创新，才能有质的飞跃！”于敏讲。

“老的理论构思局限性已很明显，只有另辟蹊径，才能石破天惊！”周光召接着说。

根据彭桓武一贯倡导的广泛学术民主的思想，邓稼先说：“把广大科技人员召集起来，广泛开展深入的理论探索。”

在原子弹和氢弹研制的庞大系统工程中，一直起着“龙头”风范的理论部，又是一场如火如荼的核武器新原理新思路的理论攻坚战。虽然这时的整个北京城，“文化大革命”的潮水仍然漫布到每个角落，理论部既有“造反派”，也有被人称为“逍遥派”的，但是他们当中，更多的科技人员，心里惦记的仍然是国家的安全，民族的振兴。他们深深懂得，九院的核武器研制事业是全中国全世界人民的利益之所在，是中华民族利益之所在。虽然办公楼门外大字报铺天盖地，但办公楼里仍然是攻关不息。

你提一个新方案，我提一个新设想，一个个就像梦中所得。是的，有梦才会有期望，有期望才会有拼搏和激情。因为科学家们走的不是路，是心，是期望，是激情，是对事业的赤胆和真诚。

“小虎这个想法不错！初始能效方面应深入一步探索。”邓稼先深入到一个个研究室和大家切磋琢磨。

“小孙这个构想很有新意，很值得深入探索。”周光召和大家一起深入探讨。

“小承这个方案构思独到，但是……”于敏给年轻科技人员指点迷津，引导大家找准切入点。

整个科研大楼里，犹如百花盛开的花园，万紫千红。一个个方案、设想、构思都很新颖、独到，不乏真知灼见。

邓稼先、周光召、于敏等科学家亲自主持组织一场场学术报告会、理论研讨会、专题讨论会。各个研究室也组织一场场方案论证会。你发言，我补充，充满客观、求实的民主学术气氛。

三楼的会议室里坐满了老科学家和年轻科技人员，小承把他们提出的新方案，从物理概念、构形的思路到材料的选择，倒珠子似的向大家做了介绍。

“小承讲的方案构思独到，但还有一个问题没有考虑到……”

“我对小承的方案有一个补充……”

“我认为小承讲的方案里，4 号材料改用 6 号材料会更好些。”

……

大家你一言我一语，终于把奇思妙想般的方案中的漏洞和短缺补充得更加完美一些。

其他会议室也在召开一个个报告会、讨论会。有时是温文尔雅地研讨，有时争得脸红脖子粗，但都是相同的期望，共同的追求！

经过广泛深入的探索，又经过一场场生动活泼的讨论，邓稼先把各个研究室主任和科技骨干找来，和周光召、于敏等几位理论部正副主任一起，认真听取大家的初步成果。

“是不是可以把小承他们的方案作为当前阶段的主攻方向，再调配几个物理和数学的技术骨干加强力量？”邓稼先对着周光召和于敏发问。

“我看可以，小承他们的方案构思独到，特别是利用能量的新思路很有想象空间，再增加几个精兵强将，以便及早发现问题，如有苗头还要强攻。”周光召赞成并补充道。

于敏转向小承，望着这位一贯表现平淡，这次却有如此非凡的大手笔，赞许道：“初步看来，是个值得深入探索的好方案。小承的一些构想很有创意啊！”

“不，不，不能这样讲。”向来静思少语的小承赶快推辞说：“众擎易举，一木难支。这是集体智慧的结晶，我的个人想法也是在大家你一言我一语的启发下萌生的。”

邓稼先笑呵呵地对小承说：“在计算机时间安排上，多给你们一点时间。”

“那当然是求之不得。”小承高兴地赶紧笑纳。

领导的意见传达到广大科技人员，大家都非常高兴。

物理的，数学的，程序员，穿孔员，大家都忙活起来了。

方案还只是方案，要把方案变成一条条程序，再输入计算机让机器给出数据，这里的前前后后还有许多工作要做：

物理组的科技人员，要从炸药爆轰开始，到引起核反应的反应前的高温高压流体动力学过程，再到核反应后的核反应过程，能量输运过程……不仅物理过程要搞得一清二楚，还要写出一组组准确无误的方程组，把诸多的材料参数和初始条件一个不少一个不错地给出。

数学组，程序员……他们的工作量更大，而且更加烦琐，稍有不慎就会出错。

“小承，已经一点多了，太晚了，该回家休息了。”小伍看了看表说。

“你们回去睡觉，我把这组能量输运方程再校对一遍。”小承抬起头回答道。转过了身子，发觉小文还没回去，便催促道，“喔，小文，你还没有回去，你是女同志，不能和我们一样熬夜啊！明天早晨你还得起来做早饭呢！快，快点回去！”“对，小伍，你也快点回去，路上给小文壮胆。要不然夜深了，小文路上会有点害怕的。”小承又补充了一句。

第二天上午，大家早早地来到办公楼。

“小承，你准是没回家休息，干通宵了！”小伍用不容置疑的肯定口气说。

“有何根据？”小承微笑着反问一句。

“请看，这三张椅子连在一起便是明证。”小伍指着三张并排椅子道。

“算你猜中了，但也没有干通宵呀！因为校对完毕，已快4点钟了。我感到这办公室里暖气还满暖和的，就把身子往椅子上一躺，棉衣往身上一盖，睡了将近3个小时。不比家里条件差啊！”小承满有风趣地讲述了一番。

敏锐、聪慧、干起活来麻利又从不出错的小文自告奋勇：“让我把所有初始参数，边界条件和材料数据统统再核对一遍。”

“那当然很有必要，这工作又是你最拿手的。就全由你包揽吧。”小承高兴地应答。

物理组的工作告一段落以后，接下去的是计算数学和程序员、穿孔员该忙活的时候了。要把一整串一整串方程组，一系列的物理参数，众多的初始数据和边界条件，都变成计算机能够识别的符号，再在输入纸带上打出排序和大小不同的小孔，由光电输入机输送给计算机，这是一个多么细致又烦琐的工作呀！工作量之大是可想而知的。

这里要有一批计算数学专家，还要一大批默默无闻的心灵手巧的程序员和穿孔员。他们编写的程序条数可和地球上的江河比多少，他们在纸带上打出的小孔可和天穹上的星星比个数。真是不计其数呀！而且，一个也不能出错，这是多么难的事情啊！

“小黄，12 点半了，该吃中午饭去了！”

“等我把这页程序写完吧！”

“小媛，该下班了，家里小宝贝可能在‘哇哇哇’哭叫要吃奶了！”

“等一会，再过半小时就可以把反应前的光电孔穿完。”

大家好像忘记了休息和劳累。

天色已经开始变黑。天空深处，星星闪烁着，静静地瞩望着地面，愉快地预报明天是个大太阳天。

小媛两只大眼睛直瞪着程序纸上的一条条程序和一串串数据，双手 10 个手指头像弹琴一样，轻捷地敲击键盘。一排小孔连着一排小孔，有大有小，有多有少，更显得异彩纷呈，在日光灯下绮丽闪亮。

“哟！小媛手头的纸带犹如天上的银河。”

“不，银河的星星杂乱无序，哪能比得上我们穿出的光电小孔，有声有色，如诗如画。这些小孔，一经输入计算机，将会输出一曲动人心弦的乐曲，一幅变幻多姿的画卷，核武器理论设计的新突破可能就从这里萌生。”小媛满怀自信地说。

一条条程序，一个个语句，一个个符号和命令，都变成纸带上一个挨一个的光电小孔了。这些繁杂琐碎又必须耐心细致的巨大工作量完成后，科技人员等待上机了。因为当时计算机很少，容量小，速度慢，又有那么多科研课题要求上机。只好大家排队。大课题每周给一天或两天，小课题只能给几个小时。像核武器理论设计这种大课题，没有几十个小时是下不来的。轮到上机时间，大家就全力以赴，一天 24 小时不停地连轴转。

细心，细心，再细心，但是个别出错也是难免的。出错了，程序通不过去了！怎么办？

齐心协力解“结子”。物理的、数学的、程序员、穿孔员……大家一起找原因，查差错。人们从不扯皮，从不互相责怪。因为大家都相互理解，谁都想做一流的工作，出一流的水平。

一个比长城还长的程序，需要一段一段地通过，遇到故障，查出原因，进行修改。通过了，再通下一段程序……由于上机时间每周只能轮一次，要把一个大程序通过，有时就要好几个星期。因此，信心，细心，耐心，都要有。

功夫不负有心人。

“啊！我们的程序通过了。”大家高兴地举臂欢腾。邓稼先、周光召、于敏等科学家也一个个都乐呵呵的。

大程序通过了，科技人员可以小试锋芒。在科学家的指导下，年轻科技人员大胆地试：改变初始参数和边界条件，修改或补充部分程序……一周，两周，一个月，两个月……

科技人员从计算机输出一捆捆密密麻麻的纸带上读出许多很有启发性的数据，有些结果是很激动人心的。但也有些异常现象使科技人员迷惑不解。

“老于，为什么结果不如我们所预料的？”年轻科技人员向科学家询问缘由。

“你们在 2 号构件上琢磨一下原因！”于敏非到箭在弦上时，通常用启发式调动年轻科技人员的潜在能力。

“把它和 4 号构件的相对距离变小应会有好处的。”敏锐聪慧的小文随声答出。

“应当是，可提高能量传递系数。”小伍补充道。

“但是我提个醒，根据国外激光驱动实验的研究报导，相对距离变小，G 效应会严重一些，复杂一些。在我们这里会不会有反映？你们要有思想准备，要找准最佳设计点。”于敏给年轻科技人员提示说。

“老于，这个奇异点是什么因素引起的？”

“你们把 B 参数再仔细考虑一下！”

……

每逢年轻科技人员在扑朔迷离的攻关路上迷茫之时，具有深邃而敏锐洞察力的于敏总是目光如炬，意味蕴藉地向他们指点迷津。于敏那视野开阔，思绪活跃的一句句话语，犹如久旱的甘露和及时雨，是多么珍贵啊！

调整系数，修改或补充程序……

无数次的计算，无数次的探求。年轻科技人员在老科学家的指导下，锲而不舍，紧追不息，终于一个比较理想的结果出来了。

“这是一个新的构型，虽然远远不是我们追求中的最理想的结果，但它似乎为我们提供了一条可以少用裂变材料和核武器小型化的梦寐以求的新路子。”于敏的话让大家高兴极了。

邓稼先仔细地看了看结果“嘿嘿”两声后说：

“我仔细琢磨，这一新的构型，还为我们提供一个很有价值的思路——增强核反击性能的途径。”

“还是老邓高瞻远瞩啊！那我们这一新构型的理论方案，如果能得以实现，就是一石三鸟了！”于敏兴致勃勃地说。

“不过，我们这个新的构型，还只是万里长征的第一步，往后的路子还很长，工作还很艰巨。我们一方面要乘胜前进，深入探索，进一步挖掘潜力，另一方面查找还有没有什么矛盾，还有没有什么漏洞，即使是一个小小的疑问，也不放过。而且还要经过大量的实验来检验，可能要多次修改，才能完善。”邓稼先语重心长地对大家说。

小型化和中子弹实际上是相互而成的两件事。小型化，最大限度地少用裂变材料，也是中子弹的前提条件。小型化到一定水平，中子弹也就水到渠成了！

不屈不挠的“两弹人”在荆棘丛生中跋涉，在崎岖险阻中攀登。

4. 荆棘载途

莫道前方路多难，请看险峰竞登攀。

“二赵”灰溜溜地滚蛋了，科学家意气风发地走来了。

这是一次大型全院科研计划协调会。王淦昌来了，陈能宽来了，新近任命为九院院长的邓稼先也来了。院领导周密地筹划下阶段的科研生产计划，核武器新的突破的激战就要发起冲锋号了。

到了大西南地区，由于人员极度分散，开这么一次大型的会议也是不那么容易的，院领导和计划处已做了周密准备。

各研究所都要乘坐汽车，从几十公里，乃至一百多公里的各个山沟里赶来。一所坐落在剑门关下，这是他们第一次走出山门，汽车在逶迤的山路上行驶，进入川陕公路，大部分路段也是在山顶上或半山腰，晨曦的阳光照耀着山下的云雾，光彩熠熠，格外耀眼，真如车在空中走，雾在车下飞，恍若身处仙境中。汽车绕过一弯又一弯。车上的人们尽赏层层翠绿田野。看够丝丝袅袅炊烟，听那鸡、鸭、牛、羊叫声，置身于蓝天修饰的大自然之中，抬头看，是一片蔚蓝天空，低头看，是一片雾海茫茫，就如大山的宽腰带。越过一座座苍翠的山峦，穿横一块块柔软的山坡庄稼地。一会儿又来到气宇轩昂的蜀国关羽的大庙前，一会儿又来到一条奔流的小溪边……赏尽了那一簇簇艳丽的野花，一丛丛墨绿的修竹。到处是生机勃勃，充满诗情画意，自自然然，真真切切。两年多来被“二赵”闭锁、压制和打击所积集的一切烦恼、痛苦和忧伤，顿时烟消云散，使人神清气爽，心旷神怡。

来到院部，九所的、二所的、三所的、六所的、四所的……还有科研计划处的，真真确确是久别重逢，虽然修复深深的伤痕还需有时日，但是往日见面不敢抬头打招呼的尴尬处境已不复存在了，大家昂首阔步，笑声阵阵地握手问好。

王淦昌、陈能宽、邓稼先及郭英会、徐庆保等几位正副院长看到这么一支英姿勃勃的科技骨干又聚集在一起，个个笑容可掬，掩藏不住内心的喜悦和欢欣。

邓稼先院长宣讲 1972 年度的科研任务。

“同志们！……”由于过分激动，豁达大度的邓稼先停顿了大约 5 秒钟才接下第二句话，他报告了 012、006、015 等一项项产品定型和武器化任务，详细讲述了代号为 027 的核武器新构型的结构特征和研制计划。在讲述基础研究和技术贮备、课题预研时，特别强调了：“测控系统的近期目标是，要尽快研制出多波束、等待接收等先进技术的集成电路的遥测控制系统，使之可靠性更高，机动性能更强，能更好适合于多型号多场区的使用……”

大家用了两天时间激情满怀地深入讨论新的科研任务。会后各研究所满载真情和重任回到各自工作岗位，进一步筹划新的征程。

一所地处剑门关下马灯乡三江村，传说是关羽兵士路过此山沟时留下了一盏“马灯”，为了纪念而取的地名，这里出门见山，但却山有多高，水有多高，人有多“高”。山腰上到处有贮水的堰塘，因此也就可种庄稼，可住人。虽然是山沟沟，人口却很多。已经是 20 世纪 70 年代，这里好大一个乡，只有一个只会抓药、不会开药方的老中医。医疗卫生还相当落后。

这里纬度不算低，但是横亘在祖国大地的秦岭山脉，使得这里春来早。春节将到，这里的大自然就像刚睡醒的样子，欣欣然张开了眼睛，满山遍野的大树小树到处是绿绿的，小草儿也青得逼你的眼，嫩嫩的麦苗和金黄色的油菜花更是让人赏心悦目。河沟岸边，房前屋后，一株株桃树、李树、杏树、梨树，你不让我、我不让你地争着开满了花，红的像火，粉的像霞，白的像雪，花里带着甜味儿，惹来了一群群蜜蜂嗡嗡地在花间嬉闹，穿着艳丽的大小蝴蝶飞来飞去，诱来了小女孩们四处追逐。山沟对面山坡上遍地是野花，有名的，无名的，散在山野和草丛中……山沟里的空气这样清香，使人感到分外甜美、舒畅。

这是山沟里难得的一个好天气，雨后天晴，天空格外晴朗，空气格外清新。101 科研大楼的科技人员抓紧宝贵的 15 分钟工间操时间走下楼来，自由舒展地散落在大楼前面，有的在水泥地面的停车场上，有的到绿草茵茵的草地上，沐浴春天的阳光，吸吮随风飘逸的芬芳，观赏河沟对面一片片油菜花那恬适的香和诱人的色。

“嘀”的一声。一辆黑色小轿车在科研大楼下边的马路上停了下来。车门打开，一个身材魁梧的身影出现在人们眼前。大家熟悉的邓稼先院长绽放阳光般的笑容，从车子里走出来。

“哦，邓院长来了！邓院长来了！”小税大声嚷道。

顿时，科研楼前一片欢腾，大家的眼光集中到马路上的小汽车那边，望着邓稼先和蔼可亲的慈祥面容。

和邓院长一道来的有最近从一所调到科研计划处的小玫，还有九所的小承他们。

和前段“二赵”作祟时期大不一样，今天小玫再不是低着头，板着脸，而是一副时尚打扮、活泼灿烂的一张笑脸走在前面领路，一步步走上台阶，向101大楼健步走来。

“邓院长，您好！”

“邓院长，你们来啦！”

大家亲切地迎上前去，引导邓院长上楼。

“小弘，要交给你们新任务了。”还来不及坐下，邓院长就高声朗朗地讲起科研任务。

“你们主任在家吗？”“快，快把你们主任请来，让九所的同志把新构型的理论方案向大家讲一讲，然后大家好好议一议，如何开展实验工作。”邓稼先雷厉风行地催促着。

九所小承把新构型的理论设计方案讲了整整一个小时。

小承说："我们这个新方案就取代号027。"

大家对新构型的理论设计方案很欣赏。

邓稼先还特别讲了一句："我和老周、老于，对这新构型的理论设计都很感兴趣，因为它不仅有其独特的核反击性能，而且，将为核武器小型化劈开一条新路子，"他又强调一句，"但是技术上难度很大，需要实验的同志拿出绝招。"

"既然是好方案，如泉涌出，梦寐以求，我们就不应当让它失之交臂。我们将会尽最大努力。"小弘的决心很大。

"氢弹攻关，他们干得很出色。"主任又补充一句："但是技术难度很大，一个是Z激活问题，另一个是若隐若现的B效应，特别是第一个问题有相当大的难度，还有……"

"对，对，对。我和老于也有共同的看法。我看把第一个问题作为突破口，首先抓紧实验。"邓稼先兴奋地说。

"我们理论部将有一些人长期轮流驻守在一所，和实验的同志一起工作，共同讨论实验中出现的问题，既当实验员，也做联络员。"小承补充说。

"那当然好，这是1966年突破氢弹大会战的好经验。"主任高兴地说，"我们非常欢迎呀！"

一场新构型的实验攻坚战紧锣密鼓地奏响了。

实验的、理论的、设计的拧成一股绳，不到三天时间，就把027-5E爆轰实验的图纸设计出来，很快发往车间。

三天没干活心就慌手就痒的六所、三所的工人师傅们，早就厌倦那种无休止的“斗私批修”、大批判，几年的“政治运动”把人们折磨得无精打采。他们多么希望能够在车间里为国家多做贡献呀！有了生产任务，那便是一种幸福和快乐。

一捆捆图纸下发到车间，一页页工艺流程下发到车床和钳工台的工人师傅手中，有的老师傅高兴得双眼噙着泪花。新的科研生产任务，牵动了多少人的心！唤起了多少人的激情！

群众批斗干部，年轻工人批判老师傅的扭曲的情景就在昨天；可今天，群众和干部一条心，年轻工人敬重老师傅，赤诚、尊重、信任和坦诚，大家犹如和睦的一家人，令人耳目一新。宇宙之生命甚奇，人情之变幻甚奇也！

负责实验测试的科技人员紧张地制作和调试仪器设备，光学的、电子学的，脉冲X光的、核参数的……细细的光导纤维，经过工程技术人员的技术革新，他们再不需外协，而且自己制作的光纤探测器件，造价几十倍地降低，质量又好。由于爆轰实验是一次性的实验，每一轮实验，都要准备几十、几百、上千件测试探头、探针和传感器，要准备大捆大捆的传输电缆，工作量之大是可想而知的。但是，由于压在广大科研技术人员身躯上的精神巨石被粉碎了，迸发出来的激情是巨大的。大家劲头一来，中午不休息，晚上加班干。星期天也照常上班，经常是没有完成任务就不下“火线”。

三所的、六所的、二所的、五所的，炸药部件、机械部件、电子同步系统……所有027-5E的实验部件都加工好了，他们还主动送到一所208实验工号。邓稼先非常满意这次计划调度工作。

经过两天的严格调试、组装，所有测试仪器也布列调试好了，第一发爆轰实验就要打响了。

实验当天，邓稼先早早就来了，随后王淦昌来了，陈能宽也来了。

“实验结果会怎么样？”邓稼先有点着急的样子。

“会有好的结果的，我们实验工作是认真仔细的。应当不会有问题。”小弘认真地回答。

“那很好！”邓稼先高兴地点点头。

十分钟预备警报以后，打炮的警报又响起来了。“轰……”一声巨响，震撼深深的山沟。

“好兆头，好兆头，实验给出了一个相当好的结果！”测试组小招高兴地从速报结果看了出来。

第一发实验给出了一个好结果，就像给大家吃了一颗定心丸，三位正副院长都蛮高兴的。

“把敏感条件进行改变，观察性能是否稳定！”邓稼先关切地提出。

“他们的实验方案就是这样设计的，准备把敏感条件的参数改变，再做几次实验。”分管爆轰实验的陈能宽副院长接着说。

“那很好，那很好！”邓稼先赞同道。

“我看了结果。总的感觉是，这次爆轰实验很成功，给出一个很好的信息：新构型有希望。但在Z激活这个关节点上又显示出‘弱势’。”王淦昌似有几分担忧地接着说，“往后的工作，一个是步子要细一些，而且可能还要做第二手准备，万一有困难，还需做结构上的局部调整，一所、九所都要着手考虑，才能随机应变。”

“是的，是的，王院长说得很对。”陈能宽和邓稼先异口同声地赞许老院长的深谋睿智。

紧接着又做了5次改变敏感参数的实验，“弱势”特征显而易见，但还不至于得出否定的结论，大家还是满怀信心。于是按原计划着手准备，进行027-6E-1实验。

一切工作都顺利地进行，实验测试的各种仪器也很正常，但是实验结果并不令人满意！“弱势”特征更进一步突现。

经过反复论证，大家一致的意见是：把已经准备就绪的

027-6E-2 的实验按照原计划进行。

邓稼先说："早做早发现问题，可以早决策。"

按原先计划，由于这次实验装置含有弱放射性装料，实验地点安排在二二一实验基地。实验准备工作紧张有序地进行。

实验的零时之前，邓稼先更是提心吊胆，就像中小学生考试前，一紧张就想解小便，隔几分钟就一次。后来索性离开测试仪器的速报工作间。

"我不看速报了。"邓稼先赌气说，上任九院院长的第一个新型号任务，就遇此曲折，哪能不让身负重任的邓稼先心事重重呀！

就在二二一基地进行 027-6E-2 实验的同时，王淦昌已拿出一个探索性的新方案，并且亲自和一所的同志一起，到两百公里以外的二所去指导新部件的制作加工。

汽车在川陕公路走了一段，就进入逶迤的山区狭窄弯道，沿着急流滚滚的弯弯河道旁劈山修成的小公路缓缓行驶，遇有迎面来车，会车时刻真让人们心惊肉跳，生怕汽车翻落深深的河沟底下。沿途倒是山清水秀，还有不少自然景观，不时还可以看到稀落的农民在那与水平面构成大于 45 度角的山坡地上种苞米。小晏问："为什么不把地整平？"小税答："可以增加播种面积！"小弘说："如此山坡地，亩产肯定很低！这就是穷山沟穷的起因！”正在议论中，车子来到二所了。

“噢，那顺着高高的山坡往上爬的铁管就像一条长虫，还在袅袅冒烟，不也是这大山沟的一大奇观！”小晏兴奋地嚷了起来。

“哦，那是一座座高高的烟囱，因为在这深山沟里，秽气、粉尘，有毒气体，如果不上升到山顶排放出去，将会在这山沟里迂回，最终降落在这厂区，”王淦昌详细地向小晏讲解，接着说，“充分利用陡峭的山坡，可以节省很多建筑竖直烟囱的费用。”

到了二所招待所，服务人员早已熟悉这位德高望重的老院长。

“王院长，你们辛苦了，您住二楼202房间。这大山沟里，近来雨雾茫茫，特别潮湿，幸好昨天出了个大太阳，这些被子都已洗晒过，还散发着叫人喜欢的太阳香味儿！”年轻服务员像对待自己的父母亲一样亲热地关爱老院长。

王淦昌则顾不上休息，一杯热茶只喝两口，就拿起电话，把所长和车间主任叫到招待所来。

这个研究所的任务，除了研制生产部分核部件和特种材料外，更多的是核物理和核化学研究和核测试工作，这些都是在王淦昌直接指导下进行的，王淦昌来到这里，就像来到自己的家。所长老胡、老付一见到王淦昌，就亲切地称呼王院长、王老师，王淦昌也是开门见山地谈工作。

“有一项很急的研制任务，只有图纸和技术要求，没有拐进院部打一张计划任务书……”

“干，下午就开始干。”没等王院长讲完，也没等所长开口，车间主任就主动领走任务。

“这可是一项新的任务啊！工艺条件一定要严格控制，做到精雕细刻，保证高质量……”王淦昌再次把几项关键技术要求向车间主任重复一遍。

从下料、加工、组装、注料、检测到产品封装，整整两天时间，从车床到钳工台又到真空手套箱……王淦昌寸步不离地观看生产制作的全过程。

“这两天，把王院长累坏了！”小晏当着大家说起。

“累什么？我们做实验的科技人员，要特别重视第一手资料，而且应当是最可靠的。尤其我们这次实验，是首次采用新材料，能否成功，只有百分之五十的把握，因此，完全可信的第一手资料就更重要了。否则，如果不成，用很多“可能”来分析就不好了。科学实验喜欢的是：‘因为怎样，所以怎样’；应尽量避免：‘可能怎样，导致怎样’的模棱两可的分析讨论。这就全靠准确的第一手资料。”

王院长的行动已教育了大家，他这语重心长的教育更是沁入年轻科技人员的心脾。

实验部件经过尺寸测量，物理和化学的检测，质量完全合格。王院长顾不上午休，吃过午饭，就驱车返回。

实验当天，王淦昌风尘仆仆，早早来到208实验场地。

“王院长，九所发来理论计算的传真，改用D号材料，效果比B号材料还差一些，实验可能不会有太好的结果。怎么办？”小弘皱着眉头对王淦昌说。

王淦昌沉思了一会儿。

“也好，如果D材料不行，我们可以赶紧果断采用C材料。”王淦昌接着又说，“但是我们的实验还是按计划进行，出好结果，皆大欢喜。如果证实结果比B材料还差，那就等于把将来小型化必将要遇到的问题提前暴露了。预示我们必须另辟蹊径。从这个意义上讲，这次实验不论结果如何，意义都是非同小可呀！”

听了老科学家深邃又浅显的分析，皱着眉头的小弘豁然开朗。他赶快跑到测试房和小兆他们商量增加测试仪器，以求提高测试信号的捕捉率和可靠性。

王淦昌也来到测试房，当他听到大家商量增加测试仪器时，非常高兴地连连点头赞许说：

“这样很好，这样很好，对我们判断结果更有利。”

这是一个晴朗的天，空气也比较干燥。科技人员一丝不荀地认真操作，反复检查，测试人员更是认真仔细，每一个接头，每一个插口，都反复测量和检验。做到稳妥可靠，万无一失。

这次实验进行得很顺利，包括同步控制系统在内，没有出现任何故障。但是实验结果并没有让人意外的惊喜。

“王院长，实验结果和理论计算的很接近。”小弘向王院长汇报。

“很好，很好。这是一次很有价值的实验。”王淦昌点了点头，接过测试底片，边看边说，“由于我们增加了测试仪器，有效地捕捉到信号，可以从数量上判断改用D材料后‘弱势’的大小，这就为我们建议理论部采用C材料提供实验依据；又为我们下一步棋——小型化必须另找新办法提个醒。从这一个方面讲，这次实验比预想的价值还大。”

就在同一天，二二一实验基地传来的信息是：027-6E-2的实验结果表明：“弱势”难改。

王淦昌、邓稼先、陈能宽……几位科学家又聚集在一起，他们和一所、九所的科技人员进一步分析讨论。

邓稼先说：“老于他们经过理论计算透析出一个信息：新构型的理论方案和老的模型在流体运动过程中有一个较大的特征是二维问题和B效应更加突兀。”

“老于他们计算透析的信息对我们实验结果分析很有指

导意义。由于 027-5E 的起爆方式是形成较短波长的初始扰动；而 027-6E 是较长波长的初始扰动，二维问题和 B 效应都会严重一些，实验结果正好也反映这一特点。”陈能宽从结构和机理上做了补充。他沉思片刻后，果断拿定主意：

“看来，不采用 C 材料似乎不好逾越。但是采用 C 材料对新构型的理论性能影响会多大？给实验技术带来的难度有多大？”

“小承，你赶快打个保密电话，让北京赶快算几个模型。”邓稼先紧接着对小承说。

“为了能把对性能的影响降低到最小，理论部要多计算几个模型；实验这边则要从技术上多想些好办法，两头夹攻，这一技术难关是可以突破的。”王淦昌怀着充满自信和期待的心情做了很好的补充。

在于敏的具体指导下，理论部的计算结果很快就传真过来，经过实验、设计、加工部门的多方论证，选定了一个对“新构型”性能影响小、实验也有望实现的模型。但技术难度更大了，这是不言而喻。

爽朗幽默的于敏在保密电话里带着朗朗笑声说：“根据我们多年来和实验同志的合作，我敢断定，一所一定能够攻下这一技术难关的！”

又是接连几天的分析、讨论，对实验装置每个细节反复琢磨，设计任务书出来了。设计部的一张张图纸，一捆捆蓝图也出来了。加工车间早已剑拔弩张，902 地区的几个山沟里又热腾起来了。

“两弹人”的作风是一有任务，大家就加班加点干。因为方案确定以后，理论的、实验的科技人员都想尽快看到实验结果，院领导更是盼望尽快攻下一个个技术关键。

“在保证质量的前提下，计划尽量往前赶。”这是邓稼先对科研计划处的总的要求原则。

“我们知道您要求很急，我们的计划安排已把星期天、节假日全部排上了。”小玫回答后莞尔一笑。

“我们能不急吗？相对美国，他们比我们早 20 年，我们九院 1958 年成立的时候，他们已经进行各种核试验 170 多次。至今，他们已进行 30 多年的核武器研制，我们才有 10 余年的历史。而且，凭他们强大的物质、技术基础已进行数百次核试验。我们起步晚，物质技术基础比较薄弱。我们又要赶上他们。你说怎么办？一个是靠我们大家的智慧，靠我们社会制度优越，党中央的正确领导和决策，靠我们实践中创造出来的生动活泼的理论和实验相结合，再一个就是拼搏，抓紧分分秒秒不放松！时时刻刻绷紧神经，勤勤恳恳地工作。”邓稼先有些激动地往下说，

“用美国制造原子弹计划的总负责人、把原子弹投向日

本广岛和长崎的主要策划者之一莱斯利·R·格罗夫斯的话说，‘……直到每一个强国产生了一个原子兵工厂，单方面的原子战争的威胁才会过去。’想想看，我们是一个伟大的国家，是一个伟大的民族，我们能容忍核大国数万枚核弹头的阴云笼罩在世界人民头上，并直接威胁我国的安全吗？我们肩负着人民的重托，能不急吗？”

邓稼先的话语，字字千钧，激励每个年轻科技人员的心。

静了片刻，邓稼先心平气和地说：“实际上你们比我急。要不，为什么计划安排时，把星期天、节假日都排上？工作计划还是要留有余地，计划安排可又不能绷得太紧，要有点弹性啊！”

902基地的各个厂所很分散，分别建在好几个县的山沟里头，为了外出联系工作，汽车要在那弯弯曲曲的山路蜿蜒爬行。

一个阴雨连绵的早晨，实验的科技人员要到机械加工的六所商讨加工过程遇到的技术难题。汽车从沟底下爬到山沟顶上，据说要绕九九八十一个弯才能到达六所。

“现在已经绕了多少个弯？有八十一个没有？我已经受不了了！”小晏已经吐了三次，脸色青白青白地问着。

“快，快到了，再有几个转弯就到了。”司机小余朗笑道。

“反正我头脑昏得天旋地转了。”小晏回答道。

“古人讲，蜀道难，难于上青天。而我们走的是蜀道小道叉上的羊肠小道，不叫你昏才怪？”小税搭腔道。

“戈壁滩上的搓板路是把肠子、肚子往上倒，这大山沟的弯弯道是像筛子一样，肠子、肚子左右摇，这下子全尝过了。”小晏把车窗打开，吸了几口新鲜空气以后，精神一些，打趣地说。

“可能你小时候没睡摇篮。今天给你补个够！”小弘逗笑地说。

“那真是谢天谢地，看样子还得编个摇篮曲啊！”小晏欢笑着，接着说，“明天开始，进行转圈操练，否则，在这山沟里，各个所这么分散，出门就得坐车转弯，真受不了，只能入乡随俗，入港顺弯啊！”

“说得对，这叫入境问禁，入室操戈。”小弘又补充一句。

大家你一句我一句，倒是车子走得快，翻过一个小山岗，六所就在眼前。一条清澈见底的小溪把生活区和生产车间分隔在两边，绿树茂密清幽，是天造地设的好地方。

设计部和生产计划处的同志已早早来到六所。到了车间，现场开会，车间工艺技术人员讲述了6号特殊部件加工过程中出现的难题，大家在一起研究解决的方案。工人师傅一旦理解为什么技术精度要求这么高，他们的智慧和潜力也是不可估量的。很快问题就解决了。

回家路上，小晏高兴地说："工人师傅还是有很多办法的呀！我们这次来六所，来时有点犯愁，真正开起会，讨论开来，似乎理解和沟通起了更主要的作用。我们先是一筹莫展，现在终于豁然开朗。"

"这也是我们多年来的法宝，我们实验装置的零部件大多数工艺难度都很大，精度要求又高，没有这么多能工巧匠，我们将寸步难行。我们的实验、设计、加工三结合同理论和实验相结合一样，是生动活泼、水乳交融、血肉相连的结合，不是形式主义的，因此也是攻克技术难关的法宝。"小弘深有体会地说。

由于前两年"二赵"的践踏和对科研生产的破坏，积重难返，而小弘他们这个科研组在攻克氢弹过程中形成比较强的凝聚力，领导下达给他们的科研任务特别多，除了首要任务 027，还有 006、012、015，……好几个型号任务及基础科研任务，组里每人都要负责一个方案，方案准备个人为主，相互帮忙，技术问题全组讨论，实验时全组出动，既分工又合作，协力攻关。

"我刚从外所调过来，就先当一年'学员'，先熟悉业务吧！”小尹提出自己的想法。

“还是给你一个难度比较小的方案，有困难，我帮你。我们多年的经验表明，在干中学，在学中干，效果最好，进步最快。”小弘回答道。

“那我就在学中干，在干中学。有这么多老师在我的身旁，我有信心学好，干好。”小尹自信地说。

工作越是繁忙，越是感到时间过得快，日落日出，月缺月圆，不知不觉地，日历已经进入到1975年，006、012和015等型号的研制定型任务已先后完成，027的工作也有很大的进展，大量高难度技术问题都攻克了，Z激活大关也突破了，但是临近目标之前，新的问题又提出来了。

一石激起千层浪。正在北京理论部出差的一所有一位同志在讨论某问题时，提出7号连接结构的影响系数可以大到40倍。

“7号连接结构的影响到底有多大？既然实验已证实在027的装置中，二维问题比较敏感，那么这么大的影响系数非同小可，非弄个水落石出不可。”理论部的同志惊愕了！小承随即到保密资料室借来一所早些年的有关实验报告。

“根据以往一些实验数据给出的结论，7号连接件的影响系数是可达40倍。”小承从实验部早期的技术总结报告中也看到同一结论。小承说：“如果影响系数如此之大，那么

027核装置将会失灵的。”

“会这么大吗？”涉猎广泛、思维敏捷的理论物理学家于敏对此“结论”抱有不同的看法。他立即打电话向一所发问。

两天以后，小弘等三位同志带了资料和数据赶到北京。刚踏进九所大门。碰见于敏刚刚下班往回走。

“喔，你们来得很快啊。小弘，影响不会那么大吧！”于敏开门见山并且充满自信地问道。

小弘点了点头，并未开口。

“快点进去，住的地方给安排好了。一路辛苦了，中午好好休息，下午我们才开始讨论。”于敏和小弘他们握了握手说。

讨论会连续开了两天，参加讨论会的有九所的，有一所的，一部分原先来九所出差的一所同志也参加，30多人参加讨论。先期来北京出差的同志首先做了介绍，小承汇报了他从技术总结报告中得到的数据，并讲述了问题的严重性。

邓稼先、于敏自始至终参加讨论会，周光召也参加了部分讨论会。

小弘认真听取了大家的报告，并细心地询问了实验的条件、测试方法和结论的来历。然后慢条斯理地讲述自己的意见：

“第一，从物理概念上讲影响系数40倍的提法不科学，因为……第二，早期实验结果给出影响系数40，是从高速摄影取得的数据推断出来的，而我们在《冲击载荷作用下多层抛射体的运动规律》的实验研究结论，可以证实这些数据是初始发光物提前撞击光探板误给的虚假信息，因而得出不可信的结果；第三，从前不久采用闪光X-光照相得到的某实验的二张照片，也可以非常直观地证实，影响系数只有几倍，而且影响幅度很小。”

于敏听了以后，接过小弘带来的两张X-光照片，仔细观察，沉思片刻后说：

“这两张照片很说明问题啊，我感到小弘的意见是对的。用流体扰动理论计算，也不可能算出影响系数达40的结果，扰动速度不会如此之大吗？小弘的意见是可取的。”

“这样最好，这样我们就放心了！”邓稼先笑逐颜开地说。

“我们回一所后，马上安排一些实验进一步验证，让大家更放心！”

“大家连续两天两夜没休息好，现在把这个缠绕在心头的结打开了。我建议今天中午到五道口看京戏。”九所科研计划处老王讲。

“那很好。”老王你们先买票去！”年轻时，在中科院近代物理所，由于经常和于敏、何祚庥三人常去看京戏，被人称为近代物理所京戏“三人帮”的邓稼先由于工作缠身，已经很久没有看戏了，正有这个高兴时刻，也就随声附和。

“邓院长，您没有回家吃饭？”小税问。

“家里哪有饭，鹿希中午经常加班，她基本上没有在家里吃饭。我常年不在家，孩子也只好在外边买点吃的。我当然也只好打游击呀！”说着拿了一张10元面钞塞给小弘，“你们帮我买4个包子，中午吃饭都用我的钱，我请客。还有，买京戏票也用我的钱。”

大家吃了包子，喝了几口榨菜汤，就和邓院长一同到五道口剧场看京戏。

这场京戏演的是《沙家浜》，邓稼先看得很入神，但时而拿起小本子记下什么。大概是想起什么重要工作需要赶紧去做，或是脑子里闪出科学的灵感之花需要及时捕捉……

又经过几次爆轰实验的验证，给出7号连接件的影响系数小于5。完全符合小弘的意见和于敏的科学判断。

为了最后判断“新构型”核装置的可行性，在核试验之前还须进行一次027-6E-3的综合性爆轰试验。这次试验安排在青海草原的二二一实验基地。

1976年春天的一个早晨，天空的繁星刚刚从飘浮着云片的蓝天消失，一辆满载实验人员和实验装置零部件、测试仪器的火车专列从902的专用火车站开出，几天几夜的运行，火车在离青海湖不远的海晏火车站90度大转弯，进入二二一基地的铁路专线……

江南已是春深如海，春意浓浓，但北国的春天姗姗来迟，在青海高原上，距离太阳近了3 200米，白天，太阳光底下温暖到可以溶解冰雪；夜间，太阳一下山，却冷到冰点以下10摄氏度，似乎冬天还不肯退让。但冬天毕竟过完了，草原上新嫩的草尖尖偷偷地从黑土里、从隔年的草丛中钻出来，伸出细嫩的叶片，广阔的大草原终究被春天的清新气息笼罩着。

大家来到二二一基地，都叫回“老家”，第一颗原子弹、第一颗氢弹都是在这里研制的，这里是大家生活、工作和奋斗多年的地方。

“老家”厂房依旧，马路还是那么干净，空气还是那么清澈。但毕竟这里海拔高达3 200米，不少科技人员都有或多或少的高原反应：头昏、惊慌、厌食……但是，大家都顾不得休息就投入紧张的试验准备工作。

邓稼先兼任这次试验队队长，亲自领导和组织这次试验工作。“老家”各级领导大力支持，使得这次试验工作进行得更加顺利。

由于在902已经进行了几次非常成功的实验，新构型装置的难点已经相继突破，这次，邓稼先胸有成竹，满怀成功的信心。

试验当天，天空晴朗，万里无云。大家早上六点钟就起床，七点准时开车。经过周到细致的安装、调试和逐项检查，下午3点半钟，邓稼先下令正式试验。预备警报拉响以后，邓稼先沉着地来到测试系统速报室。正式试验的警报一响，邓稼先转到起爆系统控制室，检查高压和控制系统是否正常。

“所有示波器正常，所有数字记录仪器正常……”一台台仪器闪烁着耀眼的指示灯。

“加高压，起爆。”

“轰……”的一声巨响，震撼早春的青海大草原。

邓稼先以格外沉着的脚步来到速报室，看到几台常余辉示波器的如歌如画的信号脉冲和数字记录仪器上红光闪闪地记录着令人满意数字。邓稼先高兴地张开嘴巴：“啊！成功了，几经周折，几年艰辛，我们终于成功了！”转过身来，高兴地拍了拍小弘和小兆的肩膀说：

“不容易啊。大家都付出了很多，才到了这一步。不过，有了今天的好结果，核试验就有成功的把握了。”

为了防止大风把试验后的污染物吹散，邓稼先带领大家当天就清理干净试验场区局部的放射性污染物。他带头穿戴上防护衣，手拿铁锹，一铲一铲地把污染的沙土铲上装污染物的汽车。

“邓院长，您快回总厂去，不要在这里清理场地。”

“邓院长，您的血压高，这高原空气稀薄，又穿上这身密闭的防护衣，您受不了。您就别干了！”

“我能行。”邓稼先继续一铲一铲地往车上装沙土。

“古今中外，哪有一个院长、一个科学家干这清理场地的活，您快回去吧，您年纪大，身体又不好，比不上我们年轻人，您不要干！”

任你一个个劝说，邓稼先只顾一铲一铲地铲污染的沙子，但从他的动作分明可以看出，他已没有力气了。他累得气喘吁吁的，防护衣的大鼻子面具里的氧气已经很少了，他再奋力铲了两铲，终于坐在沙堆上。小兆和小弘把他扶到实验大厅门前，脱去防护衣，只见他面色苍白，后气接不上前气地喘息着。

“邓院长，您的付出，您的投入，太过分了！我们都有意见，我们心疼啊！”小兆眼眶湿湿地说。

“我是院长，是党员干部，我怎么能……”邓稼先喘着气沉声地说。

“可是，邓院长，冷试验您参加，国家的热试验您肯定要参加，核部件加工您参加，装配时您还参加……连清理污染场地您还参加，您吃的剂量太多啦！您是国家的宝贵财富呀，您不能……”泪雾弥漫了小弘的双眼。

科技人员从心底里珍惜，爱戴这个身先士卒、呕心沥血、震古铄今的伟大科学家。

5. 协同攻关

经过几年的艰辛，几年的耕耘，又经过027-6E-3全系统的综合性实验，新构型的027核装置已经瓜熟蒂落。

就在1976年闹地震的地动山摇的日子里，九院所处的龙门山系频繁地震动摇晃，科技人员从地震棚里走出来，在邓稼先院长的带领下从902地区北上去404厂参加联合攻关C80核部件。这是027新构型装置的关键性核部件。

这是一个特殊的年份，是一个大灾大祸之年，这年年初敬爱的周恩来总理逝世，之后朱德委员长逝世。整个中国大地到处似乎都很不安宁，思想上也非常混乱，火车正点好还是晚点好？庄稼地上长苗好还是长草好？一时也众说纷纭，好像谁也说不清。似乎天下大乱，天上也在大乱，地下也在大乱。

我们此行是坐火车，一路上到处都有“地震棚”或帐篷，在火车上，听说已有因为地震恐慌症，地未动，人先动，从高高的楼上跳下的好几起事例。

几天几夜的火车旅行，终于来到目的地。下了火车，走出火车站，协作厂的小车已在车站的门前等候。汽车离开火车站，在漫无边际的沙漠戈壁驰奔，一路上展现在人们眼前的是滚滚的黄沙和沉沉的戈壁，难得看到稀落的骆驼刺；但这里的公路笔直也比较平坦，坐在车上并无太大颠簸的感觉。不多久，就进入厂区。

“啊，像是换了一个天地！”八月金秋季节，路旁田野里到处可见那丰满喜人的苞米穗、又粗又嫩的大萝卜，厂区绿树成荫，还有一片茵茵的绿草，草丛中间的百花群芳争艳，也有秀颀独立的，颜色或淡黄，或粉红，大红的，白色的也有一些，艳丽夺目。葡萄架上那青翠欲滴的绿葡萄，更是让大家赞不绝口。汽车司机说：“你们来的季节真好，天气不冷不热，还可以尝到甜蜜诱人的蟠桃、香甜可口的白兰瓜、又甜又脆的小西瓜。”

“你们厂子搞得真不错呀！”小晏赞赏地说。

“我们这个厂是个老厂，创业者经过十多年的艰辛，地面上绿茵茵的，都说已经塞北胜江南。前几年大搞深挖洞，广积粮，你们只看到地面上绿茵茵的，还有地下呢！整个厂区数十平方公里的地下，防空通道四通八达，主干道可以走汽车。万一需要防空，全厂的人可以在防空工事里生活一个星期也没有问题。还有，所有下水道的水都可以引上来灌溉农作物、树木和花草，所以才有这么让人赏心悦目的小草、香花、树木和瓜果！”汽车司机满怀深情地抒发了他对自己工厂的爱意和依恋。

这是到达工厂的第一天，吃过晚饭，小税一个人逛到百货商店，先买了一条毛巾，一把牙刷、一支牙膏，又想买一块香皂。眼睛转呀转，笑着打听：

“你们商店没有斯里兰卡的香皂？”

“什么，这么多香皂还不够你买呀？”售货员张了两个大眼睛反问小税。

“哦，我们那里最近来了一批斯里兰卡香皂，真香呀，因此打听看看，你们有没有。”

“喔，进口的香，就能把你们臭老九的臭气熏没了！”售货员有意见似的又顶了一句。

“是，是的，熏不掉。不过，我们臭老九，就像北京的臭豆腐，闻起来是臭的，可吃起来是香的呀！”小税不示弱地逗趣说：“你们这里的姜总师、祝总师不都是臭老九吗？还有好多工程技术人员也都是臭老九，没有他们，你们工厂还能搞技术攻关吗？”

“说得不错，她的丈夫就是一个清华大学毕业的臭老九呢！”隔壁柜台的一位年轻女售货员笑哈哈地介入这场满有风趣的论争。引来了柜台内外和众多顾客哈哈大笑。

“大家都在批判崇洋媚外吗！给你，这是上海出的，也挺香，凑合着用吧！”售货员红涨着脸有点不好意思地说。

“好呀！上海的当然不错，上海是中国最大的工业城市、工业品都是不错的，就像清华大学是中国工程师的摇篮，培养的毕业生很受欢迎，你说对吗？”小税给了钱，转身就要走。

“停住，不找钱了吗？反正说不过你们这些臭老九！”售货员边找钱边嘟囔，似乎在这场论争中还发挥不够好的样子。

回到招待所，大家都在邓稼先宿舍里讨论工作，快言快语的小税把刚才买香皂发生的故事讲给大家听，邓院长听了以后，眉头一皱，好像心事重重的样子，许久也没有说话。

“邓院长，是不是夫人来电话说了些什么？”小晏问。

“咳，不是，不是。自从我到九院以后，家里的大小事情我一点也管不了，鹿希也不让我管，孩子上学呀，生病呀，她只告诉我岳母和岳父，从不告诉我的，生怕我分心。前些年，女儿得了青光眼，不但不告诉我，听说我要回北京开会，还特意送到她外婆家里治疗，生怕我操心。”

“后来呢？治好了没有？”小晏着急地问。

“后来是治好了，治好了才告诉我的，否则我哪会知道呢！”

“你夫人真好，鹿希真好，是我们女性的楷模，是东方女性的楷模！”小晏比划着大拇指赞不绝口。

“别开玩笑了，小晏也别夸了，都是为了共同的事业吗！可你们说，我想的是什么？你们知道吗？”邓稼先反问。

“我知道，想的是工作，是 C80 核部件，是不是？”小弘猜着说。

“我是想，虽然这个厂是个先进单位，生产、科研、战备，样样都是表率，可是上午全厂广播大会上，刘部长回答群众的提问：草呀，苗呀！正点好还是晚点好呀！含糊不清，刚才小税又遇到什么‘臭老九呀’，使我担心，思想混乱，会不会人心涣散，导致科研生产不正常。”邓稼先脸色深沉、心如负重地接着说：

“C80 是这次试验的核心部件，是首次研制投产的，我们只能正点，可不能晚点，只能是苗，绝不能是草。没有科技人员的辛勤和智慧，是攻克不下来的，如果天天都在说他们是‘臭老九’，心情不舒畅，势必影响工作呀！”

大家静静地听着，心里也在想着，邓院长环视着大家继续说：

“你们都知道，正是因为这个工厂是一个先进单位，这次试验的全部核心部件都安排在这个厂研制、加工和组装，要是生产秩序不正常，就会影响进度和质量，哪怕只有一件出问题，我们都不好向中央专委交代呀！而且C80这个核心部件的物理化学性质很特殊，组装以后就更娇气了，而且变化无常。因为它的非常特有的性质，可以从根本上突破武器的性能指标，我们的核武器要上新台阶，它是首选的一种部件。可是它的物理化学性能，国外资料绝对保密，全靠我们进行理论和实验相结合的创造性工作……”

大家正在迷惘纳闷之际，协作厂四分厂的祝总师来到招待所看望邓院长和九院其他同志，他还简单地介绍了C80和其他核部件的研制、生产情况。邓稼先听了以后，心里的疑云消散了，他笑声朗朗地说：“感谢你们厂的领导和工人师傅们！我们要向你们学习呀！”

第一次联合攻关协调会在招待所的会议厅举行，四分厂祝总工程师向大家介绍了C80核部件的研制计划进度和整体核部件的生产计划安排。二车间主任详细介绍了18组实验件的物理实验和规律性的初步结论。留苏女化学家报告了化学分析的结果。他们的工作很认真，很细致，方方面面都考虑得很全面，很周到。邓稼先听得很认真，并详细做记录，还多次向报告者询问尚不明白的疑点。其间，接听北京来电时，还让小税要给他做记录。

邓稼先听完以后，从他脸上那春光般的笑容，便知道他对协作厂的工作相当满意，心里也踏实了。

看来协作厂可以保证各个部件加工完毕后，在短时间内把部件组装后交给九院“合格”产品，可是C80这个部件秉性就是那么爱惹是生非，过了几天，它会变，有的地方尺寸变大，有的地方尺寸变小，密度也会变得不均匀，而且都和时间有关，和外界环境有关，静在那里，它会像练气功的人一样，会“运气”，会“发功”，而且比孙悟空还厉害，不仅会变大、变小，还会把箍着它的金属外壳顶开、胀裂。据资料介绍，美国人研究了好几年，也未能从根本上解决这一技术难题。

邓稼先紧皱着眉头，突然间叫了一声：“小弘、小晏。”

“什么事呀？”小弘问。

“看样子C80组装后的难题要我们九院自己多想办法，你们先考虑一下，下一步，我们把设计部、理论部都请来，把老于也请来，大家好好合计，群策群力，攻下这难关。”邓稼先若有所思，满有信心地说。

就在C80进入正式加工的关键时刻，902地区所在地四川省委通知邓稼先参加省委会议，这是邓稼先到协作厂以后第二次“开会”，第一次是到北京开会，那是到达厂里的第四天。

“省委开什么会，也要您参加。”小弘问。

“哦，我是省委委员，开省委全会么！”邓稼先认真地回答。

“我看邓院长如同蜘蛛结网，东西南北地穿梭；把您累坏了，省里的会和我们的关系也不大。请个假不行吗？”小税插话说。

“不，这是组织纪律性问题，我们应当服从大局，我会经常通过保密电话和你们联系的。明天我就走，你们按原计划进行，不能耽误时间。”

就在邓稼先到省里开会的第三天，C80 的 2 号部件加工出来了，当天晚上，预约了召开保密电话会。

电话会上，祝总工程师做了汇报，对 2 号部件因加工过程出了一个不大不小的毛病，也做了汇报，但厂方的结论是在图纸要求边缘，还算是合格品，希望九院采用。

“那就听你们的意见！”邓稼先爽朗地表态，但稍停片刻，他又说，“小弘他们的意见呢？”

小弘沉思了一阵子，拿起话筒：“我们的想法是，为了做到万无一失，我们建议再把第二件，就是原先准备的备件，进行加工，争取加工出高质量的产品。”

“第二件加工有把握吗？就只有这个备件呀，千万要小心谨慎呀！”邓稼先细心叮嘱。

“今天下午，李班长已用代用件进行改进工艺后的试加工，由于改进了工艺，再不会出现类似的缺陷了！”小弘详细向邓院长汇报。

“那好，我们还是稳妥一些好，就按小弘的意见办。祝总师，你看呢？”邓稼先拿定主意。

邓稼先主意已定，祝总师自然不会有意见，而且事关成败，事关大局，祝总师不仅口头上支持邓稼先拿定的主意，行动上也积极支持。当场便补充一句：“我们再加班准备一套材料，万一加工过程出现什么问题，我们立即投料生产，保证不会耽误进度，请邓院长放心！”

两个兄弟单位合作得如此和谐，来源于他们为的是一个共同目标，来源于毛主席“要大力协同做好这件工作”的教诲。邓稼先充分发扬技术民主，更令四〇四厂的领导和同志们赞叹不已。

第二天是星期天，一大早，祝总师早早已来到车间大门口，等待着李班长他们的到来。

“哦，祝总师，你们进来吧！”值班的同志招呼大家进车间。

原来，李班长他们早已在车间里严阵以待。

改进了加工工艺后，李班长他们已经用代用材料进行多次练兵，个个都已轻车熟路。部件早已装入真空手套箱里，李班长亲自动手，他把试件小心翼翼地夹在车床上，装好刀具，比划了又比划，测量后又测量，然后开动车床，一刀一刀地切削着，在车灯照耀下，切削表面反射出七彩光环，一看就知道光洁度之高。祝总师全神贯注地注视着李班长时而熟练地操作车床，时而把手伸进手套箱，一手小心谨慎地托着试件，一手熟练又细心地变换试件的加工面。嘴里念叨着："小心点，小心点。"

在场的九院科技人员也都屏住呼吸似的，一双双眼睛只瞪住李班长加工试件的熟练又细心的动作。整个特种材料加工车间唯一能听到的是马达的"隆隆"声。

上午 11 点 5 分，部件从车床的夹具上卸下，李班长拿起事先已准备好的量具测量部件的一个个尺寸，站在车床前面的小黄一个个记录测量的数据，每记一个，小黄又重复地报一次尺寸，生怕记错，小晏也做了记录。毕了，车间质检员再进行测量和检验。

"所有加工尺寸都在图纸要求范围之内，邓院长一定会很满意的。"小晏高兴地和小弘议论起来。

质检人员在祝总师面前点点头说；"是不错，光洁度也特别好。"

祝总师看着七彩光环的试件，心里说不出有多高兴，他用右手拍拍年轻有为的李班长的肩膀说：“小李有窍门，好手艺，是个好小子！”

李班长视如珍宝地凝视着亲手加工出来的试件，在他眼里，这试件就如亭亭玉女，在车灯照耀下，更显得纯丽可爱。好大一会儿，他又拿了一块雪白的棉纱在试件的表面擦了又擦，然后装入一个特制的小棉花套里边，再装入小产品箱里。真正做到周到细致，万无一失。

当他那灵巧的双手从手套箱的橡皮手套里抽出来以后，望着大家一双双喜悦的脸，从心底里发出无声的抿笑。虽然已经连续操作三个多小时，难免有点累意，但他还是笑得那么轻松，那么甜蜜和可爱。

过了两天，邓稼先从四川省委开会又回到协作厂，刚到招待所门口，走出车门，就问小弘和小税：

“那个备件加工出来了没有？怎么样？能不能保证质量？”

当他听到小弘和小税异口同声地回答“很理想”之后，便微笑着说：

“那太好了，那太好了！”

进到宿舍，没等坐下来休息，邓稼先又心事重重地对小弘、小税说；“有关C80‘时间效应’难题，我已打电话给老于，还通知设计部也来人，大家想办法。实验、理论、结构设计各方都来人，集体攻关。”

继1976年1月8日周恩来总理逝世，7月6日朱德委员长逝世，9月9日毛泽东主席逝世，人民沉浸在巨大的悲痛和无比忧愤之中。联合攻关的九院全体人员同协作厂广大干部群众一起，参加沉痛吊唁毛泽东主席大会。此时此刻的邓稼先，更是日夜不眠，思绪不宁。他极度悲痛地怀念伟大领袖毛主席，又想着这次牵动全国各个部委、各大兵军种的千军万马的核试验是否能如期进行，还思虑着C80部件的技术难题……

于敏和理论部的几位科技人员从北京赶来，设计部的设计人员从902赶来。实验、理论、设计三方人员都来齐了。

邓稼先主持C80组装后的时间效应攻关专题讨论会。他沉重又坚毅地号召大家：

“我们要化悲痛为力量，尽快拿出好办法，解决C80组装后‘时间效应’的棘手问题。”

讨论会从上午开到下午，晚饭后继续讨论，气氛热烈，大家想出很多好办法。讨论会越开越活跃，思路从分散到集中，最后邓稼先总结归纳大家的意见说：“面对这匹不好驯服的骏马，我们只能因势利导。”

于敏风趣地说：“真是一言九鼎呀！”

散会时，已经是半夜12点了，大家回到宿舍继续静静地计算，默默地思索。广阔戈壁，仍然沉浸在悲哀的气氛中，漫漫的深夜显得格外静谧。

“小晏，你回去休息，我和小税进行深入计算就可以了。”小弘对小晏说。

“不，我还不困。”小晏不听劝说，坚持要和大家熬夜。

他们从吊唁毛主席花圈上的一种材料的物理特性得到有益的启发，还有，又联想起……终于他们想到了“因势利导”的好办法：做到“你胀我缩，你缩我胀；你进我退，你退我追”。任你奇形怪状的尺寸变化，都可以因势利导地解决。大家进一步考虑选用材料的性能、密度、尺寸大小等对激活性能的影响程度。小弘翻来倒去地查数据、列算式，小晏在计算器上静静地敲击按键，小税进行归纳画曲线，他们连开水也忘了喝，直到得出结果，已是东方发白，小晏才如梦初醒地叫起来“啊呀，我渴死了！”他们喝了一杯开水，天也亮了。

心直口快的小税兴奋得没有休息，他在洗脸盆里放盆水擦一擦脸后，便兴冲冲地来到邓稼先宿舍里，邓稼先看到小税喜滋滋的样子，心里有几分猜疑，“你们想出什么好办法了？”邓稼先打问小税。

“您想，我们能够一夜之间就梦见一个好办法吗？”小税乐滋滋地反问。

“呵呵！我看你大清早就喜滋滋地来我这里，我猜定了你们肯定是打通宵，想出好办法来了！是不是？”邓稼先乐呵呵地追问。

“当真给您猜中了。”小税点了点头。

“那好，您吃早饭去，我们上午就开会。”

八点准时开会，邓稼先开门见山地说：“小弘，你介绍一下你们提出的解决办法。”

小弘简要地叙说依据的物理、化学原理，着重介绍他们的设想，计算结果和可行性初步分析。最后又说了一句：“对采取了上述措施，反应后能量的影响变化有多大，我们没有考虑。”

听罢，邓稼先立即转向于敏：“老于，您看怎么样？”

“我初步想一想，影响不会太大，应当在允许范围之内。当然九所在能量变化上也要再做工作，将来必要时理论设计还可以做微小的调整。”于敏认真地回答。

“那好，一所、九所分别从Z激活和能量变化方面进一步考虑，设计部则主要考虑结构设计。”邓稼先转向于敏接着说：

“老于，我们分两步。第一步：针对这次的热试验，贮放时间不太长的解决方案；第二步：长时间存放的解决方案。你看好吗？”

“我同意这个意见，关于长时间效应问题，一方面协作厂还需要继续做物理、化学的实验，提供更多的实验数据，一所也要再进行几次爆轰实验，检验采取措施以后对激活性能的影响。另一方面九所也要再深入做工作。”于敏讲了第二步工作的意见。

“老于说得很全面，我们就这样定下来。”邓稼先附和地说。

“最后还是老邓拍板。”于敏强调了一句。

“就这样，就这样，设计部赶快参考一所提供的数据，把图纸设计出来，交给协作厂。需要外协材料，请厂里派车我们和他们一起赶快出去采购。在这次试验之前，大家思想上还不能放松，要从里到外再想一想，还有没有什么需要解决的问题，做到周到细致、万无一失。”邓稼先朗朗数语结束了这次开得生动活泼又非常迅速地解决问题的技术攻关讨论会。

三天以后，进行027-1核心部件的组装。

上午8点钟还没到，协作厂和九院的同志早早已来到车间大门口。大门打开，门卫逐个检查工作证以后，大家换了工作服、戴上工作帽、穿上工作鞋，就像将士要出征的样子，一个挨一个自动列队进入车间。

这个车间很大，在数百平方米的大车间里有各式各样车床和钳工台，它们的工作系统都在有机玻璃做成的透明手套箱的密闭系统里，并且和装在车间半空中的全封闭传输管道连接在一起，气度不凡。透明手套箱里的刀具和各种工具、量具在顶灯照耀下，闪闪发光。

已加工好的核部件分别放置在三个密闭的手套箱里。

李班长的密闭手套箱里这时已有两个小小的产品箱，还有一小盒子放有预先准备好的各种小配件，他按技术要求把不同的小配件放入 091 号和 092 号部件的不同部位，并把它们组装在一起，边组装、边测量。看他神态自如轻松的表情，可以判断他组装进展得很顺利，不到一个小时，就组装完备。经车间质检员再次检验后，李班长小心翼翼地把组装件装入小产品箱，尔后由传送带通过全密闭管道传送到总装配的密闭手套箱里，093 号部件也传送到总装配的手套箱里，094 号和 095 号部件早已在总装配密闭的手套箱里。

负责这次组装的是车间里面一名熟练的工人师傅，他姓郝，40 岁上下年纪，中等个儿的北方人，偏瘦却显得干练，他看到邓稼先和于敏的举止和表情，不用猜就知道是九院的大科学家，他因已戴好口罩，“戎装”待发，也未言语，只是连连点头以示欢迎和敬意。但从他眼睛里透出的神情，足以看出他是个寡言却不失热情的老工人。

郝师傅两只手伸进手套箱，正当要把组合件进一步组装时，邓稼先突然叫停：

“郝师傅，暂停5分钟！”

郝师傅惊愕一阵，以为是操作出错呢！

原来邓稼先生怕自己去解手时，这个重要装配过程没能亲眼全部看到。

邓稼先解手回来以后，郝师傅开始进行组装。邓稼先全神贯注地看着郝师傅量一量，垫一垫，再量一量，再调整一下，反反复复，就在那零点零几毫米上上下下做文章，也就是在那零点几丝米上下精密细致地操作，真的是名副其实的一丝不苟，一直到他最满意的结果为止。经过一个半小时的精心组装，郝师傅交出一套高质量的核材料组合件产品。

当郝师傅把产品装入产品箱，并由厂保卫科贴上封条送到产品库回来后，邓稼先粗壮有力的双手伸向郝师傅，著名科学家和工人师傅两双手紧紧握住好一会。邓稼先连声说：

“郝师傅，辛苦了！郝师傅，辛苦了！”

郝师傅很感动，断断续续地发出工人师傅的质朴可敬的话语。

“这是……我应该做的，这是……我应该做的。”

为了共同的事业，科学家和工人师傅的心紧紧贴在一起。

核部件已加工装配完毕，大家暂时松一口气。生性好动的小税兴致勃勃地嚷嚷道：“小弘、小晏，今天下午天真好，我们把邓院长请去草坪上吃西瓜。”

这天下午，大家来到一块绿茵茵的草坪上，欣赏这让人心醉绚丽灿烂的北国秋色，天空是清水一般的澄清，好像比南国更加高远一些，果园里那大元帅苹果金光闪闪，山楂树上缀满了一颗颗红玛瑙似的果子，葡萄架上那绿色的紫色的一串串鲜嫩欲滴的葡萄颗粒，像是用水晶和玉石雕刻出来似的，活像一串串绿色的、紫色的珍珠，真是绚丽多彩。草坪正中间那大花坛里各种艳丽夺目的鲜花让人目不暇接。

小税抱了几个大西瓜，往草地上一扔，没想到自动裂开了一大半。

“啊，好甜呀！”小税高兴地咬了一口。

“邓院长，您最辛苦！这块最甜的慰劳您。”小弘恭恭敬敬地递给邓稼先一块黄瓤西瓜。

大家边吃边品尝，这大西北的西瓜就是特别甜。小晏情不自禁地问：

“邓院长，我们只跑两千多公里，五千华里；你来来回回，东奔西跑，南来北往，已经比我们多跑了四个来回，已经超过两万五千里了，把您累坏了！”

“没什么，累一些没什么！”邓稼先把西瓜放在草坪上，接着说，“只要我们的事业能够干得快，再苦，再累也值得呀！你们有没有注意到，我们九院成立时的1958年，美国已经进行170多次核试验，我们第一颗原子弹爆炸试验比美国晚20年。我们的国情，要求我们用最少的财力、物力，用最短的时间掌握最先进的核技术。这是中华民族多少年的期盼，多少年的追求，时不我待啊！100多年来帝国主义列强的侵略，在中国人民的心中结下太深的国防情结，那个有国无防的旧中国给我们留下太多的悲痛回忆：一个大国，没有自卫能力，只能任人宰割。面对超级核大国数万枚核弹头的阴云笼罩在世界人民头上，直接威胁我国的安全，为了国家的安全、民族的振兴，我们不能不上足发条，高速运转，既拼智慧，又拼毅力。说真话，我从美国回来以后，一直搞理论，不擅长奔波，缺乏组织大型试验的经验，‘二赵’破坏致使这几年工作条件又比较困难，方方面面事情很多，经常是很累很累，有时几乎是要趴下。但是，为了中华民族更加自信、自尊、自豪地屹立于世界民族之林，为了中国人民能够在安全、和平的环境中生活和从事建设社会主义，我们再多的付出也是值得的。不要说是苦、是累，就是死，也是很值得啊！”

听了邓院长沉甸甸的富有历史责任感的句句话语，大家无法抑制内心的激动，不由得眼眶湿湿的，小晏竟唏嘘不已，泪水涟涟。

“可是，邓院长，要是让鹿希知道您这么没夜没日地东奔西跑，苦心操劳，她会很伤心的！”小晏擦了擦泪珠，心肠软软地说。

“她哪能不知道，她能做到的就是见面时或电话里唠叨两句。但她对我很支持，给我富足的开支。没有她的支持，我哪能抽中华香烟啊！我也感到她对我很好，家里的事她全包下了，我的力量包含有她一份啊！也许你们女同志都这样好！”邓稼先深情地述说。

情见乎辞。中国一朵朵霞光喷射云空的蘑菇云，正是由直接指挥、亲自参加的科学家、工程技术人员和不直接参与却含辛茹苦默默无闻的许许多多优秀中华儿女，殚精竭虑编织而成的绚丽花朵。

6. 孔雀河畔又传喜讯

苦战 30 个日日夜夜的 C80 联合攻关，又把它和其他核部件全部组装好。在圆满完成了第一阶段任务，交出一份合格的答卷后，新的征程又要开始。

秋天的北国小城，夜晚已有点寒意，大家零点起床，洗洗漱漱后，聚集在协作厂招待所楼前上车。最前面的是保卫处的警车开道，祝总师亲自携产品罐乘坐一辆小轿车，接下去是乘坐科技人员的小轿车和大轿车，最后有一辆满载解放军的大卡车护送。零点30分，五辆汽车同时启动，离开协作厂前往酒泉机场。汽车沿着河西走廊西进，历经6个多小时。夜越深，寒气越逼人，一路上把大家两只脚都冻麻了。到达机场时，东方的太阳散布着柔和的红晕，从远处的戈壁沙丘底下宁静地浮了出来，发出清爽的光辉，使人感到有几分暖意。

汽车停在机场附近的营房前面，可能是1976年9月中下旬的政治形势或是别的缘故，机场上并没有飞机。听说今天的飞机是从北京派来的专机。军营的首长热情地招呼大家吃过早饭后，安排大家休息，等候北京即将飞来的飞机。

飞机到达酒泉机场上空时，大队人员已提前来到机场待命。飞机刚一停稳，祝总师把产品罐交由机组人员放置在飞机稳妥的地方。九院邓稼先院长等科技人员有序地登上飞机，依依告别了协作厂的领导。飞机直飞博斯腾湖畔的马兰机场。

几个小时的空中飞行，机组乘务员除了送水送糖块之外，很少言语，相互之间好像都不知道开口说些什么？在那高高的空中气氛仍是很紧张似的。但机组的飞机驾驶员水平很高，飞得特别平稳，最后几乎感觉不出震动，就着陆在马兰机场。

飞机一停稳，先期已到马兰的九院领导和场外试验处的同志就迎面而来，并招呼大家上车前往供九院居住的营房。

汽车先到装配车间，祝总师把产品罐转交给九院场外处，并办理产品交接手续。场外处同志把产品罐送往装配大厅。尔后汽车前往营房。

午饭以后，稍做休息，大家又乘坐部队的大轿车来到核装置的装配大厅。

“现在就要进行核部件开罐，负责开罐的是我和小黄，再加上技安员小施，其他无关人员暂时不要进去。因为罐刚打开时剂量会很大！”老王一下车就告知大家。

“我也要进去，我也要进去看看。”邓稼先着急的样子。

“不行呀，剂量会很大的。您的年纪大，在加工环节已吃了很多剂量了，还是不要进去呀！”

“没有关系嘛！你们能行，我怕什么？”邓稼先坚持要进去。

老王当着邓稼先面前揭开封条，打开产品罐。

“瞬时剂量超过允许剂量 1000 倍！”

“现在还超 300 倍！邓院长，您赶快先退出大厅。”技安员小施边说边推着邓稼先往外走。

“现在大家都暂时撤出，一个也不留，半个小时以后，让剂量降下来以后再进来。”邓稼先以命令的口气让大家暂时停止作业。

经过几天紧张有序的组装，核试验装置的装配工作已接近尾声。装入弹壳前的最后一道工序是把核装置的神经中枢和核装置的躯体连接在一起，这是成败攸关的工序，邓稼先特别留心这个工序。当小弘他们完成操作以后，邓稼先打算对每一个插接件逐个检查一遍。

小弘思忖着：让邓院长逐个检查一遍，好让他放心。但是，等于重新插接一遍，装配台底部的插接让身体魁梧的邓院长仰卧在装置底下操作，也太难为他了！小弘建议说：

“邓院长，由我操作，您看动作和24–1部件的旋转角度，并且听响声。这次插接件两个插接头都特意设计了‘咔哒’的响声，是有利于检查插接质量的。”

邓院长点了点头表示同意。

“那好，邓院长，您先在这上面较好操作的部件演试一下，更有感性认识。”

“对，对，”邓稼先高兴地同意小弘的建议。

小弘卸下一个连接件，开始让邓稼先操作：

下端口，“进”“顺时针转过45度”“咔哒”一响；

上端口，“进”“咔哒”一响；

邓稼先完成一个操作，“嘿嘿”一笑，接着说：

“现在正式开始。”

“小税，你报插接件的编号，小晏，你做记录，现在就开始。我从01号逐个检查。”小弘说着开始正式操作。

仅用20分钟，小弘驾轻就熟地完成检查操作。

邓稼先轻松地笑着走近小晏跟前：“我看一下，是否每个都检查到了！”

“是的，没错。”小晏举双手把记录卡递给邓院长。

邓院长仔细地看了记录卡后微笑着说：“是都检查到了，”接着他又命令，“把弹壳合上。”

早已待命的弹壳徐徐向总装配台移动，工人师傅熟练地进行操作，仅用30分钟，就顺利地把核装置装入航弹弹壳。

邓稼先摸摩着用智慧和心血凝聚而成的英姿勃发、威风凛凛的“新构型”核航弹，笑声朗朗地向着工人师傅和科技人员：

“老师傅们辛苦了，大家辛苦了！”

“新构型”的核装置，现在已经万事俱备，静静地待命。前方靶区核测试各项准备工作也顺利完成，都在待命状态。

“看大飞机去喔！”小税高兴地嚷嚷道。

正式试验的前两天，还将再进行一次飞机试飞，最后一次投模拟弹试验。九院科技人员坐上大轿车来到机场。执行投弹任务的银白色大飞机稳稳地停在机场中间一块平整的水泥地上，四周用红漆画了一个方形警戒线，机组人员和地勤人员在飞机肚子内外忙碌着，有机械师，有电器师。小弘、小税和小晏走近警戒线，看到李觉副部长坐在飞机尾部附近，聚精会神地观赏这架苗条俊俏的新型轰炸机，小税兴冲冲地大踏步越过警戒线，警卫战士拉长着声音喊了一声："不能越过警戒线。"李觉将军听到喊声，转过头来一看，知道是九院的科技人员，立即摆手招呼："过来，过来。"目光转向警卫战士，"让他们过来。"

小弘他们迈着大步走了进去，李将军亲切地招呼："来，来，坐到这里来。"

小弘、小税、小晏围坐在李将军身旁，观赏这架中国人自己制造的新型轰炸机，李将军洋洋洒洒地讲述我们中国工程技术人员怎样设计、制造这架投掷氢弹的大型轰炸机的前前后后，讲到兴奋之处，他挥舞着两只有力的手。

"这架飞机，不仅飞得高，飞得快，而且非常漂亮，非常潇洒，我特别喜欢。"

试验当天，一大早，黄羊沟观测站就聚集着参观的人群。小税半夜 12 点坐上大轿车，经过 7 小时"搓板路"颠簸，加入到参观的人群。

1976年9月26日，这一天，万里无云，有点微风，“零时”快到了，高音喇叭里传出：“飞机飞向靶区上空。”大家瞪大眼睛看上去，银白色的飞机越过参观人群头顶向靶区飞去，但没有投弹；高音喇叭又传来声音，“飞机又进入靶区上空。”还是没投弹；“飞机第三次进入靶区上空，请大家戴上防护眼镜。”接着喇叭里传来：“20秒，10秒，9，8，7，6，5，4，3，2，1！”参观的人们早已全神贯注地睁大眼睛看着，竖起耳朵听着，就在那沉静得令人窒息的一刹那，高音喇叭传来测控室里的“起爆”的命令声，实际上比起听见“起爆”声还早些时刻，人们已从墨镜中看到远处空中扑眼的闪光，只是脑神经还来不及反应。接着，像太阳一样又圆又亮的炽热火球，慢慢变大、变暗，腾空而起，大家脸上感到像火炉一样的热气扑来；又过了几秒钟，听到春雷般的响声，震撼整个戈壁滩的沙丘和山川。不间断的回音许久许久，罗布泊轰鸣不息。黄羊沟一片欢腾声、传遍孔雀河畔。

在马兰机场，邓稼先和李觉将军等在地下指挥所里观看整个指挥过程。很快，靶区测试中心传来速报的喜讯：“和理论计算的当量很接近。试验圆满成功。”

李觉比划着大拇指说：“好啊，好啊！又是一次新的突破啊！你们在当前的政治气氛中能把工作做得这么出色，不简单呀。”

邓稼先走出地下指挥所，舒了一口气后，激动万分地说：

“我们成功了，我们成功了！”

遥望即将刺破天穹的蘑菇云，听见那震天动地的回音还在“轰，轰……”，邓稼先满怀喜悦地抒发着：

“千钧核力动地摇，二代轻舟已过桥。”

邓稼先笑逐颜开地走近年轻科技人员，喜气融融地说：“我们又上了一个新台阶了，我们这次试验成功，不仅性能有质的飞跃，而且使我们走出小型化的大迷宫，映衬着小型化路就在前方。在我们核武器研究的道路上，堪称震古烁今呀。”他再次抬头望着升腾的蘑菇云，情不自禁地接着说：

“但是，它也预示我们前进的道路上将是荆棘载途，没有再付出百倍的艰辛是不可能到达五彩斑斓的仙境的。”

027 试验圆满成功了。中央特派专机把九院首批撤离的科技人员送回 902 地区。

这是一个紧张的万众欢腾的时日。九院科技人员来到机场，才知道一小时之前飞机刚从北京起飞，大家心情急切地等待着。很快，一架银白色飞机在机场上空盘旋，然后平稳地着陆在跑道上。飞机一停稳，大家列队登上飞机。机组人员说，这架飞机发动机是在尾部。乘务员把邓稼先院长请到飞机靠前的座位上。

飞机起飞后，身着军装的乘务人员抑制不住内心的喜悦，兴致勃勃地和大家谈起北京发生的特大事件：

“今天全国只有两架飞机起飞，我们就是其中的一架。”一个机组人员自豪讲起。接着乘务人员兴冲冲地讲述了中央已把“王、张、江、姚”这个“四人帮”抓起来的特大喜讯：“消息传开，北京城里城外，人们奔走相告，大街、小巷鞭炮齐鸣，所有库存鞭炮，白酒、红酒、啤酒，一夜之间，全部卖得净光。人们发自内心的火山迸发式的狂欢，实属空前。”几个乘务人员争先恐后大声报导。

九院科技人员虽然未能亲临其境，但是全国人民期待的一天，来得这么及时，来得这么干脆利落，真是大快人心。邓稼先心情激荡，深沉细语地说：“党中央英明，摘除‘四人帮’这一祸国殃民的毒瘤，真是大快人心。”他转向小弘，轻声说：

“在这关系到党和国家命运的历史关头，中央照常批准我们进行这次航弹核试验，表明中央的胆略和对我们的极大信任，我们有责任把工作干好，再上新台阶。”

飞机在空中平稳地朝南飞行，邓稼先思绪万千，他默默地想着：在这非常时期，我们的科技人员历尽艰难险阻，义无反顾地一心一意铸造更先进的核盾牌。真是一支好队伍呀！

027核试验成功以后，邓稼先马不停蹄地筹划由“027”点燃的氢弹试验。只用一个多月的时间，1976年11月17日，罗布泊上空又进行一次新的氢弹爆炸试验，由于这次的氢弹是由新构型的“027”点燃的，因此爆炸威力特别大，是中国所有核试验中爆炸威力最大的一次氢弹试验。

特大威力的氢弹试验成功了。九院的工作是加快产品定型、武器化。科研主力乘风破浪，乘胜前进，加快小型化进程。

7. 水到渠成

新构型的核试验成功了，极大地激发九院科技人员用最短的时间赶上世界先进水平的自信心。紧接着，017、037……中国核武器小型化和中子弹的设计技术步履矫健地向前推进。

在核武器小型化研制进程中，理论计算、结构设计和实验技术等各个方面的技术难度更加突显，加工和装配的难度更是急剧增加。

只有把远远小于临界质量的裂变材料，用最少的高能炸药推进，使之达到极大的压缩度，成为高度超临界，实现裂变链式反应，放出巨大初级能量，这个初级能量问题是小型化和中子弹设计技术的前提，是必须逾越的第一难关。但是这又谈何容易啊！还有高效率的聚变放能、新的材料参数、新的能量利用挖掘……邓稼先和于敏等理论家率领下的理论工作者，不畏艰难、奋勇攀登一个又一个理论高峰。

“老于，为什么稍许改变界面尺寸，程序运行就有很大的起伏，非常不稳定？”科技人员迷惑不解。

“老于，为什么参数稍做微调，计算结果差别就很大，有时程序甚至运行不下去？”科技人员迷离恍惚。

“这些一方面是由于‘小’的缘故，因为在小的系统里界面条件，初始参数都会很敏感，还有……”于敏深入浅出地指点迷津。

理论上可以进行理想化设计，但工程上是有客观限制的。例如，一个几何点或一条直线，理想化可以是很小，很直。但工程上点是有大小的，直线是有振动，有粗细的，不可能绝对笔直，它们与使用的工具有关系。因此，在小型化的理论设计中，要充分考虑工程上非理想化引起的在核爆炸过程中的非理想效应，就如同一条直线，它并不笔直，多少会有弯曲，有的地方还会粗一些，另一部分又会细一些，理论上称之为二维效应或运动过程动荡起伏的小扰动。为了考虑二维效应和小扰动，理论计算的难度急增，复杂程度极大，计算工作量常常是天文数字，经常是几十天、几个月才能完成一次理论模型计算，为了核武器小型化，为了掌握中子弹的设计技术，多少理论设计和计算的科技人员，殚精竭虑付出了青春乃至生命！

老宋是一位年仅51岁身患绝症的高级工程师，在生命最后的81天，仍与死神抗争，以超人的毅力拼命工作。由于计算量浩大，需要长时间不分昼夜地连轴转。深夜，剧烈的病痛让他直不起腰，但他依然咬着牙，顽强地挺立在计算机前，双眼瞪着长长的打印纸闪闪滑过，密密麻麻的数据喷涌而出……他拼尽生命最后的宝贵时光，完成祖国和人民的重托，当他拖着已极度虚弱的身体从西南计算中心回到北京时，泪水涟涟的妻子唏嘘不已地苦苦哀求着："老宋，你就……为了这个家……多活几天吧！"他悄然无声。但从他的眼睛里，人们不难发现，他心里装着的还是千里之外的核试验与他提供的计算结果。在弥留之际，领导来看他时，他仍然坚持在病床上与死神抗争，一字一句地向领导汇报工作。他给父母的最后一封信中写道：

"儿这一辈子是进取的一生，奋斗的一生，没有给老人家丢脸。对不起，我对家庭照顾太少了，但也念着父母。我担子很重，在为党和国家的科学做贡献，我这样做了，我想你们会高兴的。”

这一感人的事迹，被一位女将军知道了，她感动得流着热泪痛惜地说：“知识分子是国家的宝贵财富，不能再让这样的人倒下去了。”

由于核装置小型化，加工难度急剧加大，加工的精度的要求比早期的原子弹、氢弹要高得多，一大批不畏艰辛、精明强干的技术工人为此也付出了常人所难以想象的心血和汗水。

在加工一件难度很大的关键部件时，由于50多岁的戈师傅患有肾炎，全身水肿，腰膝酸软无力，住在医院靠注射和点滴支撑，几名青年工人用模拟材料反复进行试加工，一天、两天……一次、两次……就是加工不出合格的产品。车间主任心急得很：“我们把戈师傅请来车床旁边进行指导？”

“不行，他身上挂着玻璃瓶正输液呢！”支部书记不同意。

“那我们再想想办法。”年轻工人经过细心琢磨，再继续试加工，可是加工出来的产品就是不尽人意。

消息传到戈师傅耳边，他再也躺不住了！

“让我出院吧！”戈师傅恳求医生说。

“不行，你的身体站都站不住，还能到车间干活吗？”医生坚决反对。

“我们不能眼睁睁看着任务完不成，误了国家的试验呀！那么让我请假两个小时吧！”老师傅再次恳求。

“那我也得请示院长。”

看到老师傅心急的样子，院长同意了。

医护人员将戈师傅护送到车间门口，拔下滴液的针头，老师傅拖着沉重的双腿，挪到了日思夜想的机床前，又重新紧张、兴奋起来。汗，一滴一滴顺着额头、脸颊往下掉，一颗强烈的事业心、责任感硬是支撑着老师傅加工了所需的三个部件。刚把第三个部件从夹具上卸下，戈师傅身体开始摇晃起来，几乎就要倒下。车间主任和年轻工人急忙把老师傅扶起，送到车间门口，又被医护人员接回医院。

小型化的核装置也给爆轰实验中测试技术提出许多棘手的新难题，没有测试技术新的突破，是不可能测量研制工作中所需提供的数据的。在研制原子弹的60年代初期用脑袋抵押研制出来的光导纤维制成的光纤内探测器，经过进一步改进和讯号转换，成为小型化研制的重要测试手段之一。

谈起这件事，拿生命做抵押，并且已经走到地狱入口处的某研究室吴主任感慨万端：

那是1961年，根据光纤内反射的原理，吴主任首先提出了用光纤制作用于爆轰实验内探测器的设想。当时国际市场上尚无任何光纤产品，仅有英国一家公司愿意为我们研制所需的光纤，研制费10万英镑，后来吴主任和东德留学回国的小黄多方奔波，找到了北京玻璃研究所，他们愿意研制我方需要的光纤，但要我方投资10万元人民币的研制费。当时请示了朱光亚副所长和秘书处张珍同志，回答是：按中央政策，国际上买不到的，而我们事业急需的先进产品，可以支付研制费。

经过一年多的研制，光纤研制成功了，光纤探测器应用于爆轰实验也成功了。但因596研制计划做比较大的调整：由于5B和6B系列实验取得比较满意的数据，决定绕过5C和6C并直接进行5E和6E实验。光导纤维在第一颗原子弹研制实验中没有出色表现的机会。

1969年，林彪反革命集团的走卒“二赵”来了，吴主任和小黄均被批斗。“罪证”很简单：花了10万元的研制费，596研制实验没用上，就是浪费，浪费就是破坏，破坏就是反革命……盖有革委会红印要枪毙吴主任的文件已经上报，全厂杀一儆百的万人批斗会上，吴主任是四个批斗者之一，其他三个人当场拉去枪毙，幸好阎王爷饶了吴主任，只夺走他一次魂而已，据说是因为吴主任还涉及“更大的人物”，要暂时留下“钓大鱼”，才暂时免于一死！后来，林彪在蒙古草地上粉身碎骨，“二赵”也灰溜溜不知去向，吴主任的不明之冤才得到彻底平反。

如今，光纤传感器在小型化的爆轰实验中大显身手，它和电子传感器数字记录仪等多种测试手段共同构成小型化爆轰实验的“火眼金睛”，这位死里逃生的吴主任在爆轰波内部高密度物质瞬间投影图像复原和重建又做出很有价值的工作，使退化严重的图像得以复原其模糊图像的边界，重建其高密度物质的密度分布，这对研究核装置的流动图像意义重大。

当有人问起吴主任：“你现在又投入这么大的物力、财力和精力，不怕再次要借你的脑袋做抵押吗？”

“科学创新，是在强烈的责任感驱使下，经过日日夜夜的苦思冥想披荆斩棘才能取得的，这当中不允许有丝毫的私心杂念，否则就会使人胆小和退却。为了我们的事业再上新台阶，我再‘死’一次、两次，又有何妨？”吴主任若无其事地回答道。

新的构思、新的材料、新的设计、新的技术、理论和实验的密切配合，017、037……一次又一次浓缩，一次又一次升华，核装置的性能越来越好，个头越来越小。还有没有潜力可挖？

“有。”陈能宽充满自信地回答，“起爆元件大有潜力可挖。”

那一年，全院年度科技会议结束以后，陈能宽驱车和一所的科技人员一同前往一所，路经地处梓潼县的大庙山。这里是川陕公路的主干道，将近坡顶处，有金碧辉煌的关帝庙，此山因此而得名，从早到晚都有络绎不绝的善男信女前来烧香和信奉。从山半坡到山顶上，柏树参天，坡顶上，有一颗数百年的古柏已被人们连天累月地刮呀刮，从底部到两人高处的主树干已刮去三分之二。传说，这柏树当药材，可以让妇女生男育女。有个行人开玩笑说："难怪四川成为1亿人口大省。"陈能宽和一所的汽车来到山顶的一块平坦地，两辆汽车紧挨着停下来。陈能宽从路旁捡起一根柏树枝，抬头望着郁郁葱葱的大柏树，很有情趣地拉起人与自然、科学与灵感的平实又深邃话题。

"这柏树枝，不仅枝叶独特，烧成灰，合入纯碱、红茶末、食盐、石灰和适量开水，涂于鸭蛋外表，做成皮蛋，皮蛋中奇趣横生的花纹和柏树枝叶一模一样，就是绘画大师的妙笔也不能画得如此逼真。"他沉思片刻又接着说，"大自然存在的通常就是合理和科学的。自然界有很多耐人寻思的奇特趣事，我们看到蜘蛛编织有经有纬的蜘蛛网，蜜蜂构筑那匠心独运的蜂窝，也都是能工巧匠望尘莫及的。还有……文学家、诗人借助这些触景生情，写出一篇篇脍炙人口的作品；而自然科学家当他对某个科研难题冥思苦想到入迷之际，若正好巧遇大自然的一些独特的富于艺术美感的景象映入脑际，就有可能发生共振，从而激起灵感的浪花。这时，你要不失时机地捕捉它，千万不要让它跑掉。搞自然科学的，要培养这种具有抽象思维和直觉思维相长的能力。我们核武器研制设计的许多创新和突破：有些构件很薄强度却很高；有的构件很细，连接效果却很牢固；有的关节或接合处很简单，使用起来却方便又可靠……这些，大多数来自大自然的启迪，外部世界激起我们灵感的浪花！”

树荫底下春风拂面，科技人员津津有味地听取陈副院长富有哲理和艺术美感的直觉思维和科学创造的讲述。

大家猛然一想才恍然大悟：陈副院长在会上讲，“起爆元件大有潜力可挖。”看来，他早已成竹在胸了！具有超人的科学想象力和敏锐的直觉思维能力的陈副院长，常常是不鸣则已，一鸣惊人。这次和我们一路来一所，十有八九是要在起爆元件上攻坚！

在陈能宽的带领下，一所又开辟了一个新战场，对起爆元件展开攻势迅猛的技术攻坚，几个方案同时开展，几种途径同时探索，最后选定主攻方向。陈能宽亲临第一线，指导科技人员计算、设计和实验，攻克一个个技术难关，进行数百次小型实验，并进行 017-W 的系列大型爆轰实验，终于把起爆元件的高度从数十毫米降至数毫米。这一技术成果，使核武器小型化又往前推进一大步，也是技术上的伟大创造。

在我国核武器发展的每一个时期，陈能宽表现出那种超凡的直觉思维能力屡创神奇，繁花吐艳、果实累累，让人叹为观止。

人们记忆犹新，当核大国注视到我们开始自力更生发展核武器以后，他们急于玩弄黔驴之技，1963 年 7 月，美、英、苏三国代表在莫斯科签订了《关于禁止在大气层、外层空间和水下进行核试验的条约》，简称《部分禁试条约》，这是一个赤裸裸的“只许州官放火，不许百姓点灯”的“告示”。就是说，美、英、苏等已拥有核武器的国家可以继续通过地下核试验来改进和发展他们的核武器；而中国，为了建立自己的核力量，将开始在大气层进行核试验是不允许的。（记住，这时，单就美国，已进行塔上、空中、海岛、船上，水下的核试验有数百次之多，到全面禁试时，包括地下核试验超过 1 千次）而且只要有一般科学知识的人都知道，在地下进行数百万吨 TNT 当量的氢弹试验几乎是不可能的。当时美国出席莫斯科会议的代表曾公开称：“这次三国之所以能够达成协议，是因为我们能够合作来阻止中国获得核能力。”这就是《部分禁试条约》的实质和卑劣用心。

中国政府为了揭穿这一骗局，当即发表声明严正指出：“外国通过签订条约企图捆住中国人民的手脚，办不到”，而且《部分禁试条约》的出笼，也更激发了我们抢时间，赶速度，尽快研制成功我们的核武器，并进而掌握地下核试验技术，打破核大国的核垄断的决心。

1969年9月23日，我国成功地进行了第一次地下核试验，并很快掌握地下核试验技术。也就是说，小型化研制工作，我们的大部分核试验是在地下进行的。

核试验从地上和空中转入地下，并不完全是核大国《部分禁试条约》的束缚才进行的，而是由核武器研究发展的客观需要所决定的。战略科学家朱光亚是这样说的："用平洞或竖井方式进行地下核试验，除了可以贴近核装置进行精确的物理诊断外，还可以在爆炸后钻取核反应产物进行物理测量和放化分析。这对于研究核爆炸过程的规律，验证理论设计，校正数值模拟方法和参数都是十分有利的，还可以避免放射性沉降物造成较大范围的环境污染，同时放射性烟云没有飘出国境，有利于保密。"

但是地下核试验技术难度之大也是不言而喻的。美国是在第一颗原子弹爆炸后，再经过6年，即进行20多次核爆炸以后，才在17英尺深的地下爆炸一颗大约1千吨TNT当量的核装置，以后又经过4年，即10年以后进行了60多次地面、空中核爆炸以后才再进行第二次深度为67英尺的大约1千吨TNT当量的地下核爆炸。从此也可见地下核试验，难度并不一般。难点之一是要设计出既经济又安全，不冒顶、不放枪，本身就不容易；难点之二是测试技术问题，在密闭的地下，核爆炸的强 γ 射线和强电磁干扰，要求测试系统要有抗辐照的传感器，所有探测器，自持编码网络源、电缆和元器件都要有抗辐照的品质和性能。核物理学家王淦昌提出：

“地下核试验的所有测试系统，都应具有结构合理的屏蔽层、良好的隔离、接地措施，还要尽可能采用测试系统自锁和复合触发等办法。”

有老科学家的指导，有广大科技人员的聪明才智，我们很快掌握地下核试验的技术。

但是，在数百米深的山洞里，通风差，有些岩层还会释放出大量放射性气体飘荡在洞里，活灵灵的鸽子进到洞里，一会儿就死了。

在地下试验的危险工作环境中，老科学家处处身先士卒，哪里有危险，就往哪里去。

“王院长，您不要久留在这里！您不在场，我们也一定会按您的要求干好的。”年轻科技人员出自爱护老科学家诚心劝道。

“我没事，你们都在这里，我这么大年纪怕什么。”王淦昌把自己置之度外，然而关心别人却是无微不至。

一次，地下核试验准备工作时，人一进洞，随身佩带的探测器就发出“啪啪啪”的响声，王淦昌很着急，立即组织查明原因。

“是不是核装置本身的放射性物质泄漏？”

“不是。”

“洞里有贫铀矿吗？”

“也不是。”

“那么，什么原因？”王淦昌穷究到底。

最后，终于查明是氡气——一种含有放射性有毒气体在作怪。对此毒气，技术人员都很清楚，然而小战士们不了解，他们初生牛犊不怕虎，无忧无虑地在洞里喝水、吃饭，也不戴口罩。王淦昌立即组织技术人员采取防患措施，加强通风，要求大家进洞时，要戴湿口罩，防止和减少氡气进入人体。同时，他还亲自告诫小战士：

“喂，小同志，你们进洞时，要戴上口罩，千万不要在洞里吃饭、喝水。”

“要听话，不要初生牛犊不怕虎，要相信科学，要爱护自己的身体。你们小青年，是祖国的未来和希望，千万要珍惜身体。”王淦昌像疼爱自己的小孙子一样拍着战士们的肩膀说。

王淦昌的风范操守像一面鲜艳的旗帜，鼓舞着科技人员和年轻战士攻克地下核试验的一个个技术难关和艰难险阻。正是王淦昌、陈能宽、邓稼先等科学家的处处率先垂范，极大的鼓舞广大科技人员，中子弹设计技术和核武器小型化技术才能一步一个脚印地迈步在不断超越创新的征程。

理论计算和结构设计都精打细算，核部件加工装配也做到精雕细镂，但并不保证实验中就一帆风顺，往往需要经过反复修改，有时还会遇到挫折，必须反复改进，直至实验圆满成功。有时实验工作者也会判断错误，把假象当“真实”，或把真实的误判为错误。有一个型号的系列实验中，就曾引起理论工作者的一场虚惊：

北京，理论部三楼会议室里。一所的一位实验工作者报出：发现有严重的二维扰动，在某一层面上，局部作用时间差达 2 微秒之大。

又是一石激起千层浪。理论部的同志一时惊愕了！

“老于，怎么办？”小程心急火燎。

临阵不慌的于敏从座位上站了起来，在会议室前面一边漫步，一边忖量着这一巨大的二维扰动。许久，从喉咙深处发出细语：“以往小弘他们做了那么多实验，未曾发现如此巨大的扰动？”接着站在讲台前面说：

“那就把小弘他们也请到北京来。大家进一步讨论个究竟。”

于敏凭他极其明晰和深入的物理直观，从来不会在复杂纷乱的实验现象前彷徨不安。在突破氢弹理论的60年代初期，就凭他深厚的理论功底，两次否定了国外有关某一轻核反应截面的数据，使我们不仅节省了做此实验验证的经费，而且少走弯路，赢得了时间。

邓稼先非常支持于敏的意见，立即挂电话到一所。

很快，一所张总和小弘奉命从902赶到北京。

在讨论会上，于敏又一次聚精会神地听取了关于二维扰动在某一层面上的时间差达到2微秒的报告，然后点名让张总和小弘谈谈看法。

“张总，你们谁先谈？”

“小弘已有些准备，让他谈。”张总回于敏的话。

小弘面对2微秒二维扰动数据，沉思良久，稍做清理思绪后，脑海里开始涌动着机敏与睿智。他走上讲台，首先列出一系列实验数据，再对照几个时间差大于2微秒的数据，丝丝入扣地剖析诱发不真实的实验数据的物理因数和数值大小，将问题的来龙去脉阐述得淋漓尽致，最后斩钉截铁地说：

“这几个数据，都是他们实验设计时，没有考虑到冲击波作用下贴在飞板前面的接触子的声阻抗比飞板小，它会比飞板大的速度运行提前到达测试面，导致3号层面上的接触子诱发误动作，应当剔除。”

于敏静静地听完以后，从座位上站了起来，微笑着点了点头说：

“我同意小弘的见解。”

邓稼先朗朗笑声道：“那很好，那很好！常言道，灯越拨越亮，理越辩越明。”

一场虚惊解除了，大家轻松的心情不言而喻。

然而，由于核武器越做越小，结构越设计越复杂，新材料新工艺越来越多，势必使边界条件、材料参数诸因素也随之越敏感。有些实验现象原本是一目了然，却变得扑朔迷离；有时一些往常认为不用担心的因素也会使胸中大有丘壑、有明察秋毫功底和大将风度的于敏忐忑不安、彻夜难眠，担心意外情况发生。

1983年，在罗布泊的地下核试验现场，邓稼先已经指挥悬在井口上方的核装置徐徐降落在数百米深的井中，密如蜘蛛网的电线电缆已全部接通，参试人员只等指挥部下达执行最后一步程序的命令，真谓箭在弦上！身在北京的于敏，却把心悬到嗓子眼。夜里，他辗转反侧，心里犹如千钧重担压胸膛，妻子几次被他扰醒。

“你呀，怎么还不睡，是不是忘了吃药呀？”妻子一边说着，一边伸手去拿安眠药。

“玉芹，你先睡吧，我正想这次试验……”

深夜，于敏脑海里的“存贮器”存贮的数据一页一页地闪现着；理论计算的一个个环节，每一个重要参数，每一个关键数据，他默默地从头到尾、从外到里清点一番，思考一番，他的“鼠标器”点击出一个本来是平平常常的因素，在新的情况下需要进一步计算和论证影响这个因素的数据，因为尺寸、结构、材料……很多因素变了，这个因素对过程的影响程度可能变大。万一影响程度超出允许范围，试验将会付诸东流，身为理论设计总负责人的于敏，自言自语道：

“不允许有一星半点的疑团从自己手头滑过，必须把问题弄得水落石出，因为这是科学，因为这是责任！”

妻子又被惊醒了。

在紧要关头，是进，疑团还未解开；是退，前方核装置已经放入数百米深的井中！箭在弦上，进退两难。于敏左思右忖，两害相权取其轻，应求稳妥，不失毫厘，才能做到万无一失。他以科学求实的严谨态度果断地向领导提出“暂停作业，等候进一步计算复核”的建议，并在电话中首先承担了在理论设计中的责任。

“邓院长，北京挂来电话，老于建议暂停作业，需要复查理论计算数据。”试验指挥部传达于敏的建议。

“暂停作业！”这如同晴天霹雳，猛然轰击到邓稼先头顶，也把现场的科技人员惊呆了。

一旦停止这次试验，损失和影响是惨重的，起吊已装好雷管、接好数百根电缆和导线的核装置，本身便是件危险的举动。把核装置停放在深井里，时间要多长？万一遇到雷电，后果更是不堪设想。人们着急的眼光不约而同地集中在邓稼先身上。

见此情景，原先心慌意乱的邓稼先反而镇定了："不要急，老于他们很快会算出结果的。"

于敏调兵遣将，选择两种计算方案，分兵四路，同时出击。所有计算机全部启动，科技人员精神抖擞地投入战斗，于敏从早上到晚上，通宵达旦守候在电话机旁，随时询问各路计算进度和机器运行状况。他一边听取汇报，一边画出一条条曲线，随时听取和回答部里领导和罗布泊试验场指挥部的电话。

"老于，怎么样？"

"进度如何？什么时候计算结果能出来？"

"还需要多长时间啊？"

……

罗布泊试验场地不安地催促，于敏更是心急如焚。

经过整整一个白天又一个黑夜的连续奋战，第二天凌晨，两个方案，四路人马的计算结果几乎同时出来了。于敏一边听汇报，一边在坐标纸上点点画画，两条曲线几乎是重叠在一起，于敏琢磨着几个重要数据后，慢慢地松了一口气，深沉地微笑着，但好久还没有吱声。

人们从于敏的表情便可知道，这个因素对这次试验影响不大。但是老于……

于敏的眼睛里弥散着一层睿智的灵光，一板一眼地对大家说：

“一天一夜的苦干，获得出乎意料的好结果：既解开了这次试验的疑团，又发现在即将安排试验的那种结构中，这个因素确实是必须严防的重大影响因素。真是出乎意料，又在意料之中。”

于敏站了起来，在屋里走了两圈，来到电话机前，望着心力交瘁的科技人员说：

“我们可以给前方打电话了，让他们试验照常进行。”

邓稼先听说于敏打来电话，神态极度紧张，嘴里念叨着：“不知计算结果怎么样？”他颤抖的手拿起话筒，听到干脆利落的话音：

“用两种方案计算的结果表明，影响不大，试验成功是有把握的。”

人们注视着邓稼先蕴藉的微笑。他的回答是：“那很好，那很好。你们辛苦了！”

邓稼先立即拍板："试验按原来程序继续进行。"

随着一声沉闷的巨雷般轰隆声，山峦欢腾地震颤起来，山上花岗岩变幻着颜色，"哗哗"作响，石块好像山崩地裂似地纷纷塌落下来。一团团黄色尘土在山峦震颤的同时冉冉升起，慢慢地连接成一把擎天大伞，再缓缓地飘落下来，给山峦披上一层黄色新装。我国又成功地进行一次新的地下核试验。

……

1981 年 5 月，《Defence》杂志上报导称，中子弹又称增强辐射（ER）装置，也称降低冲击波、增强辐射（RB/ER）弹头。原理上中子弹类似氢弹，氘和氚在其中进行热核聚变产生大量中子。为了减少引爆裂变装置的热辐射、冲击波和放射性沉降物效应，必须降低裂变物质的临界质量……凯文－基尔帕特里克在《Journal of Civil Defense》杂志的论文中认为，中子弹是一种中子流大量增加的武器。中子弹的"瞬发"辐射作用是主要的，即中子流加上伽玛射线是主要的。冲击波对物质的损害作用很小，没有明显的放射性沉降。所以，也有的人称之为"干净氢弹"。由于中子弹能在对物质破坏力较弱的情况下保持对生物的杀伤力，因此，中子弹是一种防御进犯敌人的最理想的武器。实际上有人把中子弹看成是一种微型氢弹。

继1975年我国试验小型原子弹以后，心驰神往、矢志不渝的“两弹人”，在核武器小型化的征程中，走得倔强而执着。踏平了一道又一道坎坷，攻克了一座又一座难关，跨越了一个又一个险阻。新的材料，新的技术；一个又一个奇思妙想，一个又一个石破天惊，一次又一次新的飞跃；设计技术越来越精，所需的核装料越来越省，弹头的尺寸越来越小，比当量越来越大；裂变物质的临界质量越来越小，聚变能所占总能量的比值越来越高，中子辐射能流终于成为最主要的杀伤效应，而且具有很好的核突防性能，中国科学家掌握高水平中子弹的设计技术水到渠成。

1996年7月29日，在又一次进行地下核试验后，我国正式宣布暂停核试验。

“场区保重。再见吧，720！”

无名英雄们用沙子和石块，不，是一颗颗赤诚的心，一桩桩未了的情，在罗布泊绘铸了这几个金光闪烁的大字。这其中蕴含有多少感人的故事和奇妙的传说？数也数不清！

岁月如歌，伟业如画。

为迎战1966年10月27日我国导弹运载核武器爆炸试验，是年7月1日，我国战略导弹部队——第二炮兵，在北京正式组建。在共和国国庆阅兵时，我国战略核导弹方队气势磅礴地向观众亮相。

人们欢呼：“我们有战略核导弹了！”

人们期盼：“把它做得更小些，更精些。”

弹指一挥间，1999 年 10 月 1 日，共和国举行世纪大阅兵，当战略导弹方队英姿勃发地踏上“神州第一街”时，世人惊喜地发现：中国战略核导弹变小了！

外国军事评论家称：这由大到小的变化，标志着中国战略导弹部队现代化建设和质量建设取得历史性进展。

核导弹与常规导弹兼有，近、中、远程和洲际导弹齐备的武器系列，成为能够对敌实施自卫核反击和纵深常规打击的战略力量。中国人民武装部队的整体作战能力实现了历史性飞跃。

第四篇 泰山北斗颂

在新中国成立后的光辉历程中，“两弹一星”的研制成功，是中华民族为之自豪的伟大成就，是影响中国乃至世界发展进程的历史事件之一。它以生动的事实向全世界表明，中国人民能够学会我们原来不懂的东西，中国人民有能力建设一个繁荣昌盛富强伟大的新国家。

在这一伟大历史事件中，许多功成名就、才华横溢的科学家，放弃了原先优厚的生活和工作条件，义无反顾地奔赴茫茫无际的戈壁荒原，深山峡谷，带领数万名科技工作者，风餐露宿，不辞辛劳，克服了各种难以想象的艰难险阻，经受住了生命极限的考验，为中华民族几千年的文明史谱写了光彩夺目的新篇章。在这一攀登现代科学技术高峰的征程中，创造出非凡的人间奇迹，无一不浸透了老一辈科学家披星戴月的辛劳和殚精竭虑的血汗，它是凝集老科学家理想和智慧为一体的精神财富。

1999年9月18日，中共中央、国务院、中央军委决定对当年为研制“两弹一星”做出突出贡献的23位科技专家予以表彰，并授予（或追授）“两弹一星功勋奖章”。他们是：于敏、王大珩、王希季、王淦昌、邓稼先、朱光亚、孙家栋、任新民、吴自良、陈芳允、陈能宽、杨嘉墀、周光召、赵九章、姚桐斌、钱骥、钱三强、钱学森、郭永怀、屠守锷、黄纬禄、彭桓武、程开甲（排名以姓氏笔画为序）。

他们是人民共和国的功臣，是老一辈科技工作者的杰出代表，是广大科技工作者的光辉榜样。他们追求真理、热爱祖国、科学创新的精神财富，将永远激励中华儿女学习奋进，成为实现中华民族伟大复兴的精神食粮。他们用自己的热血和生命，写就了一部为祖国为人民鞠躬尽瘁、死而后已的壮丽史诗。他们不愧为中华民族的好儿子，是人民共和国的科技精英，其经历、风貌和人格，其故事、语言和个性，都令笔者刻骨铭心。

为了表达对“两弹一星”功臣们的崇敬和眷念，为了弘扬功臣们的伟大精神，我仅就工作中有幸接触过较多的 4 名老科学家：邓稼先、王淦昌、陈能宽、于敏的工作、生活片断中，一些使我领略到亲情的巨大心灵震撼力和感染力，以及引起我会心之趣的大事小事，直抒胸臆，借以寻觅那激情燃烧的昨天，憧憬光辉灿烂的明天。

1. 炉火纯青的“两弹元勋”

在铸造中华民族核盾牌的战斗行列里，最先踏进核武器研究所大门的科学家是被人亲热地称为“娃娃博士”的邓稼先。他粗豪坦率，雍容大雅，他那稳重而深沉的脸上露出仁厚的微笑，他全身心地投入，把心血、智慧、汗水以及生命全部倾注给核武器研制事业，把所有的情和爱全部倾注给祖国和人民，他当之无愧为炉火纯青的“两弹元勋”。

和邓稼先有半个世纪友情的杨振宁用一个“纯”字来颂扬邓稼先的品格。他说：“稼先为人忠诚纯真，是我最敬爱的挚友。”他把邓稼先和他曾于 1949 年到 1966 年在普林斯顿高等学术研究所共事 17 年之久的美国第一颗原子弹研制主要领导人奥本海默做比较时有这样一段话：“……奥本海默是一个复杂的人，钦佩他、仰慕他的人很多，不喜欢他的人也不少；邓稼先则是一个最不要引人注目的人物，和他谈话几分钟，就看出他是个忠厚平实的人。他诚实坦白，从不骄人。他没有小心眼儿，一生喜欢‘纯’字所代表的品格。在我所认识的知识分子当中，包括中国人和外国人，他是最富有中国农民朴实气质的人。”

1983 年 3 月间，我突然收到工作在 21 所的同乡、老同学的来信。信中讲述他们的女儿患有青光眼，多处求医，疗效甚微。幸好从他们所长程开甲院士那里得知，邓稼先院长的女儿曾患过青光眼，由于治疗及时、得当，症状完全消除，并未影响视力、视野，要我代他们请教邓院长：小姑娘的青光眼是怎样治愈的？

正巧院里通知召开017理论方案论证和计划协调会。会前，我走到邓院长身边，把信递给他。他看了看信，“嘿嘿……”两声后说：“女儿青光眼的事，是治好以后鹿希才告诉我的。”沉思片刻后又说：“那好，你把信给我，我回北京时问鹿希！”边说边把信放入公文包里。

紧接着，就是紧张又热烈的方案论证和计划协调会。

两天紧张的会议结束后，我在返回一所的途中，一个半小时的汽车行程里，我一改以往沿途观赏青山绿水的习惯，静静地想，思绪万千。“女儿的青光眼是治好以后鹿希才告诉我的。”多么感人，多么新鲜！当这句话重复在我脑海里闪烁时，心里又高兴，又不安。高兴的是邓院长的女儿青光眼治好了，而且老同学女儿的青光眼也有治愈的希望；不安的是邓院长日理万机，我又增加了他一份额外负担。我不由想起1976年和邓稼先院长一起出差到四〇四攻关C80时，他和我们讲起的一段往事：1958年8月的一天，钱三强把“大炮仗”的光荣又陌生的任务压在邓稼先肩上后的第二天，他已把家里的事全部托给妻子许鹿希。顿时，一幅赤胆忠心、以身许国的感人画面又浮现在我的脑海：

“大炮仗？”邓稼先心里“咯噔”一下，猜想到这半是哑谜半是幽默的工作非同一般，明白是叫他研究原子弹！

“这是国家对你的信任，这件事关系到国家的安危！”钱三强的话，在他脑际盘旋。早就期待这一天的到来，但当这一光荣和艰巨的历史重担压在自己肩上时，却有些心慌，有些胆怯。

回到家里，他思绪翻腾，彻夜难眠。妻子许鹿希见他神情有些异样不免要问缘故。

“没有什么，我要调动工作。”邓稼先平静地说。

他明白，参加研制“大炮仗”，造出“争气弹”，这可是件前无古人的差事，肩上的担子光荣而艰巨。想到以后不可能长年和妻子、孩子生活在一起，心中不免有点惆怅。他怀着深情和歉意对妻子说：“鹿希，以后家里的事我就不能管了，我的生命就献给未来的工作了。做好了这件事，我这一生过得就很有意义，就是为它死了也值得！”

鹿希听了丈夫的话，心里很不平静。虽然丈夫的话使她蒙头转向，到底未来的工作是什么？但她知道，献身科学、为振兴中华为己任的丈夫是个热爱生活、热爱父母、热爱妻子孩子的男子汉。她相信，丈夫的决断没有错，她默默地点头。她知道丈夫的保密观念很强，没有多问。

说起邓稼先的保密观念，这里还有两段有关许德珩和杨振宁的插曲：

许鹿希是许德珩先生的长女。后来，当中国的蘑菇云在罗布泊腾空而起的喜讯传来时，许德珩曾向好友严济慈打听："你是物理学家，总该知道吧，哪些人为我们国家研制原子弹？"严济慈明白保密的缘由，一时竟笑出了眼泪，说："这事最好问你的女婿去……""我的女婿？邓稼先？"许德珩老先生竟然如坠五里雾中。

当中国第一颗原子弹爆炸成功的新闻传到海外时，中国人的惊喜和自豪是无法形容的。谁是研制中国原子弹的灵魂人物？在美国留学时，邓稼先生活拮据，甚至饿肚子时，伸出援助之手，后来两人合住在一起达两年之久的好友杨振宁断定，其中有他的好友邓稼先。但这还仅仅是猜想！

1971 年，杨振宁来到北京，见到孩童时的好友邓稼先。在邓稼先的家里吃饺子时，杨振宁双眼含笑意味深长地问道："谁是中国的奥本海默？谁是中国氢弹之父？"

邓稼先笑而没有回答。

"那么中国从原子弹到氢弹，仅用两年多的时间，是什么方法超过美、苏、英、法的速度，而且赶在法国人前面？"

邓稼先仍然默不吱声。两人含笑默默相望。

第二天，杨振宁要去上海。来到飞机场，杨振宁在飞机舷梯上突然停住了。转回身，沉默一会，悄声问："稼先，在美国听人说，中国的原子弹，是一个叫寒春 (Joan Hinton)

的美国人帮助研制的。这是真的吗？”

邓稼先十分惊愕地张了张嘴，可没说话。此时的邓稼先陷入了两难境地：说不是，就说明自己了解内情；说不知道，则欺骗了老朋友。他犹豫片刻，说：“你先上飞机吧！等我请示了领导后，再告诉你。”

周总理得知此事后，笑道：“赶快写信告诉他吧，应该让海外同胞知道祖国的真实情况啊！”

很快，1971 年 8 月 16 日，在杨振宁离开上海经巴黎回美国的前夕，在上海市为杨振宁送行的宴会上，一份密封的急信递到杨教授的手上，他拆开一看，一眼认出那熟悉的字体——无论是原子弹，还是氢弹，都是中国人自己研制的。除了 1959 年年底以前，曾得到苏联人的极少“援助”以外，没有任何外国人参加。

杨振宁的热泪夺眶而出，“中国人……”日后，杨振宁讲，“这封短信给了我极大的感情震荡，一时热泪满眶。”他还说：“事后，我追想为什么会有那样大的感情震荡：为了民族的自豪？为了稼先而感到骄傲？……我始终想不清楚。”

然而，有一点是确定无疑的，他想听到的，就是这一句话：中国人自己研制的。海外炎黄子孙将从这句话中了解和认识新中国。

但是，正是这句话，让保密观念很强的邓稼先为难了一阵子！

邓稼先领受“大炮仗”的任务后，第一件工作是建房子。

在土城墙下，建筑工人在高粱地上挖土、推车、和泥、砌砖、盖房子……邓稼先这位原子弹理论设计的负责人，也时常穿上工作服，和工人们一起做又脏又累的活，当起“泥瓦匠，”……一幢幢科研大楼和厂房拔地而起……有自己的窝了，有工作场所了。邓稼先和年轻大学生一样欢蹦乱跳。

“原子弹”这个名字，人们并不陌生；裂变反应，早已可以人工实现，核反应堆的原理就是裂变反应，一旦失控，出现超临界，还会发生裂变爆炸事故；但是要设计一颗威力巨大的原子弹，在只有几台手摇计算机的工作条件下，任务之艰难不可小视。

苏联在中苏协议中答应派来专家并提供原子弹的模型，但苏联专家一个个是只敲木鱼不念经的“哑巴和尚”，邓稼先向苏联专家要原子弹模型，“哑巴和尚”不耐烦地说：“先学好基础。不打好基础，给你们模型，你们也看不懂。”

1959 年 6 月 20 日，苏联政府决定暂缓向我国提供原子弹的模型，后来在华的苏联专家也全部撤走了。为了记住这个刻骨铭心的时刻，为了表达中国人民卧薪尝胆的决心，中国人将 1959 年 6 月缩写成为我国第一颗原子弹的代号——

“596”，以此来激励参加原子弹研制的全体科技人员、工人、干部和全体解放军官兵刻苦自励，发奋图强。

政治嗅觉敏锐的邓稼先，早在1959年年初，他从苏联专家的言行举止，就隐隐地预感到靠苏联帮助我们研究原子弹有些天真，有点一厢情愿！便萌生靠自己干的想法，开始独立思考探索原子弹的主攻方向。

“科学攻关和打仗相似，选准主攻方向是头等大事。”邓稼先对年轻科技人员说。他白天黑夜都在思考原子弹理论设计的突破口，一下子，人也变得沉默寡言。

在国际核技术严格保密和封锁的条件下，邓稼先指导科技人员用数学手段模拟原子弹的爆炸过程。他们不分昼夜地在手摇计算机上演练流体力学、状态方程、中子输运……

邓稼先还要抽出时间，一边读书、备课，一边给青年科研人员和新来的大学生们讲课。头晚演算到凌晨3、4点钟，次日晚还是备课到凌晨3、4点钟……每天在办公室睡上两三个小时，天亮继续工作，成为他的生活规律。

夜半三更，突击研究的一项工作告一段落。

“老邓，我肚子感到很饿。”一位年轻科技人员说。

“走，到我家吃饭吧！”

打开锅盖，锅底下大约有两碗面糊糊。

邓稼先赶忙说：“对不起，这是我孩子做的，水没烧开就把面条下锅。”

邓稼先的妻子许鹿希工作也很忙，有时，家里只剩下十一二岁的志平和不足十岁的志典，姐弟俩却已承担做饭等全部家务劳动了。有那么几次，鹿希下午连着晚上值夜班，孩子上学时忘记带钥匙。半夜邓稼先回到家里，孩子竟然在楼道里睡着了。他叫醒孩子，孩子哭了：“爸爸，你们为什么经常晚上加班的时候不先回家吃晚饭呀？”

在那些忙碌的日子里，邓稼先把全部心血倾注在工作上，他一天到晚，脑子里都在琢磨着研究课题如何才能突破，吃饭时在想，走路时还是在想。“老邓，你在水沟里摸到大鱼了？”跟在后面的同志开玩笑说。话毕，两人哈哈大笑。原来他只顾考虑如何突破课题的难点，骑车时心不在焉，人和车一起掉到水沟里去了……

一个个黎明连续干到黄昏，一个个黄昏又连续干到黎明。邓稼先和同事们付出多少劳累和艰辛！但是梅花香自苦寒来。终于，邓稼先理性的思想碰撞出科学的火花，在核武器科学领域的如堕烟海的黑漆漆的隧道中辨明了方向，他和同志们一起，确定了中国原子弹理论设计中的三大主攻方向：流体力学、高温高压下材料的物理特性和中子物理。从而科学地为我国原子弹理论设计工作打下了坚实的理论基石。

这位科学理论崭露头角的帅才把逐渐成长起来的理论队伍进行科学的分工和组合。把大家分为三组，朝着三个方向不懈地探索和研究。

1959年7月，周恩来总理向二机部传达中央的决策："自己动手，从头摸起，准备用八年时间搞出原子弹。"

已经找准主攻方向的邓稼先加快理论研究的步伐。

在艰苦的条件下，邓稼先和同事们凭着集体的智慧，以顽强的毅力进行日复一日、月复一月的理论计算，他们用仅有的几台电动计算机和手摇计算机，采用特征线方法，计算压紧型原子弹的物理过程，演算的稿子竟装满几十麻袋，在房间里犹如一座小山。然而，人们难以想象，他们是在饥肠辘辘状态中完成这些浩繁的计算的。夜里，年轻人常半开玩笑又似认真地叫道：

"老邓，老邓，我们饿了。饥肠辘辘，何能潜心求索？"

望着水肿的年轻人，听着他们虚弱的喘息，邓稼先也半开玩笑地说："牛奶会有的，面包也会有的！"

于是，他从口袋里掏出钱来，叫小伙子们买几瓶酱油冲开水喝。"今晚先到楼下摘些槐树花、榆树钱充饥。"邓稼先批准年轻人向九所围墙内的槐树、榆树索取充饥的"食粮"。

时间长了，墙角排满了空酱油瓶，附近的槐树花和榆树钱被扫荡精光。

为了给年轻人增加营养，每当研究工作有新突破，邓稼先便乐呵呵地叫大家："加餐去！"大家围着邓稼先欢天喜地进城"暴撮一顿"。为此，邓稼先的腰包常常发生"金融危机"。有时竟问："还要过几天才发工资？"出纳员微笑地反问："老邓，您是不是发生经济危机啊？"说完大家"哈哈"一笑。

就凭这么落后的计算工具，就在生活上极端困难的条件下，邓稼先领导一群锐意进取的年轻科技人员，为了考察各种物理因素和各种材料参数、初始条件、边界条件等对计算结果的影响，他们改变步长、改变参数，先后共进行九次全过程的运算，历时将近一年，锲而不舍地实践了原子弹研制初期广为称道的"九次运算"，勾勒出我国第一颗原子弹的理论轮廓，获得了正确可靠的计算结果和物理图像，积累了丰富的数值计算经验，培养了一批既有一定理论基础又有数值计算实践经验和分析能力的青年科研骨干。年轻科研人员啧啧称羡："老邓的工作真细！"

邓稼先还指导年轻人借用国外公开发表的核材料状态方程，巧妙地运用理论和实验相结合的方法、对托马斯·费米理论做了修正、把极高压区和低压区的状态方程进行连接，获得相当大压力范围的状态方程，满足了原子弹理论设计的需要。年轻科技人员赞佩说："老邓的门道真多！"

春夏秋冬，物换星移，邓稼先心无旁骛地潜心求索。带领年轻科技人员攻克一个个理论难题。经过三年的苦干，1963 年春风送暖的三月天，39 岁的邓稼先在中国第一颗原子弹理论设计方案这一具有历史意义的科学文献上庄重地签上自己的名字。中国第一颗原子弹理论设计方案终于诞生了。中国科学家终于叩开了原子弹理论设计这扇神秘的大门。

接着邓稼先和周光召及时总结并编写出《我国第一颗原子弹理论研究总结》。我曾在保密档案室里借阅过邓稼先和周光召合著的“聚合爆轰波理论”等科技资料，长篇的论文，不仅有抽象的理论、枯燥的方程组、乏味的公式，而且有生动的实例、鲜明的数据、还有不同状态下聚合因子的大小等，历历在目。这些凝结着邓稼先智慧和心血结晶的杰作，不仅填补了我国在核武器研究方面的理论空白，而且成为培养科技人员入门的教科书。

在邓稼先把第一颗原子弹的理论方案交出，而理论总结还来不及写摘要，更顾不上喘息的秋天里，1963 年 9 月，聂荣臻元帅传达中央专委的命令：命邓稼先率精兵强将，转向研制氢弹。并以年月的缩写“639”作为我国第一颗氢弹的代号。

从科学原理上讲，有了原子弹，用原子弹爆炸时瞬间释放出来的巨大能量，创造极其高温的条件点燃氢弹，实现类似太阳内部的两个轻核聚合成为一个原子核的热核聚变，释放更多更大的核能，似乎顺理成章。但是，原子弹爆炸瞬间释放的裂变能，包含有光辐射、冲击波、核辐射……各种能量，哪能温顺地听从你们“调动”？它们是势不可挡地瞬息释放，可不好使唤啊！

邓稼先、周光召、于敏等理论物理学家，带领一支精兵强将，在彭桓武等老前辈的指导下，打了一场激烈的攻坚战，他们在土城墙下的理论部摆开理论探索的战场，开了一个个学术报告会，方案论证会。在集思广益的基础上，攥紧拳头，又经过中国氢弹研究史上具有划时代意义的上海嘉定华东计算所的“百日”苦战、巧战，又一个中国氢弹的理论方案出炉了！

但是理论的认识，必须经过实验检验。理论方案出来以后，邓稼先带领一支强有力的理论骨干和几个氢弹模型西奔青海大草原，通过集思广益，把其中一个理论方案作为主攻方向，在二二一基地接受实验的检验。

不出意料之外，这个理论方案有一个关键设计考虑不周到。在一次大型科研报告会上，当实验部负责该项实验 X 方案的黄主任报告了他们历经一个多月的三轮实验，进行数十次实验结果后，黄主任本人几乎丧失信心，黯然望了望大家说：“问题还未能解决，怎么办？”

在座的王淦昌等科学家紧皱眉头，邓稼先坐立不安。因为这是本方案能否实现最关键的第一关！

但是邓稼先他们的科学方法是正确的。通过实验，特别是通过爆轰冷实验，发现问题、暴露矛盾。再经过集思广益，把广大理论的和实验的科技人员的聪明才智都发掘出来，把年轻科技人员潜在的智慧都发掘出来，问题就不难解决。就在这次会上，实验部一位年轻科研组长，找到了理论设计中一个关键设计考虑不周的问题，并提出了巧妙的解决办法，而且把由它引发的其他两个矛盾也迎刃而解了，一举攻克辐射保护、爆轰聚焦、界面扰动三大难关。科学家称之为“因难见巧”“一石三鸟”。

当初个别理论部科研人员认为：“我们是搞理论的，长期在这里参加实验工作不是浪费时间吗？”这下子豁然开朗了，几个年轻理论人员围着邓稼先，一齐伸出大拇指，“老邓，高！”“老邓的领导水平高！”“老邓的科研艺术高！”

邓稼先笑逐颜开地说：“现在，你们终于体会到，实验中有很多单靠理论无法获得的知识啊！为什么？”邓稼先问大家。大家张着嘴巴并没有回答。

“因为实践是知识的源头，是理论的本源啊！哲学上叫‘本原’。”邓稼先认真地说。

中国为什么核试验的次数和所花的费用都只有美国的4%，却能以“时间上冠军”的速度达到同一档次，同一水平？因为中国科学家把理论和实验相结合发挥到极致，把热试验可能出现的问题，在爆轰冷实验中一个个解决了。这正是中国科学家“穷则思变”“穷而后工”的杰作。

当1966年12月28日中国氢弹原理试验成功以后，邓稼先高兴地笑了。但从他的表情可以看出他并不感到轻松！

1967年6月17日，中国人的第一颗百万吨TNT当量的氢弹爆炸试验成功的时候，升腾万里的紫烟还在试验场区上空飘荡，大漠深处来回反射持续不断的“轰，轰……”声响还在耳边震动，邓稼先静静地站在广漠的沙滩上，仰望着碧空如洗的蓝天上那朵飘荡的“白云”，他默默地想着下一步棋：“小型化”。他不停地启动胆识与魄力的马达，永不停息地探索，不知疲倦地创造新的奇迹。

和原子弹研制一样：继1964年10月16日原子弹爆炸试验成功，1965年5月机载核航弹爆炸试验成功，之后，很快拿出体积和重量都小好几倍的导弹核弹头的理论模型，并于1966年10月，又成功地进行了导弹运载核弹头爆炸试验；这次同样只经过不长时间，就相继拿出体积和重量都小很多的A12、A06和A15氢弹理论模型。邓稼先领导科学家们马不停蹄地攀登一个个科学高峰。

在 A12、A06 和 A15 的实验研制和生产定型的同时，邓稼先领导下的理论精英们又在探索一条更加新颖更有创新的路子，代号为 027。尽管独辟蹊径难免是荆棘载途，但是他们义无反顾地向前冲。

新路子是这么扑朔迷离，这么让人揣摩不透。实验中挫折、失败……突破一个难关，又遇一道险阻；这里一波未平，那里一波又起。有时简直叫人一筹莫展。一次，在二二一基地进行爆轰冷试验，邓稼先竟也“迷信”起来了。他一着急，就想解小手，三五分钟就一次，“我走开，我可能是‘丧门星’，速报的数据我不看了！”邓稼先气急之下说了这么一句赌气话，引起测试厅里的同志们“哈哈”大笑。

“喔！邓院长还信迷信耶！”小汤大声嚷嚷道。

“邓院长，您不能走，您是福将，您走开，这次实验万一失败了怎么办？您等着看，这次一定很成功的。”小钱劝道。

“……5，4，3，2，1，起爆！”

霎时间一声巨响，长余辉示波器上那绿色的荧光屏上显示出像心电图一样的绿色波型。邓稼先目不转睛地看着这一满意的结果。

“邓院长，您快来看数码记录仪，这么好的数据，这下子让您很满意了吧！”老赵高兴地呼唤着。

邓院长连连点头称是："快，快把数据记录下来，快把示波器的相机收拾好。"

大家把数据一一记录、校核，收拾好相机，关闭仪器电源后，一个个来到测试大厅旁边的休息室，邓院长拿出中华牌香烟，有抽烟的同志手伸得长长的要从邓院长手里接烟。"小钱，你拿去分给大家。"

"邓院长请客！福将请客！"欢声笑语，一洗一天的劳累。两弹人在攻克一个个科学难关后，也迎来一个个美丽甜蜜的欢乐。

邓院长是个急性人，他遇到问题，对自己什么都不顾，就是一个劲往前冲。

一次做地下核试验时，核装置徐徐下井后，进行大联试，各种测试仪器一起开动，突然发现有一个信号没有显示。

"怎么办？"邓稼先急了。他冒着零下30多摄氏度的严寒，顶着风雪，来到井口附近和大家一起找原因，解决难题。有人劝说："邓院长，您太疲倦了，天这么冷，回去吧！"

邓院长说："不，这里就是战场，我不能走。"

一直到查明原因，排除故障之后，他才和大家一起撤出现场。

高度的责任感有时也让邓院长急火攻心。

也是一次地下核试验。下午核爆以后，还未能及时见到测试底片。

晚饭过后，邓院长早早来到洗相车上，1.8 米高的高个子碰着车顶，不得不低头弯下腰来。车内温度比较高，他敞开衣襟，宽宽的额头上沁出汗珠。

“你们先把 γ 开门信号的底片冲洗出来。”邓院长对负责洗相的同志说。因为所有仪器都是用 γ 信号触发的，因此 γ 开门信号标志着全部测试结果的成败。

“要注意，显影液和定影液不要搞错。”邓院长又叮咛一句。

约莫 30 分钟，暗房里拿出两张底片。

“怎样？信号好不好？”邓院长急切地从门边小凳上站了起来，接过底片。

他对着灯光看了又看，坐下去又站起来，又坐下去，又站起来，脸色顿时变得刷白，一句话也不说，旁边的人问他：“怎么样？”他也没听见，也没回答。只见他冷汗顺颊而下，车内变得十分肃静。魁梧的邓院长，一时变得像个“木头人”。他身上的担子有千万斤重，事业的发展，全院科技人员和广大职工的辛勤劳动，祖国的期盼，全国人民的支持，多少心血和汗水全凝结在这两张底片上，可是这是两张“白板”，什么信息也没有记录，怎么不叫他心慌意乱呀！……

又过了约莫10分钟，暗房打开，又递出两张底片。

“什么底片？”邓院长急着站了起来，直接从洗相的同志接过底片。

“是 γ 开门信号。”

“是 γ 开门信号！刚才那两张呢？”

“刚才那两张是监测干扰的底片。”

邓院长颤抖的手接过底片以后，左看右看，上下端详。激动、兴奋、冷静、沉思，多种情绪的变化在瞬间交织着。

“这就对了，这就对了。刚才那两张监测干扰的底片是‘白板’，好啊！干扰在控制下限；而这两张是 γ 开门信号，太漂亮了。信号比我们预期的还好！”说着转过身来，把底片递给小章，说：“你立功了，把底片拿好……”

小章心里很高兴，受到邓院长表扬；又很内疚，没有事先问清楚：最先洗出来的两张底片是 γ 开门的还是监测干扰的，这一冒失让邓院长着急，太不应该了，他又是带病坚持工作，这几天又没有休息好。小章多么抱怨自己啊！

邓院长却不计较这些，他一点也没有责怪小章。他高兴之下，急忙走下洗相车。大家都在纳闷：莫非有更重要的事在等着他？

“小章，快请大家抽烟。”邓院长手里拿来中华牌香烟，大家你一支我一支分享邓院长奖励成功的喜悦，胜利的芳香。

邓院长在洗相车下面粗声憨厚带有爽朗的笑声招呼大家：“谢谢大家，谢谢大家，大家辛苦了！”他那神情，显得格外兴奋，显得特别开心。他呕心沥血地工作，终于获得成功的报偿，怎能不兴奋？怎能不开心？

历经坎坷的邓院长，是该好好休息一下，好好体味一下成功的香甜。但是邓院长常常是还来不及体味“成功”二字，又该走下一步棋了。小型化，中子弹设计技术，还有生产定型……

在邓稼先的人生履历表上，只有春夏秋冬，找不到休息或喘息的字眼。

又是一次院里召开017工作进展情况汇报和技术讨论会。当他走进会场还未就座时，就走到我的座位前面，面带微笑地从公文包里掏出一封信放在我的手里，笑呵呵地说：“这是女儿青光眼的治疗情况。”我高兴得忘记向邓院长说声谢谢。

我打开信一看，信的内容是鹿希写的，而“李金标同志”和“邓稼先83.6.3”的粗壮有力的上下款是邓院长亲笔写上的。满满两张纸，一千多字，先是简述自己女儿的病况和治愈过程，接下去是对李金标女儿病情分析，大量篇幅写的是治疗的基本要领，几种药物的选择、用法，如何迅速降低眼压，注意控制孩子情绪、日常生活、学习以及护理等：写得很认真，很仔细，字字句句饱含亲人般的情和爱，我看完以后深受感动，立即把信转寄给新疆 21 基地李金标。

几个月以后，我和李金标在新疆 21 基地马兰见面，他们非常高兴地说："非常感谢邓院长和院长夫人，女儿的青光眼得到很好控制，并且视力很快恢复。" 1998 年 5 月 4 日北大百年校庆期间，我和李金标再次见面，他说："女儿青光眼治愈以后，再也没有复发过，现在在商业系统工作。全家都非常感激邓院长夫妇给女儿一对晶莹的眼睛。"

这里需要指出，1983 年 6 月的邓稼先院长，身体已经大不如前，这个 1.8 米高的躯体上，已是病魔缠身。但是他还是北京—四川—新疆，来回奔波，风雨兼程。他的心还在燃烧着对事业的挚爱之火，他的心里装的是事业、是工作、是同事、是他人，唯独没有他自己。

有一次，邓院长带领我们到核部件加工的工厂里和兄弟单位联合攻关，大家同住在招待所二楼。我这位科技百花园里平凡的一棵小草，有幸和邓院长敞开心扉交谈，让我获益匪浅。他那高尚的风范、优秀的品格，献身事业的赤胆忠心，感人肺腑，让我久久不能忘怀！

一个寂静的夜晚，我来到邓院长住的房间里。开始，我们谈了这次核部件的研制进展。随后我壮了壮胆问了几句："邓院长，您又抓理论设计，又要组织试验；火工、机械、核材料，样样加工您都到现场；冷试验、热试验，每次试验您都操心；这次来这里联合攻关，您又北京、四川来回已跑了好几趟。累不累啊？！"

"累，当然很累。但却不能休息啊！我们的事业，是前无古人，光荣又艰险，我们国家财力有限，中央要求我们用最少的钱，用最短的时间赶上先进国家的水平。步子太小，焉能赶上；步子太大，又不免有风险。虽然科学试验本身就允许失败，但核试验不同一般，还包含着政治影响。这就使我不但如牛负重，更是如履薄冰。我对生产加工和实验又缺乏经验，要做到总理要求的周到细致，万无一失，就要比别人付出更多更大。我们的工作综合性很强，机械、电子、化工、核物理……时间又紧，工作计划都是'倒计时'，脑神经就像钟表上紧了发条那样'嘎吱'作响。说不累那是假的。但是，只要我们事业上去了，再苦、再累，就是死，也是值得的啊！"邓院长深情地叙说。

"可是有些事情，您可以不管，有的劳动您可以不参加。比如在二二一厂进行的几次大型试验，清理污染场地您也参加。您身体不好，年纪大，又是高血压，穿戴着防化兵那蒙头盖脑不透气的橡皮衣，本来高原氧气就缺。我们都为您担心！我们都有意见啊！”我有点激动地说。

“我是院长，又是共产党员，应当率先垂范，你们其他科技人员参加清理，我怎么能特殊呢？”邓院长那憨厚耿实的话语使我内心很是颤动。

我急着说：“您和我们不同，您和大家不同！”

“我有什么不同？”他声音大了起来。

听到他的声音大了起来，我有点胆怯，我看了看他的表情，并没有责备我的样子，我接着说：

“您和我们就是不同吗！有化学毒的炸药加工、装配您去参加，核材料加工您去观看，核装置总装配您更是自始至终参加，在二二一基地的冷试验您参加，到 21 基地的热试验您冲在第一线，甚至连清理污染场地这种苦活、累活而且有可能造成体内辐射的体力劳动您也参加。在九院能找到第二个吗？”

我看到他沉沉的笑意，便接着说：“人家三所的技术人员和工人只接触炸药，九〇三厂的、二所的、四〇四厂的，他们也都只接触他们车间、工段的那一部分。可您，全黏上了！”

邓院长“嘿嘿”地笑着说：“这我也懂，可是为了做到万无一失，一到现场，我什么都忘了。心里只有一个质量啊！”

多么坦诚，多么平实的话语啊！

是的，在我们成功背后，邓稼先有多少艰辛、多大的付出啊！一次在特种车床上加工原子弹的核心部件，要将纯度极高、放射性极强的毛坯加工切削成设计图纸严格要求的核部件。不但精度严格，不能多切，也不能少切；而且是异常危险的作业，不能出半点火花，更不能有任何碰撞发生。邓院长早早来到坑道里，来到特种材料加工车间，站在工人师傅身旁、目不转睛地观看工人师傅一刀一刀地切削，还不时发问：“要不要测量看看？”当工人师傅改变加工面时，他的心里嘣嘣直跳的样子：“小心点，小心点，别掉落！”“小心点，要夹紧！”他一站就是大半天。

还有一次在加工氢弹的核心部件时，他早早就手拿文件包，招呼大家上车，到车间去。他走在加工师傅和车间领导的前面。车间大门还没打开，邓院长已在那边等候着。一进车间，他详细询问这个部件的加工工序。在加工过程中，车间技安员多次提醒：“邓院长，现在房间里超过允许剂量，而且这种气体会进入体内，您到室外休息室里休息吧。”车间主任也一再说：“邓院长，请您放心，我们会保证质量。”但是邓院长只是嘴里说：“好，好。”眼睛还是瞪住工人师傅聚精会神加工的氢弹部件，一站又是3个多小时。

身为核试验的技术总指挥，在一次核事故时，邓稼先命令全体科技人员、干部、工人和战士原地不动，他和赵敬璞副部长乘吉普车来到事故地区边缘，他似乎忘记了钚材料有极严重的放射性伤害，一步一步地走向戈壁滩深处；不，他没有忘记，要不然，为什么竟会忘掉对部领导同志应有的尊重，坚决阻拦赵副部长和司机与他同行，用命令的口气大声喊道："你们站住！你们进去也没有用。没有必要！"他的意思分明是说，我进去就可以，你们没有必要付出这样的牺牲。他只身一人毫无畏惧地大踏步前进，锐利的目光四处扫视，边走边找。终于，碎弹片被他找到了。高度的责任感和忘我的牺牲精神使他一瞬间变成了一个"傻子"，他竟用双手捡起了那最重、颜色最深的碎弹片——这是一块含有剧毒的放射性钚。这时的邓稼先立即放心了！他们最担心的后果没有出现。他的精神骤然松弛一些，在戈壁滩上寻找了好半天的邓稼先拖着疲惫不堪的步子向远方的吉普车方向走去。他见到了赵副部长的第一句话是："平安无事！我们最担心的后果没有出现。"他脑子里还闪耀着心安的情思，这碎片，拿回去可作为检验事故的性质，寻找事故的原因。但就在这时，他也马上意识到自己的身体是一定有事了，他已遭受到极为危险的放射性钚-239的辐射伤害，而且这是现代医学水平无法补救的！作为科学家，深知放射性的严重危害，但邓稼先为了尽早查明原因，他想到的是保护大家的安全，而用自己的生命为代价。现场的同志看到邓院长献爱先损己的动人举动，大家心胆俱裂，几个女同志都唏嘘不已，泪雾弥漫双眼。

回京后，邓稼先体力明显下降，化验结果表明，他受到严重的核辐射，尿里有很强的放射性，白细胞内染色体已经呈粉末状，肝脏也受损伤。医生说："几乎所有化验的指标都不正常。"但他对妻子只说："尿不正常。"许鹿希跺着脚。他知道这下子惹火了妻子，是在埋怨他，但他装着不在乎的样子。按研究院规定，受到强放射伤害，应该立即到疗养院去治疗。受到这么大的辐照剂量，疗养虽然解决不了根本问题，但对身体无疑是会有很大好处。可是他没有去，他离不开工作，直到他离开人世之前，他没有疗养过一天。

在1958—1986的28年中，我国共进行了32次核试验，其中有15次是邓稼先亲自指挥的，除了一次因非核部件意外事故外，100%获得成功。但肩负从事保卫国家安全的特殊使命的邓稼先，从不向任何人吐露工作内容或炫耀工作成就。不过人们可以通过他在我国第一颗原子弹试验成功20周年庆祝大会的签到本上写下的一首“七言诗”，来体会他的思想、感情、喜悦和欢心：

红云冲天照九霄，千钧核力动地摇。

二十年来勇攀后，二代轻舟已过桥。

人们都说：“邓稼先是‘豁出命’来干的。他默默地为中国核事业做出了无私的贡献，而从来没有考虑过自己。”

身为核工业部九院院长、中国科学院学部委员（院士）的邓稼先，又是中国共产党第十二届中央委员，但他从来没有考虑过自己应当享受什么待遇，在北京，他和普通老百姓一样，经常挤公共汽车；到核试验基地，他也从不讲究坐什么车。有一次，他要到空军机场，车队里只有一辆卡车，邓稼先二话没说，钻进驾驶室便让司机开车。当大卡车来到戒备森严的空军机场入口处时，警卫不让大卡车进去。邓稼先拿出证件时，警卫们看到证件上“全通”两个大红字，敬佩地连连敬礼，摆手放行。

人们也许很难相信，一个九院院长（九院后来更名为中国工程物理研究院，对外启用直径为5厘米的公章），中共中央委员，晚期癌症病人，竟身上挂着引流瓶挤公共汽车去北京图书馆查阅科技资料。但是这事被人发现了：

1986年伊始，四川902基地来京的一个专家从公共汽车上下来时，意外地发现邓稼先院长也从车门走了下来，他身上挂着引流瓶，说是去北京图书馆查资料。这位专家眼圈红了，鼻子酸酸的，心如刀割似的。

也许有人会认为，这位“两弹元勋”、九院院长、中国科学院院士，早应享有一座院子里绿树成荫、鸟语花香的舒适小楼了。事实完全不是这样。

美籍华人、诺贝尔物理奖获得者杨振宁教授回到祖国的一件要事就是要拜访孩童时的好友、在美国留学时同住在一起两年的邓稼先。当时组织上考虑到邓稼先是中国著名科学家，在九院那样狭窄的职工旧楼房的邓稼先的家里，接待一位世界著名的物理学家杨振宁似乎有些不体面，就在国宾馆布置一套房间，让邓稼先接待杨振宁教授。可是，当杨振宁双脚踏进房间，第一句话就问：“稼先，这是你的家？”

憨厚纯真的邓稼先，只好应变地说：“我在京外工作，在北京只是住几天而已。”

“那在北京应当也有一个家啊！”杨教授直追不息地要问个明白。

平生直言不讳的邓稼先觉得实在尴尬。最后还是认为应当把老朋友带回真正的家里去。邓稼先望了望好友，“嘿，嘿，”笑了笑说，“那么，今天晚上到我们家里吃饺子。”

杨振宁一下子笑逐颜开。连声说："好，好，太好了。我这次回到北京，就是要吃你家自己包的饺子。"

邓稼先的家，其档次以及房间里的陈设都令杨振宁难以置信。但是久别重逢，在家里包饺子，在家里吃饺子，比起在精心打造的镀金镶银的高级宾馆里来得馨香。杨振宁在简陋的房间里和好友度过温馨的一个傍晚，他那亲切、熟悉和赞赏的目光投向好友邓稼先身上，欣羡好友在科学的殿堂里走得倔强而执着，为祖国为人民做出了无私的奉献。

后来，杨振宁教授在从长岛到曼哈顿往返 3 个多小时的路途中答记者心远（时任新泽西一中文报纸编辑）时，特别指出："当年中国在十分困难的情况下，咬紧牙关自力更生，'两弹一星'搞成功，很了不起。这种精神现在也还在传承，十分可贵。今后中国进一步改革开放，发展科技的各方面条件会逐步改善，但这种奋斗自强的精神，还应该保持、发扬。"

杨振宁这一段话，正是在邓稼先家里吃饺子的深刻体会所发抒的肺腑之言，是对邓稼先优秀品质和献身精神的颂扬。

我们在进行 017-3M 爆轰实验的那一天，邓院长又是风尘仆仆地来到西沟 208 爆轰实验场。休息时间，我又一次和邓院长亲近地攀谈。

我说："邓院长，因为身体等原因，我打算调回家乡。"

邓院长听完这话，心里有点不好受的样子，但脸上仍然露出仁厚的微笑，坦诚地说："现在还不能走，我们一起把'气体'（正在研制的含有气体核燃料的核装置）搞出来以后，我也……我也太累了。"

邓院长那推心置腹的话语，使我百感交集。心想：他是科学家，是九院院长；而我，是九院一名普通科技人员，不可同日而语！但又想，都是骨肉之躯，又有什么两样？我望了望他的身躯，看了看他的神情，我心里惆怅，隐忍无言，但眼里噙着泪花……

人们总是看到他还在风风火火四处奔波，却谁也没有想到那次遭受钚-239严重损伤以后，邓院长早已肝脏严重损伤，放射性物质侵入骨髓，从此，他的体质急转直下。1984年，天天便血，几次晕倒在罗布泊核试验基地，但他坚持工作。1985年7月，邓院长被确诊为直肠癌。1985年8月10日，301医院为他做了手术，但因受过严重的核辐射伤害，身体内仍存留大量放射性有害物质，因此不能接受放疗，身体始终不能康复。短短10个月中，他竟连续做了五次手术。1986年5月16日，他又接受了一次手术。手术后，疼痛难忍，虽大汗淋淋，可他却不吭一声。他在最痛苦的时候，他还不时地念叨着牺牲的战友。他说："郭永怀死得太早了！

要是他在，中国的激光加速器一定会早几年搞出来！”“钱晋死得很惨，他对高能炸药贡献很大……”每每提到共事的同事和战友时，从他的神情不难看出，他非常怀念和他们一起工作的愉快时光。他已经无法下床了，但是仍是念念不忘我国科技事业的发展，在病床上他经常和有关人员讨论工作上的问题。已身患重病的邓稼先，以他高度的政治敏锐性和深厚的业务功底，通过对核大国当时发展水平和军控动向的深刻分析，认为核大国设计技术水平，已经接近理论极限，不需要进行更多的发展，因此有可能做出目的在于限制别人发展，维持其优势地位的决策。指出了核大国这种举动，对于正处在发展关键阶段的我国，则会带来非常严重的后果。他强忍病痛，在病榻上和于敏等一起联名向中央写信，就我国核武器事业和高技术的发展提出了宝贵的“建议书”。这是他在生命的最后一刻为我国核科学技术事业做出的重要贡献。

1986 年以后的十几年来的形势变化，完全证明了“建议书”的正确性。核武器研究院沿着“建议书”的既定目标，越过核大国布下的障碍，夺得一个又一个胜利，并特意选定邓稼先逝世十周年的日子，即 1996 年 7 月 29 日，进行我国正式宣布暂停核试验前的最后一次地下核试验。以此使人们永远铭记邓稼先对我国核武器研制事业所做的超越时空的不可磨灭的贡献。

邓稼先临终前，对“建议书”还再次揣摩，并认真地写下了补充意见：“我明天还要动一次小手术，来文我看了两遍，我觉得可以了。最后一段要同‘星球大战’（如激光、FEL——自由电子激光、准分子激光、电磁轨道）等高技术联系起来，申述一段……”十几年来，核武器研究院没有辜负邓稼先的重托，在多项世界前沿科学研究方面都取得了可喜的进展和成果，新中国在复杂、残酷的国际关系中，游刃有余！

1986年7月29日！中国的“两弹元勋”邓稼先，这位年仅62岁的科学巨星，太累了！他留下一句遗言：死而无憾！

是的，他是无憾的。因为他让自己的生命放射出比太阳还要灼热的能量和光芒，他为民族的强盛做出了伟大的贡献。他不愧是中华民族的好儿子，不愧是中国共产党优秀党员，不愧是中国知识分子的优秀代表。人民永远纪念他。正如杨振宁给许鹿希的电报、书信中写的那样：“邓稼先的一生是有方向、有意识地前进的。没有彷徨，没有矛盾。”“……是的，如果稼先再次选择他的途径的话，他仍会走他已走过的道路，这是他的性格与品质。能这样估价自己一生的人不多，我们应为稼先庆幸。”

2. 执着的人生追求

王淦昌老院长是一位德高望重的杰出物理学家。他卓越的科学成就和崇高的品德操守，深受广大科技工作者敬仰。自从听说他被自行车撞伤，就一直惦念着能够到北京去探望他。

1998 年 5 月 4 日，是北京大学百年庆典。庆典期间，还举办了丰富多彩的学术报告会。我怀着对母校昨天的眷恋，也憧憬母校今日的辉煌，写了一篇《准等熵惯性约束核聚变》的论文，并被选入参加“98 北京现代物理学前沿问题国际研讨会”，这也是到北京探望王淦昌老院长的好机会。

5 月 2 日这一天，我早早起来，走到阳台，就感到满布曙光的清新天空那么可爱，天色很明朗，朝霞散布着淡雅的红晕，太阳从东边海底下宁静地浮出来，发出清爽柔和的光辉。我揣摩今天是坐飞机旅行的最好天气。

吃过早饭，我带着简单的行装，乘车来到厦门国际机场。这时 100 多位厦门和漳州的北大校友已在候机大厅熙来攘往。

我们乘的是“包机”，一架飞机100多人全是厦门、漳州的北大校友。飞机在跑道滑行以后腾空而起，在厦门海湾盘旋半圈以后直向北边飞行。天空只有一缕缕薄薄的很淡的纤云缓缓地飞着，俯首可清楚地观看祖国的青山绿水，城市、乡村和田野，长江、黄河也尽收眼底。过了黄河渐近北京，更是碧空万里，地上的绿一望无际，天空的蓝一碧到底。只可惜北京新机场在远郊，不可能在飞机上观赏到首都北京城的壮丽雄姿。到了北京，一出站，母校的两辆大客车早早在机场广场等候。

到了北京的第二天，正好上午没有安排集体活动，是拜访老院长的最合适时间。上午9点，我和侄子乘车来到王淦昌老院长家中，拜访这位深为广大科技工作者敬仰的德高望重的物理学界的科学泰斗。

自从王淦昌老院长离开九院回到北京中国原子能科学研究院，整整20年，我们没有见面了。只是1997年听说他于8月7日散步时被一个骑自行车的人撞倒受重伤的消息以后，我委托在北京的小侄去看望他老人家几次。在这之前，1996年《核物理学家王淦昌》这本反映王淦昌老院长科学贡献和生活经历的传记出版以后，他亲自给我寄来一本。得到此书，我欣喜万分地回了信。1998年4月8日，我又给他一封信，4月20日他就给我回信。那信写了满满两页纸。信中说：

“……可惜我因去年8月7日出外散步，被一自行车撞翻，在医院治伤约5个月，回家后感到身体大不如前，生活不能自理，也不能畅所欲言，一切须别人帮助。我今年已91岁，更感凡事力不从心……关于ICF工作，国际上进展很快，我们在1985—1987年，有‘神光Ⅰ’与‘神光Ⅱ’，进展是不慢的，但……特别是邓锡铭同志逝世以后……进展很慢，我又力不从心，不能兼顾，所幸有王乃彦同志（福州人）帮我在北京搞了一个KrF激光装置，这装置名曰‘天光1号’……异日有机会，不妨来此请参观并指教……”

老科学家那情深深爱融融的字字句句犹如寂静的山泉轻轻流淌。一位老科学家，在科学的殿堂里，走得多么倔强而执着！情感的潮汐，冲撞我心灵的堤坝，凝成一片最沉郁的云，我伤心至极，“是谁那么不经意把我们的老院长撞伤的？”可是此时此刻，他想的仍是惯性约束核聚变，“进展太慢了！”他多么希望早日把受控核聚变这一将造福子孙万代的科学研究搞出来呀！想到这里，我骤然觉得一阵温暖，那么亲切，那么熟悉，那么饱含希望，宛如永远散发温暖与关怀的目光。我心心念念，我必须去看看受伤的老院长，哪怕只看他一眼！

机会终于来了。

我们一进门，这位慈祥可亲的老科学家就像自己家里的亲人一样把我们迎进客厅。客厅里的排设还是那么简单而朴素，沙发茶几和椅子还是没有更新，几乎和以前没有两样。

受重伤以后，王老院长身体显得虚弱，也衰老好多，但还是那样诚挚和爽朗，对晚辈还是无微不至的关爱，对事业还是心无旁骛地求索和执着。他一开口就问起工作。当我说起很快就要退休了，他惊奇道：

“什么？你比我小 20 多岁，要退休？”

我回答：“您老正好比我大整整 30 岁，我本来去年就到年龄了，再延两年，明年退休。这是政策规定的。”

“那还要干，找个题目做。”老院长急了。

我赶紧回答：“是，可以找些工作做。”

“你当时离开九院，为什么不和我说一下？为什么不到我这里来？你是学核物理的，又在九院做了二十多年实验物理工作！我们国家现在缺乏人才呀！而不是人才太多嘛！”他似乎听我说到“退休”二字感慨万端似的。

我理解老院长的心情，赶紧回答：“我会找些工作做的。”紧接着把话题引向他痴心的惯性约束核聚变。我问：“激光聚变……”我问话没完，王老院长便如滔滔流水地讲起：

“惯性约束核聚变，1993 年作为一个独立主题列入国家 863 计划以后，我们对 1987 年 6 月通过国家级鉴定的‘神光’进行了升级改造……真可惜的是作为第一任主题专家组首席专家陶祖聪逝世了，特别可惜的是邓锡铭去世，真是太可惜了，对工作进展影响太大了。”王老院长爱才惜才之心溢于言表！静了一会，老院长接着说：“我又力不从心！……”

我插了一句：“这也算是人才断层吧！”

王老院长突然转过来问我的小侄：

“你才 20 出头，首先要好好学习，英语、计算机这两门不管你今后做什么工作，都要学好呀！”

老科学家的殷切之情，犹如春风骀荡催马蹄。小侄高兴地连连点头允诺。

他说着说着，转到书房，拿来《核物理学家王淦昌》传记这本书，边走边说：“我给你寄了吧！”

我答：“早给我寄了，把这本送给我的侄子。”

“好，好。”他把书递到我侄子手中。我说，给题个字作为留念。老院长拿起笔，题了字，签了名。也许因为今天特别兴奋，写的字仍是刚劲有力。小侄接过书，如获珍宝地细细端详。

“我们已经坐了 1 个多小时。”老院长听我这句话时，知道我们要和他告辞了，眯了眯双眼，好像还有很多话语。考虑他老人家的身体，我们起身告辞，他送我们到门口。我们走下楼梯，抬头一看，他站在阳台前沿，露出真挚的笑容，我们向他招手致意。在走向大院门口时，多次回头向他招手致礼，但他久久没有离去。一直到我们双脚已迈在好几十米远处的大院门口，我们回头看去，他还是伸着头站在那里，我们再三摆手致谢，他仍然依依不舍站着不动。我们又不敢站得太久，生怕他老人家的脚站累了，只好忍心走出大院。而老院长又站了多久，我们不能知道。但他的心，他的情，他的爱，太感动我们了！

我们在大院门口站了一会，喊来一辆的士，坐在车上，一幕幕王老院长孜孜以求、苦斗在科学前沿阵地和关心爱护年轻一代的往事涌上心头。

第一次工作上接触王淦昌老院长是 1964 年 3 月，当时，青海草原核武器研究基地战鼓频频敲响，我作为一个新手，参与第一颗原子弹研制的 5B-4 实验工作。这是“596”研制工作第一次实验中遇到弱放射性材料，组长让我调研、计算并考虑防护措施。经过调研和计算，结论是剂量很低，并且主要是甲种射线，手带细纱手套就可以防护了，在空气中射程也短。但为了更有效防护，学机械的小董设计了一件自动操作工具，用起来算也很便当。

产品正式装配时，王淦昌老院长亲临207车间，当他看到我们使用自动操作工具时，伸过手来把部件拿起，嘴里说：

“你们设计这件自动操作工具，很科学，很有创新意识。但是，这材料射线很弱，用手拿着也没有关系，有一层薄纸就完全挡住了。我从读清华大学开始，就开始接触放射性，有的比这强好多倍，没有关系的，心里不要害怕。”

王老院长的言传身教，大家心里很感动，也打消了大家对放射性的恐惧心理，更有利于保证实验件的装配质量。

正式实验当天，他早早就来到爆轰试验场，他一会儿到沙堆中段的爆室里关注实验装置的装配和接线，一会儿到碉堡里面的测试大厅观察光学转镜照相机对像的质量和电子学测量仪器的工作状况。每到一处，都一再苦口婆心地叮嘱大家：“要严肃认真，把工作做细，做到万无一失。”对一些重要环节，他还亲自动手检查。

实验的警报拉响了，他还再次叮咛：“要按点线查再核查一次，一定要做到万无一失。”

实验结果非常理想，电子学信号很完美，光学信号很清晰。老院长高兴极了。

1964年10月16日，我国第一颗原子弹爆炸试验成功以后，九院人又马不停蹄地准备飞机运载的原子弹爆炸试验和导弹核武器的研制工作。我是负责参加48-6B和48-6E实验的，每次实验，老院长都亲临现场，从加工车间，总装车间到爆轰试验场，到处都可以看到老院长的身影，留下老院长的足迹，他反复劝勉大家说：

“这是新原理、新结构，尺寸又小很多，会有很多新问题，工作中要多动脑筋，千万不要因为‘596’成功了而产生麻痹思想。每一件工作，每个操作，都要做到最好，最满意，不留一个隐患，不发生一个故障，做到万无一失。”

实验时，他亲自对点线检查进行复查，直到认为万无一失，才允许拉响警报。

从第一颗原子弹装置爆炸试验成功，到制成核弹头，成功地进行核导弹试验，只用2年时间，这里面浸透了多少王淦昌老院长的心血啊！

当今世界上，能叩开氢弹“神秘之门”的国家屈指可数，在20世纪60年代，中国的物质技术基础条件还很差，解悟氢弹之谜谈何容易！其中有一个重大技术难题的解决需要有大型脉冲X-光设备，但是当时我们的脉冲X-光机还很小，远不能满足实验要求。也曾探索采用微波法、X-光衍射法、光谱分析法、电阻法、分幅摄影法……进行了大量实验研究。但效果都不理想。王淦昌急得坐立不安，日不思食，夜未入眠。经过多少个日日夜夜的论证，科学家们智慧的火花终于闪耀出光芒。一种生动巧妙的理论和实验相结合的方法得到实验的检验，但还留有5%的疑点，大家把这称为是一种没有办法的办法。有的说是一种“穷办法”。因此，一直到氢弹原理试验“零时”之前，对这个关系到试验成败攸关的重大技术问题，罗布泊核试验指挥部再次打电话到二二一研究基地，再次询问实验诊断的结果和意见。负责这项工作的陶祖聪召集参加这项工作的全体人员开会，大家对诊断数据再次进行认真、科学、严肃的分析，最后取得较为一致的意见是：“……有85%～95%的成功把握，但我们还不能说100%的成功把握。”

听到这个结论性意见，王淦昌心里是什么滋味，也许没有任何人“检测”出来。但是从以后A12的某一实验测试又遇到类似的困难时，他心坚石穿地发誓：“不研制出大型脉冲X-光机来，我死不瞑目！”足见王老院长听了“有85%～95%的成功把握，但我们还不能说100%的成功把握”的汇报以后，心情是多么沉重啊！

1966年12月28日，氢弹原理试验成功了，人们看到一幅举世奇伟的壮丽景观，欢呼着，跳跃着。王淦昌同样抑制不住内心的喜悦，但当他深长地舒了一口气以后，又沉浸在“还不能说100%成功”的回忆之中，历史的责任感像一块巨石压在他的胸膛！

幸好，在王淦昌的指导下，经过技术人员艰苦卓绝的奋斗，1981 年建成了强流脉冲电子束加速器。从此，我国的闪光 X-光机跃进了世界先进水平的行列。

王老院长非常高兴地说："我们终于有了自己研制的大型闪光机。"

以后，他又对研究院提出了新的奋斗目标。并出了许多好主意，想了很多绝妙办法，又经过几年的艰辛，一台强流电子直线感应加速器通过国家鉴定。张爱萍将军非常高兴，欣然题词："闪光—闪光—再闪光！"这一个个光辉杰作，凝聚着老科学家 20 多年的心血和追求，也了却了他老人家的誓言和心愿！

从王老院长说的"没有研制出大型 X-光机来，我死不瞑目。"这句话，使我想起了中微子的实验证实和反西格玛负超子的发现。

那是 1941 年，中华民族还在日本帝国主义的铁蹄践踏下，王淦昌任教的浙江大学西迁遵义城郊外，王淦昌没有因为条件恶劣而减弱对科学研究的热情。他把简陋的礼堂或草屋当教室，点着柏油灯，踩着泥泞地，坐在木条长凳上，讨论世界上的科学问题。他提出惊人的学术见解："观测中微子踪迹的实验方法。"他满怀信心认为："用实验证实中微子的存在可能得到诺贝尔奖。"可惜贫穷落后的旧中国，浙江大学又因日军侵略流亡在外，哪里有实验设备做实验！王淦昌只好写成《关于探测中微子的一个建议》寄往美国的《物理学评论》发表。美国物理学家阿伦按照王淦昌的建议做了实验，并于1942年1月在《物理学评论》上发表了学术论文《一个中微子存在的实验证据》，后来50年代美国学者又在裂变反应堆上进一步证实，从而不仅为中微子的存在，也为弱相互作用中能量和动量守恒提供了确切的实验证据。

可惜中国一直到50年代初，还没有强大的反应堆，不可能做类似试验。

王淦昌对此很有感触地说："由此看来，得诺贝尔奖并不太难，一要选准课题，确有重大理论或实用价值；二要锲而不舍，持之以恒。花上几年甚至几十年时间。但是最重要的还必须有仪器设备。"

王淦昌第一个科学里程碑是发现反西格玛负超子。他说："发现反西格玛负超子表面看来，是一种偶然现象，但这种偶然却反映了深层的必然性。恰当的时机，完善的试验方案，细致的观察和严密的分析、论证，决定了研究组在寻找新粒子的探索中必然有所发现。否则在如坠五里雾中的4万张底片中才有一个反西格玛负超子的事例，那么容易捕捉呀！"他又强调说：

“但是如果没有杜布纳这台100亿电子伏的质子同步稳相加速器能量上的优势，也不会出现这一奇迹！”

王淦昌经常说：“物理学是科学，实验是它的源泉，也是它的归宿，一切物理理论都必须经受实验的检验。但仪器设备又是实验的工具，是观测实验现象的手段和眼睛。”

1947年全国选派12名教授到美国做研究，王淦昌有机会到加利福尼亚，1949年回国时，他没有带什么生活用品和什么洋货，而是把在美国使用的直径30厘米的大云室和一些电子元器件像爱护婴儿一样带回祖国。回国后，便马不停蹄地带领助教和研究生，安装如获至宝的大云室。

王老院长对前沿科学的直觉和敏锐以及对真理的执着追求，不仅表现在他阅历广泛，视野开阔，观察敏锐和思绪活跃；还表现在他像蜡烛燃烧自己，甘为年轻学者架桥铺路的爱才和惜才之心，犹如春风化雨，春蚕丝暖人间。

我永远珍藏着1968年和1969年的两份函件。

1968年12月17日，这一天，我这位初出茅庐的科技工作者平生第一次受宠若惊。当我从警卫员手中接到王淦昌老院长的信函时，一股幸福的感觉随心房的收缩迅速向全身扩散蔓延，迸发出一股难以名状的温馨。

这是我1968年12月12日寄给王院长的一份科研设想。只经过5天，他就给我回函。函件是这样写的：

这篇‘设想’我收到是在12月12日左右。内容很好。建议再写一份给院里的朱、彭、陈几位院长和龙、张总工程师及理论部主任审阅后，向院领导小组提出意见，而把这一份请实验部科生组研究并召集2室四组及一组同志（可能的话再加一些人，如21室2组）共同讨论如何先着手进行小规模的实验，以争取时间。

开会时请通知我，希望也能参加讨论。

王淦昌

1968年12月17日

1969年3月5日，我又把在北京计算机算出的初步结果，连同原先的实验结果一并寄给王淦昌院长，3月27日又收到他的回函：

这份报告，已经彭院长、理论部邓主任、张钧同志等看过，在此以前陈院长也已看过，他们都认为内容是好的，应积极展开实验工作，以期实现ECYS。我完全同意他们的意见，希望与一组同志共同组织力量来研究这个问题。希望实验部胡仁宇同志和二室的杨文华、赵维晋等同志重视这项工作，组织力量，再配合23室的力量，共同研究这项工作。实验方法，当然首先可以考虑用X-光，但也可考虑用外加磁场方法。请四组一部分同志拟一个方案，将来我出差回来后共同研究！

共同敬祝

伟大领袖毛主席万寿无疆！

王淦昌

1969年3月27日

诚然，我写的设想、报告，是我们组科技人员在原子弹爆炸、氢弹突破后，想着核武器小型化，憧憬着为小型化进行一些实验探索，历经一年多时间，在没有领导布置，没有指令计划，自己找题目做了100多次爆轰实验，也进行了理论计算的集体结晶。但是能够引起王淦昌老院长这么重视，却是我们没有想到的。而且这段时间是王淦昌院长负责主持我国首次地下核试验的最繁忙的时候。俗语说“万事开头难”，首次地下核试验，有多少技术难题需要王院长解决？涉及各研究所、21基地以及各部委、各军兵种，有多少事情需要王院长去参加协调呀！他不得不新疆、北京、青海穿梭似的奔忙。况且这时核研究基地又是在“文化大革命”的高潮阶段，“走资派”“叛徒”“特务”“反动学术权威”等形形色色的“帽子”先后戴到党政干部、专家、学者和工程技术人员头上，大辩论、夺权、武斗……使核武器研究基地顿时陷入混乱之中，为了组织地下核试验，他经常要深入两派组织的“司令部”耐心地做工作，连食堂没人做饭他也要操心，还要动员车队的汽车司机接送职工、拉产品……王老院长真是呕心沥血、竭尽全力呀！

在这么繁忙的情况下，他还把我们的报告逐个请朱、彭、陈院长和理论部主任阅看，交换意见，并做了周密的工作部署和实验安排，使我们既感到非常欣慰，又感到很过意不去。正是老科学家的爱，点燃我们科学的灵感，也激励我们攀登的激情，使我在工作中再苦再险也甘之如饴。

王院长主持首次地下核试验凯旋以后，我怀着崇敬的心情到招待所拜见他，我说：“您是一位著名的科学家，工作又那么忙，对我一个普通又普通的科技人员写给您的‘设想’和‘报告’，做了那么认真、周到的批阅，使我太感动了！”老院长脸带笑容满怀深情地说：

“这有什么。科学史上，青出于蓝而胜于蓝现象屡见不鲜，我们搞出原子弹、突破氢弹，都是庞大的系统工程，涉及错综复杂的各种技术难题，很多技术关键是你们年轻人突破的吗！在我科学生涯中，有一件事使我永生难忘！”他缓缓地吸了一口气后，又继续说下去：

“那是1930年，我年仅23岁，确实年轻幼稚。当时我在柏林大学跟随导师迈特内教授，在柏林大学威廉皇家化学研究所放射物理研究室做研究生。一次，我和导师一起去听德国科学家博特用钋的 α－粒子轰击轻元素硼和铍的实验报告会。他用计数器探测，发现有一种穿透力很强的放射线射出来。当时科学家认为这射线是硬 γ－射线。听完报告后，我脑子里一直在想，γ 辐射具有那么强的贯穿能力值得怀疑。我一直想，如果改用云室作探测器，重复博特的实验会弄清这种贯穿辐射的性质。基于这一想法，我两次找我的导师迈特内教授，提出我的想法，建议借用师兄菲利普的云室研究博特发现的射线。但导师说，'有这个必要么？'他始终没支持我的建议，使我们与这项可以获得诺贝尔奖的中子的重大发现失之交臂。"

我插了一句："那太可惜了！"

他接着说："后来，1932 年，剑桥大学卡文迪许实验室的查德威克和我一样，怀疑 γ 辐射不可能有这么大的能量，并实验证实这种强辐射的粒子是质量和质子相近的中性粒子，就是我们现在说的中子，并于 1935 年获得诺贝尔物理学奖。"

我静静地听着，王院长情不自禁地继续倾谈：

"从此，使我体会到绝不能认为学生和助手比自己幼稚，而忽视了他们的意见和想法。相反由于他们年轻、头脑中框框少，容易接受新事物，灵感丰富，反应快，更应当细心地询问他们有什么新概念、新思路，用他们的思想来丰富自己。你写的‘设想’，‘报告’，不仅很有新意，而且可能对小型化会有价值，因此，我们都很支持。”

当年王院长已是一位年逾花甲的老科学家，可是他的为人处世是那么谦虚质朴、坦率真诚，他的心，他的情，就像大海那么年轻，深远，那样情意缠绵。

正是老科学家宁愿做铺路石子，甘心为别人架梯，年轻科技工作者才能一步一个脚印，不断超越创业的征程。

王淦昌院长能够成为创造当代中国伟大科技奇迹的科技群体的灵魂人物，还与他虚心好学、求是严谨的思想、工作作风密不可分。他每到一个地方，无论是科研计划处、室，是科研组、队，还是车间、场地，他都拿起笔记本，聚精会神地听汇报，做笔记，还会经常打断发言，提出发问，有时他会说：“请你到黑板上把数据详细写出来，把计算公式写出来……”他有超凡的记忆力，他第一次问了你的姓名以后，第二次再见面时，他就可以不假思索地叫出你的姓名；通常他到一个新单位以后，经常会在开会前，逐个询问，把你这个科研组所有成员名字一个个记在本子上。也许他更懂得人是科学技术的载体。他不仅要记科学数据，更重视科学群体。有一次，问到一个女同志，大家告诉他：“他叫小刘！”王老院长顺手记下小刘，立刻又追问：“我问的是她的名字！”又有一次问到黑牛，王老院长又紧着问：“什么黑牛？他的姓名？”

“他就叫黑牛嘛！我们都这样叫的。”小朱应答了一声。大家因为几十年叫惯了，一时把黑牛的名字都想不起来了，弄得大家哄堂大笑！

老院长也和大家一样笑得很开心，他边笑边说：“九院成为牧场了。九所有铁牛、102有牦牛、103有黄牛、你们这里有黑牛，太有意思了！”

王老院长记住众多的科技人员的名字，在关键时候，作用巨大呢！我国首次地下核试验的准备工作，正处于“文化大革命”夺权、武斗的巅峰时期，生产、生活极不正常，王院长为动员科技人员和工人，经常到职工家里、宿舍里动员业务骨干、一般技术人员、工人，回到科研实验室、工厂车间，参加设计生产，他到两大派“司令部”，苦口婆心地对他们说：

“大家好好想一想，现在是什么时候？我们这个事业，与西方核国家相比，谁赢得时间，谁就主动。”“我们要顾全大局，以国家利益为重，千方百计尽快通过地下核试验这一关。机不可失，时不我待呀！否则，就会成为历史的罪人！”他还亲自点将，委任赖祖武担任第一次地下核试验作业队队长，傅依备任副队长。劝导“造反派”不要“轰”他们！

在北京出差期间，他又亲自到在北京“探亲”的人家里去，到在九所招待所的“出差”人员住处去，一个个动员，耐心做工作，劝说大家尽快回到基地参加国家地下核试验工作。他碰到谁，就能叫出他们名字，做他的工作。

一次，在北京理论部，突然遇到程念安，就像久别重逢一样，高兴地拍着小程的肩膀，亲切地说：

“小程呀，‘咱们家里’已经没有人了！你不知道，我们要做新工作，要做地下试验。第一次一定要响得好，要成功。你快回去吧！”

科技人员们都十分理解老科学家那颗拳拳的报国心，听了王老院长恳切的劝说，没有一个不为之感动的，大家都以国家利益为重，陆续返回工作岗位。

1973 年春天，为了加工一个新设计的核部件，王院长和我们一道，驱车前往 100 多公里以外的二所，拿起电话，直接把所长胡仁宇、副所长傅依备及车间主任一个个叫到招待所来。我们一道去的小晏惊叹地说：“王院长真了不起，不仅记住名字，连电话号码也记得一清二楚，我真佩服！”

有王院长在场，很多问题都容易解决。中午刚到，车间主任就答应下午立即组织下料加工。并且像军人一样立下“军令状”：“老院长放心，保证两天内高质量地完成任务。”

对待这样一个新设计，作为一次新实验用的核部件，王院长从下料开始，步步跟踪，生怕工作中有点什么疏漏。

来到下料工段，王院长熟悉地叫起老师傅的名字：“朱师傅，这材料的品位丰度怎么样？”来到车工段，“黄师傅，尺寸和表面光洁度都要高标准呀！”……他东走走，西看看，从下午到晚上，又从上午到中午，他寸步不离加工车间。直到部件加工完备、组装、检验、检漏等等全部工序完备，才放心回招待所。年轻的科技人员小晏赞颂说：“王院长真的是一丝不苟。”老院长听后语重心长地说：

“我们进行科学实验，究其真谛是求是和创新。因此实验条件、实验参数、实验过程，等等，必须完全符合我们实验设计的那样。这样的实验结果才有价值。成功了，说明我们创新的思想和客观实际相符合；不成功，说明我们的认识和客观实际不符合，或者还有距离，应当进行修正。如果我们的实验条件、参数或过程不是我们实验设计的那样，一般是不会成功的。而这时，我们一旦放弃，就可能把我们的创新思维原来可以达到成功的彼岸，却失之交臂，成为终生的遗憾，那多可惜呀！因此，我们进行科学实验，必须十分重视第一手资料，实验时，你就应当十分有把握，十分放心。这算是实验工作者的第一素质！”

这是多么有益的思想启迪，是老科学家苦斗在科学前沿阵地上不倦的人生探索中所酿就的思想精华。

“可是您太辛苦了，中午都没有休息，我们担心您身体受不了啊！”小晏怀着敬慕和爱戴的心情说。

“是啊，搞科学研究，并不轻松，我 17 岁时学习修理和驾驶汽车，当时我个子还瘦小，干起来有点吃力，感觉很苦的样子。现在才懂得，搞科学研究也不轻松啊！特别是干我们这一行的，为了早日赶上去，经常要上足发条，高速运转起来。还要进行艰险的科学实验。我看到你们年轻人个个朝气蓬勃，不畏艰难险阻，奋力拼搏，我心里就很高兴。什么苦啊，累啊，好像也忘掉了！”

王淦昌院长对美好人生的向往和对前沿科学的执着追求，几乎如痴如醉，但他又不是事无巨细的人。对于确有重大理论或实用价值的前沿科学，他锲而不舍；而有些事情他却很少关心，无论现代文明怎样万花筒似地纷乱，他总是心无旁骛地固守他看准的科学前沿。

1970 年，林彪伸向青海草原核研究基地的“黑手”——“二赵”，批判王淦昌等科学家“崇洋媚外”，是“反动学术权威”，把王淦昌下放到二室一组参加“学习”“受教育”“换脑筋”。虽然“二赵”把青海草原搞得阴霾密布，民不安生。但王淦昌仍然一心想的是事业，是工作……一次学习休息的时候，一组的女同志在议论“的确良”。王院长以为他们是议论什么新课题！凑近过去一问：“什么的确良？”

女同志们拿出一块的确良花格布，笑笑地说：“就是这个！”老院长才恍然大悟：“喔，是 dacron，涤纶纺织布料！”

是这样的，王淦昌的妻子吴月琴，是一位集中国妇女传统美德于一身的典型的贤妻良母，温柔、贤惠，多年来对他体贴入微，王淦昌的衣食住行，她都勤勤恳恳地细心照料。虽然现在没来草原，但王淦昌绝不用考虑穿什么！来草原时，妻子已细心为他打点好行囊。他孜孜以求的只有工作！但是他对别人又是十分关心。

有一次下班的时候，警卫员没来接他，他一个人低着头往回走，我也下班走出大楼，赶了步子走近王院长跟前，陪他回去。走着走着，我无意中问了一句：“王院长，您今年六十几啊？”他回答道：“63。你们年轻，要锻炼好身体，要好好学习，做好工作，不要被‘二赵’的胡言乱语搞昏头脑！没有强大的国防，我们会挨打的。鸦片战争、八国联军、日本侵略，民族的耻辱和血泪啊！要不让受人欺负的历史重演，就要搞原子弹、氢弹，搞得更精一些，更好一些。”

到了军管会食堂门口，他停住了脚步，对我说：“中午在这个食堂吃饭吧！”

我真诚地对他说：“不成的，他们会节外生枝的，会说您在拉拢腐蚀年轻科技人员什么的。现在他们正在到处找茬子呢！您老人家要保重！我们都很敬重您，他们不会得逞的。您进去吃饭吧，我回去了。”

我走了几步后回头看看老院长，正巧他也回过头往我这里望来，他依依不舍，虽然目前处境很艰难，但对年轻一代仍然是那么谦和、关爱和寄予殷切的期望！

王淦昌院长是我国核武器研制的主要奠基人之一。他在原子弹、氢弹原理突破及第一代核武器研制的实验研究和组织领导，在爆轰实验、高能炸药、高功率脉冲技术研究以及核试验中的实验诊断等方面，都进行了奠基性的研究，指导解决了一系列关键技术问题。在开展地下核试过程中，他花费了巨大精力和心血，使我国很快掌握了地下核试验测试的关键技术。他也是最早在我国介绍核电站的科学家。在他担任核工业部副部长和退居二线以后，他都以极大的热忱推动我国的核电建设，为我国核电事业迈出艰难的第一步起了重要的作用。他还于 1986 年 3 月与王大珩、杨嘉墀、陈芳允一起联名向中央提出《关于跟踪研究外国战略性高技术发展的建议》，此举最终形成对我国高科技发展具有深远战略意义的《国家高技术研究发展计划纲要》。经中央批准后简称为“863 计划”。

王淦昌院长对核物理学的贡献是多方面的，所做出的科学成就是卓越的。1941 年，他独具卓见地提出了验证中微子存在的实验方案；1953 年至 1956 年，领导建立了云南落雪山宇宙线实验站，使我国宇宙线研究进入当时国际先进行列；1959 年，他领导的科研小组发现了世界上第一个荷电负超子——反西格玛负超子，成为杜布纳联合原子核研究所这台 1 百亿电子伏质子同步稳相加速器上最重要的科研成果……

然而，王淦昌老院长最钟情、最看重的却是正在攀登中的“惯性约束激光核聚变”——这一将造福人类子孙万代的能源问题的科学研究。

1992 年 5 月 31 日下午，在钓鱼台国宾馆举行了一次非常难得的、具有历史意义的当代物理学家联谊会，到会的有我国老、中、青三代物理学家，老一辈的有严济慈、周培源、王淦昌、赵中尧等。还有美籍中国物理学家杨振宁、李政道、吴健雄、袁家骝、任之恭、顾毓秀及台湾省籍物理学家吴大猷、美籍华裔高温超导专家朱经武等。

在轮到王淦昌发言时，李政道教授问：“王老师，在您所从事的众多项科研工作中，您认为哪一项您最满意？”

王淦昌考虑了片刻后回答道：“我自己对我在 1964 年提出的激光引发氘核出中子的想法比较满意。因为这在当时是一个全新的概念，而且这个想法引出了后来成为惯性约束核聚变的重要科研题目，一旦实现，将使人类彻底解决能源问题。”

大家知道，“激光”是1960年由美国的Townes和Schwalowe及当时苏联的Basov和Proholov发现的，他们都因此而先后获得了诺贝尔奖。而当时，王淦昌正全力以赴组织原子弹研制工作，但是即使如此，凭他对科学前沿阵地的敏锐观察力，当他闻及“激光”这高强度、高方向性和相干性以及单色性能绝好的新型光源时，便奋力思虑，很快依据这一科学信息提出将使人类彻底解决能源问题的激光惯性约束核聚变研究课题。

王淦昌兴致勃勃地介绍说：“激光引发氘核出中子的想法已得到实验证实……又经过多年艰苦的努力，1986年，我们终于成功地建成了被张爱萍命名为‘神光’的大型激光装置，并通过国家鉴定。1988年8月，我参加在意大利召开的战争与和平国际会议，在这次会议上，美国宣布通过地下核试验，使核爆炸产生的X-光能量部分转换为惯性约束核聚变研究所需要的辐射能，对惯性约束核聚变间接驱动原理进行了验证，证明了高增益的惯性约束核聚变在科学原理上是可行的。获知此信息，我更是喜出望外，十分兴奋。”

王淦昌老科学家从意大利回国后，立即向中央领导建议，在“863计划”中增列《激光惯性约束核聚变》专题。他的建议，得到中央领导的高度重视，1993年年初，《惯性约束核聚变》终于作为一个独立主题列入国家“863计划”。

对此，王淦昌由衷地感到高兴。

1995年1月12日，他在获得“何梁何利基金”优秀奖的答谢词中，深情地说道：“我现在一直在从事激光惯性约束核聚变的学习、宣传和研究工作……”他把受控核聚变这一将造福子孙万代的科学研究，作为晚年的主要奋斗目标。

可惜的是，就在1998年我们拜见他以后不久，我们的老院长王淦昌，这位著名核物理学家，备受人们爱戴和敬仰的一代科技宗师，这颗照亮过千百万科技人员心灵的科技巨星陨落了。

为了弘扬王淦昌老科学家的伟大科学精神，2003年国际小行星命名委员会把编号为14558的小行星命名为“王淦昌星”。

岁月悠悠，多少年过去了。我一直珍藏着1968年12月12日和1969年3月24日王老院长的两份科研信件，1996年他亲自给我寄来的传记《核物理学家王淦昌》，还有1998年4月22日给我的回信。但我心田深处珍藏着最宝贵的还是他那老当益壮不坠青云之志，珍藏着他那一直到耄耋之年，直到他的心脏还在跳动的最后一瞬间，他的心还是想着祖国、想着科学、想着未来、想着科学的接班人的赤诚的中国心。1998年5月3日，王老院长站在阳台上依依惜别的身影、宽厚慈祥的脸容，将永远清晰地停留在我的心中，停留在我的记忆里！

3. 殷殷的爱　浓浓的情

他写过这样豪放不羁的句子：“从古至今，睡狮已醒，迎接挑战，奋飞莫停……”他两眼炯炯有神，严肃中略显微笑，言谈举止透着儒雅的气度和修养，他心中有诗，有激情，冷静的外表隐藏着深沉、年轻而沸腾的血和爱，隐藏着对祖国对事业像海一样的深情。他就是“两弹一星功勋奖章”获得者之——陈能宽院士。

1973 年春暖花开的季节。

北京站西行的列车软卧车厢里，陈能宽那深挚有神的眼睛望着站台上几分眷恋和牵挂的妻子裴明丽。

看到院长夫人那依恋的神情，不由得使我想起陈能宽副院长当年对我们说的一段使我刻骨铭心的话语：“……原子弹已经不是陌生的名字了，它从诞生之日起，便成为政治家和军事家谈判桌上的筹码，成为国家实力的象征。来到九院的人都必须肩负着祖国的嘱托，我们负载着的是整个国家的荣誉。”他还讲了一个很平淡又蕴含深刻哲理的故事：

“一个人有刀，另一个人没有刀。有刀的人手握着刀对没有刀的人说：你不能有刀。然而刀尖却对准无刀人的胸口，大谈什么平等和友谊……”他有几分激动的样子，接着说，“美、英、苏三国代表在莫斯科签订了《关于禁止在大气层、外层空间和水下进行核试验的条约》，这个条约不包括禁止地下核试验。这就是说，他们拥有核武器的国家可以继续通过地下核试验来改进和发展他们的核武器，而中国为建立自己的核力量将开始在大气层进行核试验却是不符合此条约规定的，因而是不允许的。说白了，他们可以有刀并且可以制造更好的刀；而我们不能有刀。他们的骗局更加剧我们研制原子弹的紧迫性。”

“当然，生命的诞生总是伴随着阵痛，而原子弹的诞生也不能没有‘阵痛’。敢于从事危险作业，这是一个核武器研制者起码的素质。”他在给妻子的信中说得更加明澈：“如果我有什么不幸，你要想开，要保重。当年我们抛弃洋房、轿车，带着儿女们回国，正是为了干一番事业，让祖国富强。”短短数语道出陈副院长一颗雄浑激越的赤胆忠心。

列车在几声汽笛声过后，有节奏地辗轧着两道乌黑发亮的铁轨不停地发出铿锵的声响，徐徐向西移动，陈能宽副院长和妻子裴明丽这对曾经漂洋过海、风雨同舟的恩爱夫妻相互挥着手依依告别。这是许多次妻子带着依恋、带着牵挂送丈夫西行中的一次，是很平常的一次，又是丈夫负载着任务十分艰巨、十分紧急、不同寻常的一次。

就在三天前，任益民所长把我叫到办公室，开门见山地说：“李觉副部长直接来电话，二二一厂有一项‘十万火急’的任务，李部长点名要陈常宜副所长参加，但因他确实抽不开身，所里研究，决定派你参加，明天就启程，先到北京，和九所的同志汇合，李觉副部长要当面向你们布置任务，然后由陈副院长带队，前往青海二二一厂。到北京的软卧车票已在办事处买好，明天早上送去火车站的汽车也安排好了。回去准备好资料，明早七点钟开车。”

任务来的是如此突然，但既是“十万火急”，似乎没有任何商量的余地。我只说一声：“好。”便回办公室准备需要带的科研资料。

我们这次同车西行的还有九所的胡司令（继邓稼先、胡仁宇后任九院院长的胡思得）和铁牛（薛铁辕），一行五人。不知道是考虑我们都带有国家机密资料，还是这趟列车软卧铺位本来就很空，三个包厢都没有住满员，陈能宽副院长自己单独一个包厢。这是我平生坐火车最宽敞的一次。

我怀着敬重的心情走进陈副院长的包厢。陈副院长和往常一样和蔼可亲地让我坐在他的身边，随手将茶几上的巴西长香蕉摘下一个放在我的手上，像亲人一样关切地问我：

“小王最近身体好吗？大儿子快上学了吧？”

陈副院长简短的话语，蕴涵着炽热的情怀，细微的关爱。暖暖的春意，宛如热血一瞬间涌入我心田。不禁使我想起陈副院长两次到我家。一位大科学家来到一个年轻的科技工作者家中问寒问暖话家常。这种殷殷的爱，浓浓的情，使我们全家都感到充满幸福的温馨，久久难以忘怀。

陈副院长第一次到我家是1967年秋天，那是我们圆满完成氢弹试验任务回来以后过不多久的一个星期天。那时我们还在青海二二一核研究基地，我家在林场小平房。一个秋高气爽的傍晚，太阳刚刚从山顶沉没下去，天边还留下一道金光，广阔的草原还很明亮，金黄色的草地上发出悦目的光彩，软风轻轻地吹着。因为是周日，大家都习惯吃两顿饭。我早早吃过晚饭在草地上散步。走着走着，看到陈副院长朝这边缓缓走来，我高兴迎上前去和他打招呼。他亲切地说了一声：

“你住在这里？好，到你家里看看。”

陈副院长的话语使我感到惊喜，心里说不出有多高兴。虽然那个年代并不是所有双职工都可以分到一套两口子可以聚集在一起的小房间，还有不少双职工是分居在集体宿舍，陈副院长要进我家，使我感到有一种难为情，但是我还是领着他走进我那低矮的小平房。

“喔，小王，你们是一家子。”陈副院长终于把我们两口子对上号了。

“冬天怎样取暖？”陈副院长四处张望，没有发现有暖气片，关切地问。

“火墙。”我指着厨房和卧室之间的火墙说。

“喔，还很暖和呃！”陈副院长摸了摸火墙赞叹道。

他还仔细地询问我们南方人对这里生活是否习惯，高原生活是否适应，还有我们老家的家境……

我骤然有一股幸福的感觉，一股甜滋滋的温馨充盈心间。

陈副院长第二次到我家是1972年的夏天，当时九院主力已经搬迁到“三线”902地区。这是一个雨后天晴的傍晚，我们一所就在距剑门关不很远的马登公社三江大队。山沟里太阳早早就已下山，夏日散发的热气也早早蒸腾无余，河沟里吹来的细细清风让人感到凉爽。这一天我们在208工号进行爆轰实验，陈副院长也亲临现场。中午加班不休息连着干，做完实验，下午早早回来。吃过晚饭我领着大儿子在沿着河沟的公路边闲荡，沐浴着山沟傍晚馨醇的清风，刚走不多远，看到陈副院长和院部科研生产计划处的两位同志正往我们这个方向走来，我迎上前去。陈副院长首先问我：

“你就住在这里？”

“是的，我住长楼。”我指着顺着河沟方向盖起来的一幢每个楼层可住 10 家的三层宿舍楼。

“好，到你新的家看看。”陈副院长兴致勃勃地和我们走进我的家——203 号房间。

这时，我们家已有第二个小孩，我的岳母也在家里，陈副院长还亲切地和我岳母话了家常，使她心里感到乐滋滋的。

因为这次我爱人生病，陈副院长进到我家时她还躺在床上，看到陈副院长来我家，赶忙要下床来，陈副院长连声说：“小王，你不要起来，你不用起来！”

就是因为这样，我到陈副院长包厢时，他开口第一句话就问：“小王身体好吗？”

因为包厢里就只有陈副院长和我两个人，他声音低低地说：“这次任务很紧迫。据二二一实验队的报告，他们感到困难很大，但罗布泊国家核试验场已是千军万马战犹酣，各路核试验参试队伍已经进场。李副部长要求我们九所和一所派人参加，用最短的时间把问题解决，把难关突破，不得贻误。”说完静静地望着我。

我没有吱声，只是点头领受。没有细问技术细节。因为毕竟是在列车上，属于公共场所，不许谈论具体技术问题。但已深切地感受到沉甸甸的使命感和责任感。

陈副院长又把话题转向询问近来的工作、生活情况，谈了好久好久。能够在旅行的列车上和这位学识渊博又精通诗赋、气度儒雅又善解人意的科学家进行亲人一样的感情交流和心灵沟通，再长的时间也感到只是一瞬间。突然列车员一声“吃饭了，吃饭了。现在可以到餐车用饭了”的呼唤声，才把我提醒过来：“我坐的时间太久了，会影响陈副院长休息的。而且他还要思考很多很多问题呢！”我急促起身，向陈副院长道别，回到自己的包厢。

伴随列车有节奏地铿锵声响，我思绪万千。我想了很多很多。我终于明白：为什么陈副院长舍弃在美国的洋房、轿车和优越的工作、生活条件，舍弃在美国已有立足和扎根的坚实基础，毅然回归祖国。因为他的心底隐藏着深沉、年轻而沸腾的血和爱，隐藏着对祖国像大海一样的深情，他忘不了祖国曾在他心灵烙下的印记，更忘不了他曾经对祖国许下的诺言。

他把那沸腾的血和爱，那对祖国像大海般的深情，倾注于对事业的赤胆忠心。在异国他乡，他时刻关注着祖国的前途和命运。他被推举为留美工作者协会第一届干事会干事，曾任留美科协学术小组联络员，为团结和动员留美学者回国做了大量卓有成效的工作；为了有真才实学报效祖国，他孜孜以求，刻苦攻读，始终驰骋在金属物理学的科技前沿，在变形带和单晶体范性形变等方面成果卓然，炼铸了一身硬翅膀，时刻准备着“飞回去”参加科学强国的伟大实践。

回到祖国，他如饥似渴地投入科学实践，他帮助太原钢铁公司建立硅钢片的检验基地，他提出建立晶体缺陷等世界科学前沿的学术思想……长城古烽火台“隆隆”的爆炸声，中组部的一份特别调令，使他又踏上了一条陌生又艰险的新的征程，成为核武器研究所爆轰物理研究室主任。这个角色，不是一个运筹帷幄决胜千里的指挥官，而是要率先垂范奉献在前，成天和炸药雷管打交道的第一线“马前卒”。而且，从金属物理到爆轰物理，无论是研究对象还是诊断技术，都意味着专业“大改行”。知识分子在专业选择上是非常慎重的，改变大的专业方向付出的牺牲是人所共知的，多数人是要踌躇一阵子的。陈副院长当年怎么样？他没有踌躇，灯下，他在夜读鲍姆著的《爆炸物理学》、朗道著的《连续介质力学》、库拉特著的《超声速流与冲击波》……啃了一本又一本；白天，伏案推导公式，或手里握着计算尺，推、拉、摇、移，走路的时候他常常陷入沉思，他不停地计算、摸索、设计、论证；长城脚下的冬天，经常是万里雪飘，他照样坐上吉普车，在八达岭沿着茫茫白雪、蜿蜒陡峭的山路驰骋。眼见那群峰、山谷、河沟、青龙桥，那一座座高高地矗立于高山之巅的烽火台时，他不禁吟起诗人李颀的古诗："古戍苍苍烽火寒，大荒阴沉飞雪白。"他兴致勃勃地接过司机手里的方向盘，熟练地驾驶着汽车直奔长城脚下的 17 号爆轰实验场。

何止开汽车，陈副院长是一个多才多艺的科学家、学者。游泳、书法、赋诗，也都是他的拿手戏。

来到 17 号，他带领一群刚刚迈出大学校门的热血青年，酷暑寒冬，风餐露宿，进行被美国人称作"逗龙尾巴游戏"的爆轰实验。他以身作则，率先垂范，和年轻大学生一样，装炸药、插雷管、堆沙袋、拉导线……他不仅很快进入角色，而且成为行家，成为卓越的学术带头人，托起爆轰物理的一片蓝天。正是他在"隆隆"的爆轰声中不断沿着科学的足迹，艰辛地向着科学的自由王国迈进。一次次实验、一次次总结、一次次验证，他创造性地突破原子弹聚合爆轰波原理的新思路，使原子弹从理论原理可以变为一颗结构先进的物质原子弹，做出了开创性的贡献。

他还把那沸腾的血和爱，那对祖国像大海般的深情，倾注于对同事对晚辈对下属的炽热的情怀和细微的关爱。

在荒漠的 17 号爆轰实验场，不论是骄阳似火的酷暑，还是风雪交加的严冬，陈副院长都和年轻科技人员一样，白天，忍着饥饿在实验场摸爬滚打，晚上加班处理数据，常常通宵达旦。由于当时处于困难时期，大家吃不饱肚子，多数人有水肿病，晚上加班时，他常常动员年轻人早点休息。

一个风平沙静的傍晚，陈副院长和年轻大学生一起散步来到一个小山冈，遥望起伏的山峦。大学生们和陈副院长聊起在美国的学习、工作和生活，天真烂漫的小毛问："陈主任，在美国您已经有洋房、有轿车、有优越的工作和生活条件，一家人过得舒服安逸，为什么想起回国？如今和我们住一样矮小的瓦房，在沙堆上操作危险作业，还吃不饱饭，整天被肚子提意见！"

陈副院长转过头瞟了小毛一眼，微笑着说："为什么？！正因为我们的国家还很穷，很落后，外国人还把我们看做'东亚病夫'，我才会更加思念祖国；因为我们在海外学有所成，就应当兑现我们曾经许下的诺言，回到祖国，用我们掌握的科学技术，把它建设得富裕强大，让它真正地屹立于世界民族之林！"他望了望17号爆轰实验场的碉堡，深沉地说："不错，我们现在还饿着肚子，吃不饱饭。但是大家想过没有，八国联军打进来，日本侵略者占领了我们大半个中国的时候，正是我们国家饥寒交迫的时候，他们绝不会等我们吃饱了肚子才来打我们的。他们正是要以强打弱，乘虚而入。因此，我们不能坐等待毙，我们要研制有威慑力的战略武器，为我国经济建设和社会发展创造一个和平安定的时空。这是我们每个同志都应当有的使命感和责任感！"

陈能宽语重心长的一席话，是无价的精神食粮。使年轻大学生从心底里明白他们所从事工作的意义，非同寻常！

到1962年年底，北京郊外长城脚下的17号爆轰实验场，已经不能满足核武器研制的实验要求，青海草原的气势恢宏的现代化原子城科研基地也建立起来了，西进攻坚大会战的号角就将吹响。

但是有些年轻的科技人员，听说青海是中国西部的省份，听起3 200米的雪山草原，便有几分胆寒。有的同志吟咏起李白《关山月》的诗句："明月出天山，苍茫云海间，长风几万里，吹度玉门关。""胡窥青海湾，由来征战地，不见有人还，戍客望边邑，思归多苦颜。"……

为了激发科技人员西进攻坚的豪情壮志，1963年3月，人民解放军副总参谋长张爱萍上将给大家做了一个激动人心的动员报告，他精辟地讲了进军大草原的意义后，引用古诗赞美大草原"天苍苍，野茫茫，风吹草低见牛羊"的优美诗句，并把古人描写大西北征战的苍凉诗句一改为激昂奋发的战斗进行曲，大声朗诵："时代不同了，'春风已度玉门关'，西出阳关有故人。"号召青年们愉快地奔赴大西北，承担起打造中华民族核盾牌的历史重任。

动员大会之后，时任室主任的陈能宽和室里的年轻人促膝谈心。他知道有的青年因西征草原，恋情将会因此中断，就亲切地和他们谈思想，解忧伤，鼓励大家要有崇高的理想，为了祖国强大的国防，只好暂时把情爱搁一边。有一位喜爱诗赋的青年，他就写给他一首激情奋勉的诗：“八百年前陆放翁，一心但欲九州同；华章夜读心头暖，万里西行意气浓。”这首诗既是对这位青年的勉励，也是陈能宽的心迹。这位青年永远珍藏着这首赠诗。到了青海，也写了一组题为《少年行》的好几首诗回赠。诗中激情满怀地写了“轻歌一曲过甘兰”“辞京一岁谱新篇”“不取核关终不还”等诗句，抒发出报效祖国的壮志凌云。

陈能宽用真心去温暖、用真情去感化一个个年轻科技人员，带领广大科技人员进军大草原，带领广大科技人员攻克一个个技术难关。

飞驰的列车从北往南，又从东往西，再朝西北方向缓缓爬行。经过一座座城市，越过乡村、山丘和河流，足足走了两天两夜，终于到达祖国西部的火车站——西宁站。火车还未停稳，就看到有二二一厂标志的吉普车在站台附近等待我们。我们走下车厢，径直走向吉普车。到车站接我们的是二二一厂科技处的两位老熟人。老同事重逢时亲密无间，笑声朗朗。吉普车开往二二一厂驻西宁办事处。

按往常出差或探亲回厂的习惯，到达西宁都得住上三两天，在这里“过渡”和慢慢适应，因为从西宁到二二一厂，虽然直线距离只有100多公里，但海拔高度上升1 000米，在坡度最大的巴燕那里，列车要用一前一后、一拉一推的两个火车头，还要旋转整整360度才能让列车爬上去。那里海拔3 200米，开水80多摄氏度就滚沸，蒸的馒头是黏黏的，米饭长着翅膀，更直接与人的生理有关的是如果一鼓作气地上去，因为高原空气稀薄，很多人会头晕、目眩、心悸、不思饮食等“高原反应”。而在西宁住上两天，有一个逐步适应过程，就可以消除或大大减轻“高原反应”。登山运动员每登上一个高度，也要安营扎寨住几天，再上一个新的高度，其中包含这个道理——生理适应。

但是，任务紧急，容不得我们停留。当晚睡个好觉，第二天一大早，就分乘两辆吉普车直奔二二一厂。汽车转了好多弯弯，爬过好多山冈，上午11点，我们就通过哨卡，进入厂区，回到“老家”。原子弹研制成功、氢弹突破都是在这里鏖战，这里是我们为之披肝沥胆、呕心沥血的地方，虽然历经艰险，但是我们却很热爱它、眷恋它，我们都把它称为“老家”。

搬迁到四川“三线”已经好几年了，但“老家”还是那个模样：“天苍苍，野茫茫，风吹草低见牛羊。”在笔直的柏油马路两旁，藏族牧民赶着一群群又肥又壮的牛羊，藏族姑娘骑着马儿放声歌唱。辽阔的大草原，还是如歌似画叫人喜欢。

我们观赏着，回忆着……汽车很快就到达总厂招待所。我们住进招待所，陈副院长的女儿没有到四川“三线”，留在二二一厂，他就住到家里去。

吃过午饭，休息片刻，大家就开始工作。也许是因为任务紧急，我们几个人的“高原反应”并不明显，但陈副院长血压高，一进二二一厂就不敢抽烟了。

遵照陈副院长的安排，这天下午，我们分别到二二一厂实验队的几个小分队了解情况，大致了解一下他们的工作进展和人员之间的相处和合作状况。

晚饭以后，我们首先到陈副院长家里去，因为他不敢抽烟，他女儿准备了好几包好烟成为我们当中几个“烟筒”的口福，他们尽是大口大口地抽烟，我只好吃几块饼干陪他们。

我们把初步了解的情况向陈副院长做简单的汇报。他还是和往常一样，听汇报时，并不插话，静静听着，最后言简意赅地说：

“看来，问题还是老问题，但这次要求的条件比较苛刻，没有新的招数，可能难于突破。大家要多动脑筋，找准切入点。还有，由于‘文化大革命’，特别是‘二赵’破坏所产生的后遗症，人的思想比较混乱，相互之间还有隔阂，我们工作中要特别注意，多做团结工作。”

陈副院长还逐个询问我们的身体状况，是否有“高原反应”！

晚上7点半，大家都准时来到办公楼学术会议室。二二一厂实验队的队长和各小分队分别介绍了工作进展情况和遇到的难题。大家听完以后，提出了一些疑点进行交流和讨论。

陈副院长幽默地说：“看来是‘老问题’惹起的新麻烦。因为这次技术指标要求高，‘平衡点’不容易找，对几个参数都很灵敏，我们的任务是抓住主要矛盾，找准切入点，但难就难在这里！”停了片刻，遇事沉着，镇定自若，充满自信的陈副院长很有诗意地说：

“各位多数都曾伴春雷跳跃欢歌，今逢巨浪又何惧险阻坎坷！”

接着，这位著名的实验物理学家，对于如何解决面临的技术难题，提出稳健扎实的技术路线和日程安排。二二一厂的领导和实验队的同志们都很赞同。

第二天开始，我们一所和九所的同志协同二二一厂实验队的同志们，进一步计算参数，核准原先的实验参数和实验结果，反复分析、论证，陈副院长也多次和我们一起讨论，遇到疑难和迷惑，他经常及时给予点拨。当我们在困难面前犹豫时，他便用诗的言语给我们鼓劲，让我们振奋精神，启动胆识与魄力的马达。

铁牛经常说："和陈副院长出差工作很开心。"

连续几天的奋战，终于找到前期实验中冒出新问题惹起新麻烦的原因所在。

陈副院长高兴地说："'症结'找到了，当然首先要'对症下药'，但对于参数的灵敏性也不能掉以轻心，前者是这次的个性，后者是共性，两者都要严阵以待"。

大家进一步地计算、分析、讨论，对设计图纸的技术要求，对一个个技术参数，反复审核。

又通过数次的小型元、部件爆轰实验，校正好参数，最后成功地进行了大型爆轰试验，测量到令人满意的数据。

至此，应当说圆满完成任务了。但是陈副院长还不放心，他又组织了几次技术总结会，让大家进行总结汇报，让大家进一步查漏洞、找问题，哪怕是一个细小问题都不放过。最后，因为某一个关键性技术参数有个别同志提出不同看法，陈副院长专门组织了两次会议，广开言路，直到把疑云驱散为止。对此，有的同志说："陈副院长很认真！"他听后严肃地说："这就叫周到细致，万无一失，叫过细，叫向人民负责。因为我们肩负着人民的重托。我们拿出的数据，都应当敢于向祖国、向人民拍胸脯，敢于向祖国、向人民庄重地说：请您放心！"

最后一次讨论会结束时，陈副院长说：“这次任务完成得很好，后天，我们就要分别回北京和四川。还有一件工作需要请几位同志回去之前完成。”他让九所的胡司令、二二一厂的小黄和我分别对几个专题写出技术论证，连同实验总结，作为向中央专委汇报的附件。

我回到一所以后的第二个星期，传来了罗布泊又一次成功地进行一次新的核试验的佳音，心里无比高兴，也激起我回想出差二二一厂两周时间里陈副院长表现出来的才华和品德：他那丰博的学识，闪光的才智，敢于负责、善于组织引导的科技帅才，常人少有的细心和谋略，高尚的人格操守和对祖国对晚辈的无限深情……

情长路更长。这次核试验成功以后，陈副院长又开始新的征程。他一方面潜心研究起爆部件的减薄这一核武器小型化很有潜力的课题，并实现了把数十毫米减薄为数毫米的突破性超越；而且来到902地区，跑遍一所、三所、六所、五所、四所——到处留下他一个又一个的足迹。

他一次又一次来到一所，在测试大厅，在装配车间，在实验场地，他深入细致地察看，一丝不苟地讨论一个个技术问题。

这是027的一次大型实验，他早早驱车来到208工号，在班前动员会上，陈副院长说：“新的原理，小的尺寸，工作更要过细，容不得有一点粗心大意。”他反复叮咛大家：“我们多年来形成并逐渐丰富和规范的规章制度，点线检查制度，技术安全规则等一定要坚持。这不仅关系到产品的质量，生产的安全，有的更是生死攸关，万万不能麻痹大意！”他一再提醒大家。大家在进行装配炸药、操作雷管等危险作业时，他亲临现场指挥、指导，并及时提醒大家：

“小张，你没有戴工作帽！”

“老召你进屋有没有把火柴、打火机放在外面？”

“小华的手会颤动，不要安排在操作雷管、炸药的岗位上。”

他看得很认真，想得很周到。

在实验结果的报告、讨论会上，大家经常争论得脸红脖子粗，而陈副院长与众不同，他往往不是以提高嗓音在争辩中留住激发出的思想火花，而是在沉思中聆听各方意见后一语破的，字字句句犹如击鼓铿锵的话语。有的同志赞誉他是一个肚子里藏有万件珠宝的科技帅才，一当吐出，便是光华夺目，晶莹耀眼。

但有时他也会很着急，甚至打断对方的发言。那是当有的同志报告工作时，不该出错时出了大错，他会急得和他争辩，甚至严厉指责。

1982 年的一次 027 系列核试验装置试总装后的质量汇

报会上，一位刚刚晋升为高级工程师的技术人员在分析某一部件组装后的尺寸公差会导致激波走时的时间差时，把 0.02 微秒说成是 0.2 微秒，他便中途打断这位高工的话追问。这位高工也许因为紧张，也许执拗己见，反复强调他的计算是对的，是 0.2 微秒。胸有成竹的陈副院长急得走上讲台，娴熟地在黑板上列出计算公式和实测数据，一口气计算出结果是 0.019 微秒，近似值 0.02 微秒，让这位同志口服心服。陈副院长还半真半假地说了一句气话：“要是今天表决你的高级工程师，我也许会投反对票的。”他接着说：“干我们这一行的，容不得有丝毫敷衍，又要学会抓住问题的实质。0.02 误为 0.2，纸面上只差一个零，可是产品将报废。人力、物力，还有刻不容缓的时间啊！我们的计划安排是倒计时的啊！”处处表现他那沉思、机智、敏锐、老练的奇特品质。

在 017 系列研制，在 A15、A06 系列的生产定型研究，陈副院长都倾注了大量心血。在 902 地区的爆轰实验场，在罗布泊的国家核试验场，都有他亲自参与领导和指挥的身影。很多老同志都深有感触地说：“从原子弹的突破，氢弹的突破到掌握中子弹设计技术和武器小型化，在众多卓越的科学家中，陈副院长是个不可或缺的灵魂人物。”

陈副院长在金属物理、爆炸物理和核技术等许多学科，不乏真知灼见，才华横溢；而且他在风雨兼程的科技攻关之余，还激情满怀地抒写了好多诗篇。

1983 年 4 月 14 日，在西行执行任务行程中，登机之前，他游览了邛崃胜地卓文君故居后，欣然挥笔赋七绝一首：

七绝

西奔

朝辞蜀地文君井，西奔戈壁甘草泉。
但使强权气焰敛，风流亦样两千年。

他借访两千年前卓文君故居这一千古风流历史名胜，抒发了两弹人为了铸造中华民族核盾牌，艰苦创业、执着追求的博大胸怀和奉献精神，表达了两弹人不畏强权，肩负重任，创造历史奇迹，谱写历史新篇的豪迈气概。其功绩、其风采，也将会超越时空，获得不灭不改的永恒生命。

1984 年 10 月 16 日，为纪念我国原子弹试验成功 20 周年，陈副院长手握毛笔，浓墨深情，如瀑布倾泻，长河奔流，一气呵成：

七律

述怀并答友人

我国原子弹试验成功廿周年

万里难忘赤县天，将雏挈妇苦战边。
不辞沉默铸坚甲，甘献年华逐紫烟。

幸伴春雷曾鼓掌，重逢巨浪未歇肩。

巴山今忆草原事，记否戈壁看圣贤。

1984年10月16日　陈能宽

只有浸透了披星戴月的辛劳和殚精竭虑的血汗，才能抒写出这样惊艳照人的诗篇。诗人笔下赞颂了两弹人肩负党和人民赋予的伟大使命，搏击变幻无穷的世界风云，从燕山山脉雄伟的万里长城脚下古战场上的17号，到高寒缺氧的茫茫草原和飞沙走石的千里戈壁滩，又到深山峡谷的巴山蜀水和剑门关，多少科学家隐姓埋名，以身许国，多少大学生不顾个人得失，有的还献出年轻的生命；多少工人、干部和解放军指战员默默无闻、无私奉献。他们汇聚成浩然正气，聚集成空前的科学创新伟力。为铸造中华民族核坚甲，他们用青春和热血，在艰苦卓绝的秘密历程中，只有执着追求，没有索取之心。他们满怀豪情地为震撼世界的我国第一颗原子弹爆炸成功的“春雷”欢呼鼓掌，更乐于为装配海军的小型核弹“巨浪”滔滔马不停蹄地奋勇当先。他们既有奋斗的苦涩和艰辛，也享受到成功的甘甜和喜悦，他们把事业的成就当做人生最大的幸福、快乐和最大的满足。这是陈能宽副院长，也是“两弹人”撕开胸膛敞开在读者面前的心扉。

1985年春暖花开的三月天，陈副院长再次来到一所办公楼二楼会议室，听取“017-W”的实验结果总结汇报，可能他已经了解实验结果很理想，一进会议室就带来一阵愉悦的笑声和大家一一握手。当我走到讲台前面，准备进行“017-W”三次实验的综合总结汇报时，坐在他身边的小刘说了一声：“陈副院长，他就要调走了！”陈副院长一听，如梦初醒似的：“什么，他要调走，我怎么不知道？我不让走！”小刘接着说：“调令都已发来了，第三次实验是他拿到调令以后才做的。”陈副院长听完，也不知该说什么才好！

原来，院里开会批准我调出时，陈副院长在北京参加全国人大政协“两会”。他并不在院部！

会后，他问我为什么要调走，我简单地回答说：“主要是白细胞低的时候只有 3 000，血小板只有 6 万，还有一些其他原因。”我还说：“我也舍不得离开九院，舍不得培养我、关心我的科学家以及共同工作 20 多年的领导和同事！”大概他看到我眼眶红红的，他只静静地点头……我望了望他，他那不同寻常的神情犹如寂静的山泉，轻轻地在我全身流淌……

1986 年，陈副院长调任核工业部科技委副主任。在他离开九院副院长岗位之前，他以中国科学院学部委员（院士）和九院科技委主任的名义，为我写了一份专业技术工作鉴定。不过这时他已收到核工业部调任部科技委副主任的调令，1988 年他又聘任为国防科工委副主任。日后和他同在院科技委工作的科技委秘书长张副总说过：那是陈副院长很少为人家写鉴定的一次，在九院也许是唯一的一次。

以后，十几年来，我和陈副院长南北天各一方，难有见面机会，不能再直接聆听他的教诲。但思想、感情可以穿越时空。他那殷殷的爱，犹如一杯永远喝不干的甜酒，给我享用多多；他那浓浓的情，如同四季常吹不息的一阵阵轻风，缓缓拂过我心灵的水面，令我精神旺盛！

岁月的流逝，历经的沧桑，抹不掉我和陈副院长多次相处的美好回忆。发生的一切恍惚已经遥远，但却历历在目，他的才华，他的品德，他的教诲，他的情和爱，仍在沐浴着我的心灵。

4. 国产专家 1 号

于敏，这位并不神秘但魅力迷人的大学问家，我在上大学时就听说过。我们系大楼“546 信箱”就在中关村。当时中关村是中国科学院数理各研究所较集中的科学园区。我们又是读原子核物理的，自然像于敏这位出类拔萃的科技新星成为我们追求和学习的楷模。当时我们北大校长陆平很欣赏周光召、陈佳洱和王楚三个拔尖人才；而科学院里的于敏更是名扬中外，他当时在原子能所。

世界著名物理学家、诺贝尔奖金获得者 A· 玻尔称于敏是“出类拔萃的人”；日本科学界的著名人士称于敏为“中国的土产专家 1 号”。因为他是我国自己培养出来的并没有留学国外的核物理学家。

我大学毕业前夕，系里传闻：于敏要在我们核物理专业的毕业生中招收 2 名研究生。很多有抱负的同学都很向往能够成为于敏的弟子。真可惜，后来并没有在我们毕业班里招收研究生。我到九院后，才知道，那年于敏已和黄祖洽、何祚庥三人为领队，团结带领一支科技精兵，在氢弹理论的未知世界里探索和研究。

我第一次得睹于敏的学术风采是 1965 年年底，在青海大草原二二一核研究基地图书馆四楼的学术报告厅里。虽然在这海拔 3 000 多米的雪山草原上，气温零下 30 多摄氏度，到处是冰天雪地，寒气袭人。但在这学术报告厅里却是热气腾腾，坐满了核武器研制设计院的领导和科技精英，有二机部副部长刘西尧和基地党政领导吴际霖、郭英会等，有九院院长王淦昌、彭桓武、郭永怀、陈能宽等老科学家，还有更多的是有关的科研组组长以上的科技骨干。我是年纪最轻资历最浅的科研组长，能够参加这么高密级的科技报告会也是第一次。因此走进会场，便小心翼翼地找个座位坐下。

上午八点刚过，身着中式棉上衣的于敏走上学术报告厅讲演台，他讲的代号是A29的氢弹模型，他手持教鞭，指向A29原理模型的挂图，先从物理概念出发，详细地阐述A29的原理和基本物理过程，大家都全神贯注地听着，讲解时，不免也要涉及裂变、聚变、造氚、烧氚的特征、时间和相关增殖系数，光子、电子能耗、中子增殖、慢化和输运，辐射波、冲击波、稀疏波……还有枯燥的数字、乏味的公式、成串的方程组。可所有这些经于敏一讲，变得那么生动形象，那么富有情趣，那么通俗易懂。就连党政领导刘西尧、吴际霖也听得津津有味，不时还抑制不住内心的兴奋和欣喜，边听边插话询问。

在长篇的学术报告里，于敏详尽讲述了理论设计原理、结构特征、技术要求；对冷试验和热试验必须测试诊断的项目和参数，也做了详尽的论述。

理论部的其他几位科学家也先后报告了几个各有特色的氢弹模型。

听了理论部的全面介绍后，科学家们集思广益，一致认为于敏介绍的A29模型，是一个技术先进的方案，但有三大技术难关必须在冷实验中得到解决。

为了做到“稳妥可靠”“万无一失”，刘西尧副部长指导大家制定了“进可攻，退可守”的两套方案，即：以于敏主持提出的 A29 方案为主攻方向，同时也不放弃对另一方案的研制工作。

科学的真谛在于求是与创新。于敏的最大优点就在于有勇于开拓创新的大将风度，又具有求是的科学民主作风。自信但不自负，就连像我们这样的科技新手的想法、意见和建议，他也非常重视。他在回忆起解悟氢弹之谜的初始阶段，和何祚庥等科学家做了大量的基础研究课题时，情深深意浓浓地叙说：

“在四〇一所 4 年中，我和何祚庥的科研思路基本一样，工作作风相辅相成，相互促进，受益匪浅，令人难忘。历史证明，当时我们研究的方向、思路、方法是科学的，发现的现象和规律是正确的，奠定了许多探索氢弹必不可少的应用基础。氢弹的物理设计主要是原理、材料和构形三个方面。这三个方面是建立在核武器物理基础上的。在基础研究中，我们也开展了实现氢弹途径的探索工作。了解、认识、解决和掌握了一些基本问题，同时，提出了相关的技术途径和相应的模型。只因为在没有大规模计算手段的情况下，特别是在缺乏必要的原子弹知识和数据的情况下，还不可能实现氢弹的突破。”

于敏讲得很亲切，很实在。他还说：

"共同奋斗的四个春秋中，大家对氢弹的各种物理过程、作用原理和可能结构进行了研究，认识了许多基本现象和规律。例如各种形式能量之间的相互转换、弛豫和耗损，各种类型波的发生、发展和相互作用能量的产生、输运和耗损过程；找出了在氢弹中热核反应动力学的中子和氚循环链式反应，得出了造氚和烧氚的特征时间和相关增殖系数；写下了适用于氢弹机理的全部方程式；研究了光子、电子能耗，中子增殖、慢化和输运，研究了辐射波、冲击波和稀疏波的特性以及它们之间的相互关系；研究热核反应、中子、辐射的有关参数。对这些物理问题，大家有一幅完整的物理图像，有比较清楚的数量级概念；提出了点燃氢弹的两种机理，分析燃烧过程，给出了表征过程的主要特征量和所需条件等等。"

于敏如数家珍地回忆起在四○一所的 4 年中协力攻关的日日夜夜，所取得的辉煌成果。

科学思维的火花，在科学与民主的气氛中碰撞、闪光，一个、两个、无数个闪光点汇聚成一个又一个闪光的设想。科学家的伟大，在于他善于从成千上万个数据中，从无数个闪光的设想中，不断反复地比较和分析，渐渐发现、提炼、升华出新的概念、规律和思想，使之达到质的飞跃。于敏在组织 A29 理论攻关过程中显示出具有这种大系统集成风度的科学家的典范。在上海嘉定华东计算所短短100天实现氢弹的理论设计突破，这是中国氢弹研究史上具有划时代意义的100天！

1965年9月27日，于敏率领的一支精干科技队伍前往上海市郊的中国科学院华东计算机研究所，他们接受的科研任务是优化设计一种有热核聚变的“加强型原子弹”的会战。当时，许多年轻科技人员既不熟悉氢弹的基本知识，又缺乏科研实践的经验。为了在工作中培养锻炼他们，于敏领导大家首先按照在北京接受的预定任务，采用“网大”“眼小”的战略战术，一丝扣一丝，一环套一环，一步步向着预定目标逼近，夜以继日地试算出第一批模型。

一捆捆比长城还长的纸带上，打印有比银河系的星星还多的密密麻麻的数字在人们的眼前闪动。大家仔细地查看那堆积如山的纸带。于敏和大家一样，经常是从傍晚鏖战到黎明，从黎明又奋斗到傍晚。他一会儿看结果，一会儿分析物理图像，一会儿组织讨论，激发大家的思维和灵感。每当遇到关键问题时，于敏便一事一议地及时做总结，从感性认识上升为理性认识。就这样，他们算了一批又一批模型，也攻克了一个又一个难关……

这支精干的科技队伍，干劲愈来愈足，攻关的能力也愈来愈强，创新意识和胆量也愈来愈大，他们有的同志开始跳出圈圈思考问题，在深入研究既定任务的同时，他们又及时根据工作实践中，在科学与民主的气氛中碰撞、闪耀出来的思维的火花，产生新的想法，加班加点开辟新的课题。一天、两天、一个星期、两个星期，他们不知疲倦地工作，不断地提出问题、解决问题，一层层往里深入，把工作逐渐推向胜利的彼岸。

怎样才能把新的设想变成现实的氢弹理论模型？于敏讲：

“氢弹是从原子弹起爆开始的，我们尝试一下，分解氢弹可能动作的过程。这些过程是由几个阶段组成的？各个阶段是怎样互相区别又相互联系的？”他又讲：“显然，每一个阶段都是由前一个阶段提供条件，环环相扣；而各阶段都会显示出标志特征的物理现象，这些现象又是由相互矛盾的物理因素决定的。路就在脚下，只要我们方向明确，方法对头，从原子弹起爆开始，一环套一环地向着目标紧逼，氢弹的神秘之门就会被我们叩开。”

话是这么说，于敏心中明白，这是一个需要费尽心血、充满艰辛的研究过程。大家在不断前进过程中，又不断遇到一些看来难于解决的问题和矛盾，有的问题棘手得让人百思不得其解的境地。

面对接踵而来的一个个难题，于敏早有思想准备，他懂得在探索这样复杂问题的过程中，不遇到挫折和失败才怪呢！他召开一次又一次的民主讨论会，对眼前的现象和问题进行冷静、求实的分析，在集思广益的基础上，鼓励大家百折不挠地继续探索、总结、升华。同时，他在深思熟虑的基础上，做了许多粗估、并计算验证。但是由于“加强型原子弹”模型的极限性，怎么算也设计不出100万吨TNT爆炸威力的模型！

正是这位有大系统集成天才的科学家于敏，从成千上万个数据中反复比较、分析、归纳、集成，渐渐地发现：“加强型”原子弹压缩聚变材料的能量主要是炸药能，不可能达到高度压缩，氘化锂密度不高，“氚－中子”循环代数不高；只有利用能量千万倍于炸药能的原子弹能量，才能实现对聚变材料的高度压缩，达到高密度。又经过多少个日日夜夜的苦思和集思广益，终于找到一种可以利用原子弹爆炸瞬间释放的巨大能量用于压缩聚变材料，又可以控制在这一瞬间原子弹的破坏作用的构型。

那是1965年10月下旬的一天，在一个令人难忘的学术报告会上，于敏在集成集体智慧的基础上，提炼、升华、浓缩后，运用理论粗估的方法进行了引人入胜的学术报告。这个报告，不是讲“加强型原子弹”模型，而是结构新颖、爆炸威力可达数百万吨TNT当量的“氢弹原理”模型。从现象到规律，从矛盾到统一，从原子弹点燃到氢弹燃烧，他都一一进行通俗、精辟的科学论证，给出一个从原理到构形的创新型方案！会场静得令人窒息，大家都感到观点“非常新鲜”“非常大胆”，可又“非常令人信服”。

很快，大家按照创新的思路，沿着科学的思想轨迹和科学的工作方法，再接再厉，步步进逼，终于揭示出氢弹的规律和技术途径。

秋去冬来，100个日日夜夜的艰辛，12月中旬，A29模型——科学家智慧和心血的结晶，中国人第一个氢弹原理的理论模型新鲜出炉了！

大家欢呼着、跳跃着，兴奋不已。于敏心境却很平静，此时此刻，他脑际里却浮现出一连串大问号：这么复杂的构型，这么复杂的过程，技术上能实现吗？实际过程能如理论所预期的那样吗？工艺上能达到吗？测试诊断的手段具备了吗？……

就在这次报告会以后，选定于敏主持的A29模型作为主攻方向，并把三大技术难题分别落实到实验部2室、21室和23室。23室的难题能否解决，以及解决的好坏程度，是A29模型可行性的关键，也直接牵制2室和21室的难题。因此，人们把23室的难题称之为“A城保卫战”。室主任黄世明和陶祖聪亲临奋战。

人们不分昼夜，也没有星期天，加班加点地干。一周、两周……时间过得很快，“A 城保卫战”也已进行了三个回合了，战况如何？黄主任给出的结果是：“没有任何进展，难度还很大！……”

原来 23 室的“作战方案”是“筑护城墙”“挖护城河”。搞城防工事，既劳民伤财，浪费有效的城池，又分散了兵力。“A 城保卫战”不是良策。采用搞“城防工事”的战法，即便“A 城保卫战”取胜了，也解决不了 2 室的集中优势兵力打歼灭战，将严重影响打进敌方“指挥中心”的能力。城郭和城壕占用的空间将严重影响 21 室日后的休养生息，影响城市的“产出效率”。

山重水复疑无路，柳暗花明又一村。正当大家心中着急之时，实验部的一位年轻科技人员提出一种新的办法。他一改故辙，彻底甩开黄老先生那种被动式的城防工事的作战方案，而是在城市“要塞”驻扎一支有攻击力的精锐“小分队”，采用“兵来将挡，水来土掩”的“以攻为守”的作战方案。这一方案，不仅“A 城”容易保卫，也有利于反攻，23 室的工作将大大有利；而且有利于先头部队会集优势兵力，也有利于左右羽翼部队的协同作战，2 室和 21 室的工作难度也将大大减轻。

科学家认为：“这个意见太好了。”“A 城保卫战”可望得胜，而且其他两个难题也将迎刃而解，因此，科学家们赞誉说是“一石三鸟”“一举多得”。

于敏更加充满信心了，通过实验发现问题，而且提出解决问题的途径，进一步修改和优化理论模型。理论和实验紧密结合，集成了群众的智慧和才华，集成了理论和实验的科技创新力量，这是于敏组织的A29“氢弹理论模型”能够变成数百万吨TNT当量的物质“氢弹”，我国能够夺得世界氢弹发展史上无与伦比的高速度的金钥匙！是九院科学家集体智慧的非凡展示！理论物理学家于敏就是身体力行这一研制路子的典范。

以后，刘西尧副部长亲自指挥，把2室、21室、23室和理论部、设计部的一部分精兵良将集中起来，组成新的2室，攥紧拳头，合力攻关。又经过无数次各种各样的实验和反复的理论升华，中国人自己研制的氢弹终于变成现实。

1966年12月28日，氢弹原理爆炸试验成功了。

1967年6月17日，威力数百万顿TNT当量的氢弹试验成功了。

于敏不仅有广阔而深邃的理论根基，而且有扎实深厚的数学功底，使他解决实际物理问题的能力达到随心所欲。

在1969年秋天的一次小型学术讨论会上，我们报告了实验中发现一种新的物理现象，并已通过一系列实验进一步证实，也在“压力—速度”平面上做出“雨贡纽曲线”进行原理上的表述和分析论证。但是由于长期以来，一些科技人员甚至是博士生导师、研究员、教授，片面理解特征线方法的“连续条件”，对这一实验现象不予接受。

于敏听完我的汇报后，走上讲台，不假思索地在黑板上写下一个仅有几个数学符号的表达式，接着言简意赅地用数学语言把这一物理规律揭示得淋漓尽致。这一许多人百思不得其解的疑惑，经他这一点拨，便顿开茅塞，也使我们对这一物理规律的认识得以升华！

这是我第一次感受到于敏掌握知识的深度上让一般人望尘莫及，而在知识广度上又使人瞠目结舌，对新的物理规律的反应速度超过快速电子计算机。他的确是一个了不起的科学家。

于敏不仅有深厚的理论功底，解决理论问题得心应手，而且对实验现象、实验数据，也有洞察秋毫的惊人能力。特别是遇到一些非常理想或非常糟糕“离奇”的数据，他更是要反复斟酌，质疑问难。

在核武器研制过程中，有两次大的核截面和两次大的时间扰动，都被于敏一览无余。

那是于敏刚刚从原子核理论转到研究氢弹理论不久的一天，一位专家告诉于敏：“国外资料上登出了一个新的截面实验，其数据非常理想”。这件事涉及氢弹设计的难点问题，引起大家普遍关注。但是，要验证该数据的可靠性的常规的方法是进行重复实验，这不仅要花大笔经费，而且需要两三年时间，做还是不做？人们意见不一。

于敏没有加入同事们的争论，而是阅读了有关资料，进行理论计算，反复分析、论证。到了第二天晚上，他有些疲惫，躺在床上，又睡不着。半夜，妻子被翻来覆去思索问题的于敏搅醒了。她急忙取出安眠药，看着他服下。然而于敏还是睡不着，妻子没办法，索性坐了起来，陪着丈夫默默地度过难熬的一分一秒。屋里很静，只能听得见闹钟走动的“嘀嗒”声。也不知过了多久，于敏突然兴奋地说：“玉芹，我想出来了！”他一跃而起，一把拉住妻子的手说：“实验的钱和时间，我们可以不用啦！”

妻子被眼前的情景搞糊涂了，忙说：“怎么不用了？”

于敏急得外衣也顾不得穿，走到小桌子旁，拿起纸和笔，写啊，画啊！一直到天亮。

第二天，在专题报告会上，于敏从核反应的基本原理出发，比较了诸多的物理因素，分析了各种物理量之间的关系，根据布莱特－魏格纳公式框架，通过逻辑推导，顺理成章地得出科学可信的数据，证明国外刊登的数据不可信。这一结论澄清了许多人的猜想。他斩钉截铁地说：“我们根本就没有必要去耗费那么多的人力、物力，那么长的时间去重复这个实验。我们也不要指望截面值有可能那么大！”

大家听了都露出折服的眼光，不久，外刊报道，原来的数据有误，而于敏凭借着深厚的理论功底，早已予以纠正了。

1965 年 2 月，就在于敏正式调入九所的时候，九所从苏联公布的文献上发现某一轻核反应截面数据数值相当大。但在这前后，美国也公布了一个数据，截面值较小，理论部投入了相当的力量攻关，并把希望寄托在苏联这一数据上，此事使于敏想起：“这事可能就是 1961 年在四〇一所已否定的那个理论模型‘死灰复燃’！”

由于这时，原子弹已经试验成功，突破氢弹已是箭在弦上，而且一支由女科学家何泽慧率领的 30 余名科技人员，早在几年前就着手轻核反应装置的探索研究。为了取得第一手资料，刘西尧、彭桓武和朱光亚一致决定：“搞清苏、美两家谁是谁非。”并亲临四〇一所。

何泽慧率领的科技人员，不负众望以只争朝夕的精神，经过 4 个月的鏖战，于 6 月提交第一套急需的可靠的轻核反应数据。数据表明，截面值是较小的。这一实验值对研究热核武器技术途径的选择起了重要的作用，为我国研制氢弹争取了宝贵的时间，也再次证实了于敏的科学判断。

同样，即使是九院内部提供的实验数据，如果明显偏离理论的估算值，于敏也绝不会轻易相信，人云亦云。他照样会给以掂斤播两，弄个水落石出。

1975 年的夏天，一所有几位科技人员到九所出差，在讨论某一技术问题，提出 7 号连接件的影响系数是 40 倍。九所的小承也从早期一所提供的技术总结中查到相同的结论。引起九所做 027 理论设计的同志一片惊异："如果真的如此，027 还能灵吗？"

"会这么大吗？"对实验结果有洞察秋毫能力的于敏不这么认为。他反问大家："如果影响 40 倍在 027 会出现，那为什么 027 的 Z 激活问题能够突破？"他立即挂电话到一所询问个究竟！

两天以后，一所做 027 的三个同志来到北京，见面时于敏的第一句话是："影响不会那么大吧！"

经过反复讨论，一所做 027 实验的同志指出："影响 40 倍，是早期的实验设计不合理，当时还没有发现两接触界面会分开运动的物理规律，得出以假乱真的结果，1968 年以后，我们做了大量实验，已从感性认识上升到理性认识。而且我们带来两张脉冲 X 光摄影的底片，非常直观地可判断，影响系数大约是 4 倍。"

于敏听了以后，接过两张照片，仔细观察，沉思片刻后说："应当是只有几倍，这和流体扰动理论计算的结果比较一致。"

一所做027实验的同志回一所后，又针对模型结构，做了一系列的实验，结果不出于敏所料！

一波刚平，一波又起，1983年，正当017快马加鞭的紧张实验阶段，一所做某一实验的同志又报出一个骇人听闻的实验数据：某一层面上局部走时偏离2微秒。2微秒，在日常生活中只是区区之数。可是相对于核武器内部的运动，可算得上天文数字，特别是小型化核武器，真的偏离2微秒，017准失灵无疑！理论部的同志们惊愕了！

"老于，怎么办？"小程急巴巴的样子。

临阵不慌的于敏从座位上站了起来，在会议室前面一边漫步，一边忖量着这一突如其来的大扰动。许久，他从喉咙深处发出细语："以往做了那么多实验，017也做了不少实验，未曾出现过如此巨大的扰动啊！"他从流体的黏滞性理论思考这一问题，断定出现这么巨大的二维扰动根本是不可能的，除非是形成射流，但并没有形成射流的条件。可是他暂不直言，他向邓院长建议：

"老邓，把一所做017实验的同志请来，讨论个究竟！您看好吗？"

邓稼先当然支持老于的意见，立即挂电话给一所。

第三天，一所张总和做 017 实验组的组长赶到北京。

在讨论会上，于敏又一次聚精会神地听取了关于走时偏离 2 微秒的实验报告。017 实验组组长又进一步询问实验设计和测试探针的布局方位等细节问题。然后丝丝入扣地剖析偏离 2 微秒的来龙去脉。最后，一板一眼地说：

“这次的以假乱真，虽然实验条件和 1975 年全然不同，但是诱发的因素和 1975 年提出的 7 号构件影响 40 倍是同条共贯。都是实验探测信号源布设不合理造成的。这几个数据完全可以剔除。”

于敏静静地听完以后，从座位上站了起来，微笑着点了点头说：“我同意这个意见。”

一场虚惊解除了，大家轻松的心情不言而喻，可于敏早已心中有数，只是想用实验数据来说明更有说服力！

于敏学识渊博，可他从不炫耀自己，与他接触过的人，都感到他身上有一种迷人的魅力。

在炎热的夏天，近百人挤在一个不大的学术报告厅里，人们汗水顺着脸颊往下流也顾不上擦，大家都津津有味地听着，聚精会神地记笔记。原来是于敏在讲演激光理论和应用原理。

中科院的好多年轻科技人员惊奇地交头接耳，这么高水平的科学家，我们为什么从来没有听说过？这么高水平的学术报告，我们从来没有听到过！

辐射驱动中的激光吸收效率，X 光的转换效率及输运、辐射温度，超热电子和非线性过程，辐射烧蚀，辐射热波，激光介质的能量转换效率……还有，他几乎是不假思索地便在黑板上写出一黑板所需要引用的公式。枯燥的数学，乏味的公式，抽象的理论，可他很少看讲稿，但却讲得让你听起来感到逻辑严谨且妙语连珠。高深的理论，经他一讲变得那么生动形象，那么富有情趣，那么通俗易懂。

听完于敏的学术报告，年轻的科技人员个个充满激情和喜悦："太好了，这么新鲜的理论，这么生动的演讲，比起看一场电影还舒服，简直是一种高品位的美的享受。"年轻人边走边议论着："不错，科学也是一种美学。"

于敏具有迷人的魅力，还表现在他反应敏捷、洞察秋毫的解决实际问题的能力以及平易近人的优良作风，不管于敏走到哪里，领导者都愿意听取他的意见后再做决策，每次国家核试验和重大技术问题做最后决策之前，邓稼先院长都要当面或通过电话听听于敏的意见。同行愿意和他合作，青年人愿意向他请教，因为他有求必应，从不推辞。

和于敏共事过的人们，都有一个共同的感受：在学术问题上，他的理论、思路、技巧、诀窍总是和盘托出，没有一丝一毫的保留。

人们议论着："他难道不怕别人超过自己吗？"

"不会的，他肚子里货多，讲完旧的，又装进新的，没人能超过他！"

"才华高，气度大，他从来就不妒忌别人，还怕别人超过他？"

可于敏是这样想的："天下之大，真理之多，每个人都有他的用武之地。天生我材必有用。更何况我们所从事的工作，是多学科的系统工程，必须大家通力合作才能取得成功。我的想法告诉别人以后，别人的发挥反过来也会启发我，我也受益。如果一个人过分计较一时一事，自己把自己封锁住了，反而迈不开步子。我们应该学会算大账，算总账，这样水涨船高，我们的事业上去了，大家都有好处，学问也会更多的！"

他还富有哲理地说："世界上最有用的东西是才智。什么是才智？真正的才智不是指已经拥有的才华，而是有能够不断掌握新的才华的能力。"

正是于敏天长日久地孜孜以求，川流不息，他才能够在掌握知识的深度上，为一般人所望尘莫及，而在知识的广度上也常常使人瞠目结舌；他才能够在科学前沿阵地上，发表一个个高见，一个个富有远见的建议，开辟出一条条新路，把科研工作引到一个个新的方向，实现一个个新的突破。

人们议论说："于敏聪明"。他自己说："我勤奋"。

还有人说："于敏是否有什么家庭渊源？"他自己说："将相本无种，能力、才智大都是后天锻炼出来的。我在小的时候就比较爱动脑筋，对我所感兴趣的事，我不但要知其然，而且一定要知其所以然。"

我相信他的话很平实，但还要补充一句，那就是责任心和使命感。

在那特殊的岁月里，科研工作几乎成为于敏生命中的全部内容和唯一追求。

一天，于敏破例陪妻子玉芹来到东单百货大楼，走进门口，见到门里门外乱哄哄的人群，他便坚持要在门外等候妻子。满心欢喜的妻子被于敏的言行搞得心里很不好受，无奈何只好独自进去。当妻子急急忙忙转了一圈出来时，却不见于敏的身影，只好独自回家。可是家里、办公室、同事家，均不见其踪影。等到吃晚饭时，他才兴致勃勃地回家。

妻子问："你到哪里去啦？"

"我没有到哪里去呀！"

原来，妻子一走进大门，他便找了个清静的角落，思考起自己的研究课题。还从口袋里拿出纸和笔，写呀画呀！待其从沉思中清醒过来时，已是华灯放亮时分。

同样，有时候周日妻子拉他到公园去“换换脑筋”时，于敏也是每每“落伍”，经常全家人走了好远，他还在想着问题落在后面，后来索性找个借口，说是“走不动了！”找个清幽的地方坐下来看书。

由于肩负着铸造民族核盾牌的特殊使命，工作中往往进入如痴如醉状态。战友黄祖洽常夸他：“于敏可以为解决一个难题而做到看书、吃饭、走路、甚至睡觉时都倾心思考，直到找到答案。”

妻子玉芹说：“他时常梦中突发灵感，深更半夜醒来，立即伏案工作。日久天长，如果哪天他睡得很沉，我反而担心，还得将他唤醒后，才能放心入睡。”

有人这样问他：“你为什么能够不断地有新的突破呢？”他是这样回答的：

“因为我经常在苦思，我既不放过每一个具体细节，又比较善于去抓最本质的东西；因为我深知，继续不知疲倦地探索与创新，才是生命中最耀眼的光华！”

可是当他受到表彰和赞扬时，他却总是深沉而真挚地说：

“不论是原子弹，还是氢弹，都是一个庞大的系统工程，是千万人的共同事业，是一个国家组织领导能力的表现。每个同志都可以在这个系统工程中找到发挥自身作用的部门和岗位，个人的作用是微不足道的。在氢弹的研制过程中，我只是多路多学科研究工作中的学术带头人之一。我能为祖国做点事，一是有颗中国心，二是认真勤奋。”

多么平实和真诚的国产专家1号——于敏。他确实是一个不可多得的科学家，但又是一个普普通通的中国人。

第五篇 无名英雄赞

在研制原子弹、突破氢弹，实现核武器小型化和掌握中子弹设计技术的秘密历程中，有科学家、英模人物和先进群体建树的功勋，更不乏成千上万无名英雄默默耕耘，只有奉献、不求索取，为了一朵朵菌状蘑菇云在世界东方升腾，为共和国核盾牌这一光辉事业献身的感人事迹。

笔下的无名英雄，一个个都是活灵活现的，但没取原来姓名，因为写的是无名英雄，还因为这一群体太多太多了！数也数不清，写也写不完。仅从几个典型事例中，让读者领悟这群成千上万的无名英雄活得是那么平凡艰难，可思想是那么纯朴高尚，献身事业的情怀又是那么赤诚坦荡。

1. 把另一半爱深深地埋在心里

为了原子弹大会战，张爱萍副总参谋长一声令下，成千上万的年轻科技人员、干部、工人，义无反顾地奔赴青海大草原，在老科学家的带领下，承担起打造中华民族核盾牌的历史重任。胸膛汹涌激荡的热血青年，为了光辉的事业，他们心甘情愿地舍弃了普通人应当拥有的一切，经受创业之苦，攻关之难，可是他（她）们还有另一半本该属于他（她）们的爱，父母、兄弟、姐妹、妻子、丈夫、儿女，未婚伴侣的爱……也只好深深地埋在心田里。痛苦地克服感情的缠绵，忍受对方提出离婚和“告吹”的苦衷，男青年因女友提出“吹灯”的不计其数；更加动人心魂的是本来就是似水柔情、心肠脆弱的女青年，也只能把这一半爱深深地埋入心底。

小毛是出生在大上海的姑娘，祖上几代人一直是单传，父母只生下她一个宝贝女儿，母亲多么希望再生下一个男孩以传宗接代啊！可惜，小毛还不满周岁，父亲就离开人世。是母亲含辛茹苦把小毛拉扯大的，上了小学上初中，上了初中上高中，高考时候，母亲一再叮咛：“小阿毛，你的志愿都要填报上海的大学，外地的一个也不要填。”

“妈，我填的志愿是复旦大学、同济大学、上海交大，都是上海呀！”小毛百依百顺地回答。

二十几天以后，小毛拿到录取通知书，愁眉苦脸地来到母亲跟前。

母亲问：“大学录取通知书收到了吗？”

“收到了。”小毛低声地答道。

“那应当高兴，干吗还在愁眉苦脸呀？”母亲感到有点儿莫名其妙。

“妈，妈，我被北京工学院录取了！”小毛只好实说。

原来小毛家庭出身好，她被北京工学院录取到军工类专业。这下子小毛的母亲急坏了。志向高远、生性泼辣的小毛，想到能够到首都北京学习国防尖端技术，开始向往，开始动心。她苦苦地求她妈妈：

“妈，录取通知书已经拿到了，就让女儿到北京读书，毕业后我一定回到上海，回到妈妈身边。”

小毛的铁心已定，苦苦哀求，母亲终于答应了。

北京到上海，交通还算很方便，第一个寒假，小毛就回到母亲的身边，和妈妈过个团圆幸福年，她给妈妈讲了大学的学习生活，还讲去过天安门，去过故宫和颐和园，在国庆节游行队伍里看到毛主席在天安门城楼上向大家招手。以后每年暑假都回上海看妈妈。

到了小毛三年级结束，暑假回上海，小毛的母亲早早已百里挑一地挑选了一位同济大学毕业的英俊青年，两人也一见倾心。他们一年之间互通二十几封信，互诉衷情。

谁能料到，小毛大学毕业这一年，长城脚下的17号爆轰实验场响起“隆隆”的爆炸声，这位家庭出身好、社会关系单纯的上海姑娘又被九所选上。1960年的夏天，中苏关系公开破裂，苏联撤走专家，报国心切的小毛，没事先争取妈妈的同意，也来不及和男朋友商量，背着行李和书籍，来到土城墙下二机部九所报到，加入到制造共和国核盾牌的行列。这位上海姑娘，不管是热浪翻滚的酷暑，还是风沙雪海的严冬，她和年轻小伙子一样，搬炸药、拉导线、挖沙堆、成为 17 号爆轰实验场地名副其实的“假小子”。

小毛的妈妈在家里等得很着急，男朋友也一天等过一天。终于等不及了，乘坐北上的火车，来到北京。可是这时小毛正在 17 号实验场地，小伙子只好在招待所等她。

一周后，小毛回来了，一对眷恋青年见面了。

小毛说：“你调来北京，这里工作很需要。”

男朋友说：“你调回上海。这不仅是我的希望，也是你妈妈的期待呀！”

两人你一言我一语，正在论争之际，吴书记来了：

“小毛，新基地筹建，急需有专业知识的同志参加规划和设计，支部研究决定，你作为首批拓荒者，到李觉将军那里的青海大草原，筹建新的核研制基地。明天就启程，由王主任带队。”

这位风火麻利的女大学生，又将奔向新的征程。

来得这么突然，来得这么紧急，连小毛自己也没有思想准备。男朋友听说去青海大草原，差点被惊厥。他坐在方凳上，好久好久也没有吱声。

小毛右手抹着泪雾弥漫的双眼：“你先回上海去吧，也帮我劝劝我妈妈！我们是国家培养十多年的大学生，为了国家有强大的国防，我没有第二种选择。”

第二天，小毛带着对母亲的关爱，对男朋友的眷恋，在王主任的带领下，和一群英姿勃发的小伙子一起，乘上西去的列车，奔赴那亘古荒凉的雪山草地。

“呜……”的一声汽笛，随后就是车轮压在铁轨上有节奏的铿锵作响。小毛似乎没有听见，她这时开始思绪万千，她知道，她和男朋友之间一年来的恋情已成为过去，没有将来……她和他第一次见面时，是她答应大学毕业后要回上海工作的。她自言自语地说：“是我失信，是我更改初衷。”她想了又想，“不，是祖国的召唤，事业的需要，为了铸造中华核盾牌，我只能把所有的爱倾注给事业，倾注给祖国和人民。但是，我会把对他还有我亲爱的妈妈的爱，深深地埋在心里，而且永远永远。”一腔柔情凝聚在小毛冰清玉洁的心田。

从这以后，雪山草原，不仅风吹草动见牛羊，也有来自上海、北京的汉族大姑娘。

小毛这一去就是十年，后来随九院向“三线”大搬迁，又是二十几年。在核研制基地建设工作中，在核武器的每一个攻坚战役中，小毛都工作得很出色，不仅是核武器研制基地的“假小子”，也是一个无名的巾帼英雄。

和小毛一样来自大城市的独生女何止一个。小邹也是年幼就失去父亲的女大学生，全靠母亲做杂工艰难地把她培养成才的。武汉大学毕业以后，母亲听说小邹毕业分配到青海，一时哭得死去活来，急得拿起扫帚要打刚刚和女儿结婚的女婿，说她女儿被分配到青海完全是因为女婿造成的。小邹苦苦哀求，并答应生了第一个小孩，一定留在武汉，永远陪伴在姥姥身边……

2. 忠孝两求全

老辛身材匀称，但皮肤黑里透红，在实验场地干起活来如牛似虎地卖力干，大伙儿常常叫他“黑牛”。黑牛的父亲是解放军高级军官，早期参加革命时，家里留下黑牛的爷爷、奶奶和母亲，黑牛是全靠爷爷、奶奶和母亲培养长大成人的。

全国胜利以后，为了照顾黑牛爷爷和奶奶，黑牛的母亲几次拒绝随着黑牛父亲到部队。后来，爷爷、奶奶年迈力衰，生活担子全压在母亲身上，为了照顾爷爷和奶奶，减轻母亲的负担，黑牛大学毕业后特意娶了一个贤惠的农村姑娘，长期留在老人身边。国家为了解决中年知识分子夫妻两地分居的困难，农村家属也可以调来九院落户。组织上几次动员黑牛把爱人调入九院，但他迟迟没有动静。

有一次实验工作结束后，大家在测试大厅门口等汽车，同志们关心黑牛的家属问题，和他开玩笑说：

“黑牛，人家大胡、高左等都把家属接来了，为什么你的妻子久久不让露真容啊？”

黑牛却逗笑说：“因为我的妻子有五个心呀，她不敢来哟！”

大家很新奇地追问：“何谓五个心？”

黑牛像说相声一样乐呵呵道：

“她对我的爷爷、奶奶和父母一片孝心，对我一颗爱心，对邻居一向热心，只是长得丑人家一见就恶心，但是放在家里尽管放心。”逗得大伙捧着肚子大笑。

后来，黑牛的爷爷、奶奶相继辞世，他完成孝敬长辈的职责，才把妻子连同母亲和儿女从陕西老家接到九院来。伙伴们看到贤淑聪慧、朴实大方的黑牛嫂，高兴地逗黑牛说：

“和你黑牛这个黑德性样相比，黑牛嫂简直是九天下凡的嫦娥，人家不仅美在心灵，而且仪表气质也是百里挑一。你还敢说，见了她就恶心呢！”

黑牛嫂莞尔而笑：“他就是这样一个乐天派，回到家里，也是像个大活宝一样，不管不顾地成天和孩子们逗乐的。”

大家都赞扬黑牛是个忠孝两求全的好儿男，更赞美黑牛嫂是忠孝两全又贤惠的好媳妇。

对事业坚贞执着全身心投入，对父母尽爱尽孝、忠孝双全的好儿女在九院还有很多很多。

老袁是某研究室年纪最大、党龄最长的一位老同志，伙伴们都称他是“老干部”。中国科技大学的首届毕业生，从原子弹研制、氢弹突破到小型化的每一个阶段，都融入老袁的心血和汗水。60年代初期，他兼任团支部书记，既要做好科研工作，也做了大量思想工作。进入80年代以后，形势要求加快核武器研究进度，爆轰实验工作量更大。他是某一实验的方案负责人，实验工作的确离不开他。但他家有卧床不起、大小便失禁的老母亲。妻子也体弱多病，自身难保。

室领导讲：“老袁，你老母亲需要照料，你就在家里看看资料，整理数据，场地实验你就不要去了。”

“我是方案负责人，实验场就是战场，我怎能不去？老人需要照顾，事业更加重要。”老袁两难之下变两全。他背着老母亲上了汽车，到了百里之外的爆轰实验场，在实验场地附近的老房里，为老母支了一张小床，边做实验，边照顾卧床不起的老母亲。

对于一位年近花甲的老科技人员来讲，既要亲临百里之外进行危险作业的爆轰实验，又要随时照料好卧床不起、大小便失禁的80多岁的老母亲，需要有多大的毅力和精力呀！

3. 这里“一不怕苦，二不怕死”是真格的

艰苦恶劣的工作环境，有害危险的实践操作，这是核武器研制者必须面对的实际问题。在九院工作的很多同志，由于多年和放射性物质，强电磁辐射、炸药以及有毒化学品打交道，血象不好和药毒性肝炎的同志不少，而且天长日久，每况愈下。有的同志在其他单位早就算是一个大病号了，可是在九院，他们还在奋不顾身地工作。

徒手移动和放置高强度的放射性中子源、钴-60γ 源，现在的安全要求是不能接受的，可当时，条件和时间不允许考虑太多！

一次又一次的实验，需要一次又一次校正探测仪器的探测效率，一个个测试探头都需要现场标定。从“源库”到放置测试探头的实验装置相距60米远，年轻科技人员手提一根杆子，杆子尾部绑着一条绳子，绳子末端就是放射性中

子源或钴 -60 γ 源，人们戏称之为“吊鱼”。科技人员手提“吊鱼竿”，唯一办法就是加快脚步往前迈，缩短被照射的时间。放射源放到探头上方还要多次调整放射源与探头之间的距离、角度，这时，只能靠人的双手移动放射源。

“老詹，你的白细胞只有 2 千，血小板只有 4 万，这次不要再‘吊鱼’了，让我来。”小刘劝道。

“我能行，没关系！”老詹又一次提着竿子吊起放射源加快步伐往实验装置方向走去。

老詹是爆轰实验核参数测试组的组长，他工作任劳任怨，脏活、苦活、危险作业都抢先干，人们称他是“不要命的詹郎”。一次又一次提“吊鱼竿”，一次又一次手移放射源。大家看到老詹接触放射线太多了，血象比组里的其他人都低，一个个过意不去。一次，坐在接送上下班的班车上，小刘遇到老詹的妻子老肖。

“老肖，你要劝劝你们老詹，不要老是和我们抢拿‘吊鱼竿’。”小刘玩笑似的着实讲。

老肖听不明白小刘说的是什么意思，回到家里问起丈夫：“你是不是和组里的同志抢拿‘吊鱼竿’？”

老詹一听就清楚，“喔，是提放射源的事！”

“原来，你是争着拿放射源！我知道，你是个不要命的人！你的血象那么坏，又是老肝炎。你呀！……”妻子伤心的样子。

“我们多吃点保健食品就是了，会恢复过来的！”老詹自我安慰地说。

“血象呀！造血功能呀！你是搞科学的呀！靠“补”就能补起来吗……”妻子无奈何地喃喃道。

领导上对老詹的身体也很关心。1975年，北京出差期间，王淦昌院长把北京301医院给中央领导和老科学家看病的“特别挂号”让给老詹去301医院看病。当时，北京九所每周只能拿到一个号。

几年以后，领导为了照顾老詹的身体，把他调到计算中心的领导岗位上。新的工作岗位，无需再接触放射性了，但是担子更重了，他还是不要命地工作操劳。这就是一个一不怕苦二不怕死的实打实的人，把毕生的精力乃至生命献给核武器事业的人。

老棠也是一个不要命的科技人员，他的身体长期不好，不仅患有肝炎长期不愈，有时白细胞只有2千，血小板降至2万，医生惊讶地对他说：

“你一定要住院治疗，更好地查明病因。”

“我放不下手头‘编码网络’。”他恳求医生不要把他留下住院。

回到单位，他拖着病痛，照样和同志们一起白天顶着烈日加班加点在实验场摸爬滚打，晚上分析数据、理论计算。常常到深夜，忘记了自己不是一个身体健康的人，却和健康人一样拼命干。

细心的伙伴们发现：“老棠，你身上有大片大片出血点。”

他却说，“可能是夏天蚊子咬的吧！”

“你说话间嘴里常常有血沫。”

他却说：“可能是因为最近常加班，休息不好，上火了，牙龈出血吧！”

老棠就是这样地“哄哄”伙伴们，或者说：“没有关系，也不影响工作！”把身上的病魔，深深地隐忍在心里。

他拖着病痛到戈壁滩执行核试验测试任务。试验成功了，大家看他身体有病，让他乘直升机回马兰，他说：“把我的座位让给小冉，她是女同志。”他坚持要和大家一起随测试车返回，颠簸在戈壁滩上行程十几个小时的“搓板路”。

除了繁忙的实验研究工作，为了外协加工各种配件，在他停止呼吸的前面一个年头里，他还出差北京、西安、成都等地达 8 次之多，就像在和时间赛跑。

年终，他从北京出差回来的第二天，终于又一次病倒了。这次病得很重很重。

领导对他很关心，在院职工医院治疗快一年，病情未见明显好转，又转到北京医院。转院时，他还是把床头的好几本书籍认真地装入提包，提前交了几个月党费和一份给党支部的思想、工作汇报材料。

到了北京，正是冬天季节，面对北国严冬，他不禁思绪万千，随手写下了：

生命诚可贵，理想价更高；
我虽肝硬化，事业不可抛。
意志要坚强，心情更重要；
饮食软慢凉，坚持气功操。

这不是诗。平素他很少吟诗作画，这只是他对从事的事业的心驰神往，对战胜病魔仍然满怀信心的打不倒压不垮的心境的真实写照。

冬去春来，早春的气息已沁入人们的心扉，老棠和普通人一样，眷恋春天，热爱生活，他多么希望能继续工作啊！是的，组织上和同志们也没有忘记他，为了根治他的病痛，曾多次为他创造了极好的医疗条件，先后在上海、北京、天津、成都等地有名医院治疗。

老棠也没有辜负组织上对他的关怀，在九院的28年中，他设计了数十种电子网络，做了近千次实验，熬过数不清的不眠之夜，他的一生在奉献中度过，特别是在他生命最后航程的十年中，九次被评为院、所先进工作者。

斗转参横，大千世界，多少事都会被历史湮灭，但老棠一生奉献融入我们的事业所耸立起的丰碑却会永载青史。

老汪也是拼搏到最后倒下的中年科技人员。

他是复旦大学1964届毕业生，在《大学毕业鉴定表》上人们醒目地看到这么一行倾情挥洒的文字：“像我这样一个农民子弟能够进复旦大学，完全是党和人民培养的，我应当报答党的恩情……”就这样，他乘上了西去的列车，奔赴青海高原——中国核武器研制基地。

老汪在九院工作的20年，任劳任怨，为我国核武器事业做出了贡献，他在光电转换技术方面有独到创新，他和同志们研制了“微分混频干涉仪”，VISAR装置，在当时达到国内先进水平。从1977年开始一直到1984年，连续八年都被评为研究所先进工作者，1982年和1983年还评为研究院先进工作者，1985年所党委授予“优秀共产党员”的光荣称号。

1984年11月14日，是他上班的最后一天。为了准备到上海出差的样品，下班铃响了，人们纷纷奔向食堂和家里，可是老汪的样品还没有加工完毕。

“田师傅，这是我要带去上海出差的样品，我们再干一会好吗？”老汪带着歉意和车工田师傅商量。

田师傅二话没说，继续加班干！车床又转了两个小时。

当老汪心满意足地带回样品到办公室时，劳累、疲倦连同病痛强烈地袭击着他，他匆匆到澡堂洗个澡。回到家时就再也没有力气了，一个人无精打采地倒在沙发上。他的妻子和往常一样，柔情地劝他吃点饭早点上床休息。然而，此刻的老汪已不想动弹，也没有动弹的气力了！稍后，突然觉得恶心难忍，尔后，大口大口吐血，一下子吐了 200 多毫升，他昏过去了。妻子急忙打电话叫来救护车，送进医院后又吐了 400 多毫升血，就这样，老汪倒下去了。

不久又转到大医院，采取了输血止血措施，仍然不见好转。两周后，在大出血情况下做了大手术。正如医生所判断的，由于肝硬化晚期导致胸部大量积水，脾大一倍，食道下部静脉血管破裂，胃部多处隐性出血……

“病情如此严重，为什么没有及早就诊治疗？难道先前没有征兆吗？”医生疑惑地问。

“哪会没有征兆！ 1973 年染上乙型肝炎，休息了很短时间，未做彻底治疗，又积极地投入工作。后来体检时，更发现身体每况愈下，血小板、白细胞、血色素指标都很低。1982 年他因静脉曲张，腿部肌肉萎缩、部分坏死，医生开过几次病休条，他都不休息。他的爱人又是医院的老护士。”和老汪一起工作的同志们细细地叙说。

“1983 年 11 月所里中年知识分子体检时，已发现他肝脾肿大……”

“那是为什么？”医生忍不住气恼，打断对方的话语。

“工作，工作，他总是说工作太忙……”妻子唏嘘不已，泪水涟涟。

是呀，在病床上，他还不停地念叨着制作几台 VISAR 装置，念叨着去上海出差时间被耽误了，念叨着军转民课题，念叨着为中学生制作一种“激光多功能光学演示仪”……

什么时候才是工作不忙呀？

没有，永远没有。对于一心扑在工作上的老汪，在日程表上永远找不到“工作空闲”的日子！

事实就是这样，1977 年春，老汪到上海出差，按九院的休假规定，他很多假期没使用。临行前室里领导安排他出差任务完成后回安徽老家休假一个月，探望多年没有见面的父母、亲友、长辈。但他在家只住了五天，想到要做的工作实在太多了，便匆匆忙忙告别了父母，赶回研究所。

1984 年 7 月，他因公去合肥、上海出差。原先打算在出差途中，看看在合肥市省农科院植保所工作的小弟弟，也打算绕一点路去怀宁看一下 77 岁高龄正在病中的老父亲。但是，在合肥光机所办好出差事宜之后，又到中国科技大学联系工作。事办完后，便匆忙取道南京，把看看弟弟和看望老父亲都免了！到了南京，妻子和孩子正在南京郊区探亲，她们从未到过上海，孩子们吵嚷着要和爸爸去上海玩一玩。但是，为了工作，老汪说服了妻子和孩子，只在南京停留一天，就一个人去上海，工作结束后，随即带着设备直返研究所……

这一回，老汪不得不要休息了！

抢救，积极抢救。院所领导都非常关心，邀请地区、省城大医院名医会诊治疗。几次大吐血，多次大输血，总计输入 7 000 多毫升血，远远超过一个 60 公斤体重正常人 4 800 毫升的人体总血量。尽一切努力治疗。但已晚矣！

老汪所在的研究室送给他一副挽联：

终生拼搏，积劳成疾，鞠躬尽瘁，君逝何太早？

虽死犹存，精神可嘉，品德高尚，人间称楷模！

4. 献身事业的情怀是如此赤诚

在核武器研究院，聚集了这么一群人，他们的工作和生活是那么平凡、艰难，可思想又是那么高尚，献身事业的情怀是如此赤诚。

老召担任某研究室第六任主任时，正是一项新的攻坚任务风雨兼程的火红日子里，为了紧紧把握时机，加快新一代核武器的研制步伐，闯出一条有中国特色的路子，他举起攻关的战旗，带领全室科技人员，以坚忍不拔的拼搏和默默无闻的奉献，团结协作，攀登这座陡峭的险峰。

这个铁铮铮的东北硬汉子，生性乐观洒脱，干起活来风火麻利，自从他领回任务那天起，就决心把挑灯夜战当甘甜，把战天斗地当磨炼。他们在戈壁荒漠深处，在气温高达40 摄氏度，地表温度 70 摄氏度以上的荒秃滚烫的风沙火海中，任凭铁锤铿锵怒吼，钢钎颤抖呻吟，身上汗水一股股往外流，手掌血泡一个个往上鼓，凭着精神，凭着执着，硬是把铁板般的盐碱地征服了，搭起实验用的临时工房。不可思议的 20 多天，人的生理调节已经到达极限，全靠意志，全靠精神，终于在大漠深处响起阵阵爆炸声，取得期盼的实验数据。

年近花甲的老召，干起活来生龙活虎，不甘示弱，在大战戈壁的日子里，他轮起铁钎和年轻伙伴们比试谁凿得最深，搬起沙袋和小伙子们比试谁跑得最快。劳动过后，满脸泥沙，仅露出两只黑眼睛，还和队友们一起扮演“熊猫”戏闹。他以苦为乐，苦中作乐，确实没人会看出他有忧愁和烦恼。殊不知，老召的家里却是一团乱麻，一锅糊粥久久困扰着他。

走进老召的家，患有高血压和胆结石的妻子待岗，三个女儿中，小女儿升学落榜，老二在家待业已 5 年，唯一有工作的大女儿也成了待岗人员，还有 88 岁卧床不起的老父亲。为了事业，他把这一切都深深地隐匿在心里。因为手头的那一大堆工作，丢不得也丢不起呀！前几天跑百里之外的西沟爆轰实验场，这几天北战戈壁滩。白天忙个不停整理数据，书写总结；回到家里，常常夜深人静还在总结成功的经验，分析失败的原因。即使如此，在家待的时间也不过三五天，常常也想抽个星期天帮帮家里做点事，可是，一转眼，又要卷起背包和行李，马上和队友们一起，一头扎进山沟的实验场。

“爸，又要走了？”小女儿认真地问。

“是，你们在家多照顾爷爷和妈妈！”老召望了望三个女儿，看着她们愁成一团的样子，心里也着实不好受。

“你们这些人呀，除了工作什么都豁出去了。更何况家呢！”妻子看着他，无奈地说。

老召只能笑着点点头，神情里却带有一种内疚和负罪感。在事业与家庭的天平上，砝码永远在事业这边，他对家庭所能做到的，大概也只能如此吧！

老苏是建国初期留苏的高级知识分子，他的身材很魁梧，老同事都叫他大老苏。家中爱人因为从事的专业，也为了照顾眷恋天津的老母离不开天津，为了事业，老苏从未要求请调回天津，夫妻两地分居将近半个世纪，在核武器研制的各个阶段，老苏都在理论和实验相结合的节骨眼上做出了创新性的工作，对核武器的发展做出积极的贡献。进入 80 年代，九院组团到俄罗斯进行工作访问，开展学术交流等活动日渐频繁。

“老苏，请你到俄罗斯去，作为院国际部莫斯科办事处常驻代表。”院长胡仁宇把老苏找到办公室，征求老苏的意见。

“我听从领导安排。”老苏二话没说，一口就答应。

“因为人手少，你除了做好会谈的现场翻译，还要准备好齐全的合同文件等资料。”

“可以，我在苏联吃过几年黑面包，虽然过去几十年了，但语言、文字我还没有丢。代表团的生活、膳宿等日常活动安排我也全包下。因为对俄罗斯的风土人情我比较了解。”老苏主动提出包揽大量繁杂的事务工作。胡仁宇暗暗地喜在心里。

来到莫斯科，老苏成了一个大忙人，除了现场翻译、书写文件，还有很多很多人们没有意料的事情，一天到晚，人们可以看到老苏往俄罗斯四面八方打电话，联络一个个团组的行程、预约，处理一大堆繁杂而琐碎的事务。

那是一个初冬的季节，老苏在俄罗斯各地连续奔忙了十多天，当他到机场送走他陪同的最后一个代表团时，老苏突然虚脱倒下了。俄罗斯朋友把他送回住处后，连续几天不能起床。吃了国内带来的药物，感觉稍微好一些时，便想起电话是否有人接？惦记起传真是否来了一大堆？

他摇晃着高大的身躯，又来到办事处，拿起电话，给国内的院国际部打电话："因为小病，耽误了几天工作，现在好了，可以开始工作了。"

因为没有很好诊疗和休息，老苏的所谓"现在好了，可以开始工作了"，全靠责任心，全靠意志，他的病一点也没有好！

第二天午后，他又突然感到不舒服，随便躺在办事处休息室的床上。正好办事处小胡也来上班，见到老苏双手紧捂着腹部，疼痛难忍的样子，立即拨通急救中心的电话，马上送去医院治疗。

当小胡和中国住莫斯科使馆的同志一起到医院感谢为老苏做手术的医生时，主刀医生感慨万端地说：

"我从医几十年，未曾见过胃穿孔三处，还能挺住坚持工作，住院期间从不叫一声苦的病人！"

是的，"老苏好像身躯不是骨肉长的似的"。老苏病重期间，在俄留学的同学和临时到俄访问的院内领导和同事们多次到医院看望他时，都忍不住暗自为他流泪；可他却总是说："最近感觉不错，快好了！"还常常想方设法讲些开心的事，打起精神宽慰大家，不让别人为自己担心……

老苏在莫斯科机场迎来又送返了一批又一批中国学者，可是只有他永远留在异国他乡……

在俄学习和工作的同学和朋友们，每回再次来到莫斯科机场大厅时，总会忍不住在迎来送返的人群里去寻找那张熟悉又慈祥的面孔，那位目光炯炯和豪情满怀的老前辈。只是在走出机场大楼时，在纷纷扬扬的雪花中，才黯然想到老苏就在这样的场景中离去了。

留俄的同学们和老同事按照俄罗斯的风俗，斟上一大杯伏特加，再在杯口上放一片面包，留给他们永远思念和尊敬的苏老师。国内的同事们在无不惋惜和悲痛的同时，好像觉得大老苏是去他熟悉的远方，很远的地方……

5. 身临其境鬼门关

敢于从事危险作业，这是核武器研制者的起码素质。接触放射线、化学毒品、雷管、炸药也是核武器研制者的家常便饭。进入 70 年代，为了提高核武器性能，必须不断研制更新高能炸药。其爆速、爆压和能量密度节节攀升，但是其安全性能不可能一开始就掌握和了解得十分透彻，研制、生产、加工过程中，引起炸药爆炸成为很难避免的一大隐患。车间被炸毁，机器设备被破坏时有发生，在人工操作的条件下，人员伤亡也就很难避免。但是“九院人”身临其境鬼门关，事后照例“鬼都”行。人们把生死置之度外。

小万是从事爆轰物理实验的科技工作者，按业务分工，他需要使用高能炸药，但并不需要到炸药加工车间去。在核武器研制进程中，由于炸药的成分、配比、密度、尺寸、公差要求高、变化大，为了保证质量，加快进度，很多技术问题需要亲临现场，和车间的技术人员、工人师傅“三结合”，及时解决问题。于是实验人员也要常常来到炸药加工车间。

二分厂的229车间，曾于1969年11月14日发生加工炸药爆炸夺走了4个鲜活的生命。但是人们并没有为此而畏惧。他们明知山有虎，仍向虎山行。

1970年6月20日中午，小万没有顾得上吃中午饭，就赶上去二分厂接下班人员的班车，下车后便径直来到229车间。

“赵师傅，我们A12实验急需，请你把A12元件爆轰实验用的主炸药先替我们加工。”小万和赵师傅商量着。

“好，今天上午浇注的炸药毛坯已传到车间，我们现在就加工。”雷厉风行的赵师傅一口答应。

“可是你还没有吃中午饭！”

“没关系，加工完了再吃饭，好让你把炸药带走。”

小万随着赵师傅穿过弯弯的地下通道，进入4号炸药机加车间。

赵师傅把样品夹好，开动车床，小万站在工件对面往刀具上浇冷却液。

一个表面加工完毕后，卸下卡具，准备加工另一个表面，这时年轻工人小段走了进来接替小万浇冷却液。小万站在小段侧面观看。

突然间，“啪”的一声巨响，三个人同时被炸倒在地上……

不知过了多长时间，小万首先苏醒过来。心想：“完了，爆炸了！”猛劲一想：“我还在思维，我没有死！”于是睁开双眼，只见眼前一片漆黑，双眼和脸部全被炸药粉糊满了，什么也看不见。手一摸，头部和衣服上沾满了黏糊糊的血浆。小万潜意识地喊了一声：

“赵师傅！”

没听到答应。

又过了一会儿，小万忍着疼痛，扶着墙壁站了起来，只觉大脑一阵眩晕，又挺了一会儿，手摸着墙壁沿着弯弯曲曲的地下通道，一步一步地挪动，好一会儿才来到车间值班室。这里感觉有点亮光，但眼睛还是模糊不清，好不容易才摸到电话机，慢慢地用手摸着电话机拨号盘的圆孔向所里报告了情况……

坐下来，又想了一会，“我真的没有被炸死？我还活着？……”这时，他才完全清醒过来了。

幸好是炸药“爆燃”，不是“爆轰”，也没有形成“爆轰波”，才能幸存下来。算是不幸之中的万幸！然而小万和赵师傅脸部和双眼被爆燃飞散的炸药细粉打伤，导致永久性眼球变形、虹膜破裂、外伤性白内障，陈旧性网膜炎等多种眼病，而年仅26岁的小段失去了双眼，造成终生的痛苦！

小万在医院经过一个月治疗，稍微好转后就急着出院，又投身到紧张的科研生产中，多次奔向二分厂229-4号炸药机加车间的炸药加工现场。

又过了两个多月，9月13日，小万他们曾经流过血、受过伤的229-4号车间又一次被彻底炸毁，机器设备全部报销。虽然厚厚的水泥墙（外加几米厚的土墙）只是血迹斑斑和坑坑点点的大洞小洞，但屋顶被彻底掀得无踪无迹。

现场的5位工人师傅和科技人员全部把青春和生命献给光辉的事业。

又过了不久，二分厂229-4号炸药机加车间又建起来了，防爆灯又亮起来，车床又隆隆地转起来，工人师傅和科技人员又前仆后继地日夜奋战在飞速转动的机床前面和钳工台边，小万还是一次又一次地来到车间，为提供用于A12热试验的正式炸药元件而埋头苦干，快马加鞭。

经过三个月的昼夜拼搏，科技人员和工人师傅的汗水、鲜血和生命即将结出红艳艳的硕果。

可是，后来，1971年3月22日，229车间又发生第三次炸药加工爆炸，又有3名工人师傅和科技人员献出宝贵的生命。不到两年半时间，仅229车间，就有12名“两弹人”把青春和生命献给核武器研制事业。还有1970年6月20日的一次爆燃伤残了3名工人和科技人员。但是“两弹人”没有畏惧，为了光辉的事业，把生死置之度外，越是艰险越向前。

1970年，10月的马兰，秋高气爽，九院作业队营地四周的田地里一片金黄，驻军战士种的庄稼一派丰收景象。距营地和马兰机场都是3公里处的一座钢筋混凝土建筑物就是核试验装置的装配大厅。

代号为A12-23的核试验装置经过几天精心装配，已静静地平放在装配大厅的装配台上，小万目不转睛地直瞪着这个来之不易的核装置，心里百感交集，嘴里却说不出一句话，只是和伙伴们一样专注地工作，默默地祈祷试验成功。

试验当天，小万和伙伴们半夜就起程，经过10几个小时“搓板路”颠簸的夜行军，来到参观现场，和众多的参试人员一样，坐在一个小山坡上，焦急地等待“零时”的到来。

下午三时整，激动人心的时刻终于到来了，一架飞机从前上方的高空飞过，大家戴上口罩和墨镜。霎时间，天空出现一个小亮点，接着突然扩大几倍、几十倍、几百倍，像太阳一样发出耀眼的光芒，一股热浪扑面而来，像炸雷一样的响声震得戈壁滩不停地颤动。下方几圈像火把一样的光环与拔地而起的烟柱连成一体，托起一个又圆又大的“人造太阳”，形成一幅威武壮观的蘑菇云，腾起万丈长龙。

“成功了！成功了！”人们欢呼着，跳跃着，全场沸腾起来，锣鼓声、欢呼声，响成一片。

而此时此刻的小万，脑海里思潮起伏，却没有欢呼，也没有跳跃，只是嘴里不停地念叨着一句话：“我们终于成功了！”“我们终于成功了！”

6. 跨越死亡线的人

戈壁天公多变幻，霎时风暴沙石扬。

1969 年 A06 国家核试验中，一天下午，狂风骤起，遍地黄沙如海啸，飞沙走石似虎狼。下班时，走出测试碉堡，狂沙打来，不进反退，立地不稳，眼睛也看不见接科技人员下班的汽车，只能凭知觉，一个个弯着腰，顶着风沙，一小步一小步艰难地往前挪动，好不容易才摸到汽车。可是“搓板路”早被狂沙掩盖了，大漠茫茫，一片昏暗。司机凭着天天来回开车的感觉缓慢地顶风行驶。可是没走几百米远，天也黑了，司机再也感觉不到方向了，怎么办？

“大家都下车来找路！”作业队长呼唤着大家。

有的拿棍子，有的拿铁杆，凡是能往下插的都拿来用上，没有棍子和铁杆就用双手往沙底下扒。大家一步一步地往地下戳，一尺一尺地往沙底下扒，戳到硬的地方，扒到硬的地面，再仔细扩展范围，判定是不是路，是路就插上杆子作标记，作为行车的路标。

由于风暴很大，黄沙弥漫，茫茫一片，车灯也只能照亮几米远，眼睛稍一睁开就遭癫狂的风沙暴打，不睁眼又探不着路，大家艰难地探，探出几米路，车就能往前走几米，一段一段地往前走。

“啊！地雷。”老范惊骇地喊叫起来。范师傅就在车子前进的正前方1米多远的地方，扒沙的时候发现了地雷。

“我们进入雷区啦！”大家大吃一惊。

原来汽车已经进入“搓板路”右侧30米以外的某作战部队作为核爆炸效应实验布放的地雷区。

“后退10米，再向左前方探路。”作业队长命令司机把汽车倒退10米。

一共不到5公里的路程，汽车硬是开了三个多小时。回到营地，已是晚上11点多，眼看帐篷，有的被狂风刮翻了，有的刮破了。床上、被子上到处是一层厚厚的泥沙。在营地的同志正在忙着加固帐篷，也是忙得不可开交。

几个小时和大沙暴搏斗后，同志们眼睛里沾满了沙，充血、红肿、疼得很厉害。医生急忙给大家冲洗、上药。

“啊！你的眼睛里这层沙足足1毫米厚。”当要给范师傅冲洗时，医生惊愕了！“怎么办？洗是洗不下来的！”医生只好拿起刀子轻轻地刮。

因为范师傅在车下面坚持了几个小时探路、找路，叫他上车里休息一下，他一直不上来，而且扒到地雷，惊骇之下，张开眼睛，正好狂沙袭击进来。刮毕，冲洗后，肿得很大，同志们见此般模样，大家又是感激，又是心疼。但是，又来不及照顾他，因为还要帮助加固帐篷，才有个躺下睡觉的窝。

吃了点晚饭，已经是半夜 12 点多。

由于狂风把营房的帐篷都刮得很乱，大家又都筋疲力尽，只能忍着眼睛疼痛，各自随便找个床铺躺下睡觉。

第二天早晨，准备上车再去工号测试调试时，发现老张没来上车，大家几个帐篷四处呼唤寻找，也未见老张影子，顿时围上一群人，七嘴八舌地预料莫测：

“是不是被风沙卷走迷失方向……”

“这么大的沙暴万一摔倒没爬起来，会被埋掉的！”

“身上穿得那么单薄，即使没被风沙卷走、淹没，冻也把他冻死了……”

大家都非常着急，但也没有办法。

“快，快上车，赶快到工号去看看。”队长呼喊着。

到了工号门口，汽车一停，老张已经在工号门口等待大家的到来，忙问：

“老张，昨天晚上你在哪里度过的？”

“下班时，我走出工号，在墙角处解个小便，转身寻找汽车，风沙太大，看不见汽车停在哪里，只好顶着风，勾着腰，凭感觉一步一步往前移，但不知为何？转来转去，还是在工号周围。”

“那后来呢？”

“后来，我大约找了半个多小时，一直还在工号附近。心想，车已开走，只好在工号过夜。转回到工作间门口，才想起门已锁上，我又没有钥匙，进不去，只好在进入半地下碉堡的走道上蹲了一夜。幸好，半地下走道里风比较小。但半夜以后，越觉得寒冷，肚子又空空的，我只好蜷缩又饿又乏的身躯等候天明。”

九院人为我国核试验无私无畏的献身精神可歌可泣。老张蜷缩过夜幸存，虽然有惊无险，但作业队里少了一人归营，队长还不知道，使他一直很是内疚，久久心有余悸。

声声呼唤震山谷，人命关天一瞬间。

事件发生在1984年10月27日，坐落在青山之谷的901所206爆轰实验场上，102室的几位同志正紧张地工作。突然间，一声呼唤：“救人啊，周师傅在爆炸罐里昏倒了！”声声呼唤震山谷！共青团员小曾、小刘，工程师老杨、老陆、老李和大韩等同志立即放下工作，飞速地向呼唤声处奔去。

原来是头一天在直径2米、上方开口仅40公分的球形爆炸容器内做了一次实验。为了检查爆炸实验的情况，第二天，工程师老周来到工号后，就进入罐内回收样品。没想到实验后罐底还残存着一些比空气重的剧毒爆炸气体，当他双脚着底后，被搅活的毒气上升而使他窒息。

在这人命关天的一瞬间，大家不顾个人安危，争着要下到罐里去。共青团员小曾拿起蛇皮线在自己身上边系边说："你们年纪大了，我下去！"只见他猛吸一口气，两手往罐口一撑，便一跃下去。一双双急切而灼热的眼睛，紧紧盯着瘦弱的小曾。他用尽了全力也未能把老周托起，便喊了一声："再来一个人。"站在罐口的小刘闻声跳了下去，他俩用力托起老周。上面的同志刚把老周拉出罐口，"我不行啦……"小曾未说完就昏倒了。这时憋得脸色发紫、两耳轰鸣的小刘拼命把小曾往上托，上面老杨和老李把小曾拉出罐口。这时，小刘又倒下去了，大韩急忙扑下去一把抓住小刘的衣领，和老陆一起把小刘拉了上来。

这时，在工号的其他同志也都闻讯赶来，眼看三个昏迷倒地的同志，有的脱下衣服给他们盖上，有的跪在地上做人工呼吸。经过 10 多分钟抢救，小曾渐渐恢复知觉，当他稍微清醒时就说："不要管我，快去救他们！"当所里的医务救护队赶到时，大韩等老同志也已累得一个个脸色苍白，坐在沙滩上站不起来了。

经医务人员全力抢救和精心护理，三位昏迷的同志相继脱离危险。

当人们赞扬他们时，他们总是谦逊地说：“这是人之常情的事，也是我们应该做的，换是别的同志在场，也都会这样做的！”

这平凡而朴实的话语，使我们听到一曲舍己救人的共产主义精神的赞歌！也使我们品味到这个团结战斗的集体里一颗颗晶莹透亮的心！

7. 无须挥鞭自奋蹄

中国科技人员在“两弹”研制中，不仅夺得时间上的冠军，而且科研费用仅为美国的4%，核试验次数也仅为美国的4%，却获得了同一档次的设计水平。这里源于党中央、中央专委的强有力的领导，全国人民的支持，“要大力协同，做好这件工作”的精神硕果，有一批老一辈革命家和成就卓著的老一辈科学家作为中流砥柱，更有一支“无须挥鞭自奋蹄”的强大的年轻科技队伍做坚实基础。

在这个强大的科技队伍中，有一支孜孜不倦、默默无闻、奋力拼搏的科技小群体。

1966年12月28日氢弹原理试验成功。当参试人员从新疆罗布泊回到青海大草原时，“文化大革命”已进入“全面夺权”阶段，为了“夺权”，“造反派”之间寸步不让，寸权必争。争夺激烈，加剧了派性斗争。二二一核研究基地也已由多种群众组织演变为“草红”和“革联”两大“造反派”的对立态势。

聂荣臻元帅传达中央专委的指示，要抓紧时机，乘胜前进，尽快进行百万吨 TNT 爆炸当量氢弹试验。

为了不误时机地实现首次全威力的氢弹试验，合力攻关，全力拼搏，必须排除“文化大革命”的派性干扰，攥紧拳头，组织一支最精干的科技队伍。

在这紧要的时刻，九院领导做出非常及时的决定：以 1966 年氢弹原理性攻关大会战的实验部二室四组为骨干，再从测试组，设计部各抽调一些精干人员，组成新的科研组。

一支集爆轰物理、实验测试和结构设计于一体的 20 名科技人员综合型的科研小群体很快组成了。

小弘任组长，还有两名副组长，共设三个攻关小分队。

“为了能够在非常短的几个月里完成氢弹试验前的爆轰物理实验和两大部件的调试等技术难度很大的全新工作，我们必须全心全意合力攻关。为此，我建议：在氢弹试验任务完成之前，我们全组成员，一不参加两派群众组织，二不参加大字报和大辩论，三不表示支持哪一派群众组织。”在新的科研组第一次全组会议上，小弘向大家提出以上三点。

出自对祖国的忠诚，对事业的热爱和强烈的责任感，大家一致同意，并把这称为“约法三章”。

为了避免让其他群众闲言碎语，也为了表示全组同志的赤诚之心，大家集思广益，责成小汤编印一本“抓革命，促生产”方面的毛主席语录，取名《抓革命，促生产》，这本小册子，人手一本，并在电影院门前大广场散发。

从此以后，大家一心一意搞科研，全力以赴攻难关。不到半年时间，这支 20 人科研小群体攻克了从氢弹原理装置到百万吨级全当量氢弹装置由于结构、材料、尺寸发生较大改变，多种因素带来诸多必须解决的爆轰物理问题和两大部件的调试任务；攻克了由“塔爆”到“空投”的过载带来的部件之间相对位移的不利因素问题；攻克了高空低气压电器参数的诸多物理效应等技术问题……交出了满意的答卷。

1967 年 6 月 17 日，中国第一枚氢弹在罗布泊上空爆炸试验成功了。第九研究院实验部二室四组，这支有着一颗赤诚之心的科研小群体，体验到群体的力量，团结战斗是无坚不摧的道理，也体会到创造的欢乐，工作的喜悦，生命的价值，并为继续攻克技术难关的新的征程中打下坚实的思想基础。截至 1986 年，这个组获省部（委）级以上科技成果奖就有 6 项，并参与完成全局性科研工作多项，作为主要完成者的两个项目，获得国家自然科学奖一等奖和国家科技进步奖特等奖。他们还是全所唯一获得核工业部技术安全奖的先进集体。

1967年6月氢弹试验成功以后，这支科研小群体从罗布泊回到大草原，“文攻武卫”正愈演愈烈，两派群众组织都在磨刀擦枪，各级领导处于无能为力状态。但这支小群体却独立于两派群众组织之外。

“现阶段科研任务少一些。我们做一些很有价值的基础研究课题，大家意见如何？”小弘召集大家在一起，开门见山出了一个新课题。

“既然对发展核武器事业很有意义，我们就主动干起来。”全组同志都心往一处想地积极响应。

“由于现段工作状态不正常，会给工作带来困难，原来由一组承担的闪光X-光机操作、由三组承担的转镜操作和暗室工作我可以全部承担。”老尼自告奋勇地要把几副担子全部挑在自己肩上。

“这样老尼就三副担子一身挑了！”三位组长高兴地异口同声说。

“X光机操作和暗室工作我也可以做。”一位副组长着急的样子又改口说。

“我负责……”老甲说；

“我负责……”小望接着说；

“我负责……”大全急着说；

大家争先恐后地认领了工作任务。

课题定了，大家决心下了。接下去就是真枪实干：文献调研，样品计算，设计图纸，编写方案，准备器材。在工作状态纷乱的特殊时期处处有困难呀！但是大家决心已定，再苦再难也不回头。

慢慢地，实验条件成熟了。大伙儿开始到实验场地摸爬滚打。隆隆的爆炸声每天都在656爆轰实验场响起。有平面的、有曲面的、有闪光X-光机瞬时摄影的，有高速转镜照相机光学狭缝测试的，有分幅照相的，也有电子学脉冲示波器测试的。实验装置的装配更须精雕细刻，才能观察到真实结果。

“看不到我们预想的结果！”一连做了几发X-光动态实验都是这样，有的同志心里开始起疑云！

“你们看，这一张照片预示着我们期盼的‘彩虹’已经初现。看来我们对光要有诀窍！”小弘高兴地说。

“那是为什么，我们对光时是没问题呀！”

“原因出在哪儿？”

“因为我们对光时是静态坐标，而出光时是动态坐标。问题就出在这里。”

“那么，对光时应当把出光时刻的动态坐标算准、对准才能把真实图像捕捉到。”

集体的智慧是攻克技术难关的源泉，精诚的合作是取得成功的保证。为了共同的事业，他们在办公室、在实验室、在爆轰实验场，开的是一个个精神振奋的群英会。求是和创新永远伴随他们攻关的征程。

由于工作秩序不很正常，食堂也经常没有按时开饭，接送到实验场地的班车不能正点，经常一等就是半小时以上。为了事业，也是为了追求，“我们中午不回家吃饭，下午提前回来。”有的同志提出倡议。

“好，这个办法不错。”大家支持这个意见。

就这样，他们接连好几个月，从秋天到冬天，又到春天，都是中午空着肚子继续干！下午4点以后才返回。

其他兄弟组有个别同志在谈论：四组同志为的是啥？又不是上级下达的硬任务，在家多么逍遥自在，何必自找苦吃，又是危险作业！真是“莫须挥鞭自奋蹄”呀！

殊不知，乐在苦中寻。他们是为事业的追求和执着。

成功总是和拼搏连在一起的。这一个“莫须挥鞭自奋蹄”的科研小群体，终于找到了爆轰作用下多层材料在各种不同特定条件下的运动规律，填补了冲击波物理的这一空白。他们没有欢呼，也没有跳跃；但是他们相信，这一规律对爆轰研究、对核武器的改进和发展会有用处。

这一成果公布之后不久，在基础研究方面，由于它可以提供极低的冲击波压力和冲击速度，高能炸药冲击预压，超低压物态参数测试装置……很多实验装置用上了。

在核武器小型化的研制过程中，由于这一规律的得出，若干实验现象、实验结果的多年疑云驱散了，为小型化研制工作做出重大贡献。

做科学实验的科技人员也许都有这样的体会：否定一个错误或虚假的实验数据，比起得到一个正确的实验数据要难得多！对实验中发生的疑案，往往要做很多实验才能澄清它。

在核武器小型化的研制工作中，两次因某些实验数据有虚假掺杂，都是在“小型化”正处冲关的紧要时刻冒出来的，引起理论设计的科技人员惊恐失色，邓稼先院长更是忐忑不安。

一次是1975年夏天，从某资料上查出：“某部件引起的影响系数会大到四十几倍。”

“实验总结报告上的数据和结论方方正正这样写着呢！”

“如果真的影响这么大。027还能灵吗？”理论设计的科技人员忧悒地向邓稼先院长报告。

“这可是个大问题呀，非搞清楚不可。否则，一着不慎，将会满盘皆输呀！”邓稼先更是忧心忡忡……

另一次是1982年秋天，正在北京和九所讨论的一所实验科技人员报出某部件的走时比允许的时间差大2微秒的实验测试结果。

又是一石激起千层浪。“这么大的时差，会不会在017出现？”理论设计的科技人员不能不提防呀！

对于物理的直观极其明晰的于敏，虽然感到这突如其来的实验测试结果有几分猜度和诧异，但毕竟是实验测量出来的呀！“邓院长，请一所做017的同志来一起讨论吧！”于敏向邓院长提出建议。

邓稼先急匆匆回到办公室亲自给一所打电话。

又是“十万火急！”正在忙活于017实验任务的小弘他们又一次来到北京。

经过深入了解，小弘说：“新问题，还是老毛病。”都是对爆轰作用下多层材料的运动规律没有掌握，因此实验装置设计时，没有进行防御性考虑，结果引入虚假的信息。小弘从物理概念上到实测数据大小一层层剖析，说明这次（1982年）和上一次（1975年）一样，虽然是在不同条件下出现不同的虚假数据，但都是同一个老毛病引起的。这样的虚假数据应当剔除。

邓稼先心里踏实了。原先对报出如此大偏离的实验数据就有几分揣度和疑惑的于敏更是点头称是。

有了对爆轰作用下多层材料的运动规律性认识，能够在重大技术攻关的紧要时刻，使得心惊胆战的恐惧不安化险为夷，真是功不可没呀！

更让人欣喜的是，由于这个群体多年来锤炼的“求是创新、团结拼搏”的科研作风，在九院经受“二赵”破坏后的人心涣散的恢复期，从70年代初到80年代中的十几年里，这一科研群体一直承担九院核武器研制“龙头”项目爆轰物理实验研究和核装置的产品定型、武器化的实验研究工作，包括有A12、A06、A15、027、017等等，而且任务一向完成得很出色。这个集体获得的奖旗奖状有20多个，获得国家颁发的各种科技成果奖好多项，领导和其他兄弟单位的同志们很欣羡他们，他们自己也很欣慰。

“无须挥鞭自奋蹄”是九院人的责任心铸成的，也是九院人的传统。在计划经济年代是如此，进入市场经济时期也是这样；在科研生产攻关的第一线科技人员是如此，在后勤保障的同志们也是这样。下面就是一个平凡见真情的小例子。

1990年8月底，已是市场经济暖风频吹时，有一项突击任务需要连续几天几夜加班加点，协作单位的几位工人师傅看到九院的一群人（其中一半以上是女同志）一天到晚，每每都到深夜还是保持高昂的热情和干劲。心想，他们一定是可以拿不少的奖金和补贴，于是便问：

“你们每天晚上这么干，给你们多少加班费？”

姐妹们相互望了望：“我们没有加班费。”

“不信，你们至少每晚还不得有 10 元、20 元，要不你们这么干吗？”一位协作单位的工人用怀疑的口气说话。

“我们九院从不讲这个。”大家笑着回答。

“你们都这样吗？现在还这样吗？”协作单位的另一个工人还是用怀疑的口气问道。

大家笑着回答：“还有假吗？”

“真不能想象！要是别的地方，没有加班费，没有补贴，还有这么大的干劲？”另一个协作单位的工人惊讶地说。

又有一次，他们在订购某项设备时，有一个工厂的厂长，为了“拉生意”，对他们说：“你们如果同意买我们的产品，我就送给你们几个人每人一个精致的铁皮柜。”他们几个互相看了看，笑吟吟地说：“我们九院不讲这一套。”“我们要的是货真、价实。”

还有一次，一位同志拿着按原价格已开好的支票，去采购一种设备，但因该设备货不足，商家推荐另一种设备比原计划采购的便宜。商家讲：“这个差额我们用现款补给你，不用入账。”

“不行，不行，我们要求公私分明。”

商家经理尴尬地直摇头说：“从来没有见过像你这样为公家办事的人。”

“有，还有很多，我们九院为公家办事的人都是这样。”

8. 淡泊明志、宁静致远的名利观

在计划经济的年代里，知识分子比较关心的不外乎职称的晋升了。但是九院的知识分子对职称的晋升却很淡泊，他们一心一意只想多做贡献。

老部是15岁就参加工作，1955年加入共产党，1963年毕业于南京工学院的老同志。他是调干生，原单位就在南京。为了强大祖国的国防事业，他欣然离开条件优越的江南鱼米之乡，奔向西北大草原，是参加第一颗原子弹研制工作的一位元老。他工龄长、资格老，加上为人诚实厚道，工作热情高，多少年来，不仅是专业技术骨干，还长期兼任基层的党政领导，相继干过人事、行政、党务工作。岗位几经变更，他始终服从大局，干一行、爱一行、钻一行。他担任科研室党支部书记兼副主任时，党员群众称他是“一位严于律己，廉洁奉公、率先垂范的好支书。”他常常劝导室里的领导同事们："当干部就要有甘愿吃亏的精神，活要多干，奖励要少拿，你说话才有分量。"他常说："你要别人做到的，首先自己要做到；你要求别人不做的，首先自己坚决不去做。"他是这样说的，也是带头这样做的。他虽年已花甲，并患有气管炎和肺气肿病，但干起体力活来，从不示弱。群众常常称誉道："我们的老部，哪里有苦差事，哪里就有他。"

1990 年单位从三江的"老点"搬迁到科学城时，几十台笨重的仪器设备全靠双手装车、卸车，由于电梯出故障，他们不等不靠，硬是人抬肩扛，一台台地搬上四楼。同志们看到老部废寝忘食、挥汗如雨，"杭育！杭育！"地摇晃着发软的双脚一步一步地往四楼上挪动时，年轻人于心不忍。"老部，你就不要搬了，你在楼上楼下指挥、调度就可以了，出大力气的让给我们年轻人吧！"但是老部不听劝阻，他继续和大家一台一台地往上搬，下楼时才气喘吁吁地说："时间不等人呀，早搬完一天，就可以早一天开展工作。"

老部不仅是一位实干家，而且是一位善于深入细致做思想政治工作的优秀党务干部，同志们说："老部有一张'婆婆嘴'，但他从不瞎批评人、乱指责人，也不会用大道理压人；靠的是以心交心，以心换心，以诚相待，以礼相待，是大家的贴心朋友。"无论是政治上、工作上、生活中，家庭里或婚姻恋爱等方面的问题，大家都喜欢找他谈。他总是挚友般的热情帮助别人。因为上班时工作繁忙，他经常利用下班后的时间和职工交谈。每次回到家中，老伴见他那一副疲惫不堪的样子，总是心疼地责备几句：“……你天天吃冷饭，不要老命了！”他却笑着说：“我要老命呀！我有两条命，一条是革命，一条是生命。生命是为了革命，这两条命我都珍惜呀！”

可就是这位几十年来用炽热的情怀献身于事业的老部，一直到 1988 年，还没有晋升为高级职称。

老部是 1963 年毕业的本科生，几代核武器的研制，都记载有他的功绩，可几次评聘专业技术职称时，他都放弃了。“这次无论如何也该轮到他了。”几位老同事议论着。

“为什么这次你还是没有报高级职称？”快言快语的小黄问道。

同志们关切地问起，他的心态却很恬淡，他的回答也很干脆：“名额只有一个，老周毕业比我早，而且一直在技术岗位上工作，我应先让给他。”这就是一个共产党员的坦荡胸怀，在名利面前所做出的果断抉择。

小弘是 1963 年名牌大学的毕业生，是 1956 年高中时代就加入共产党的优秀生。为了国家发展强大的国防力量，毕业分配时，主动申请要到青海高原谱写新时代的“青春之歌”。他参加工作才一年就担任科研组代组长；不到一年半就成为九院最年轻的科研组组长。第一颗原子弹研制时，他就锋芒外露。突破氢弹时，在一个关键的技术难关久攻不破的紧迫时刻，他提出一个很好的方案，一举攻破辐射保护、爆轰聚焦和界面扰动三重难关，为氢弹的实验研究铺平道路。在核武器小型化和中子弹的设计技术的攻关中，他一直是爆轰实验主课题组组长，任务完成得也很出色。他几十年如一日，孜孜不倦，拼搏攻关，屡创佳绩，多次被评为院、所先进工作者，是研究所首届学术委员会委员，由他主持和亲自参加的科研课题，多次获奖，单是 1979 年，就获国防科委的重大科技成果奖一等奖 1 项、三等奖 2 项，1982 年获核工业部重大科技成果奖二等奖 1 项、四等奖 1 项，1986 年获核工业部科技进步奖三等奖 1 项。还有，他作为科研组组长组织参与完成全院性重大科研课题的分别获得国家自然科奖一等奖、国家科技进步奖特等奖和国家发明奖等多项，堪称硕果累累。但是 1978 年晋升为工程师以后，从 1981 年开始一直到 1985 年，他从未提出晋升高级职称的申请。

“这次你没有提升高级职称？”本研究所的和兄弟所的同行们见面时都惊讶地问。

“名额有限嘛。那么多老同志！”小弘平和地回答。

“再少的名额也应有你嘛！”

“无所谓的，不是照样搞科研吗？”

“可是太不公平了！”有的同志抱不平地说。

“不能这样讲，早提晚提，提与不提都没有关系。我作为一个脚踩泥土背朝天的农民的儿子，能够进入最高学府，成为一个名牌大学的毕业生，又有缘踏进研究核武器的科学殿堂的大门，成为这么多顶级的科学家的弟子、学生、同志和战友，本身已是一件很幸福的事情了，我也知足了！只因我生正逢时，而这个好时光，是中国共产领导下的无数先辈开天辟地创造出来的……”小弘情意真切地细细述说。

“可是，你的工作业绩……职称也是对你工作业绩的评价和应有的回报呀！”好心肠的同志讲。

“那又为什么？我们的奋斗和拼搏，为的是铸造中华民族核盾牌，还能有别的私念吗？我们从事的都是难度很大、危险也很大的工作，哪怕是一点点私心杂念都会让你畏缩不前。黄继光用自己的胸膛顶住敌人的枪眼，为志愿军打开前进的道路，献出了最后一滴血，绝没有想到日后中国人民志愿军总部要追认他为特级战斗英雄。他们在炮火纷飞的战场上，只有一个念头：消灭敌人，打胜仗。同样，我们在攻克科技难关时也只有一个念头：突破难关、强国防。而且，黄继光他们把牺牲留给自己，把胜利留给战友和人民，自己又不可能和战友们共享胜利的喜悦。我们能够看到一朵朵中华民族的精神花朵，共享欢欣和喜悦，这本身就是最好的回报了！”小弘讲得很实在，很真情。他敞开心扉继续畅谈道：

“我们攀登科学高峰，既有艰险，有苦涩，又有温馨，有香甜，也乐在其中，正如登山涉水，山一程，水一程，在这途中既有艰辛，也有观赏。我们攻克了一个个科学难关时，犹如一幅幅风景优美的图画扑面而来，犹如思绪沉醉于浓郁的诗文的意境之中，这本身就是美的享受，其乐无穷。而且科学实践本身也是一种实实在在地充实自己，完善人生这一永远追求又没有彼岸的浓聚人生的过程。我们只要对事业有炽热的情怀，对名利有恬淡的心态，那便能人也舒坦，心也舒畅。”

这就是一个共产党员入党为公的坦荡胸怀，一个国防科技工作者一片冰心的肺腑之言，平平实实却又富于哲理的人生感悟。

9. 可爱的兵

为了国家的安全，在铸造民族核盾牌的战斗行列里，中国人民解放军的战士们，在草原，在戈壁，在平凡的岗位上，用自己的热血和汗水写下了一页页壮丽的诗篇。

①可爱的小哨兵

走近青海大草原核武器研制基地，最先引人注目的是站立在哨卡的威武雄壮的警卫团战士。特别是在北国冰封、万里雪飘、零下40摄氏度以下的严冬，不管是进出厂区和十几个分厂围墙门口的哨兵，还是数十个车间和科研大楼的门岗，战士们都风雪无阻地一天24小时轮流值岗，骑兵们骑上战马挎上钢枪沿着周长100多公里的研究原子弹禁区边缘昼夜巡逻，保卫核研制基地的安全。

一个晴朗的星期天，一群年轻科技人员兴致勃勃地攀上雪山，来到核基地最高的哨卡，正巧哨卡两名战士在换岗。

"你好像不是北方人？"年轻科技人员和替换下岗的战士攀谈。

"对，我的老家是广西北海，因父母亲工作在郑州，我是在河南参军的，我们连队大部分是河南兵。"小战士乐呵呵地回答道。

"你有几个兄弟？"

"只有我一个独子。"

"为什么独子也参军？"

"说来情长话也长。原先我奶奶受'好铜不做钲，好男不当兵'的旧思想影响，不让我爸当兵。可是1939年11月

15 日，日本侵略军在北海登陆，我爷爷死在日本侵略军的刺刀下。为了报仇雪恨，奶奶把年仅 15 岁的我爸送到部队当兵。全国解放后，1956 年我爸转业，一直在河南郑州工作，因此河南成为我新的老家。我从小在部队生活，爱上部队，因此成了河南兵。”年轻战士津津有味地讲起他的家境。

“在这 3 千多米高的雪峰上守哨卡，有很多感想吧？想没想三年服役满后赶快回郑州老家？”

“看到整个厂区热火朝天大搞科学实验，心里猜想一定是在搞国防尖端技术。看到一个个科学家进进出出，听到一声声震天动地的爆炸声，看到一个个红色的火球和一朵朵紫色的烟云升起，从心底里感到我守哨卡的意义。为了祖国更强大，为了我们的人民不会再受帝国主义侵略和枪杀，我守三年，还嫌不够。就是让我一辈子在这里守哨卡，我也情愿心甘。”年轻战士开始时说话慢悠悠的，可到后来很是激昂。

以后有好几个星期天，科技人员经常见到这位熟悉的脸孔，来自郑州的小哨兵在副食店门口帮助搬白菜，在粮店帮助扛大米……

又有一天，医院广播里通知给重病号输血，人们又看到这位小哨兵硬要挤到队伍的前面。有一个战士拉扯着这位小哨兵说：“你输血还不到半个月，这次你不要献血吧！”可小哨兵还是硬要挤到队伍前面去！

有一次含有易燃材料的爆轰实验，爆炸声响过后，实验人员走出碉堡，四面察看，只见西北部防火沟铁丝网外面一片熊熊大火。

“草原起火了，草原起火了，快，灭火去！”实验队长一声呼喊，大家拿起扫把、扛起铁锹往大火方向跑去。

“奇怪，火已灭了。”快到着火地点，火焰灭了，只见密密的红点点还在一闪一闪发亮。

“我们还是去把火种彻底扑灭，防止刮风时死灰复燃。”队长呼唤大家往前走。

来到起火的钢丝网外，才发现一个战士倒在草地上，原来夜间值岗时，有两个战士，来自郑州的小战士正准备上岗，还没到达哨卡，高兴地观看实验的火球和烟云，可突然间，离他身边150米处的草丛燃起熊熊大火，他身上又没有灭火工具，紧急之下，脱下外衣，拼命地灭火。由于火势太急，他的面部、手臂多处被火星烧伤，高原又缺氧，当大火被扑灭时，他昏倒在被大火烧过的熏黑的草地上。

科技人员赶快把他扶了起来。草地上战士的衣服附近有一个小本子，那是小战士用它来学习、记事的笔记本，掉落时被翻开的一页，上面写着“我为国防守哨卡”的诗句：

我站在雪山上的哨卡，遥望那冉冉升起的朝霞；

我要像那晨曦的霞光，有一分热量，发一分光华。

毫无保留，倾情挥洒；

不求任何报答，只为国防强大。

喜看红光紫云妖娆，心海扬起愉悦的浪花。

这是年轻战士敞开自己朴素而高尚的心扉。这是一名可爱的小哨兵的爱国情怀。

②战天斗地的工程兵

罗布泊，中国核武器的试验场。

传说，昔日这里也是一片绿洲，牛马成群，绿林环绕，有河流湖泊和田园的生命绿洲。“罗布泊”这三字以及“泊”字左边是三点水就足以让你相信！据说张骞西出阳关，当他踏上这片大地时，被它的美丽惊呆了，映入张骞眼中的是与江南无异的满目绿色和金色麦浪，从此张骞率众人开出了著名的丝绸之路。当时，这里是中原文化、希腊文化、波斯文化和阿拉伯文化交汇的地方。史书记载，在4世纪时，罗布泊水面超过20万平方公里。只是不知从什么时候开始，罗布泊抹去生命的绿色，成为“死亡之海”。这里黄沙漫漫，沙丘重重，飞鸟少来，野兽少见，没有人的足迹，犹如原始的荒凉。

为了铸造中国核盾牌，为了让那菌状蘑菇云在这里冉冉升起，为了让那东方的惊雷在这里轰鸣，汽车团的战士们驾驶解放牌汽车，组编成豪雄勇武的阵列，“一字形”车队的车轮在广袤千里的沙滩上旋转而过；接着建筑工程兵的战士们就在这里搭起帐篷。

从这时候开始，罗布泊，深远又广阔的戈壁滩，中华儿女在这里开始抒写刚毅、坚忍与激情，也抒写艰险与开拓。在这无边的荒漠与空寂里，抒写上一页热血沸腾的履历，抒写一曲织造菌状蘑菇云铿锵有力的壮歌。

这里的酷暑，骄阳如火，热浪煎熬着天宇，蒸沙砾石燃烧着浮云，白天气温高达40摄氏度，地表高过70摄氏度，能把鸡蛋烤熟，能把足底烫焦；可到严冬，气温低到零下40摄氏度，刺骨的寒风像一把锋利的尖刀，竟能入缝钻孔。野外作业，即使戴上大毡帽，穿上大毡靴和厚厚的大皮衣，也经不起寒风刺骨，稍不动弹就立即冻僵，人们嘴里呼出的气立即变成云雾，在眉毛，胡须和额前的头发上结上一层层白霜。工程兵战士们就在这种恶劣的条件下，进行野外施工。

就在工程兵进场的第二天，癫狂的戈壁卷起阵阵滚烫的风沙，把罗布泊的阳光搅浑，更扑打得人们头晕眼花。空气中令人窒息的尘土使人呼吸困难，满嘴尽是沙尘，鼻孔干涩难忍。一个个被阵阵风沙吹得飘摇浮动，连长大声呼唤：“大家赶快抱成一团，大家赶快抱成一团！”立刻几十个人抱在一起，很快形成一个人群组成的“沙丘”，这个人群“沙丘”虽然不再被大风卷起，但却慢慢长高长大，大有想把大家集体活埋的架势……大风过后，大家松开双手，张开眼睛，人们龇牙咧嘴苦涩地相望，只见个个眼睛和牙齿黑白分明，浑身上下都是土黄色，活像从地底下钻出来的“土拨鼠”，谁也识别不出是谁！回到营地，所有帐篷全部被大风卷起，散落在数十米外和沙子混杂在一起组成一个个小沙丘。

工程兵们就在这严峻、凌厉的戈壁滩上，团结一心不畏难。任凭天公多变幻，哪管风暴沙石扬。头顶烈日、明月作营帐。饥餐沙砾饭，渴饮苦水浆。凭着精神，凭着执着，挖地基，绑钢筋，浇水泥……建筑了一座座核测试用的半地下碉堡、组装核装置用的装配大厅，还有供核效应试验用的铁路、水泥公路、兵营……各种各样建筑物。为了能取得更多试验数据和降低核污染，技术总队工程兵们，在没有电，没有动力的情况下，他们采用一种不用起重机，用一个爬杆自己提升自己的“自行式”建造方法，硬是在荒漠的沙丘上，架起立地顶天披彩霞的102米高的铁塔，它是那么威武，那么雄劲，任凭暴风狂沙，挺立直冲云端。和美国、苏联他们当年的第一颗原子弹试验用的铁塔（都只有30多米）比，我们高过两倍。也是当时我国最高的一座铁塔，当时广州对外广播发射塔也只有 90 米高，而且电视塔天线是越往上越细，供原子弹爆炸用的铁塔在塔顶上要建一个房间，要把原子弹固定在里面，还要能容纳 10 个人员在里面操作作业，还要求爆室里温度和湿度在可控范围。在没有电，没有水，既缺乏技术资料，也缺乏建造材料，在风沙滚滚的沙漠戈壁的盐碱地上，他们不仅高质量地提前完成建塔任务，还同时建了第二铁塔——备用塔。

就在第一颗原子弹试验的前一天，原子弹装置已安装在百米高塔的爆室中，但因戈壁的天公多变幻，突然间，狂风骤起，沙砾莽莽，蔽日遮空，整个戈壁滩风声如虓，高耸的铁塔随着狂风飘摇，东倾西斜，就像要倒下来的样子，升降吊篮更是无法使用。在铁塔顶端爆室里的科技人员和原子弹一起剧烈晃荡了好几个小时。

“塔顶的同志又饥又渴怎么办？”王淦昌心急如焚，坐立不安。

“我上去，我给他们送些开水和面包。”站在帐篷门口注视着塔顶的工程兵技术总队王师傅自告奋勇请命爬上铁塔。

“不行，不行，这么大的风暴，太危险了。”王淦昌阻拦道。

“他们是第一次遇见如此大的狂风，一定非常害怕，我爬上去，也可以给他们壮壮胆呀！”王师傅坚持要求上塔。

“可是，风这么大，有危险的！”陈能宽也很不放心。

“我们在建造铁塔时，多次训练爬上爬下，也多次遇到过狂暴的风沙，你们放心！”王师傅拿定主意。

“那一定要带上安全带，每爬上一节，都要先挂好安全带。”陈能宽再三提醒。

“要小心，要注意安全。”王淦昌再三叮咛。

“好，我会注意的。”

虽然有被狂风卷吸的生命危险，但王师傅还是义无反顾勇往直前。

就这样，王师傅把衣服、鞋帽紧了又紧以后，把行军水壶和面包紧绑在腰间，手拿安全带朝铁塔方向走去。

距跌塔100米处的帐篷里的院领导和科学家们，目不转睛地望着王师傅在大幅摆动的铁塔上晃到东来又荡到西去地一节一节地往上爬，心里怦怦地跳着。

“到了，到了，爬进爆室了。”大家高兴地喊了起来！这时大家的心才安静下来。

当王师傅进入爆室时，塔上的科技人员竟一齐发呆。

“怎么回事？如此大的狂风，王师傅突然出现在我们面前，不是在做梦吧！”

“这么大的风沙，你怎么上来的！”七个科技人员把舍命爬上铁塔的王师傅紧紧抱成一团，热泪情不自禁地夺眶而出。

这是一曲激越而雄豪的军民鱼水情的颂歌。

③拿风钻的战士

1964年我国第一颗原子弹爆炸试验成功以后，开始着手把核试验从天上转入地下，并于1969年9月23日成功地进行了首次地下核试验。

地下核试验的初期，我们没有打竖井的大型钻机，只好用人力挖平洞，在坚硬的岩石里挖出上千米转了几个弯弯的“坑道”。

挖平洞的是一群年轻的工程兵战士，他们每日天没亮就进洞，日落西山天边发黑才出来。为了赶进度，没有星期天，节假日，几乎半年也见不到太阳，无怨无悔地在宽不过6米、高不过4米，尘土飞扬、黑暗闷气的狭窄的作业面上，手拿风钻、钢钎和铁锤，在花岗岩上一寸一寸地掘进。人们称他们是“拿风钻的兵”，一个平洞就得凿好几年，有的战士，从入伍到退役，整整三年，没有再到过马兰，没有见过绿色，没有进过澡堂。可以想象，有多少寂寞，多少沉默，多少呼唤，多少希望，深深地埋在心中。

几位到坑道现场进行地下核试验电缆铺设的科技人员看到战士们一寸一寸地凿，一车一车地往坑外推，满头是汗，满身是土，但却意气风发，斗志昂扬，感慨万端地说：“他们是一群用风钻在花岗岩上一寸一寸地雕刻美丽人生的可爱的兵。”

中午休息的时候，科技人员和年轻战士闲聊起来。

“听你们口音，是来自五湖四海？”科技人员问。

“没错，我是来自河南。”

“我是来自四川。”

“我是新疆本地人。”……

“我们都是一入伍就来到这茫茫戈壁滩的。”

“回过马兰团部吗？”

“很少。一年顶多就是两次，一次是‘八一’建军节，一次是春节。”小杨班长说。

“喜欢马兰吗？”

“当然。”

“马兰有什么最让你们喜欢的？”

“绿色，翠绿的树木和花草。”几个战士异口同声答道。

“还有，就是痛痛快快地到澡堂洗个澡，到有座位的电影院看一场电影。”一个年纪最小的战士补充道。

“还有么？”

“就是这些。”战士们心满意足似的！

看几眼绿色，洗个澡，看场电影。多么平实和真诚呀！

除此之外，战士们再没有什么企求！多么可爱的心愿，多么动人的心迹。

“想家吗？”科技人员问这位年纪最小的战士。

“哪能不想家，参军都快三年了！”

说起“想家”两个字，年轻战士凝视着科技人员手里拿的照相机，轻声地问：

“在这里给我们照张相吧，好寄回家，也留个纪念！”

“照张相吧，留个纪念！”多么朴实、简单的愿望啊！

在这茫茫的戈壁深处，站在拿风钻的兵用血汗熔融的“坑道口”，背靠巍然耸立的花岗岩山体，面对远处南山顶上的皑皑积雪，望着的是波涛起伏的沙丘，一望无际的鹅卵石和于焦枯中闪烁出生命风采的枯黄的甘草藤。然而这些年轻的当兵人在快门闪动的一瞬间，却那样兴奋，那样激动，那样令人可爱。

有一位当年在这里拿风钻的当兵人，在回忆当年那一刻时，瞬间变得年轻而兴奋，似乎有一种力量穿越时空，冲击着身上的每一粒细胞。他两眼蒙上一层晶莹，感情激越地说：“那时，每天在坑道里干十几个小时，一连干了两年多，却丝毫不觉得累。照相机快门闪烁的那一瞬间，更是热血沸腾！作为能够为强大国防出点力流点汗的退役军人，我感到无比荣幸。我永远怀念和战友们手拿风钻在花岗岩上一寸一寸地雕刻美丽人生的激情，这张照片成为我终生珍藏的纪念品！”

④给大漠注入血肉情感的汽车兵

茫茫戈壁，一望无际，沙丘迭起，波涛起伏……

太阳将天边的云朵碾碎，天空有它无阻的道路；没有影的风，在天涯的焦黄里撒野；要问广袤的戈壁滩你的路在何方？

路，就从那一天开始。汽车团那雄赳赳的车队向这里挺进，车队的汽车飞轮旋转而过。于是，一切从这时候开始，一切从这里延伸，这就是路。

于是车队的车轮声和喇叭声将一片静寂叩响。

为了建设核试验基地，车队的当兵人，技术熟练的解放军司机，就在这条车轮旋转而过的路上，运送一车车的钢筋、水泥、粮食、蔬菜还有帐篷、工具、用具和机器设备……虽然这广阔无边的瀚海，连大卡车、大轿车也显得渺小，然而细细轮迹在一片单调而简洁里交织着，便谱印出辉煌的历程，伸展着激情和希望。于是便有了一串烟尘升腾的生机，也现出血肉的情感。于是渺小便伸展于大地、长天、沙砾、流云。于是建设者们注入了雄心，注入了豪情，注入了志愿，注入了希望。他们才有这迢迢的跋涉，才有这踏破无边沉寂的串串脚窝，印下进取与探索，印下开拓的许诺，印下建设者音韵的乐谱。没有车队，这只有漠风与黄沙的罗布泊，哪会有抖动的测旗、轰隆的机器；哪会有帐篷、工号、碉堡；哪会有倚天长剑般的百米铁塔；哪会有熙来攘往、热火朝天；哪会有一颗颗“人造大太阳”；哪会有声声春雷震海天……

又将进行一次新的核试验。

在西部的小站——新疆大河沿。长长的火车专列一进站，一眼就看到站台上轿车、卡车排列成行。车门一打开，身着军装的汽车司机帮着搬东西，抬设备，干起活来麻利洒脱，装好车，便认真地用帆布盖上，用很粗的绳子拉紧加固。

“路途遥远，好几百公里的路程，风沙大，又是搓板路，不固紧不行的！”连长在站台上对一台一台卡车的装车质量和紧固情况进行检查，嘴里絮絮叨叨地呼唤个不停。

所有卡车都已紧固得严严实实，科技人员也都各就各位上了大轿车。连长带的第一辆吉普车开始上路，接下来就是20辆大卡车，再接下来就是一辆辆大轿车，副连长的吉普车在后面压队。几十辆汽车缓缓地离开大河沿火车站。过不多久，就进入茫茫的戈壁滩。路很直，可就是路面一棱一棱的，真像搓板的棱儿。几十辆汽车每隔50米一辆，整齐非常，就像一条长龙向戈壁深处伸展。

行进约莫一个小时，车队突然停住。大家疑惑着！原来是连长和副连长分别从前到后和从后到前，沿着一辆汽车一辆汽车地询问大家：“快不快？晕车的同志多不多？”

由于九院的科技人员很少走这样的“搓板路”，经不住太快的颠簸，还有不少女同志，更是晕车晕得翻肠倒肚。

接下去车队的速度慢了很多。可是车队刚过托克逊，太阳已经落入地平线，只是西边的天空，还燃烧着一片橘红色的晚霞，映照在汽车的玻璃面上，就像一片片霍霍燃烧的火焰，闪烁着、晃动着。

随着夕阳逐渐西沉，西边的霞光渐渐地变淡，变成绯红，又变成浅红，最后，一切红光都消失了。但戈壁滩上那显得很高很远的天空，那深蓝色的天幕开始有些星星闪烁起来，慢慢地越来越多，到后来，整个广漠的天幕布满了放射着耀眼光辉的星星，也许因为是农历月下旬，还没有月亮的光，星星更显得闪光耀眼。

是因为汽车速度放慢了，还是大家观赏广漠的星空，似乎忘掉了这是荒漠的戈壁，只觉得这里夜色的意境同样很优美。也不会晕车，也不呕吐了。不知不觉，车队来到今晚夜宿兵营。

进入兵营帐篷里，已是晚上 10 点钟了。车队的连长讲：

"今天的车比往常多走了三个小时。"但他赶快又补充了一句："能够让大家不晕车、少晕车，再慢点也是值得的。要是把大家晕得影响基地工作，我这个当连长的领队就不好交差了！"

这天晚饭大家吃得特别香。兵营虽然没有什么特别好吃的菜，但单是那又白又松软的大馒头就让九院这些长年吃着高原上蒸不熟的发粘馒头大开眼界，大米饭也特别香。好多同志说：好久没有吃过这么多了！

回到帐篷，大伙都在夸奖部队的司机不仅开车技术高，而且很会体贴人，为了让大家不晕车，宁愿多走几个小时。

由于极度困乏，戈壁的夜晚又冷，在帐篷的通铺里，大家蜷缩着挤在一起，很快睡着了，而且睡得很香。

不知睡了多久，只听一声吆喝，惊醒了沉睡的科技人员，大家撑着刚惊醒的眼睑，掀开帐篷门帘，只见天色蒙蒙发白。急急忙忙漱了口，擦擦面，吃了早餐，又上车赶路了！

第二天的戈壁旅行似乎更加舒畅，在车上大家有说有笑，观赏这浩浩的大漠风光。也许因为大家的心开始沸腾，因为车轮碾出深深的辙痕，预示着西进的人们将在这大漠深处再次搅起雄风，续写"刺破青天锷未残"的美妙传说。

车队来到了罗布泊核试验场的九院营区，下了车，卸了仪器设备，部队的司机和大家告别返回，车队已走去很远很远，好多技术人员还站在那里愕愕然地凝望着。虽然大家素昧平生，但车队司机二天行车中体贴入微的绵绵情谊，却给九院科技人员留下不忍分离的依依情意。

以后，车队司机为了改善九院科技人员的饮水条件，几次特意跑到几百里外拉来清澈透亮的甘草泉。但是每回都一再叮咛："这水是专门用于烧开水泡茶和煮稀饭的。"大家每喝着甘草泉水，内心就会有一种温暖触动的感觉，甜在嘴里，暖在心中，真不知道该怎样感谢汽车团的司机们！

这是九院进场的第三天，24-1作业小队到场区组装试验用特殊组合件。从早上开始反复调配、装接，一直到11点半才把组合件组装黏接成型。但胶还未干，又怕戈壁刮起大风，沙尘"侵扰"，小队长小安说："你们先坐下班的汽车回去，我等稍干以后收拾稳妥才走路回去！"

可后来，半个小时的路程，已经走了将近40分钟，还未见营地帐篷影子。这时小安有点慌了！原来，茫茫戈壁到处沙丘起伏，模样大同小异；试验准备工作正忙期间，汽车轮压过的辙痕又纵横交错。不好辨认，"看来，走错路了！"小安只好站立在浩瀚的沙滩上，四处张望。正好看到远处有一辆吉普车在行进。看着看着，突然间，吉普车转个方向朝这里开来，越来越近，越来越近，慢慢地，慢慢地，几乎听不到刹车声，车子停下了。

“同志，请上车。”司机打开车门招呼着。

“喔，是副连长。”小安高兴地坐上吉普车。

“你是九院的？要回九院营地？”司机热情地问着。

“你们眼色真好！只见过一次面，就记清了。”小安说。

“不，还有，整个场区几十个单位，就数你们九院没有穿军装，算是够特殊了！”副连长逗着说。

说着说着，已到了九院营地。小安下了车，说声：“谢谢！”副连长说了一声“再见！”继续开着车执行任务去。小安望着那吉普车如箭离弦似地飞驰而去，心里却久久不能平静。他欣幸基地有这么热情、真挚、可爱的汽车兵！

⑤穿越核云“火中取栗”的航空兵

这是我国西北戈壁上空又一次抛出“人造大太阳”。随着一道强烈的闪光，顿时发出春雷般的巨响，一个巨大的火球托起一朵硕大的蘑菇状烟云，以气吞山河之势，雷霆万钧之力，奋力向上升腾。“看，快看，两架银白色的飞机一前一后准确无误地穿越蘑菇云。”小晏惊奇地发现并大声嚷嚷起来。

“他们是人民空军某飞行中队执行取样任务。”刚从指挥所走出来的邓院长说。

“取样……”

“是呀，收集核爆炸放射性物质，供二所和廿一所科技人员进行细致的放射性物理诊断和化学分析，是提供研究核爆炸过程、验证理论设计、校正数值模拟的方法和参数的重要数据。”

正值高兴和愉悦的邓院长细细地向小晏他们叙说核爆炸形成蘑菇云的过程：

“由于核爆炸释放出巨大的能量，把包括壳体的整个核装置加热到接近于太阳中心的温度，并把它们化为气体，同时辐射出大量能量，产生一团灼热的极为明亮的球形团——火球，一枚1百万吨TNT当量的核爆炸，大约1毫秒后，在80公里外的观察者可以看到比中午的太阳还要亮好多倍的火球。以后，火球很快升高、变大。还以1百万吨核爆炸为例，在爆炸后1毫秒时，火球直径大约200米，10秒钟时，直径增大到2 000多米。”邓院长继续说：

“随着火球体积的增大和冷却，蒸汽就冷凝而成为烟云，烟云中包含核装置碎块组成的固体颗粒和许多小水滴。火球上升之初，烟云外层由于辐射作用和它上升所经过的空气对它的拖曳作用而变冷，使球形的火球变成如同汽车轮胎盘的环状火球。火球继续上升，环状火球下方冷空气被吸入灼热的烟云中，便发生激烈的内循环运动，很快形成菌状蘑菇云。”

“那烟云中会有很多放射性物质？”小晏插话问道。

“那当然，烟云中主要包含极细微的放射性产物颗粒和核装置残核微粒，还有水滴以及被爆炸邻近产生一股强烈向上抽的余风所刮起的尘埃等物质。”邓院长详细地回答小晏的问题。

“这样说，穿云的飞行员是地道的‘火中取栗’，他们比投弹的飞行员要受辐照的剂量还要大一些？”小晏又问道。

“应当是这样吧！”邓院长点头答道。

“喔，蘑菇云还在往上升高！”小晏仰望着不断升腾的蘑菇云兴致勃勃地说。

“是的，一个百万吨级的核爆炸，点火后30秒时，火球上升到爆点以上5 000米，1分钟时是7 000多米，2分钟时就升到爆点上方1万多米。约莫10分钟，蘑菇云达到最大高度，就不再升高，但横向继续扩大。你看，现在的蘑菇云颈部的粗细只及烟云直径的二十分之一左右。”邓院长仰望着升腾的蘑菇云说。

“喔，我明白了。为什么刚才小弘手里拿着三角板，仰望升腾变大的火球，看了看手表，一沉思，就说这次核爆炸的当量超过第一颗氢弹。原来就是根据火球直径、高度和时间计算出来的。”小晏望了望小弘继续说：

“可是，飞行员是否知道穿越蘑菇云会遭受放射线伤害？”天真烂漫的小晏问起。

“哪会不知道，在他们接受飞行任务之前，飞行中队已请放射性防护专家对他们进行放射性知识和安全防护教育。他们虽然深知放射性会造成一种严重和极隐蔽的伤害，但是为了东方巨响，为了国家安全，要有牺牲精神。飞行中队首长讲，大家知道这项任务的重要性，飞行员个个摩拳擦掌，争着领受这次大当量的核爆炸采样飞行任务。有一个年轻飞行员，争不到这次采样任务，还哭了半天鼻子呐！”邓院长心情激动地赞许道。

“真是可爱的当兵人，明知山有虎，争上虎山行！”小晏欣羡地说。

“可是，穿越蘑菇云采集放射性物质，光有敢上刀山、敢下火海的英雄虎胆还远远不够，还必须有过硬的飞行本领呀！才能以最快的速度，用最短的时间，穿越准确的高度，采集浓度最高的核反应产物……你看飞机回来了，二所和二十一所的两辆汽车早早停在那里，要分析飞行员采集回来的胜利果实。而救护车也停在那里准备把飞行员接回医院进行身体检查和护理！”邓院长指着飞机即将降落的地方。

“为了我们这个事业，多少人为它做出贡献呀！”小晏真挚而欣慰地说。

“说得真对，所以毛主席一再强调要大力协同，做好这件工作。”邓院长语重心长地接着说：

“为了我们这个事业，党政军民及各行各业参加了攻关会战，包括很多解放军官兵，为此默默无闻地为之奋斗，有的甚至牺牲了自己的生命！”

当年发生的一切，恍惚已经遥远。今天我们在这充满阳光、充满自信、充满自尊、充满自豪的国土上，可以安定和平地从事社会主义建设、过着小康生活的人们，当你为我们的人民共和国恢复在联合国的合法地位或加入世贸组织而扬眉吐气的时候，当你为我们申奥成功和申博成功而狂欢雀跃的时候……你是否想起为铸造中华民族核盾牌的中国科学家、工程技术人员、干部和工人的献身精神！是否也想起这些可爱的兵？他们在为铸造中国核盾牌的平凡又崇高的岗位上，同样谱写了一幕幕撼人心魄的壮歌，同样表现出人民子弟兵是一枝不愧于伟大中华民族的优秀之花！是新时代最淳朴可爱的人。

为了这一维护国家主权和安全的战略基石，为了中国人民这棵遮风挡雨的参天大树，“两弹人”历经将近半个世纪，在老一辈革命家和科学家的领导下，数万科技工作者投入到铸造中国核盾牌这一伟大战役。他们在金碧辉煌又充满艰险的风雨征程中，涌现了一批英雄人物和先进群体，但更多的是默默耕耘的无名英雄。展现在读者面前的仅仅是无数无名英雄的一鳞半爪，虽然不敢言之为一叶知秋，但也可从中体味到“两弹人”的炽热的情怀。

也许有人会感到他们有点“傻”，明知山有虎，偏向虎山行。实际上他们并不傻，顶多只能说他们傻得很可爱，很痴心。在当时物质、技术基础还十分薄弱的条件下，要发展核武器，既要搏智慧，也要拼勇气，没有一大批勇于献身的无名英雄，我们凭什么夺得时间上的世界冠军？！

还有人会感到他们有点“狠”，爱情、亲情、友情都往一边搁。实际上他们爱得很深，他们也都是骨肉所生，哪会没有喜怒哀乐？只是为了光辉的事业，他们只好把爱深深埋在心田，抛在一边。不得已之时，也只好狠心忍痛割爱。正是这种奉献精神汇聚成浩然正气，集成了空前创新伟力，创造出宏伟壮丽的英雄业绩。

尾声

未了的情怀

光阴荏苒，岁月悠悠。多少年的期盼，多少年的艰辛，多少年的沉默，多少年的激情。

1986 年 3 月 21 日，国际和平年的春天，我国正式宣布，中国将不再进行大气层核试验。

1996 年 7 月 29 日，在又一次进行地下核试验后，第二天，我国正式宣布暂停核试验。

中国科学家感到自豪，中国人民感到自豪。是中国科学家和中国人民的智慧和血汗，使新中国可以在复杂、残酷的国际关系中游刃有余。

① 功过是非说

1999 年 9 月 18 日，中央关于表彰为研制“两弹一星”做出突出贡献的科技专家并授予“两弹一星功勋奖章”的决定，已经把研制“两弹一星”作为影响新中国历史进程的重大事件记入史册。决定指出：“在新中国 50 年的光辉历程中，‘两弹一星’的研制成功，是中华民族为之自豪的伟大成就。”中央认为，当时以毛泽东同志为核心的第一代党中央领导集体，做出了独立自主研制“两弹一星”的战略决策，是完全适合当时的国际时势的。“两弹一星”的研制成功，有力地推动了国家经济建设，促进了我国科学技术的发展，大大增强了国防实力，打破了超级大国的核讹诈和核垄断，奠定了我国在国际事务中的重要地位，振奋了国威、军威，极大地鼓舞了中国人民的斗志，增强了中华民族的凝聚力。还培养了一大批科技骨干队伍，为我国高新技术及相关产业的发展打下了坚实的基础。研制者身上体现出来的“热爱祖国、无私奉献、自力更生、艰苦奋斗、大力协同、勇于登攀”精神，已经成为全国各族人民宝贵的精神财富和不竭的力量源泉。

然而社会上也有过关于我国研制核武器的功过是非问题的议论。

议论之一，中国为什么要下决心研制原子弹？

有人认为，当时的中国还是被列入世界上最不发达地区之一的贫穷落后的大国，花了那么多钱，就搞那点原子弹！似乎中国没有一点原子弹，关系不大。有人竟然说，“它不能吃、不能用，还拖了国民经济的后腿！”

我国著名光学专家王大珩是这样回答的：“在新中国的发展史上，有个一直使人困惑不解的问题，这就是我们党为什么选择在60年代初，那个内外交困的最艰难的时刻，开始原子弹的研制。当世界充满了阴冷敌视的目光时，当灾难性的大饥荒正趁火打劫席卷全国时，当贫穷落后还像标签一样牢牢烙在中国的额头上时，中国共产党人却勒紧裤腰带，开始了向世界性的尖端武器——原子弹、导弹的进军。”他认为：

“有一个答案是肯定的，就是100多年来外掳侵略的历史在中国人的心中结下了太深的国防情结，过去那个有国无防的中国给中国人留下了太多的痛苦回忆。执政后的中国共产党人深深懂得，若不想叫那样的历史重演，就不能只打造护家的围栏，而必须掌握具有威慑力的战略武器，并且越早越好，因为没有人会等你填饱了肚子后再来打你的。”他还以史为镜，意味深长地说：

“没有国防根本就无从去谈发展！八国联军打进来的时候，我们上哪去谈发展！日本人侵略我们的时候，我们还有什么可能去发展！”

他极力赞赏我们党中央英明果断地制定了以发展尖端武器为主的研制武器装备的战略方针。他心情激荡地说：“我们党以令世人震惊的胆量和气魄决意克服一切困难，走一条自力更生、独立自主地发展原子弹、导弹的路子，是历史的必然选择。”

王大珩讲：“有人在评价这段历史时，曾对我说过这样一段话：那是一个国防科技得到超前发展的时期。所谓超前，是指中国当时国防科技方面的发展与生产力水平极不相称。在生产力水平十分落后的情况下，中国几乎是倾全国之力来搞国防科技，甚至在某种程度上可以这样说，中国的原子弹是建立在众多老百姓以吃玉米面、维持最低生活标准的基础上的。”

王大珩说：“他的话中有一种东西使我不太舒服。”他还说：“我沉思了很久才对他说，不错，你的话也许符合当时的实际情况，但是当你现在说出这些话时，世界局势毕竟已经发生了很大的变化。战争之剑不再高悬在我们的头顶上了，我们被侵略的威胁也已经远没有当年那么紧迫了。”王大珩反过来问这个人：“我想问问你，若是没有我们自己造出的原子弹，若是没有原子弹在力量对比中做砝码，会有后来的一切吗？恐怕不会。”

王大珩义形于色地对这个人讲：“我想，对这一点，体会最深刻的莫过于毛泽东了，所以毛泽东才会深有感触地说出这样的话：实践证明原子弹还是要有一点的，有一点就比一点没有好！”

对于这个问题不但中国人明白，外国人也明白。新中国成立刚刚一年，就发生了抗美援朝战争，在战火已经烧到鸭绿江边的时候，1950 年 10 月 25 日，中国人民志愿军入朝参战。经过33个月的浴血战斗，把敌人赶回了“三八线”，取得了战争的胜利。但是，能够永远这样下去吗？美国斯坦福国际战略研究所所长、斯坦福大学中国政治问题教授约翰·W·刘易斯和薛理泰在《中国原子弹的制造》一书中说：“朝鲜战争把毛泽东的中国引向先进的武器和技术时代以及正如我们在下面将要看到的核威胁时代。”“为了在这个现代化的世界里生存下来，中国应该拥有也必须拥有现代化的武器。”书中还说：“艾森豪威尔曾说过，为了能在1953年7月26日结束朝鲜战争，确实需要采取核打击威胁。”书中又说：“据亚当斯（白宫助理）回忆，早在春季以前，美国就已经把装有原子弹的导弹运到冲绳岛。”刘易斯和薛理泰说：“我们认为，中国人当时觉得孤独地处在一种收紧的钳形包围之中。据报道，联合国军曾企图使用小型原子弹和核大炮封锁共产党中国大陆并攻击满洲基地，完成新的进攻任务。”

追溯到更早的1951年10月，约里奥·居里请中国放射化学家杨承宗回国后转告毛泽东：“你们要反对原子弹，你们必须有自己的原子弹。”居里夫人还将亲手制作的10克放射性镭的标准源送给杨承宗，让他带回中国。所以，毛泽东一语破的：“原子弹就是那么大的东西，没有那个东西，人家就说你不算数。那么好吧，我们就搞一点吧！”

用原子弹研究专家陈能宽的话说：“原子弹确实是一种

能用但用不得、确有国家安全后效但又不应多搞的‘特殊商品’。”

陈能宽这段话完全符合中国政府发展核武器的战略方针政策。中国是个爱好和平的国家，早在1964年10月16日中国第一颗原子弹爆炸成功的当天，中国政府就庄严向世界宣告，中国在任何时候，任何情况下，都不会首先使用核武器。几十年来，中国政府这一立场没有改变。中国被迫研制和发展起来的核武器，力量十分有限，完全是为了自卫。

再来看看美国，半个多世纪以来，美国从来没有承诺不首先使用核武器，也没有承诺不对无核国家和无核地区使用核武器。

议论之二是，既然原子弹是一种能用、但用不得的“特殊商品”，而且我国政府一贯主张全面禁止和彻底销毁核武器，那我们为什么要研制和发展核武器呢？研制和发展核武器，有什么积极效果？

这个问题，前面已经引用毛泽东的话：实践证明原子弹还是要有一点的，有一点就比一点没有好！

这一点也许我们的反面教员——第二次世界大战期间，美国制造原子弹计划总负责人，并且向日本投掷原子弹的主要策划者之一莱斯利·R格罗夫斯1962年的一段言辞说得也倒实际：“当其他国家把它用在军事上时，则正如最近几年所发生的情况那样，每个国家会立即被迫集中力量于武器的发展。直到每一个强国产生了一个原子兵工厂，单方面的原子战争的威胁才会过去。”

这也算是我们中国，作为世界上一个大国必须拥有一点原子弹的迫切性吧！

陈能宽把原子弹确有国家安全后效概括为如下几个方面：

“第一，军事上不怕核讹诈了。”他说，“中国拥有原子弹起到了遏制大国核威胁的作用，哪怕只有一颗原子弹，也不应小看这一点东西的所谓‘非线性’威慑效应所起的自卫作用。所以，我国原子弹的研制成功对和平的贡献是不可低估的。”确实如此，假如我们今天一点原子弹都没有，中国人民的处境会怎么样？世界局势又会怎么样？中国人民的自豪感又会怎么样……

“第二，外交上更加独立自主。”陈能宽说：“时至今天，世界形势发生了很大变化，趋向缓和，开始以对话代替对抗，同时也进入了裁军和核禁试的征途，尖端技术走上了外交舞台。”他还引用了四川成都武侯祠的一副对联，上面有一句话：“自古知兵非好战”。他说：“我从它联想到，执行独立自主和平外交的中国，是不可不‘知兵’的。”试想外交上如果没有这点核武器作筹码，又会怎么样？

“第三，国际地位提高了。”陈能宽认为，“泱泱中华不再被排挤在联合国大门之外，就是明证。中华民族也更加自信、自尊、自豪了；并且能够在安定、和平的环境中从事社会主义建设。”他深情地说：“在这‘桃符万象更新’的时候，全国各族人民是不会忘记‘爆竹一声除旧岁’的。”

陈能宽还情不自禁地又讲了三点后效：

“一是由于早先掌握了世界前沿的尖端技术，在新的历史时期，它使国防科技在转变到为国家整个四化服务时具有优势。这里当然包括核能、核技术的和平应用。”

“另外，它还使中国对于70年代以来兴起的世界新技术革命，以至最近更加引人注目的高技术竞争，在若干方面有了一个较高的跟踪起点。”他认为：“国防科技水平的提高同国家科学技术整体水平的提高是不可分割的。”

“最后一点，是培养了一支精干队伍，他们是国家宝贵的财富，是无名英雄。他们不仅过去对祖国的建设和经济发展做出了历史性的贡献，而且今天仍然为祖国的富强贡献着自己的光和热，同时，他们追求真理、热爱祖国、科学创新的精神，将永远成为我们民族的精神财富。”

议论之三是，我们在20世纪60年代聚集了那么多科技精英搞国防尖端技术，有那个必要吗？

讨论这个问题时，我们不妨看看美国在第二次世界大战期间制造原子弹时期的科技人才实力。在美国制造原子弹的曼哈顿工程区，据不完全统计，他们当中先后获得诺贝尔奖的在14人以上，三位实验室主任：劳伦斯、尤里和康普顿，都是诺贝尔奖获得者。参与计划和研究的还有爱因斯坦、费米等世界顶级科学大师，也都是诺贝尔奖获得者。而负责原子弹设计的洛斯-阿拉莫斯实验室主任奥本海默则是加利福尼亚大学具有超凡潜力的理论物理学家。由此可见，其研究阵容之强大，在世界科学史上是空前的。

而我国研制原子弹是在帝国主义手提着原子弹在我们头顶摇晃的阴沉而冷酷的条件下迫于无奈开展的，他们动不动就声称要对我们“动外科手术”，在那种世界充满阴冷敌视的目光下，形势是异常严峻的，研制核武器已经刻不容缓，而且越快越好。但是，我们国家当时的科学物质技术基础都还很薄弱。核武器制造技术是绝对保密的，苏联又背信弃义撤走全部驻华专家，一切完全靠自力更生。

科学的真谛是求是和创新，而两者都是精神所铸，血汗所浇。面对综合性很强、技术性很高的核武器研制工作，没有一批世界顶级的科学大师领队，是难以在短时间突破的。实践证明，这些一流的科学大师，学识渊博，长者风范，他们对突破原子弹、氢弹以及掌握中子弹和核武器小型化技术的推动作用，在其道德品质方面也许比单纯的才智成就方面还要大。他们大多从事基础研究，很有造诣，世界知名。如果从专业方向和个人兴趣选择出发，研制核武器的吸引力就不一定处于首位。但是，他们毅然“以身许国”，把国家安全利益视为最高价值标准，把个人的一切深深地埋在心里。老一辈科学家的献身精神和光辉榜样，无疑会在年轻科技人员中产生巨大的反响，正是老一辈科学巨匠的高尚风范沁入年轻科技人员的心脾，诱发其巨大的能量就如核爆炸一样喷射而出。否则，人们很难想象，他们在人的生理调节已到极限，全靠精神支撑，凭着精神、凭着执着，硬是不顾艰险，征服一个个困难。我们用于原子弹、氢弹、核潜艇的全部费用，尚不及宝钢二期工程的费用多。中国人在“两弹”研究中，不仅速度上夺得世界冠军，科研费用和核试验次数都仅为美国的4%，却获得了同一档次的设计能力。这些都源于老科学家和年轻学者的智慧、心血乃至于生命。

而且“两弹”研制成功，不仅政治、军事意义重大，经济、科技的意义也是无法估量的！

邓小平同志曾经深刻地指出“如果60年代以来中国没有原子弹、氢弹，没有发射卫星，中国就不能叫有重要影响的大国，就没有现在这样的国际地位。这些东西反映一个民族的能力，也是一个民族、一个国家兴旺发达的标志。”

② 未了的情怀

光阴似箭，岁月如梭。穿越38年的广袤时空，“两弹人”在荆棘载途却又洒满阳光的征程中，相继成功爆炸了原子弹、氢弹，掌握了中子弹设计技术和核武器小型化技术，并于1996年7月30日，我国正式宣布暂停核试验。

战友们在罗布泊深处堆砌的沙台上用石子构筑了这么几个金光闪烁的大字：

“场地保重。再见吧，720。”

这是眷恋的心所凝铸的永恒丰碑，是奉献者对这茫茫戈壁难以忘怀和无比的珍爱。

土城墙下那核武器研制的“圣地”，随着时光的流逝，它却愈加辉煌。

而那长城脚下、飞沙走石的17号爆轰实验场，奏响我国核武器研制爆轰实验的第一乐章，也给人们留下令人振奋不已的回忆。

值得传颂的还有青海草原的二二一核研制基地，昔日的金银滩，如今成为青海省海北藏族自治州州府所在地，成为向一般游人开放的观光游览景区，并被确定为爱国主义教育基地。

这座中国首枚原子弹和氢弹诞生地的青海高原“原子城”，1992年9月兴建了纪念碑，碑上刻着这样一段文字：

“中国第一颗原子弹试验成功，打破了核垄断体制，为维护世界和平做出了历史性贡献。”这对“两弹人”“以身许国”的忘我的献身精神是极大的鼓舞！

以梓潼县九院院部为核心的、分布在剑阁、安县、江油等各县的科研实验和生产加工厂所，昔日的902基地。他们孜孜以求，锲而不舍，虽有过挫折，但百折不回。为我国的核武器的武器化、小型化和中子弹的设计技术做出历史性的贡献。搬迁绵阳839基地后，梓潼院部的“两弹城”作为爱国主义教育基地，继续焕发精神原子弹的光和热。

而如今绵阳科学城里，中国工程物理研究院的老一辈的创业者老骥伏枥，无怨无悔，一往无前。更让人欣慰的是，桃李芬芳的后辈们，犹如满园含苞待放的花朵含情脉脉，报以三山五岳四季芳菲，报以和平的阳光永远洒满神州万里江山，报以伟大的祖国更加繁荣富强。

可不是吗？请听“两弹人”的口头禅：“献了青春献终生，献了终生献子孙。”

“两弹人”，不仅在艰苦卓绝的秘密历程中，走出了一串串闪光的足迹，谱写了一个个为事业献身的感人故事；在二次创业新的征程中，仍以坚定的步伐和坚韧的跋涉，续写为开创新业的求索与执着，无怨无悔，一往无前。

世界如大海，无时不起浪。只要霸权主义和强权政治这股恶风仍然存在，就有侵略战争的威胁存在，世界就不会有真正的安宁，天下就仍不太平。

月晕而风，础润而雨。历历在目的时势一再告诫我们：20 世纪 90 年代以来，国际形势发生了很大变化，但是核力量的战略地位没有变，仍然是综合国力的重要标志。我国一贯主张全面禁止和彻底销毁核武器。但是实现这一有益于世界和平的崇高目标，道路是艰难曲折的，还需作坚持不懈的努力。在此之前，我们要永远保持清醒的头脑，核大国的霸权野心和强权政治并非灰飞烟灭，国人要有忧患意识，要有能防患未然的物质技术准备。

我们豪情满怀地回首过去。20 世纪五六十年代是极不寻常的时期。当时面对严峻的国际形势，为了抵御帝国主义的武力威胁和打破大国的核讹诈、核垄断，尽快增强国防实力，保卫和平，党中央和毛泽东同志审时度势，高瞻远瞩，集思广益，运筹帷幄，果断决定研制“两弹一星”，重点突破国防尖端技术，作出了对人民共和国的发展和安全具有重大战略意义的英明决策。现在我国已成为少数独立掌握核技术和空间技术的国家之一，使新中国进入世界科学的前沿，并在某些关键技术领域走在世界前列。

手持彩笔书奇景，万朵红霞映苍穹。

20 世纪 90 年代以来，党中央和中央军委，洞察世界军事发展的趋势，为打赢未来可能发生的高技术战争，以宽广的世界视野和深邃的历史眼光，精心谋划科技强军方略。打赢高技术战争的物质技术基础不断增强。

我们信心百倍地瞻望未来。国情、史鉴和充满风险的世态，都要求我们世代相续，再接再厉，艰苦奋斗，拼搏不息，创造21世纪中华民族的更加辉煌。

面对世界新军事态势，我们要加强对世界新军事变革的研究，把握趋势、揭示规律、采取措施、积极应对，不断加强国防和军队现代化建设，为全面建设小康社会、加快推进社会主义现代化提供可靠的安全保障。

中国成为国际科技强国，国际科技强军将不是梦！

作者　李植举

2019年3月

附录

附录 1. 核爆炸的科学基础

核裂变——当一个自由（或非束缚的）中子进入可裂变的原子核（如铀-235 或钚-239）中时，它可以使原子核分裂为两块较小的部分，并发射出 2 个（或 3 个）中子，同时释放出巨大的能量，这就是核裂变过程。用反应式可表示为：

中子 + 铀-235(或钚-239）→裂变碎片 +2 个（或 3 个）中子 + 能量

1 公斤铀或钚全部裂变，能释放出相当于 1.9 万吨 TNT 炸药爆炸时的能量，称 TNT 当量。发射出的中子可以引起另外的铀-235 或钚-239 核裂变，同样发射出 2 个（或 3 个）中子，同时释放出巨大能量。把这个叫做“第二代”。发射出的中子又进一步引起裂变，如此等等。于是，原则上一个中子便可以带起越来越多的中子引发核裂变。称之为“链式核裂变”。

裂变原理制造的爆炸弹就是原子弹，一个有爆炸威力的原子弹至少要经 50 代以上链式核裂变。

但是，并非所有裂变中子都可以引发新一代的裂变，因为中子有很强的穿透力，有些中子会从铀或钚系统中逸漏出去，或在非裂变过程中被俘获掉。即中子会在系统中损失掉。如果中子的损失率比中子产生率大，那么链式核裂变将不可能自续。如果铀或钚的体积（或质量）足够大，中子的相对损失就会减小，链式核裂变就能自续。这样的尺寸（质量）就称为可裂变物质的“临界质量”。

为了能使核爆炸发生，原子弹系统中必须装有足够数量的铀或钚，使其能超过现存条件下的“临界质量”。

但因大气中有“游荡”的中子存在，某些外界条件也可能产生外来中子进入铀或钚系统中，如果原子弹在平常状态中就处于“临界质量”，那么就有可能不该引爆时，外来中子就把原子弹引爆了。因此原子弹中的每块裂变物质都不得超过这给定条件下的“临界质量”才是安全的。

为了产生正常的原子弹爆炸，就必须能在极短的时间里，使裂变材料迅速处于超临界状态。有两种使裂变材料系统迅速转变为超临界系统的方法。

1. 使两块或两块以上的小于临界质量的裂变材料迅速地并拢在一起，便能形成一块超临界的裂变体。就可能实现持续的链式反应。

2. 把处于次临界的裂变材料大力压缩，增加其密度，逸漏中子的表面积相对变小，系统也能在瞬间处于超临界状态，从而也可能实现持续核裂变。

用第一种方法设计的原子弹称为“枪法”。设计加工组装等都比较简单，实现也比较容易。美国1945年8月6日轰炸日本广岛的原子弹“小男孩”是“枪式”原子弹，裂变材料是铀-235。美国人未曾试验，直接投向日本广岛，把广岛这座城市作为试验场，把广岛人作为“效应物”。

用第二种方法设计的原子弹称为“内爆法”。设计加工组装都比较复杂，技术难度也大；但可以设计高质量原子弹，节省核材料，也比较安全，而且有发展前途。美国1945年7月16日在阿拉默果尔多，代号为“三位一体”的第一颗原子弹试验和1945年8月9日轰炸日本长崎，代号为“胖子”的原子弹是“内爆式”原子弹。裂变材料是钚-239。

但是不论是哪一种方式，都必须非常准确地在裂变材料系统处于超临界度最大时刻提供系统相当数量的引起初始裂变反应的中子，称为“点火中子”。才能点燃裂变材料链式反应导致原子弹爆炸。

由裂变链式反应可以计算出，如果初始点火中子是一个中子开始的，那么释放1百吨TNT当量，需要经历51代链式反应，释放10万吨TNT当量，需要58代。而一代反应时间大约是十亿分之一秒，即0.01微秒。可见50几代也只是零点几微秒，或1亿分之几秒。而且有99%以上的裂变反应是在最后不到 10 代的零点零几微秒时间里完成的。因此原子弹爆炸释放能量是非常迅猛的。

核聚变——两个轻核合并（或聚合）在一起，形成一个较重的原子核，如两个氘原子核结合成一个较重的元素氦，称为核聚变。核聚变过程将释放出更多的能量。1 公斤氘全部聚合时，能释放出大约 5.8 万吨 TNT 当量，是裂变放能的三倍。

用 D 代表氘，T 代表氚，H 代表氢，n 代表中子，He 代表氦。下面几种反应都是核聚变反应。

$D+D=He^3+n+3.2$ 兆电子伏（能量）；

$D+D=T+H+4$ 兆电子伏（能量）；

$T+D=He^4+n+17.6$ 兆电子伏（能量）；

$T+T=He^4+2n+11.3$ 兆电子伏（能量）；

但是，由于原子核之间有非常大的库仑排斥力，要让两个核聚合在一起，需要原子核自身有很大的动能。因此，轻核聚变，需要在很高的温度下（和太阳内部温度一样高）才能进行，所以轻核聚变又叫热核聚变。通常说的氢弹实际上就是热核炸弹。

在地球上，目前能使一个较大系统获得像太阳内部的高温的实际方法就是利用原子弹爆炸。因此，所有的有核国家都是先研制原子弹，再研制氢弹。

但是要把原子弹的爆炸能用来点燃氢弹难度是非常大的。因此，迄今为止，世界上能够制造氢弹的国家屈指可数。

附录2. 中国发展核力量的速度

一、美国为什么能首先拥有原子弹?

铀原子核分裂是哈恩和施特腊曼于1938年12月在柏林威廉皇家化学所发现的。这一项起初是纯科学研究的成果，却很快在许多国家几乎同时发现了原子核裂变能引起原子核的链式反应，并可能在技术上利用它来制造一种原子能发动机。

二次大战轴心国日本、德国则几乎同时想要用它来研制用于战争的原子弹。

1938年12月，核分裂这一发现后，日本皇家航空技术研究所很快注意到核裂变发现的重要性。1941年4月，日本空军正式批准研制原子弹。日本学者仁科手下有100多个最优秀的科学家，开始搞原子弹的研究工作，并于1943年得到陆军实验室的捐款支持。

德国，1939年12月6日，德国科学家海森堡将自己深思熟虑后关于制造原子弹的意见交给德国陆军总部。当时德国已掌握了核反应堆所需要的世界上唯一的重水工厂，而德国占领区比利时，比属刚果又有数千吨铀矿石。

但是在二战正激烈进行的时候，英国情报机关获得德国在挪威（德国占领区）的韦莫克工厂制造重水，并把重水运到德国的情报，便鼓动挪威人组成突击队于1943年2月16日进入工厂，炸毁18个水槽，把半吨重水放入下水道；1944年2月20日，突击队员又爬上装有重水的“水利号”轮船，安装好定时炸弹，45分钟后，船身爆炸，39桶重水全部震散流入大海。至此，德国制造原子弹的计划就在挪威的水面上消逝了。尽管在占领区比利时和比属刚果还有数千吨铀矿石，但是没有重水，核反应堆就不可能运行。重水被炸散流入大海，成为对希特勒的纳粹德国企图制造原子弹的毁灭性打击。

与此同时，日本的研究工作也一步一步走向终止。一直到1944年夏天，仁科小组也只能生产170克六氟化铀。这对于制造原子弹需要数以吨计以上六氟化铀来说还只是杯水车薪。因此，日本海军因进展迟缓而宣布停止研制原子弹。

苏联原子弹研制工作也是哈恩发现铀分裂后不到一年的1939年就开始。起步虽早，但进展不快。原因首先是苏联缺乏足够的铀，投入的人力财力也少，美国投入的研制人员是20万，苏联只有100人。特别是德国军队入侵，使苏联研究工作中断，一直到战后的1946年，才在德国发现100吨铀矿石，并于1949年8月29日在库尔恰托夫领导下造出苏联的第一颗原子弹。

美国为什么能够首先成为拥有原子弹的国家？原因有三：

首先，美国在20世纪40年代初、中期工业已经很发达，已能够大量制造汽车、飞机和军舰，工业发展在世界上居于领先地位，这是制造原子弹的物质技术基础。

其次，德国纳粹对犹太人的疯狂迫害，迫使许多欧洲科学家逃亡，最后差不多都到了工业发展处于领先地位又远离战乱的美国，使美国能够聚集众多的世界一流的现代化科技人才。

例如，费米听说1938年11月7日，在法国发生了“水晶之夜”的大屠杀，很多犹太人被拖到街上去打死，党卫队逮捕了大约3万犹太人；1938年11月10日，费米又从电台的新闻广播听到了种族法的法令，法令限制犹太人的活动范围和公民身份，犹太人的子女不能进公立学校，犹太籍的教师要予解职，犹太人的全部公民权利将被剥夺，护照将被收回，等。在这种环境下，费米夫妇偷偷上街买了衣物，他们称之为“逃亡者的嫁妆”。随后，借去瑞典领取诺贝尔物理学奖的机会，带领家小离开他们的祖国意大利去了美国。

正是费米在芝加哥建造了世界上第一座生产核裂变材料的反应堆。后来在第一颗原子弹试验时，又是费米仅用手中握住的一把碎纸片的最简单的“仪器设备”相当准确地粗略测量原子弹爆炸威力。

最典型也是最有戏剧性的还算是丹麦的物理学家玻尔的出走（杨振宁、李政道等都是玻尔培养的年轻一代的物理学家）。1943 年 8 月，纳粹占领丹麦首都哥本哈根后，大量逮捕屠杀犹太人。这时瑞典驻丹麦大使暗示玻尔出逃。10 月 6 日，英国人用一架运输邮袋的“蚊式”轰炸机把玻尔一个人单独从瑞典接走，玻尔在只能容纳一个人的弹仓改装的小空间里栖身，被秘密送往英国。到了英国，玻尔曾去看过英国制造铀–235 的小型气体扩散工厂，但因这时研制原子弹的重心已转移到了美国，玻尔也随即到了美国。深受打击的玻尔曾用极轻蔑的口吻说过：“希特勒只有几百辆坦克和飞机，却妄想奴役欧洲 1000 年。”

先后逃亡到美国的犹太人和与犹裔有直系亲属关系的一流科学家还有：

爱因斯坦，德国人，是影响 20 世纪科学发展的著名“相对论”的创始人。正是爱因斯坦签名后带到白宫的一封论证报告打动了罗斯福总统，遂即决定成立一个铀顾问委员会。

泰勒，匈牙利人。到了美国，成为美国核武器研制的科学巨擘。在美国号称“氢弹之父”。还有匈牙利物理学家尤金·斯济拉德、20 世纪大数学家冯·诺伊曼等。

再加上美国本土的科学家劳伦斯、康普顿、格林·西博格、意大利科学家赛格雷、德国物理学家肖汉斯·贝蒂等，1932年发现中子的英国科学家查德威克等也参与出谋划策。

他们组成"曼哈顿工程区"一支庞大的研制队伍，在科学史上阵容空前强大的一支研究力量。据统计，他们当中先后获得诺贝尔奖的就有14人以上。

最后，"珍珠港事件"加大了美国研制原子弹的决心和速度。

1939年10月，罗斯福总统的朋友和私人顾问亚历山大·萨克斯拜访了总统，并请他支持当时正在进行的原子能科学研究后，引起了美国政府的严重注意。随后萨克斯和爱因斯坦及哥伦比亚小组进行讨论，写好一封有关原子能发展的可能性和论证的信，并在爱因斯坦签名后带到白宫，这封信特别强调了这个问题的严重性，总统为这封信中的论证所打动，遂决定成立一个铀顾问委员会。但进展并不快。

1940年4月，风闻柏林皇家研究院已经承担了关于铀的庞大研究计划，委员会的工作因之得到推动的力量，并着手执行一个宏大的研究计划。罗斯福还创立一个最高政策专家组，由他本人和副总统华莱士、陆军部长史汀生、参谋总长马歇尔将军、布希博士和詹姆斯·B·康南特博士等人组成。

虽然如此，但1941年1月27日，科学家把考虑用铀-235来产生爆炸性核裂变反应的可能性的报告递交总统后，并未获得很快批复。

十个月以后，即1941年12月7日，夏威夷时间早晨7点钟，183架和167架日本军用飞机分两批突然袭击了珍珠港。这个著名的浅水海湾一时成为废墟。美国海军舰队的船坞、储油罐和一个潜水艇基地，都受到破坏。美国金梅尔海军上将因完全出乎意外，毫无准备而目瞪口呆，损失14艘战舰和292架飞机，以及其他港湾设施和人员伤亡。

第二天，即1941年12月8日，美国向日宣战，参加到第二次世界大战的同盟国一边。一个月以后的1942年1月19日，罗斯福批准了用于战争的研制原子弹的计划。

1942年6月17日，布希送一份关于肯定可以生产用于战争的核武器的可能性报告给总统，罗斯福批准了布希的报告。8月11日研制原子弹的新管区正式命名为“曼哈顿工程区”Manhattan Engineer District(MED)，简称“曼工区”。于是为制造美国第一批原子弹的所有轮子都开始运转起来。

格罗夫斯将军被任命为曼哈顿工程的领导，当年46岁。他不顾别人反对，选定奥本海默为设计原子弹的负责人——洛斯阿拉莫斯实验室主任，年仅38岁。

三年以后，1945 年 7 月 16 日，爆炸试验世界上第一颗原子弹。

二、中国走出一条又快又好又省发展自己核力量的新路子

原子核物理在 20 世纪 40—50 年代，欧洲、美国、日本早已处于物理学前沿蓬勃发展。但当时的旧中国，科学技术非常落后，城里人用的火柴叫“洋火”，乡下人还在延续使用古人用石块碰铁块发火的“钻木取火”。新中国又刚刚诞生，旧中国留下的只是一片废墟，钢产量 15.8 万吨，煤 3 243 万吨，棉纱 180 万件，经济水平很低，再加上帝国主义封锁，连最简单的仪器都没有。经过三年的经济恢复和第一个五年计划的建设，有了进步，1957 年钢产量 535 万吨。原煤产量 1.3 亿吨，但和发达国家比，我们的物质技术基础还十分薄弱。

1958 年中国成立核武器研究所的时候，美国已经进行了塔上、地面、空中气球、火箭、驳船、水下和地下的各种形式的原子弹和氢弹试验 170 多次，爆炸威力大至千万吨 TNT 当量，小则只有几百吨、几十吨甚至数吨 TNT 当量的各种档次的核试验。为了赶在 1959 年 6 月之前的莫斯科的所谓“部分禁止核试验”谈判，他们更是快马加鞭。单只 1958 年，美国就进行 66 次以上的核试验。特别是为了掌握

地下核试验技术，单只 1958 年，美国就进行 10 次以上的地下核试验。

而这时候的中国，连引爆推进原子弹的高能炸药的高压雷管都还没有。

中国，就在这么一块空白，还受到帝国主义封锁的条件下发展自己的核力量。

而且就在中国核武器事业已经上马的初期，1959 年 6 月，苏联“老大哥”单方撕毁中国和苏联 1957 年在莫斯科签订的《国防新技术协议》，并于 1960 年 7 月 16 日照会中国政府，决定 7 月 28 日—9 月 1 日撤走全部在华苏联专家。

中国人不信邪，不怕鬼，没有苏联专家自己干。可是眼见中国科学家很快就将研制出“争气弹”，核大国更是急于玩弄黔驴之技，于 1963 年 7 月，美、苏、英三国代表在莫斯科签订了《关于禁止在大气层、外层空间和水下进行核试验的条约》，简称《部分禁试条约》，这是一个赤裸裸的只许州官放火、不许百姓点灯的强权“告示”。他们的如意算盘是，美、英、苏已经拥有核武器并已掌握地下核试验技术的国家，可以继续通过地下核试验来改进和发展他们的核武器，而中国为了建立自己的核力量，将开始在大气层进行核试验是不允许的，违者是要受打击的。中国政府在他们条约签订前，就准备好一份中国政府的严正声明，你们企图捆住我们的手脚，办不到！地下核试验技术上更复杂，但吓不倒我们，我们也要搞……

但是话说回来，我们还是有点担心，可靠情报表明，他们确实在蠢蠢欲动。美苏准备对中国采取联合行动，企图实施“动外科手术”，从根本上消灭中国制造原子弹的能力。美苏核大国会不会狗急跳墙？会不会在我国第一颗原子弹爆炸试验前后对我国核基地进行“核打击”？我们挖了很多防空壕、防空洞，多次进行防空演习，核心核技术资料全部进防空地下室。1964 年 10 月 17 日，我国第一颗原子弹爆炸试验成功的第二天，一大早，一辆辆汽车载满科技人员和核心技术资料，进行战备短时间搬迁……后来听说早在 10 月 15 日，赫鲁晓夫就被他的同僚赶下台了。大家分析，苏联是顾不得我们中国原子弹爆炸成功的事了！美国也可能一时摸不着苏联事态变动的来龙去脉，这样我们才松了一口气！

现在再来说中国科学家为什么能够又快又好又省地发展自己的核技术？不仅发展速度快，所用的经费、所进行的核试验次数，都只有美国的 4%，却获得同一档次的设计水平。也许有人不相信，有人会问：“有这种可能吗？”他们的理由是：中国不仅物质技术基础远不能和美国比，而且没有像美国有那么多聚集在一起的世界顶级科学大师，连一个获得诺贝尔奖的都没有，我国的核武器研究所所长李觉将军，奉命上任时是43岁，比曼哈顿工程区的负责人格罗夫斯将军小三岁，我国的原子弹理论设计负责人邓稼先上任时年仅34岁，比奥本海默小四岁，人们还在称他是“娃娃博士”呢！还有我国核武器研制工作刚开始，就遇到接踵而来的三年自然灾害和苏联逼债的内外交困时期，以后又是“文化大革命”的十年纷乱。还有由于以美国为首的发达国家不“承认”新中国，我们对外开放无门，买不到现代化先进仪器设备，想方设法进口部分仪器设备还要接受外国人监视和用途的限制，他们是不允许用于军事研究目的的。但是事实确实如此，这一点只要从第一颗原子弹爆炸试验成功到第一颗氢弹爆炸试验成功相隔的时间对比就会让你信服。

国家名称	第一颗原子弹爆炸时间	第一颗氢弹爆炸时间	时间间隔
美国	1945年7月	1952年10月	7年4个月
苏联	1949年8月	1953年8月	4年
英国	1952年10月	1957年5月	4年7个月
法国	1960年2月	1968年8月	8年6个月
中国	1964年10月	1967年6月	2年8个月

这里应当指出的是中国的第一颗氢弹是空投的百万吨

TNT 当量级的；美国的第一颗氢弹是在埃尼威托克珊瑚岛的地面上进行的，重有 65 吨，体积相当于三层高小楼房，这实际上还不能称之为氢弹，只能说是一次热核爆炸试验；而苏联的第一颗氢弹虽然是空投的，但只有 30—40 万吨 TNT 当量。未免太小了。对比这下，中国的第一颗氢弹，个头小，爆炸威力大。说明热核燃烧效果好，“比当量”很大，设计水平很高。

实际上，中国 1966 年 12 月 28 日的塔爆小当量氢弹原理试验时，已完全具备进行大当量的氢弹试验，也就是说时间间隔实际上只有 2 年 2 个月。至于为什么要先安排这一次氢弹原理性试验。作者认为，很重要的一个目的是测量氢弹爆炸过程热核聚变的反应前和反应后的各有关参数，这些参数，对进一步发展和改进核武器的理论设计是非常有用的。塔爆才有可能完成这个使命。但是塔爆是不允许进行百万吨 TNT 当量核爆炸的。

如果再回头看一看我国第一颗原子弹的设计技术，走出一条完全不同于美、苏、英、法的独特的技术路线，设计水平很先进，很有发展前途。科学家认为，已为氢弹设计写下“稳操胜券”的伏笔。而氢弹的设计又是令人赞叹不已的巧妙和绝招。那么人们完全可以相信，中国科学家和工程技术人员，继原子弹和氢弹研制成功之后，经过不太长时间的努力就先后掌握中子弹设计技术和核武器小型化技术，是顺理成章、水到渠成的事情。中国人又快又好又省地发展自己的核力量，不仅发展速度最快，所用经费和所进行的核试验次数都只是美国的4%，这是千真万确、不容置疑的。

后 记

科技攻关和部队打仗一样，有正面主攻，有两翼配合，还需要友军协助。在一个物质技术基础还十分薄弱的新中国，要发展自己的核力量，如果不是在党中央的统一领导下，全国上下，方方面面，大力协同，是做不好这件工作的。

参加我国原子弹攻关的总共有26个部委、20个省市自治区的900多个科研单位、工厂和大专院校，前前后后的参加者有30万人之多。在这个30万字的作品里，如果每个人都写上的话，一个人只能写上一个字，有的还只能是标点符号或空格。这当然是不可取的。因此，本书倾力描写的是核武器研制的主战场，倾心颂扬的是在攻关第一线的几位著名老科学家的理想、智慧和献身精神。更多的无名英雄，包括科学家、工程技术人员、工人、干部和解放军指战员，他们在充满艰险的风雨征程中镌刻了一个个感人故事，无私地献出自己的青春年华乃至生命，当然也是应当彪炳史册的。这里需要指出的是文中所描写的对象都有活灵活现的原形，但多数没有采用真实的姓名。因为这是一个无名英雄的伟大群体。作者认为，这样写，更能显示出无名英雄本色，更有亲和力。还有，由于作者工作范围的局限性，取材也难免有片面性，书中写的应该只是这一伟大事业的海洋中的点点滴滴。

动笔之初，就掂量着，这是个大题材，能写好，很有意义；但对于一个文学创作的门外汉，要把史料、科技融入文学里，要把数十万人参与的伟大科学创举浓缩在 30 万字的一本书里，要生动感人又要材料翔实，困难之大是不言而喻的。初稿出来后，作者心里仍然没有底数。猛然间，想起当年作者所在科研室首任主任，以后历任研究院副院长、核工业部科技委副主任、国防科工委科技委副主任、中国科学院学部主席团成员陈能宽院士，他是一位文学造诣很高的科学家。作者冒昧地把初稿寄给他看。正在思忖着他会不会理睬时，他回话了。他不但很感兴趣，而且大为赞许，给作者很大鼓励。

在写作中，得到人民文学出版社原总编助理林东海学长的热忱指教；得到吴东南、陈汉水、冉砚农、冯济泉以及漳州市专家顾问组同仁等众多专家学者和领导同志的关心和支持；兼有中国文化艺术出版社丁亚平社长和编辑部人员对出版本书的热情支持，才能使本书问世。在此一并表示衷心的感谢。

并肩征战雪山高原和深山峡谷的妻子王金焕，对写作本书给予全力支持，还对书稿的重要情节和个别词句反复推敲琢磨；儿子李夏榕、李建川和儿媳林婉勤、胡郁萍则都争当第一读者，在帮助校对书稿时也代表年轻读者提出很多好意见；就连读小学三年级的孙子啸晨，来劲时也争着帮助电脑打字；在北京的侄子文芳和文彬更是急着要我发 E-mail 给他们以先睹为快。大家只有一个心劲，早日实现作者把这些凝集老科学家理想、智慧、心血乃至生命于一体的宝贵精神财富留驻人间的愿望。由于作者才情不足且力有不及，错漏及不当之处难免，恳请大家批评指正。

本书誊清稿的交稿时间是2004年，正式出版是2006年。为纪念建国 70 周年，中国原子能出版传媒有限公司有意再版本书，作者非常高兴。时间已过去十几年，此次做了修改加工，并对“解悟氢弹之谜”这篇的内容作了补充。一是全世界只有联合国五个常任理事国中美俄英法拥有氢弹，而媒体似乎清一色地认为中国研制氢弹的速度最快，技术最先进；二是如果说我国研制原子弹的初期曾得到苏联专家的支援，而突破氢弹则完全依靠中国科学家的智慧和心血，这里把研制氢弹时理论突破的偶然巧合和实验突破的巧遇机缘的一些生动事例作了翔实补充。这也更加贴近历史的真实性，期盼在中国科学家和中国人民心上的“两弹一星精神”能够成为攻坚克难和强国梦的精神动力，永远鲜活，生生不息。

非常感谢中国原子能出版传媒有限公司的领导和宋翔宇主任、蒋焱兰编辑对再版本书的关心和支持。

作　者

2019 年 3 月

参考文献

[1] 毛泽东．论十大关系．毛泽东选集第五卷 [M]. 人民出版社，1977.

[2] 江泽民．在表彰为研制“两弹一星”作出突出贡献的科技专家大会上的讲话（1999 年 9 月 18 日）．人民日报，1999 年 9 月 19 日．

[3] 中共中央、国务院、中央军委关于表彰为“两弹一星”作出突出贡献的科技专家并授予“两弹一星功勋奖章”的决定（1999年9月18日）. 人民日报,1999年9月19日.

[4] 张爱萍.“两弹一星”诗选. 光明日报,1996年12月14日.

[5] 王淦昌．科学来自大胆的思维．百科知识，1993：5.

[6] 王大珩．我的半个世纪 . 2001 年中国年度最佳报告文学．漓江出版社，2002.

[7] 熊艳，朱治德．为了国家与民族的最高利益——中国工程物理研究院武器事业发展纪实．厦门日报，1999 年 9 月 21 日．

[8] 国务院新闻办公室．事实胜于雄辩、谎言不攻自破——再驳《考克斯报告》．（1999 年 7 月 15 日）．厦门日报，1999 年 7 月 16 日．

[9] 李瑞芝等．物理学家王淦昌．原子能出版社，1996.
[10] 柏万良．创造奇迹的人们——中国“两弹一星”元勋．湖北教育出版社，2001.
[11] 张爱萍．在邓稼先同志追悼会上致的悼词．光明日报，1986 年 8 月 4 日．
[12] 苏方学．日魂——王淦昌教授：一个杰出的中国人．文汇报，1990 年 4 月 22 日．
[13] 王辉．王淦昌：埋名隐姓 17 年的科学巨子．今日名流，1996：4.
[14] 顾迈南．“两弹”元勋邓稼先．福建日报，1986 年 6 月 25 日．
[15] 新华社．中华科技精英谱——十四位中年科技专家的重大贡献．人民日报，1987 年 8 月 3 日.
[16] 陈晓东．蘑菇云背后的身影——记全国政协副主席、著名核物理学家朱光亚．报告文学，2002：9.
[17] 孔献之．大学生与蘑菇云．大学生，1989：11.
[18] 董玉琴等．闪光的事业、闪光的人——记我国杰出的物理学家、核工业部科技委副主任于敏．工人日报，1988 年 7 月 18 日．
[19] 许鹿希等．邓稼先传．安徽人民出版社，1998.
[20] 事迹介绍．五位全国劳动模范的先进事迹．人民日报，1987 年 6 月 6 日．

[21] 心远．在碰撞中产生能量——杨振宁教授答问录．光明日报，1994 年 5 月 7 日．

[22] 王方定．中国原子弹是这样诞生的．中国青年报，1990.

[23] 慈爱民、彭子强．第一颗原子弹爆炸纪实．人民日报，1990 年 10 月 30 日．

[24] 霍华德·莫兰德．氢弹的秘密．进步，1979：11.

[25] 王瑞良．中子弹奥秘．厦门日报，1999 年 8 月 17 日．

[26] 李悦堂，李伟．中子弹，只杀人不损物．厦门晚报，1999 年 9 月 22 日．

[27] 鲍姆等著．众智译．爆炸物理学．科学出版社，1963.

[28] S· 格拉斯登、M· C 爱德伦著．和平译．原子核反应堆理论纲要．科学出版社，1961.

[29] S· 格拉斯登主编．姚琼等译．核武器效应 [M]. 国防工业出版社，1965.

[30] A· 西蒙著．郭臻译．热核研究导论 [M]. 科学出版社，1961.

[31] 泽尔道维奇等著．张树林译．激波和高温流体动力学现象 [M]. 科学出版社，1980.

[32] 莱斯利 ·R· 格罗夫斯著．钟毅等译．现在可以说了——美国首批原子弹制造简史 [M]. 中国工业出版社，1965.

[33] 梅镇岳．原子核物理学 [M]. 科学出版社，1961.

[34] J· G· 林哈脱著．陆全康等译．等离子体物理学 [M]. 上海科学技术出版社，1962.

[35] 黄国柱等．与时俱进砺雄师——党的第三代领导核心与国防和军队现代化建设．厦门商报,2002 年 7 月 31 日．

[36] 新华社．为全国建设小康提供安全保障：中共中央政治局集体学习世界新军事变革态势，2003 年 5 月 24 日．

[37] 新华社通讯．中国军人不怕“核讹诈”．我战略导弹部队已具备成功进行“核反击作战”的能力，2003 年 3 月 20 日．

[38] 经福谦等．闪光的足印．中物院流体物理研究所，1999 年 7 月．

[39] 张开善．第一颗原子弹爆炸的十大要闻．炎黄春秋，2004：6.

[40] 梁东元．原子弹往事．当代，2004：6.